Een appartement in Parijs

Van dezelfde auteur

Bericht uit Parijs
Vlucht uit New York
Central Park
24 dagen
Het meisje uit Brooklyn

Guillaume Musso

Een appartement in Parijs

A.W. Bruna Uitgevers

Oorspronkelijke titel
Un appartement à Paris

Vertaling
Maarten Meeuwes
Omslagbeeld
© Wil Immink Design/iStock
Omslagontwerp
Wil Immink Design

ISBN 978 94 005 0962 7
NUR 332

Voor Ingrid,
voor Nathan.

Midden in de winter hoorde ik eindelijk
dat er in mij een onoverwinnelijke zomer heerste.

Albert Camus

Het jongetje

Londen, een zaterdag tegen het einde van de ochtend

Je weet het nog niet, maar binnen drie minuten zul je een van de zwaarste beproevingen van je leven beleven. Een beproeving die je niet hebt zien aankomen, maar die even pijnlijk zal zijn als een witheet stuk ijzer op een zachte huid.

Voorlopig dwaal je kalm rond in de galerij van het winkelcentrum met de allure van een ouderwets atrium. Na tien dagen regen is de hemel weer prachtig diepblauw. De zonnestralen die de etalage van het warenhuis doen oplichten, hebben je in een vrolijke stemming gebracht. Om het begin van de lente te vieren, heb je jezelf zelfs die korte, rode jurk met witte stippen cadeau gedaan, die je al twee weken op het oog had. Je voelt je licht, bijna vrolijk. Je dag is op een fijne manier begonnen: eerst lunchen met Juul, je beste vriendin, een bezoek aan de manicure als meiden onder elkaar, ongetwijfeld een tentoonstelling in Chelsea en dan vanavond het concert van PJ Harvey in Brixton.

Een kalme reis door de behaaglijke meanders van je leven.

Tot je het plotseling ziet.

Een kleine, blonde jongen in een tuinbroek van spijkerstof en een marineblauwe houtje-touwtjejas. Misschien twee jaar oud, of iets ouder. Grote, heldere pretogen die fonkelen achter een gekleurde bril. Een fijn getekend gezichtje en een rond babyhoofdje met lichte, korte krullen als een baal hooi in de zomerzon. Je kijkt al een tijdje vanuit de verte naar hem, maar hoe dichterbij je komt, hoe gefascineerder je raakt door zijn gezicht. Een onbedorven gebied, stralend, nog niet aangedaan door pijn of angst. Op dat gezichtje zie je een waaier van kansen. Onbedorven levensvreugde en geluk.

Nu kijkt hij jou ook aan. Zijn gezicht klaart op in een onschuldige glimlach. Trots laat hij je het metalen vliegtuigje zien dat hij tussen zijn mollige vingers boven zijn hoofd laat vliegen.

'Vroemmm...'

Terwijl je naar hem teruglacht, begint een vreemd gevoel zich meester van je te maken. Als het trage gif van een onbegrijpelijke gewaarwording die je hele wezen besmet met een onbekende droefheid.

Het kind heeft zijn armen uitgespreid en begint rondom de stenen fontein te dribbelen, die water opspuit onder de koepel van de galerij. Heel even denk je dat hij naar jou toe komt en dat hij in je armen zal vallen, maar...

'Papa, papa! Kijk dan, ik ben een vliegtuig!'

Je kijkt op en je blik kruist die van de man die het kind met een grote zwaai oppakt. Een kil lemmet doorsnijdt je lichaam en je hart stopt met kloppen.

Die man ken je. Vijf jaar geleden heb je een amoureuze relatie met hem gehad die ruim een jaar heeft geduurd. Voor hem ben je uit Parijs weggegaan en heb je in Manhattan een nieuwe baan gezocht. Je hebt zelfs zes maanden lang geprobeerd een kind te krijgen, wat niet is gelukt. Toen is de man teruggegaan naar zijn ex-vrouw, bij wie hij al een kind had. Je hebt je uiterste best gedaan hem tegen te houden, maar dat was niet genoeg. Het was een pijnlijke periode in je leven en nu je denkt dat het je is gelukt die pagina om te slaan, kom je hem vandaag tegen. En dat breekt je hart.

Je begrijpt je verwarring nu beter. Je zegt tegen jezelf dat dat kind het jouwe had kunnen zijn. Dat dat kind het jouwe had móéten zijn.

De man heeft je onmiddellijk herkend en hij ontwijkt je blik niet. Aan zijn verwarde gezichtsuitdrukking zie je dat hij even verbaasd is als jij, slecht op zijn gemak, zich lichtelijk schamend. Je denkt dat hij naar je toe zal komen om te praten, maar als een ree in het kreupelhout maakt hij een beschermende beweging naar zijn nageslacht en beent gehaast weg.

'Kom, Joseph, we gaan.'

Terwijl de vader en zijn zoon weglopen, kun je je oren niet geloven. 'Joseph' is een van de voornamen die jullie samen hadden uitgekozen voor jullie toekomstige kind. Je ogen raken vertroebeld. Je voelt je onteigend. Een zware loomte overvalt je en enkele minuten lang blijf je als verstijfd staan, sprakeloos en verlamd, met een brok in je keel.

Met grote moeite bereik je de uitgang van het winkelcomplex. Je hart bonst in je oren, je beweegt als een automaat, je voeten zijn als lood. In St James's Park lukt het je een arm omhoog te steken om een taxi aan te houden, maar de hele rit zit je te trillen, vechtend tegen de gedachten die je overspoelen, en je vraagt je af wat er gebeurt.

Nadat de deur van je appartement achter je is dichtgeslagen, laat je meteen het bad volstromen. Je doet geen licht aan in je slaapkamer. Met je kleren aan ga je op bed liggen. Bewegingloos. Door je hoofd spoken de gedachten aan het kind met het vliegtuigje en al snel verandert alle wanhoop die je voelde toen je je vroegere minnaar zag in een gruwelijk gevoel van leegte. Een gemis dat op je borst drukt. Je huilt natuurlijk, maar je houdt jezelf voor dat tranen zuiverend werken en dat de crisis vanzelf zal overgaan. Maar de pijn zal zich verdiepen, opzwellen en je breken als een plotselinge vloedgolf, die je meesleurt en alle dijken doet barsten, die jaren van ontevredenheid, wrok en teleurgestelde wanhoop blootlegt. Wonden openrijtend waarvan je dacht dat ze waren genezen.

Al snel kronkelt er een kil monster van paniek over je ledematen. Je springt overeind. Je hart bonkt in je keel. Je hebt eenzelfde periode enkele jaren geleden al meegemaakt en toen is het niet goed afgelopen. Maar het lukt je niet die gedachte naast je neer te leggen, je kunt de onverbiddelijke molens niet stoppen. Oncontroleerbaar rillend wankel je naar de badkamer.

Het medicijnkastje. De buisjes met medicijnen. Je gaat in het bad liggen – dat overloopt – hoewel je je nog maar half hebt uitgekleed. Het water is te heet of te koud; je weet het zelfs niet meer en het maakt je niet uit. Er drukt een gewicht als een bankschroef op je borst. In je buik gaapt een diepe put. Voor je ogen spreidt zich een roetzwarte horizon uit, voor altijd versluierd door verdriet.

Je besefte zelf niet dat het zo erg met je was gesteld. De afgelopen jaren ben je een beetje de weg kwijtgeraakt, dat is waar, en je weet al heel lang dat het leven kwetsbaar is. Maar je had niet verwacht vandaag elk houvast te verliezen en zo snel van streek te kunnen raken. En je wist vooral niet dat er nog zo'n dikke slijklaag door je lichaam stroomde. Die donkerte, het gif, de ellende. Het gevoel van eeuwige eenzaamheid dat plotseling in je is ontwaakt en je terroriseert.

De medicijnbuisjes dobberen als bootjes op het water. Je maakt ze open en slikt de inhoud met handen vol in. Maar dat is niet genoeg. Je moet tot het einde doorgaan. Dus pak je het lemmet van het scheermes dat op de badrand ligt en laat het langs je onderarm glijden.

Je hebt er altijd bitter tegen gevochten, maar vandaag ben je daartoe niet langer in staat, want je vijand laat je niet los en hij kent je beter dan jij jezelf. Terwijl het mes je aderen nadert, denk je spottend terug aan de overdreven vreugde die je vanmorgen voelde toen je de zon door het raam zag schijnen.

En dan komt dat vreemde, geruststellende moment waarop je weet dat de teerling is geworpen en je enkele reis al is begonnen. Gehypnotiseerd kijk je naar het bloed dat, verdund in het water, prachtige, naamloze kronkelingen vormt. Terwijl je voelt dat je gaat, besef je dat de pijn in elk geval zal verdwijnen en juist op dit moment is dat van onschatbare waarde.

Terwijl de duivel je meeneemt door brandende stoomflarden, zweeft het beeld van het jongetje weer door je gedachten. Je ziet hem op een strand, aan zee. Een plek die Griekenland zou kunnen zijn, of Zuid-Italië. Je bent vlak bij hem. Zo dichtbij, dat je zelfs kunt ruiken hoe hij naar zand geurt, naar koren, geruststellend als een zachte zomeravondbries.

Wanneer hij naar je opkijkt, zie je geroerd zijn knappe gezichtje, zijn mopsneusje en zijn vrolijke tanden, die zijn glimlach onweerstaanbaar maken. Hij spreidt zijn armen open en begint om je heen te rennen.

'Mama, kijk, ik ben een vliegtuig!'

Midden in de winter

Dinsdag 20 december

1
Het syndroom van Parijs

Parijs is altijd een goed idee.
Audrey Hepburn

1

Vliegveld Roissy-Charles-de-Gaulle, aankomsthal.

Beslist een soort hel op aarde.

Bij de paspoortcontrole verdrongen zich honderden reizigers in een vastgelopen wachtrij die zich eindeloos uitstrekte als een vette boa. Gaspard Coutances keek op in de richting van de rij plexiglas cabines die twintig meter verderop stonden. In de reeks hokjes stonden slechts twee arme marechaussees om de enorme toestroom aan passagiers te controleren. Gaspard slaakte een wanhopige zucht. Elke keer wanneer hij op dit vliegveld kwam, vroeg hij zich af hoe de verantwoordelijke functionarissen de verwoestende gevolgen konden negeren van een zo gruwelijke eerste kennismaking met Frankrijk.

Hij beheerste zich. Alsof dit alles nog niet genoeg was, was het er vreselijk warm. De atmosfeer was klam, benauwd en doordrongen van een afschuwelijke stank van zweet. Gaspard nam plaats tussen een puber die eruitzag als een motorrijder en een groep Aziaten. De spanning was voelbaar: na de jetlag van een vlucht van tien of vijftien uur begrepen de passagiers, die er als zombies bij zaten, dat er nog geen einde was gekomen aan hun martelgang.

De lijdensweg was vlak na de landing begonnen. Zijn vlucht uit Seattle was weliswaar op tijd aangekomen – het vliegtuig was even voor negen uur die ochtend geland – maar ze hadden ruim twintig minuten moeten wachten voordat de slurf was aangekoppeld en ze het toestel konden verlaten. Daarop was een eindeloos lange wandeling door verouderde gangen gevolgd. Een ergerlijk zoeken naar de ingewikkelde, half verborgen richtingborden en een struikelende tocht over kapotte roltrappen, waarna hij de grootste moeite moest doen om niet in een overvolle pendelbus te worden geplet, waarna ze uiteindelijk als beesten waren losgelaten in deze sombere ruimte. Welkom in Frankrijk.

Gaspard baadde in het zweet, met zijn reistas over zijn schouder. Hij voelde zich alsof hij, sinds hij het vliegtuig had verlaten, al drie kilometer had gelopen. Verslagen vroeg hij zich af wat hij hier eigenlijk deed. Waarom veroordeelde hij zichzelf elk jaar tot een maand opsluiting in Parijs om een nieuw toneelstuk te schrijven? Hij lachte zenuwachtig. Het antwoord was eenvoudig en klonk als een slogan: schrijftechniek in een vijandige omgeving. Elk jaar huurde Karen, zijn agente, voor een maand een huis of een appartement waarin hij rustig kon werken. Gaspard haatte Parijs zo erg – en vooral de kerstperiode – dat het hem geen enkele moeite kostte vierentwintig uur per dag opgesloten te blijven zitten. Resultaat: het stuk schreef zichzelf. Of bijna. In elk geval was zijn tekst eind januari altijd klaar.

De rij slonk tergend traag. Het wachten werd een beproeving. Opgewonden kinderen renden schreeuwend langs de afscheidingen, een groep ouderen hield zich aan elkaar vast om niet ter plekke in elkaar te zakken, een baby spuugde de inhoud van zijn flesje uit in de hals van zijn moeder.

Die verdomde kerstvakanties... jammerde Gaspard, en hij hapte een grote teug bedorven lucht. Toen hij de ontevreden gezichten van zijn ongelukkige medereizigers zag, herinnerde hij zich een artikel dat hij in een tijdschrift had gelezen, dat ging over het 'syndroom van Parijs'. Elk jaar werden tientallen Japanse en Chinese toeristen in het ziekenhuis opgenomen, en vaak gerepatrieerd, vanwege ernstige psychiatrische stoornissen die hen tijdens hun eerste bezoek aan de hoofdstad hadden getroffen. Zodra ze in Frankrijk waren aangekomen, begonnen die vakantiegangers allerlei vreemde symptomen te vertonen: deliria, depressies, hallucinaties, paranoia. Na verloop van tijd hadden de psychiaters er een verklaring voor gevonden: de aandoening van de toeristen werd veroorzaakt door het grote verschil tussen hun fantastische voorstelling van de lichtstad en de werkelijkheid. Ze dachten de fantastische wereld van Amélie Poulain aan te treffen, uit de films en de reclames, maar in plaats daarvan troffen ze een harde, vijandige stad aan. Hun droomstad – die van de romantische cafés, boekenstalletjes langs de Seine, Montmartre en Saint-Germain-des-Prés – verbrijzelde in het aanzien van de werkelijkheid: de smerigheid, de zakkenrollers, de onveiligheid, de alom aanwezige vervuiling, de lelijkheid van de grote, stedelijke gebouwen en het verouderde openbaar vervoer.

Om aan iets anders te denken, haalde Gaspard enkele in vieren gevouwen velletjes papier uit zijn zak. De beschrijving en de foto's van de vergulde gevangenis die zijn agente voor hem in het 6e arrondissement had gehuurd. Het vroegere schildersatelier van Sean Lorenz. De foto's waren aanlokkelijk en beloofden een heldere, open, rustgevende ruimte, uitstekend geschikt voor de schrijfmarathon die hem wachtte. Meestal vertrouwde hij foto's niet, maar Karen had het appartement bekeken en ze had hem verzekerd dat het hem zou bevallen. En zelfs nog meer, had ze er geheimzinnig aan toegevoegd.

Hopelijk zou hij er snel zijn.

Hij moest nog ruim een kwartier wachten tot een van de marechaussees zich verwaardigde een blik in zijn paspoort te werpen. Vriendelijk als een gevangenisdeur, het soort dat 'goedendag' noch 'dank u wel' zei en niet reageerde op zijn 'nog een fijne dag' toen hij zijn identiteitspapieren terugkreeg.

Opnieuw verbaasde Gaspard zich over de borden. Hij ging de verkeerde kant op en liep even later terug. Een reeks roltrappen. Een rij automatische deuren, die steevast te laat reageerden. Snel liep hij de rolvloeren over. Gelukkig was hij niet zo dom geweest bagage mee te nemen die moest worden opgehaald.

Hij bevond zich nu niet ver meer van de uitgang van de hel. Hij vocht om zich los te maken uit de gebruikelijke menigte die de aankomsthal blokkeerde, baande zich een weg door de drukte, liep een stel omver dat elkaar stond te zoenen en sprong over passagiers die op de kale vloer lagen te slapen. Recht voor hem uit betekende de draaideur met een bordje UITGANG – TAXI's erboven het einde van zijn beproeving. Daar, nog enkele meters en hij zou uit deze nachtmerrie zijn bevrijd. Hij zou een taxi nemen en met zijn hoofdtelefoon op met de piano van Brad Mehldau en de bas van Larry Grenadier aan de werkelijkheid ontsnappen. Straks, vanmiddag, zou hij meteen beginnen met schrijven en hij...

De regen temperde zijn enthousiasme. Een stortbui geselde het asfalt vanuit een loodgrijze hemel. In de lucht hing een elektriserende droefheid. Geen enkele taxi te zien. Wel bussen van CRS en verdwaalde passagiers.

'Wat is er aan de hand?' vroeg hij aan een kruier die bij een asbak op een voet onaangedaan een sigaret stond te roken.

'Weet u dat niet? Er wordt gestaakt, meneer.'

2

Op datzelfde moment stapte Madeline Greene op station Gare du Nord uit de Eurostar van 9.47 uur uit Londen.

Haar eerste schreden op Franse bodem waren aarzelend. Het kostte haar moeite zich te oriënteren. Haar benen waren zwaar en bibberig. Behalve moe was ze duizelig, misselijk en had ze last van oprispingen van brandend maagzuur. De arts had haar nog gewaarschuwd voor bijwerkingen van haar behandeling, maar ze had niet verwacht met kerst er zo slecht aan toe te zijn.

De koffer die ze achter zich aan sleepte, was als lood. Het geluid van de wieltjes op de betonnen vloer galmde vervormd en nog harder in haar hoofd en deed haar schedel bijna barsten. De hoofdpijn waarvan ze al last had sinds ze wakker was geworden, werd er nog erger door.

Ondanks de weinig flatterende reputatie van Gare du Nord had deze plek Madeline altijd al gefascineerd. Waar anderen wanorde en angst zagen, zag zij een concentratie van ruwe, aanstekelijke energie. Meer een plaats vol wonderen, een eeuwig in beweging zijnde bijenkorf. Duizenden levens en lotsbestemmingen die elkaar kruisten en een reusachtig spinnenweb weefden. Een woeste stroming, bedwelmend, een vloedgolf die je moest temmen om niet te verdrinken.

Ze zag het station vooral als een toneel vol met duizenden acteurs: toeristen, mensen uit de buitenwijken en de arme voorsteden, zakenmensen, patrouillerende agenten, clandestiene verkopers, dealers, personeel uit de omliggende cafés en winkels... Terwijl Madeline die miniatuurwereld onder aan de grote glas-in-loodramen bekeek, dacht ze aan zo'n grote sneeuwbol, die haar grootmoeder elke keer van haar reizen voor haar meenam. Een enorme, gonzende bol, zonder plastic lovertjes, die uit zijn voegen barstte door de drukte.

Ze kwam uit op het plein voor het station, waar ze door een rukwind werd begroet. Wat het weer betreft, was het er nog erger dan in Londen: een druilerige regen, een grijze lucht, vochtig en klam. Zoals Takumi al tegen haar had gezegd, blokkeerden tientallen taxi's de toegang tot het station. Bussen en auto's konden geen reizigers laten instappen en moesten de passagiers aan hun lot overlaten. Bij een televisiecamera liepen de gemoederen hoog op: stakers en weggebruikers genoten van de aandacht voor deze eindeloos terugkerende ellende, waar de kranten en nieuwszenders zo gek op waren.

Madeline liep snel om de groep heen. *Waarom heb ik er niet aan gedacht een paraplu mee te nemen?* zei ze kwaad tegen zichzelf, toen ze in de richting van Boulevard Magenta liep. Omdat ze te dicht bij de stoeprand liep, werd ze natgespat toen een auto door een plas reed. Drijfnat liep ze woedend Rue Saint-Vincent-de-Paul af, tot aan de ingang van de kerk. Daar wachtte Takumi achter het stuur van een dubbel geparkeerde bestelwagen op haar, precies op tijd op de afgesproken plaats. Op zijn kakelbonte Estafette stond een vrolijke tekst, die een fel contrast vormde met de grauwe omgeving: LE JARDIN EXTRAORDINAIRE – BLOEMENHANDEL – 3 BIS, RUE DELAMBRE – 75014 PARIS. Toen Madeline hem zag, zwaaide ze naar hem, voordat ze voor in de cabine stapte.

'*Hello*, Madeline, welkom in Parijs,' zei de bloemist om haar te verwelkomen, en hij gaf haar een handdoek.

'Hallo, jongen, ik ben blij je te zien.'

Ze droogde haar haar terwijl ze de jonge Aziaat bekeek. Takumi had kortgeknipt haar, hij droeg een ribfluwelen jack en een zijden sjaal. Boven zijn ronde gezicht troonde een geruite, flanellen pet waaronder twee flaporen uitstaken, die hem er als een kleine muis deden uitzien. Bovendien had hij een dunne snor, die meer weghad van een snor van een nauwelijks volwassen puber dan die van Thomas Magnum. Hij was niet ouder geworden sinds ze uit Parijs was vertrokken en de leuke bloemenwinkel aan hem had overgedaan waarin ze hem enkele jaren eerder in dienst had genomen.

'Fijn dat je me bent komen ophalen. Dank je,' zei Madeline terwijl ze haar gordel omdeed.

'Graag gedaan. Vandaag zou je geen kant uit hebben gekund met het openbaar vervoer.'

De jonge bloemist schakelde en reed Rue d'Abbeville op. 'Zoals je ziet, is er in dit land niets veranderd sinds je bent vertrokken,' zei hij, en hij wees naar de groep demonstranten. 'Het wordt zelfs met de dag erger.'

De ruitenwissers van de oude Renault konden nauwelijks alle regen aan die op de voorruit roffelde.

Ondanks de misselijkheid, die opnieuw in haar opkwam, dwong Madeline zichzelf verder te praten. 'En, hoe gaat het leven? Heb je geen kerstvakantie genomen?'

'Pas eind volgende week. We willen Nieuwjaar met de familie van Marjolaine vieren. Haar ouders hebben een distilleerderij in Calvados.'

'Als je nog steeds zo slecht tegen alcohol kunt, kan dat gezellig worden!'

De bloemist begon te blozen. Nog altijd even gevoelig, dacht Madeline glimlachend, terwijl ze door het raam naar de drijfnatte omgeving keek. De bestelwagen kwam aan bij Boulevard Haussmann, reed vijfhonderd meter door en sloeg toen Rue Tronchet in. Ondanks de stromende regen en ondanks het slechte sociale leefklimaat was Madeline blij hier te zijn.

Ze had het heerlijk gevonden om in Manhattan te wonen, maar ze had er niet de zogenaamde energie opgedaan die door sommigen van haar vriendinnen zo werd geroemd. New York had haar eigenlijk juist vermoeid. Haar lievelingsstad bleef nog altijd Parijs, want daarheen keerde ze terug om haar wonden te laten helen. Ze had hier vier jaar gewoond. Niet bepaald de mooiste jaren, maar in elk geval wel de belangrijkste: jaren van troost, van wederopbouw, van wedergeboorte.

Tot 2009 had ze in Engeland bij de recherche van Manchester gewerkt. Daar was een afschuwelijk onderzoek, waar ze voor verantwoordelijk was geweest – de zaak-Alice Dixon* – volkomen misgelopen, waardoor ze gedwongen was geweest de politie te verlaten. Door die mislukking had ze alles verloren: haar beroep, het respect van haar collega's en haar zelfvertrouwen. In Parijs was ze een kleine bloemenwinkel begonnen en was ze aan een nieuw leven begonnen in Montparnasse, ver bij alle moordonderzoeken en verdwenen kinderen vandaan. Dat kalmere leven had opnieuw een radicale wending genomen toen een ontmoeting haar op een onverwacht spoor had gezet, waardoor ze de kans had gekregen het onderzoek te heropenen dat haar leven had verwoest. Uiteindelijk had de zaak-Alice Dixon een gelukkig einde in New York gevonden. Haar succes was zo groot, dat ze de kans had gekregen voor de WITSEC te komen werken, het nationale getuigenbeschermingsprogramma. Ze had haar bloemenwinkel aan Takumi overgedaan en was naar New York gevlogen. Een jaar later had de NYPD – de politie van New York – haar een contract aangeboden als adviseur van een afdeling voor cold cases. Madelines opdracht was een aantal oude, niet-opgeloste zaken met nieuwe ogen te bekijken. Een baan die spannend zou hebben geleken in een televisieserie of een detective van Harlan Coben, maar die in werkelijkheid slechts een doodsaaie kantoorbaan bleek te zijn. In vier jaar tijd was Madeline slechts één keer op een plaats delict geweest. Het was dan ook niet gelukt ook maar één onderzoek te laten heropenen. De eenheid waarvan ze deel uitmaakte, had een gebrek aan middelen en moest vechten tegen een bureaucratie waarbij vergeleken de Franse nog verbleekte. Voor elk verzoek om een DNA-onderzoek moest ze een hele stapel formulieren invullen, elke keer dat ze toestemming vroeg om een oude getuige te ondervragen of toegang tot bepaalde dossiers te krijgen, vereiste de aanvraag een waanzinnige hoeveelheid papierwerk en liep het meestal uit op een 'nee' van de FBI, die de interessantste criminele onderzoeken in eigen hand hield.

Zonder enige spijt had ze uiteindelijk ontslag genomen en was in Engeland gaan wonen. Ze had het zichzelf zelfs kwalijk genomen dat ze het

---

* Zie *Bericht uit Parijs*, A.W. Bruna, 2014.

zo lang had uitgehouden. Want nadat Jonathan Lempereur – de man van wie ze had gehouden en met wie ze mee naar Manhattan was gegaan – was teruggekeerd naar zijn vrouw, was er eigenlijk niets meer wat haar in de Verenigde Staten had gehouden.

'Marjolaine en ik verwachten in het voorjaar een baby,' vertrouwde de bloemist haar plotseling toe.

Die onthulling rukte Madeline uit haar overpeinzingen. 'Dat... dat is heel leuk voor jullie,' zei ze, terwijl ze probeerde haar stem vrolijk te laten klinken.

Maar haar reactie klonk onecht. Zo onecht, dat Takumi over iets anders begon: 'Je hebt nog steeds niet gezegd waarom je naar Parijs bent gekomen, Madeline.'

'Om allerlei redenen,' antwoordde ze ontwijkend.

'Als je op kerstavond bij ons thuis wilt komen eten, ben je welkom.'

'Dat is aardig van je, maar liever niet. Je moet het me niet kwalijk nemen, maar ik wil echt graag even alleen zijn.'

'Zoals je wilt.'

Weer was het stil. Een drukkende stilte. Madeline zei verder niets. Met haar neus tegen het raam gedrukt, probeerde ze te zien waar ze waren en ze dwong zichzelf elke plek te verbinden aan een herinnering aan haar leven in Parijs. Place de la Madeleine deed haar denken aan een expositie in het schilderijenmuseum gewijd aan Dufy; Rue Royale herinnerde haar aan een bistro die een fantastische kalfsragout serveerde; de Pont Alexandre III bleef verbonden met een ongeluk dat ze op een regenachtige dag met haar motorfiets had gehad...

'Ben je voor je werk gekomen?' hield Takumi vol.

'Natuurlijk,' loog ze.

'Heb je Jonathan onlangs nog gezien?'

Bemoei je met je eigen zaken!

'Nou, is je ondervraging afgelopen? Mag ik je erop wijzen dat ik hier de smeris ben?'

'Maar je bent juist geen smeris meer, als ik alles goed heb gevolgd...'

Ze zuchtte. Die sukkel begon haar op haar zenuwen te werken. 'Goed, ik zal eerlijk zijn,' zei ze, 'ik wil dat je ophoudt met die vragen. Ik heb je opgeleid en mijn zaak aan je verkocht, maar dat geeft je niet het recht me over mijn leven te ondervragen.'

Terwijl de bestelwagen Esplanade des Invalides overstak, keek Takumi Madeline van opzij aan. Ze was nog steeds zoals hij haar had gekend, met haar confronterende karakter, haar ruime, leren jack, haar blonde hoekig geknipte haar, een beetje oldskool.

Kwaad draaide Madeline het raam open en stak een sigaret op.

'Echt, rook je nog?' predikte de bloemist. 'Dat meen je niet.'

'Hou je mond,' antwoordde ze, en uitdagend blies ze een rookwolk zijn kant op.

'Nee! Niet in mijn auto! Ik wil niet dat mijn bestelwagen naar sigarettenrook stinkt!'

Toen de Estafette bij een verkeerslicht moest stoppen, maakte Madeline van de gelegenheid gebruik door haar tas te pakken en het portier te openen.

'Maar... Madeline, wat doe je nou?'

'Ik ben oud genoeg om het zonder goedkope morele lessen te hoeven doen. Ik loop wel verder.'

'Nee, wacht, je...'

Ze sloeg het portier dicht en beende in haar eentje weg over de stoep van Rue de Grenelle.

Het stroomde nog steeds van de regen.

3

'Staking?' riep Gaspard uit. 'Wat voor staking?'

Gelaten haalde de kruier zijn schouders op en maakte een onbestemd gebaar. 'Mwah, hetzelfde als altijd, u weet wel...'

Om zich tegen de striemende regen te beschermen, hield Gaspard zijn hand boven zijn ogen. 'Er zijn dus geen taxi's?'

'Nada. U kunt de RER B proberen, maar slechts een op de drie treinen rijdt.'

Dan ga ik nog liever dood.

'En de bus?'

'Geen idee,' zei de man grijnzend, en hij nam een laatste trek van zijn sigaret.

Woedend liep Gaspard terug de terminal in. In een wachtruimte bladerde hij *Le Parisien* van die dag door. De titel voorop was veelzeggend: DE GROTE BLOKKADE. Taxichauffeurs, treinmachinisten, personeel van de RATP, luchtverkeersleiders, stewardessen en stewards, vrachtwagenchauffeurs, havenarbeiders, postbeambten, de gemeentereinigingsdienst: iedereen werkte samen en dreigde de regering het land lam te leggen wanneer die niet een controversiële wet introk. In het artikel werd uitgelegd dat meer stakingen konden worden verwacht en dat als gevolg van de blokkade van de raffinaderijen de kans bestond dat er in het land binnen nu en enkele dagen een tekort aan benzine zou ontstaan. Alsof dat nog niet genoeg was, was het na een eindeloos durende piek in de luchtvervuiling, aan het begin van de maand, ook de beurt aan de Seine, met een historische hoogwaterstand. Overal rondom Parijs waren overstromingen, wat de doorgang nog moeilijker maakte.

Gaspard wreef in zijn ogen. *Altijd hetzelfde liedje, elke keer wanneer ik in dit land kom...* De nachtmerrie ging door, maar langzaam maar zeker maakte woede plaats voor gelatenheid.

Wat moest hij doen? Als hij een mobiel zou hebben gehad, had hij Karen kunnen bellen en haar om een oplossing kunnen vragen. Maar Gaspard had nooit een mobiele telefoon willen hebben. Net zoals hij geen computer had, geen tablet met touchscreen, geen e-mailadres en dat hij nooit het internet op ging.

Enigszins naïef ging hij in de hal van het luchthavengebouw op zoek naar een telefooncel, maar die leken allemaal te zijn verdwenen.

De bus bleef zijn laatste hoop. Hij ging naar buiten en zocht tevergeefs een agent, om hem om informatie te vragen. Het kostte hem ruim een kwartier om de subtiele verschillen door te krijgen tussen de verschillende lijnen van de bussen van Air France, en hij moest kwaad toekijken hoe twee propvolle bussen, waar niemand meer bij kon, voor zijn neus wegreden.

Na nog eens een halfuur te hebben gewacht en terwijl het nog harder ging regenen, lukte het hem eindelijk in een van de bussen te klimmen. Geen zitplaats, nee – dat kon je wel vergeten – maar hij had in elk geval wel de goede lijn genomen, die naar Gare Montparnasse.

Als sardientjes op elkaar gepropt, druipend van de regen, ondergingen de passagiers gelaten de lijdensweg tot aan het einde. Met zijn tas tegen zich aan gedrukt, dacht Gaspard mijmerend aan de definitie van een mens door Dostojevski: een wezen dat zich aan alles aanpast. Aan kapotte voeten doordat iedereen op je tenen staat, aan heen en weer worden geduwd, mensen die in je gezicht niezen, met onbekenden in een benauwd hol staan zweten, samen aan een stang vol met microben hangen...

Weer kwam de verleiding in hem op om alles af te zeggen en uit Frankrijk te vertrekken, maar hij zette zich schrap en zei tegen zichzelf dat zijn beproeving niet langer dan een maand zou duren. Als het hem zou lukken zijn tekst op tijd in zijn appartement af te ronden, zou hij over nog geen vijf weken het einde van de winter en het begin van de lente in Griekenland doorbrengen, waar hij in een haven op het eiland Sifnos een zeiljacht had liggen. Hij zou zes maanden door de Cycladen gaan varen, één met de elementen, in een explosie van gevoelens en kleuren: het verblindende wit van de zon op de kalk, de kobaltblauwe hemel, de turquoise diepten van de Egeïsche Zee. In Griekenland voelde

Gaspard zich één met het landschap, de planten en de geuren, in een soort pantheïstisch samengaan. Nadat hij zich had laten bedwelmen door de zeelucht, smolt hij weg in het kreupelhout langs de droge stenen muren, en hij verheugde zich al op de geuren van tijm, salie, olijfolie en geroosterde inktvis. Een genot dat tot half juni zou duren. Wanneer de toeristen zouden beginnen de eilanden te bederven, zou hij wegvluchten naar Amerikaans territorium, naar zijn chalet in Montana.

Dat was een andere manier van leven: een terugkeer naar de natuur, die er wild en woest was. Zijn dagen zouden er worden bepaald door vissen op forel, eindeloos ronddwalen door de berkenbossen, rond de meren en langs de rivieren en beekjes. Een eenzaam, maar intens bestaan, ver van de kanker van de steden met bleke bewoners.

Meter voor meter kroop de bus over de A3. Door de beslagen ramen zag Gaspard soms delen van de borden die de afritten naar de noordoostelijke buitenwijken aangaven: Aulnay-sous-Bois, Drancy, Livry-Gargan, Bobigny, Bondy...

Hij had het nodig zich telkens langdurig te kunnen afsluiten, zichzelf te reinigen, de kanker van de beschaving van zich af te spoelen. Want Gaspard Coutances was al lange tijd in oorlog met de gejaagdheid en de chaos van een wereld die zijn ondergang tegemoet ging. Een wereld die aan alle kanten uit zijn voegen barstte en die hij niet langer begreep. Als goede misantroop voelde hij zich meer verwant aan beren, roofdieren en slangen dan aan zijn zogenaamde menselijke broeders. Hij was er trots op dat hij zich had kunnen afsluiten van een wereld die hij haatte. Trots dat hij het grootste deel van de tijd buiten de samenleving en haar regels kon leven. Zo had hij al vijfentwintig jaar geen televisiescherm meer aangezet, wist hij vrijwel niets van internet en reed hij in een Dodge van eind jaren zeventig.

Zijn kluizenaarsbestaan vloeide voort uit een resoluut, maar niet radicaal ascetisme. Zo nu en dan, wanneer de gelegenheid zich voordeed, gunde hij zichzelf een uitspatting. Dan kon hij zijn bergen of zijn schuilhoek in Griekenland achter zich laten en het vliegtuig nemen naar een concert van Keith Jarrett in Juan-les-Pins, naar een retrospectief van Bruegel in Rotterdam of naar een voorstelling van *Tosca* in de arena van Verona. En dan had hij ook nog die fameuze schrijfmaand in Parijs. Nadat zijn toneelstuk een jaar lang in zijn hoofd had liggen rijpen, ging hij zestien uur per dag achter zijn bureau zitten. Elke keer was hij bang voor een gebrek aan ideeën, inspiratie of zin, maar elk jaar zette een geheimzinnig proces hem weer in beweging. In de loop van het droge schrijfproces zonder pathos vloeiden woorden, settings, dialogen en weerwoorden uit zijn pen en versmolten tot een samenhangend geheel.

Zijn stukken werden nu in bijna twintig talen vertaald en over de hele wereld opgevoerd. Alleen al vorig jaar werd er aan bijna vijftien producties in de Verenigde Staten en Europa gewerkt. Een van zijn laatste stukken, *Ghost Town*, was in de Schaubühne opgevoerd, het mythische theater in Berlijn, en was genomineerd voor een Tony Award. Zijn stukken sloegen vooral aan bij de intellectuele pers, die zijn werk enigszins probeerde te interpreteren en het nogal overschatte.

Gaspard was nooit aanwezig bij de voorstellingen van zijn stukken en gaf nooit interviews. In het begin had Karen zich er druk om gemaakt dat hij ervoor koos niet in de media te verschijnen, maar ze had deze gereserveerdheid uiteindelijk benut om een 'mysterie Gaspard Coutances' te scheppen. Hoe minder hij eraan werkte, hoe meer de pers hem uiteindelijk overspoelde met loftuitingen. Hij werd vergeleken met Kundera, Pinter, Schopenhauer, Kierkegaard. Gaspard voelde zich niet gevleid door die complimenten, want hij had altijd al gevonden dat zijn succes gebaseerd was op een misverstand.

Voorbij Bagnolet kroop de bus over de *périphérique* tot hij de afrit van Bercy kon nemen naar Gare de Lyon. Daar bleef de bus eindeloos lang staan, om de helft van de passagiers te laten uitstappen. Daarna reed hij verder in westelijke richting.

De toneelstukken van Gaspard hadden allemaal hetzelfde thema: de absurditeit en de tragiek van het leven, de medeaanwezigheid van eenzaamheid naast de menselijke vorm. Ze gaven uiting aan de verachting van Gaspard van de waanzin van zijn tijd en koesterden geen enkele illusie, geen enkel optimisme noch goede gevoelens en hadden vooral geen happy end. Maar hoe wanhopig en hoe wreed ze ook waren, zijn stukken waren grappig. Zeker, het waren geen *Pouic-Pouic*, *La cage aux folles* of *Au théâtre ce soir*, maar het waren beslist levendige en dynamische stukken. Zoals Karen zei: ze gaven de toeschouwers het gevoel dat ze vrij konden zijn, en de critici dat ze intelligent waren. Dat verklaarde misschien de bevlieging van het publiek en waarom de bekendste komieken erom vochten zijn valse teksten te mogen gebruiken.

Ze staken de Seine over. Boulevard Arago; de droevige, verregende kerstversieringen herinnerden Gaspard eraan hoe erg hij de pest had aan deze periode en aan wat er van dit feest was geworden: gewoon een commercieel, vulgair braaksel. Toen stopte de bus op Place Denfert-Rochereau, vlak voor de ingang van de catacomben. Rond de Lion de Belfort stond een kleine groep demonstranten met vlaggen te zwaaien in de kleuren van de CGT, de FO en de FSU. De chauffeur draaide zijn raam omlaag en sprak een agent aan die het verkeer stond te regelen. Gaspard luisterde en begreep dat Avenue du Maine geblokkeerd was, evenals alle andere toegangswegen naar de Tour Montparnasse.

De deuren van de bus gingen met een zuigend geluid open. 'Eindpunt, iedereen uitstappen,' zei de chauffeur geamuseerd, terwijl hij zijn passagiers aan een onzeker lot overliet.

Buiten verergerde het noodweer nog meer.

4

Vanwege de staking en de blokkades van de afvalverwerkingsbedrijven lag het afval overal in Parijs op straat. Bergen vuil groeiden voor de restaurants, de ingangen van de gebouwen en voor de winkels. Verongelijkt en weifelend tussen afschuw en woede maakten sommige toeristen zelfs spottende selfies bij de overvolle afvalbakken.

In de stromende regen liep Madeline Rue de Grenelle af, haar koffer op wieltjes, die elke honderd meter een kilo zwaarder leek te worden, achter zich aan sleurend. Moedig had ze besloten het niet op zich te laten zitten. Om de moed erin te houden, dacht ze aan het programma dat ze voor de komende dagen voor zichzelf had uitgestippeld. Wandelen op het Île Saint-Louis, een muzikale komedie in het Châtelet, een toneelstuk in het Théâtre Édouard VII, de Hergé-tentoonstelling in het Grand Palais, de film *Manchester by the Sea* en in haar eentje naar een paar restaurantjes... Ze wilde een fijne tijd hebben. Ze was hierheen gekomen om uit te rusten en orde op zaken te stellen. Ze vond dat de stad dit soort magie uitstraalde.

Ze liep verder en dacht niet aan de medische ingreep die ze over enkele dagen zou moeten ondergaan. Toen ze Rue de Bourgogne was gepasseerd, stopte het plotseling met regenen. Toen ze op Rue du Cherche-Midi was, brak er zelfs voorzichtig een zonnestraaltje door, wat haar deed glimlachen. Ze zocht op haar smartphone naar de mail van het verhuurplatform waarop ze het huis had uitgekozen.

'Een appartement in Parijs' was de opdracht die ze een maand geleden in de zoekmachine had opgegeven, toen ze op zoek was naar een appartement. Na enkele tientallen kliks en een halfuur zoeken, was ze terechtgekomen op de site van een makelaar die gespecialiseerd was in het verhuren van ongewone objecten. Het huis ging haar budget ver te boven, maar het had haar meteen zo aangesproken dat ze nergens anders meer wilde wonen. Bang dat het onder haar neus zou worden weggekaapt, had Madeline meteen haar creditcard gepakt om de reservering vast te leggen.

In het bevestigingsbericht stond zowel het adres van de woning als een reeks toegangscodes. Volgens de aanwijzingen stond het gebouw in de Allée Jeanne Hébuterne, een doodlopend straatje dat werd afgesloten door een ijzeren hek, pal tegenover restaurant Chez Dumonet. Madeline vond het hek met afbladderende verf, en met een half oog op het scherm van haar telefoon tikte ze de vier cijfers in waarmee ze het kon openen.

Zodra Madeline het achter zich had afgesloten, voelde ze zich meteen ondergedompeld in een buitentijds heiligdom. Ze werd direct getroffen door het vele groen – kamperfoelie, bamboe, jasmijn, magnolia's – en allerlei struiken – Mexicaanse sinaasappelboompjes, rotsheide, vlinderstruiken – die van de plek een landelijk, boers juweel maakten, mijlenver bij de rauwe stad vandaan. Toen ze verder liep over de tegels, zag ze een groep van vier maisonnettes. Huisjes van één etage met een groentetuin eromheen, waarvan de gevels verdwenen onder de klimop en passiebloemen.

Het laatste huis in het straatje was het huis dat ze had gehuurd. Met de andere had ze niets te maken. Van buiten was het een kubus van gewapend beton, versierd met een ruitpatroon van rode en zwarte baksteen. Madeline tikte nog een code in om de grote, ijzeren deur zonder raam te openen, waarop een smeedijzeren spreuk was bevestigd: CURSUM PERFICIO. Hier eindigt mijn weg.

Zodra ze naar binnen ging, gebeurde er iets met haar: een soort verwondering, bijna als door de bliksem getroffen. Een fascinatie die haar recht in haar hart trof. Waar kwam dat gevoel vandaan dat ze zich er meteen thuis voelde? Dat gevoel van onbeschrijflijke harmonie? Kwam het door de inrichting? De okergele schitteringen van natuurlijk licht? Van het contrast met de chaos die buiten heerste?

Madeline was altijd al gevoelig geweest voor de inrichting van ruimtes. Gedurende lange tijd had dat zelfs deel uitgemaakt van haar werk: laat de omgeving praten. Maar de ruimtes waarmee ze toen te maken had gehad, waren juist bijzonder omdat het plaatsen delict waren geweest...

Ze zette haar koffer in een hoek van de hal en nam er de tijd voor alle kamers te bekijken. *Cursum Perficio* was een perfect gerestaureerde atelierwoning uit de jaren twintig. Drie verdiepingen rondom een begroeide patio.

Op de begane grond een open keuken met een eetkamer en een grote, sobere zitkamer. Toen ze een kale, houten trap af liep, kwam ze uit op een lagere verdieping ter hoogte van de tuin, die in twee slaapkamers was verdeeld die uitkeken op een fontein met klimplanten eromheen. De eerste verdieping bestond uit een groot atelier, een slaapkamer en bijbehorende badkamer.

Onder de indruk van de meer dan vier meter hoge, betimmerde raamopeningen in de muur, die uitkeken op de hemel en de boomtoppen, bleef Madeline minutenlang in het atelier staan. In de beschrijving op de verhuursite had ze gelezen dat het huis eigendom was geweest van de schilder Sean Lorenz. Het atelier zag er inderdaad uit alsof de schilder net was vertrokken, met felle vlekken op de vloer, schildersezels en schilderijlijsten in allerlei maten, de maagdelijke doeken die in kasten stonden. En vooral de verfpotten, kwasten, penselen en spuitbussen.

Met moeite kon ze zich van het atelier losmaken. Het was opwindend en verwarrend om je in de intimiteit van de schilder te begeven. Terug in de zitkamer opende ze de glazen schuifdeur die uitkwam op het terras. Daar werd ze getroffen door de bedwelmende geuren van de bloemen die van de beneden liggende patio opstegen en glimlachend keek ze naar de roodborstjes die rond een aan de muur bevestigde magnolia vlogen. Ze voelde zich meer op het platteland dan in Parijs. Ze zou nu eerst een bad nemen en dan met een kop thee en een goed boek op het terras gaan zitten.

Dit huis had het plezier terug in haar leven gebracht. Ze had er goed aan gedaan haar intuïtie te volgen en hierheen te gaan. Parijs was echt de stad waarin alles mogelijk was.

5

De regen vervloekend, sprong Gaspard van de ene stoep op de andere, zijn jack boven zijn hoofd houdend, zijn tas scheef over zijn schouder. Vanuit Denfert was hij zonder te aarzelen naar het metrostation Edgar-Quinet gegaan. Toen hij Rue Delambre op liep, voelde hij zich op bekend terrein. Twee jaar geleden had Karen een groot appartement voor hem gehuurd op de hoek van Square Delambre. Hij herinnerde zich de straat nog goed: het schooltje, hotel Lenox, het prachtige Le Jardin met al die bloemen in de etalage en de restaurants waar hij had gegeten: het Sushi Gozen en de Bistrot du Dôme.

Het stopte eindelijk met regenen toen hij op Boulevard du Montparnasse aankwam. Gaspard trok zijn jack weer aan en veegde zijn bril droog. In de straat klonken rauwe, verwarde kreten. Rotjes, rookbommen, gefluit, sirenes, vijandige, tegen de regering gerichte slogans. De verkeersader stond vol met demonstranten. Een stoet die wachtte om Rue de Rennes op te gaan. Gaspard herkende de gele, fluorescerende jacks en de rode hessen van de CGT, die zich hadden verzameld rondom een heteluchtballon en een geluidswagen van waaruit de dicht opeengedrukte menigte werd opgeroepen op weg te gaan.

De toneelschrijver dook de golf van vlaggen en spandoeken in, waarna hij buiten adem Boulevard Raspail bereikte. Blij dat het er iets rustiger was, bleef hij, tegen een lantaarnpaal geleund, staan uithijgen. Badend in het zweet haalde hij het papiertje uit zijn zak dat Karen hem had gestuurd, en herlas het adres van het huis en de instructie hoe hij er moest komen. Toen liep hij verder, terwijl enkele spaarzame zonnestralen fonkelend de stoep beschenen.

Op de hoek van Rue du Cherche-Midi bekeek hij opgetogen de etalage van een wijnhandel. De Rouge et Noir. Hij keek goed of de winkel leeg was, voordat hij naar binnen ging. Hij wist precies wat hij wilde hebben en sprak de eigenaar kort aan. Tien minuten later vertrok hij met een doos grand cru's: gevrey-chambertin, chambolle-musigny, saint-estèphe, margaux, saint-julien...

Alcohol...

Toen hij in de etalages zijn spiegelbeeld zag, dacht hij kort aan de vreselijke scène aan het begin van de film *Leaving Las Vegas*, waarin het door Nicolas Cage gespeelde personage bij een drankwinkel stopte om een winkelwagentje vol te laden met tientallen flessen alcohol. Een halte, inleiding tot een afdaling naar een suïcidale hel.

Zo erg was het met Gaspard nog niet, maar alcohol maakte integraal deel uit van zijn dagelijks leven. Hoewel hij meestal alleen dronk, lukte het hem ook zich memorabele stukken in de kraag te drinken in de kroegen van Columbia Falls, Whitefish of Sifnos. Hij bezatte zich grondig met gefrustreerde kerels die niets gaven om Bruegel, Schopenhauer, Milan Kundera of Harold Pinter.

Dat was de eenvoudigste manier om zijn breuklijnen te dichten en het leven minder tragisch te maken. Een handlanger die hem hielp het bestaan enkele fragmenten van onbezorgdheid te ontfutselen. Alcohol was zowel vriend als vijand en was het schild dat emoties op afstand hield, de maliënkolder die hem tegen zijn angsten beschermde, het beste slaapmiddel. Hij herinnerde zich een zin van Hemingway: 'Een intelligent man wordt soms gedwongen te drinken om tijd te kunnen doorbrengen met imbecielen.' En zo was het. Alcohol loste in feite geen enkel probleem op, maar het was een tijdelijk middel om het grote verbond van middelmatigheid te verdragen dat, volgens hem, de mensheid vergiftigde.

Gaspard was scherp genoeg, hij wist dat de kans bestond dat de alcohol het uiteindelijk zou winnen. Hij had zelfs een vrij nauwkeurig idee van de manier waarop dat zou kunnen gebeuren: er zou een dag komen waarop het leven zo ondraaglijk voor hem zou worden, dat hij er niet meer tegen zou kunnen nuchter te zijn. Het beeld van zijn door alcohol doordrenkte kadaver dat in een ravijn viel, spookte door zijn hoofd. Snel verjoeg hij die nachtmerrie en hij zag dat hij bij een hek was aangekomen dat was bedekt met een verflaag Pruisisch blauw.

Hij klemde de doos met wijn onder zijn arm en toetste de vier cijfers van de digitale code in waarmee de ingang van Allée Jeanne-Hébuterne was afgesloten. Zodra hij het smalle straatje in liep, ontspande er zich iets in hem. Lange tijd bleef hij vol verbazing staan toen hij de begroeiing en de provinciale, bijna ouderwets aandoende, met bomen begroeide doorgang zag. Hier leek de tijd langzamer te verstrijken dan elders, alsof de plek werd doorsneden door een parallelle tijdas. Twee sullige katten lagen in de zon. Vogels kwetterden tussen de takken van de kersenbomen. De chaos van buiten leek plotseling erg ver weg te zijn en het was moeilijk te geloven dat je je hier slechts op enkele honderden meters van de afgrijselijke Tour Montparnasse bevond.

Gaspard deed enkele stappen over de ongelijke bestrating. Enigszins achteraf, verscholen tussen de struiken, waren kleine, zandstenen huizen met gepleisterde muren te zien. Achter verroeste hekken waren de okergele gevels bedekt met klimop en wilde wingerd. Achteraan stond een gewaagd bouwsel met geometrische vormen. Een parallellepipedum van gewapend beton met een brede, opaalglazen band die over een gevel van als een dambord gemetselde zwarte en rode baksteen liep. Boven de deur stond een smeedijzeren spreuk: CURSUM PERFICIO, de naam van het laatste huis van Marilyn Monroe. Een toetsenbordje hing klaar om een nieuwe code in te tikken. Gaspard volgde Karens instructies, waarop de ijzeren deur met een zachte klik van het slot ging.

Nieuwsgierig naar hoe het er vanbinnen uit zou zien, liep Gaspard de hal in en hij kwam meteen in de zitkamer uit. Die was niet zo mooi als op de foto's. Die was mooier. Het huis was op een ingenieuze manier rondom een rechthoekige patio gebouwd en had een L-vormig terras.

'Verdomme, zeg...' siste hij tussen zijn tanden, verbaasd door de prachtige omgeving. Alle spanning die hij gedurende de afgelopen uren had opgebouwd, verdween in één keer. Hij was hier in een andere dimensie, een ruimte die zowel vertrouwd als geruststellend was. Functioneel, uitnodigend en zuiver. Hij dacht even na over waar dit gevoel vandaan zou kunnen komen, maar noch de architectuur, noch de harmonische verhoudingen verhielden zich op een wijze waarvan hij de regels kende.

Meestal was hij niet gevoelig voor inrichtingen. Hij was gevoelig voor landschappen, voor de weerkaatsing van besneeuwde bergtoppen in het oppervlak van een meer, voor de blauwachtige witheid van gletsjers, voor de bedwelmende immensheid van naaldbossen. Hij geloofde niet in al die drukte over feng shui en de invloed van meubels op de energiestromen in een kamer. Maar hij moest toegeven dat hij hier alleen 'goede golven' ervoer, met in elk geval de zekerheid dat hij zich hier prettig zou voelen en er met plezier zou werken.

Hij deed de glazen schuifdeur open, liep het terras op en leunde tegen de balustrade. Hij genoot met volle teugen van de zingende vogels en deze landelijk aandoende sfeer. Het was gaan waaien, maar het was heerlijk en de zon scheen in zijn gezicht. Voor het eerst sinds lange tijd glimlachte Gaspard. Om zijn aankomst te vieren, zou hij een fles gevrey-chambertin openen en een glas inschenken, waarvan hij kalm zou gaan genieten terwijl...

Een geluid rukte hem uit zijn dromen. Er was nog iemand in het huis. Misschien een schoonmaakster of een onderhoudsmonteur. Hij keek naar binnen.

Daar zag hij een vrouw staan die hem aankeek. Volkomen naakt, op een badhanddoek na, die ze om haar borst had geslagen en die tot op haar dijen hing.

'Wie bent u en wat doet u in mijn huis?' vroeg hij.

Ze keek hem kwaad aan. 'Dat wilde ik juist precies zo aan u vragen,' antwoordde ze.

2
De 21 gramtheorie

Een deel van wat ons aantrekt bij kunstenaars is hun anders-zijn, hun weigering zich te conformeren, hun uitdagende houding in het aangezicht van de samenleving.
Jesse Kellerman

1

'Eerlijk gezegd geloof ik niet dat ik goed begrijp wat u mij nou verwijt, mevrouw Greene.'

Met zijn zilvergrijze haar en omvangrijke torso leek Bernard Benedick meer op iemand die op wacht stond voor een groot, eenkleurig doek dat achter in zijn galerie aan Rue du Faubourg-Saint Honoré hing. Hij zag eruit alsof hij onlangs veel gewicht had verloren, in zijn veel te ruime onderhemd met Mao-kraag en zijn absintgroene houthakkershemd. Een dikke Le Corbusier-bril bedekte de bovenste helft van zijn gezicht, maar gaven zijn grote ogen een levendige, doordringende blik.

'De informatie op de site was gelogen,' herhaalde Madeline met een hardere stem. 'Nergens was sprake van een medehuurder.'

De galeriehouder schudde zijn hoofd. 'Het huis van Sean Lorenz wordt niet aan twee personen verhuurd,' verzekerde hij haar.

'Kijkt u zelf maar,' zei Madeline wanhopig, en ze gaf hem twee uitgeprinte velletjes: haar eigen huurcontract en een geheel identiek exemplaar dat ze van die ander had gekregen, van die Gaspard Coutances, met wie ze oog in oog was komen staan toen ze een uur geleden de badkamer uit was gekomen.

De galeriehouder pakte de papieren en keek ze door met een blik alsof hij er niets van begreep. 'Er lijkt inderdaad een fout te zijn gemaakt,' gaf hij uiteindelijk toe, terwijl hij aan zijn bril trok. 'De computer moet een fout hebben gemaakt. Eerlijk gezegd kan ik daar niet echt mee overweg. Nadia, een van onze stagiaires, heeft de advertentie op de site gezet. Ik had kunnen proberen haar te bereiken, maar ze is vanmorgen op vakantie naar Chicago vertrokken en...'

Madeline onderbrak hem. 'Ik heb al een mail naar uw site gestuurd, maar dat heeft mijn probleem niet opgelost. De man die nu in het huis is, komt uit de Verenigde Staten en is niet van plan te vertrekken.'

Het gezicht van de galeriehouder betrok. 'Ik had dat huis ook nooit moeten verhuren. Zelfs vanuit zijn graf verpest Lorenz nog mijn leven,' mopperde hij kwaad in zichzelf.

Geërgerd zuchtte hij.

'Weet u wat?' zei hij. 'Ik zal u uw geld teruggeven.'

'Ik wil geen geld. Ik wil wat we hebben afgesproken: in dat huis wonen. Alléén!'

Madeline benadrukte dat woord en trilde inwendig van de irrationele overtuiging dat ze op die plek móést wonen.

'In dat geval zal ik die meneer Coutances terugbetalen. Zal ik hem bellen?'

'Geloof het of niet, maar hij heeft geen telefoon.'

'Goed dan, geeft u hem mijn voorstel door.'

'Ik heb hem maar vijf minuten gesproken en hij lijkt me niet erg meegaand.'

'U bent ook niet erg meegaand,' zei Benedick, terwijl hij haar een visitekaartje gaf. 'Belt u mij zodra u hem hebt gesproken. En als u nog even in de galerie wilt rondkijken, kan ik intussen een briefje voor hem schrijven om me te verontschuldigen en voor te stellen hem schadeloos te stellen.'

Madeline borg het kaartje op in haar broekzak en draaide zich op haar hakken om, zonder de man te bedanken. Ze had haar twijfels over het effect dat de woorden van de galeriehouder zouden hebben op die Coutances, die meer weg had van een soort agressieve, koppige beer.

Het was lunchtijd. Omdat het niet druk was, nam Madeline er de tijd voor de kunstwerken te bekijken. De galerie was gespecialiseerd in moderne, stedelijke kunst. In de eerste zaal hingen alleen zeer grote doeken, die allemaal met 'Geen titel' werden aangeduid. Eenkleurige vlakken in treurige tinten, met een mes besneden en met verroeste spijkers betimmerd. De tweede ruimte daarentegen fonkelde van de levendige, energieke kleuren. De tentoongestelde werken zaten een beetje tussen graffiti en Aziatische kalligrafie in. Madeline bekeek ze belangstellend, maar ze deden haar niets.

Dit soort schilderijen spraken haar niet aan. Eerlijk gezegd had ze nooit veel voor moderne kunst gevoeld. Zoals iedereen had ze de artikelen gelezen en de reportages gezien over het succes van de grote kunstenaars – de schedel met diamanten van Damien Hirst en zijn in formaline gefixeerde dieren, de kreeften van Jeff Koons in het kasteel van Versailles die tot een polemiek hadden geleid, de opzienbarende provocaties van Banksy, de naaldboom in de vorm van een dildo van Paul McCarthy, die het Place Vendôme verpestte – maar ze had nog niet de sleutel gevonden waarmee ze deze wereld kon binnengaan. Weifelend ging ze toch de laatste zaal in, waarin een gevarieerd aantal werken stond. Die sloegen echt helemaal nergens op, dacht ze bij zichzelf, terwijl ze bij een reeks felgekleurde fallusvormige opblaassculpturen bleef staan, en vervolgens bij in roze kunsthars gegoten personages uit pornografische mangastrips. De expositie vervolgde met twee grote skeletten die waren verstard in een extreme Kamasutra-positie, monumentale bouwsels van legosteentjes en een wit marmeren standbeeld van een chimaera, bestaande uit de borst en het hoofd van Kate Moss en het lichaam van een leeuw. Even verderop, achter in de zaal, lag een verzameling wapens uitgestald – geweren, donderbussen, haakbussen – gemaakt van afvalmaterialen: sardineblikjes, kapotte lampen, verroest of houten keukengerei, die met ijzerdraad, plakband en touw bij elkaar werden gehouden.

'Bevalt het u?'

Madeline schrok op en keek om. Ze was zo in de kunstwerken opgegaan, dat ze Bernard Benedick niet had horen aan komen lopen.

'Ik ben geen kenner, maar a priori is dit niet mijn stijl.'

'En wat is uw "stijl" dan wel?' vroeg de galeriehouder geamuseerd, terwijl hij haar een envelop gaf, die ze in de zak van haar spijkerbroek stak.

'Matisse, Brancusi, Nicolas de Staël, Giacometti...'

'Ik ben het met u eens dat dit hier niet van hetzelfde niveau is,' zei hij glimlachend en hij wees nadrukkelijk naar de reeks kleurige geslachtsdelen in erectie. 'U kunt erom lachen, maar dit verkoopt op het moment het best.'

Madeline trok een weifelend gezicht. 'Hebt u hier werk van Sean Lorenz?'

Het gezicht van Benedick, dat tot nu toe joviaal was geweest, betrok. 'Nee, helaas niet. Lorenz was een kunstenaar die weinig schilderde. Zijn werk is tegenwoordig vrijwel onvindbaar en is een fortuin waard.'

'Wanneer is hij precies overleden?'

'Een jaar geleden. Hij was net negenenveertig jaar oud.'

'Dat is jong om te sterven.'

Benedick knikte. 'Sean had altijd al een zwakke gezondheid. Hij had al lange tijd een hartprobleem en had verscheidene bypasses.'

'Had u het alleenrecht op zijn werk?'

De man grijnsde bedroefd. 'Ik was zijn belangrijkste exposant, maar ik was vooral zijn vriend, ook al hadden we vaak ruzie.'

'Waar lijken de doeken van Lorenz op?'

'Nergens op,' riep hij uit. 'Lorenz is Lorenz!'

'Maar toch?' hield Madeline vol.

Benedick begon te vertellen: 'Sean was een schilder die in geen enkel hokje was onder te brengen. Hij behoorde tot geen enkele school en liet zich door geen enkele stroming vangen. Als u een analogie binnen de film zoekt, zouden we kunnen zeggen dat hij een beetje op Stanley Kubrick leek: een kunstenaar die meesterwerken in zeer verschillende genres weet te scheppen.'

'Is het appartement van Lorenz nu van u?'

'Laten we het erop houden dat ik probeer het uit de handen van de schuldeisers van Sean te houden. Ik ben zijn erfgenaam en zijn executeur-testamentair.'

'Zijn schuldeisers? U zei dat het werk van Lorenz onbetaalbaar is.'

'Dat is waar, maar zijn scheiding heeft hem veel geld gekost. En hij schilderde al jaren niet meer.'

'Waarom niet?'

'Vanwege zijn ziekte en privéproblemen.'

'Wat voor problemen?'

Benedick reageerde geërgerd. 'Bent u van de politie?'

'Eigenlijk wel, ja,' antwoordde Madeline lachend.

'Wat bedoelt u daarmee?' vroeg hij verbaasd.

'Ik ben enkele jaren politieagent geweest,' legde de jonge vrouw uit. 'Eerst bij de recherche in Manchester en daarna in New York.'

'Wat voor onderzoek deed u?'

Ze haalde haar schouders op. 'Moord, ontvoeringen...'

Benedick kneep zijn ogen samen, alsof hij op een idee werd gebracht. Hij keek op zijn horloge en wees door het raam naar buiten, naar het Italiaanse restaurant aan de andere kant van de straat, waarvan de zwarte etalage en de vergulde versieringen aan het zeilwerk van een piratenschip deden denken. 'Houdt u van saltimbocca?' vroeg hij. 'Ik heb over een uur een afspraak, maar als u meer over Sean wilt weten, kunnen we samen gaan eten.'

2

Een zachte wind wiegde de takken van een oude linde die midden op de binnenplaats stond. Gaspard Coutances zat aan een tafeltje op het terras te genieten van een slok wijn. De gevrey-chambertin was heerlijk: evenwichtig, intens, overvloedig en soepel in de mond, met fruitige aroma's van kersen en zwarte bessen.

Toch werd het genot van de wijn verpest door de onzekerheid omtrent de huur van het huis. Mijn hemel, dacht hij, ik denk er niet aan dat ik me door dat meisje het huis uit laat zetten. Hij wilde hier zijn toneelstuk schrijven. Dat was zelfs geen principekwestie meer, maar een noodzaak. Deze ene keer dat hij als bij donderslag door een ingeving getroffen werd, nu hij zich op de goede plaats bevond, weigerde hij zich over te geven. Maar die Madeline Greene leek hem een taaie. Ze had erop gestaan dat hij haar telefoon gebruikte om zijn agent te bellen. Hoewel ze niet direct verantwoordelijk was voor deze situatie, had Karen zich uitgeput in excuses en hem tien minuten later teruggebeld. Ze had hem laten weten dat ze voor hem een suite in het Bristol had gereserveerd, totdat alles zou zijn opgehelderd. Maar Gaspard had dat botweg geweigerd en haar een ultimatum gesteld: het was dit huis of niets. Karen zou voor een oplossing moeten zorgen, of anders was het afgelopen met hun samenwerking. Meestal maakten dit soort bedreigingen Karen juist vechtlustig, maar deze keer was hij bang dat dat niet genoeg zou zijn.

Nog een slok bourgogne. Vogelgezang. Zachte lucht. Een hartverwarmende winterzon. Gaspard kon een glimlach niet onderdrukken, want hij vond de situatie ook wel komisch. Een man en een vrouw die vanwege een computerfout voor kerst hetzelfde huis hadden gehuurd. Het leek wel op het begin van een toneelstuk. Niet van het intellectuele en cynische soort zoals hij ze zelf schreef, maar iets vrolijkers. Zo'n stuk uit de jaren zestig en zeventig, geschreven door Barillet en Gredy, waar zijn vader zo van hield, die grote furore hadden gemaakt in het Théâtre Antoine of het Théâtre des Bouffes-Parisiens.

Zijn vader...

Dat ontbrak er nooit aan. Elke keer wanneer Gaspard naar Parijs kwam, herleefden de herinneringen uit zijn jeugd, vuur waarvan hij dacht dat het gedoofd was. Om zich niet te branden, verjoeg Gaspard die gedachten uit zijn hoofd voordat ze te pijnlijk werden. Mettertijd had hij geleerd dat hij dit soort herinneringen beter op een afstand kon houden. Kwestie van overleven.

Hij schonk opnieuw wijn in en met het glas in zijn hand liep hij van het terras de zitkamer in. Allereerst werd zijn aandacht getrokken door de verzameling langspeelplaten: honderden jazzplaten, keurig uitgestald en geklasseerd op planken van massief eikenhout. Hij legde een plaat van Paul Bley op de platenspeler, iemand die hij niet kende, en even liet hij zich meeslepen door de heldere tonen van de piano, die uit de boxen aan de muren klonken.

Er waren geen tekeningen of schilderijen te zien, alleen zwart-wit-foto's van de familie. Een man, een vrouw, een kind. De man was Sean Lorenz. Gaspard herkende hem, want hij herinnerde zich dat hij het portret van hem had gezien – gemaakt door de Engelse kunstenaar Jane Brown – in een necrologie die afgelopen december in *Le Monde* had gestaan. Het originele, grote formaat van de foto hing voor hem: een grote gedaante, een indrukwekkende gestalte, een messcherp gezicht, een geheimzinnige blik, die of onrustig was, dan wel vastberaden. De vrouw van Lorenz stond op slechts twee foto's. Haar poses leken op die van Stephanie Seymour of Christy Turlington op de voorpagina's van de modetijdschriften van vijfentwintig jaar geleden. Een schoonheid uit de jaren negentig: rijzig, sensueel, stralend. Slank zonder mager te zijn. Stralend zonder ongrijpbaar te zijn. Maar op de meeste foto's waren Lorenz en zijn zoon te zien. De schilder was wellicht een strenge man geweest, maar wanneer hij met zijn kind was – een blond jongetje met een vrolijke kop en fonkelende ogen – veranderde zijn uitstraling, alsof de levensvreugde van het joch aanstekelijk werkte op de vader. De laatste foto's van deze gezinsexpositie waren twee nogal vrolijke prentjes met Lorenz, die stond te schilderen met kinderen van vijf of zes jaar oud, onder wie zijn zoon, waarschijnlijk in een school of tijdens een schilderles voor de allerjongsten.

In de boekenkast vond Gaspard, tussen werken over illustere personen en gelimiteerde uitgaven die waren uitgegeven door Taschen of Assouline, een monografie van het werk van Lorenz. Een pil van bijna vijfhonderd pagina's, prachtig ingebonden, meer dan drie kilo zwaar. Gaspard zette zijn glas op het lage tafeltje en liet zich op de bank zakken om het boek door te bladeren. De eerlijkheid gebood hem toe te geven dat hij het werk van Lorenz niet kende. Wat betreft schilderkunst ging zijn voorkeur vooral uit naar de Vlaamse school of de gouden eeuw van de Nederlanders: Van Eyck, Bosch, Rubens, Vermeer, Rembrandt... Hij bladerde het voorwoord door, dat van de hand van ene Bernard Benedick was, die een diepgaande analyse beloofde van het werk van Lorenz, waarvoor uit nooit eerder geopende archieven was geput. Meteen bij de eerste woorden waardeerde Gaspard al de vrije, directe toon die Benedick hanteerde om in grote lijnen de biografie van de schilder te schetsen.

Sean Lorenz was midden jaren zestig in New York geboren. Hij was de zoon van een huishoudster, Elena Lorenz, en een arts in Upper West

Side, die hem nooit had erkend. Als enige zoon had de toekomstige schilder zijn jeugd en puberteit met zijn moeder doorgebracht in de Polo Grounds Towers, een verzameling goedkope huurflats in het noorden van Harlem. Hoewel ze het niet breed hadden, had zijn moeder grote offers gebracht om haar zoon naar een protestantse privéschool te sturen. Maar de jonge Sean had geen dankbaarheid getoond voor dat offer: na verscheidene keren van school te zijn gestuurd, was hij langzaam maar zeker afgegleden naar het criminele circuit. Tegen het einde van zijn puberteit, tussen de inbraken door, was hij begonnen te schilderen, of beter gezegd: graffiti gaan maken op de muren van de metro van Manhattan, samen met een groep graffitispuiters die zich 'De Vuurwerkmakers' noemde.

Gaspard bekeek de foto's uit die tijd, die in het boek stonden. Daarop was Sean te zien, twintig of vijfentwintig jaar oud – jong maar al met een gekweld gezicht – gekleed in een te grote, zwarte jas, een T-shirt met verfvlekken, met een rapperspet op en versleten sneakers aan zijn voeten. Op de meeste foto's was hij gewapend met zijn spuitbussen te zien met twee handlangers: een spichtige Zuid-Amerikaan met een scherp gezicht en een groot, enigszins mannelijk aandoend meisje, dat overal een indiaanse hoofdband droeg. De beroemde Vuurwerkmakers, die wagons, schuttingen en vervallen muren met graffiti bespoten. Het waren vrij vage foto's, met een grove korrel, die waren genomen in de remises, op braakliggende terreinen en in de ondergrondse metrogangen. Foto's die getuigden van een woest, smerig, gewelddadig en stimulerend New York, dat Gaspard had gekend toen hij nog studeerde.

3

'De jaren tachtig waren de bloeitijd van de graffiti in New York,' legde Bernard Benedick uit, terwijl hij de spaghetti rond zijn vork wikkelde. 'Om de stad in bezit te nemen, smeerden jongens zoals Sean overal verf op waar ze maar konden: stalen rolluiken van winkels, brievenbussen, vuilnisbakken en natuurlijk metrowagons.'

Madeline zat tegenover de galeriehouder en luisterde aandachtig, terwijl ze van haar inktvissalade at.

Benedick legde zijn bestek op tafel, haalde een grote smartphone uit zijn zak en zocht in de fotobestanden tot hij een map met het werk van Sean Lorenz had gevonden. 'Kijk,' zei hij, en hij gaf het toestel aan Madeline.

Ze veegde over het scherm van de iPhone om de genummerde foto's te bekijken, die allemaal van deze tijd waren.

'Wat betekent "Lorz74"?' vroeg ze, en ze wees naar het acroniem dat op bijna alle werken was gespoten.

'Dat was het pseudoniem van Sean. Het is onder graffitispuiters gebruikelijk dat ze een link leggen naar hun naam en het nummer van hun straat.'

'Wie zijn die twee andere personen naast Lorenz?'

'Jongeren uit zijn wijk met wie hij toen optrok. Hun groep noemde zich De Vuurwerkmakers. Die kleine latino ondertekende zijn graffiti met het pseudoniem NightShift, maar hij is al snel van de radar verdwenen. Het meisje dat meer weg heeft van een bulldozer is een heel ander verhaal: zij is een zeer begaafde kunstenaar die bekendstaat onder de naam Lady-Bird. Een van de weinige vrouwen in de wereld van de graffiti.'

Madeline bekeek de tientallen foto's die Benedick had opgeslagen. Het New York uit de jaren tachtig en negentig leek weinig op de stad die ze had gekend. Het was een verbitterde stadsjungle; wijken die in handen van gangs waren, levens die door crack waren verwoest. In tegenstelling tot deze ellende waren de felle kleuren van de graffiti een waar vuurwerk. De meeste schilderwerken van Lorenz bestonden uit enorme, gekleurde letters, rond als opgeblazen heliumballonnen, die elkaar overlapten en in elkaar grepen in de pure *wildstyle*-traditie. Madeline zag met weemoed de muren van Manchester in gedachten voor zich, de wijk waarin ze haar tienerjaren had doorgebracht. Het warrige alfabet, op een chaotische manier overgaand in pijlen en uitroeptekens, wat bij haar tegengestelde gevoelens opriep. Ze haatte ze vanwege de anarchistische en wetteloze aard, maar ze moest toegeven dat deze verkwikkende muurschilderingen in elk geval de droefgeestigheid en grauwheid van het beton bestreden.

'Samengevat,' vervolgde de galeriehouder, 'begin jaren negentig was Sean Lorenz een kleine crimineel die met zijn bende rondtrok en zich volspoot met heroïne. Hij was ook een zeer begaafde graffitikunstenaar, met een redelijk goede techniek, iemand die in staat was interessante dingen te maken...'

'... maar niets hoogstaands,' raadde Madeline.

'Totdat dat allemaal in de zomer van 1992 veranderde.'

'Wat is er toen gebeurd?'

'Die zomer ontmoette Sean Lorenz op Grand Central een jonge, Franse vrouw van achttien jaar en werd meteen smoorverliefd op haar. Ze heette Pénélope Kurkowski. Haar moeder was Corsicaanse en haar vader Pool. Ze werkte in New York als au pair, maar daarnaast liep ze de castings af om te proberen mannequin te worden.'

De galeriehouder zweeg even en schonk een glas bronwater in.

'Om de aandacht van Pénélope te trekken, begon Sean alle metrostellen van New York te beschilderen. Twee maanden lang maakte hij een indrukwekkend aantal werken met als onderwerp zijn dulcinea.'

Hij pakte zijn telefoon en zocht andere foto's op, terwijl hij uitlegde: 'Lorenz was niet de eerste graffitikunstenaar die zijn liefde aan een vrouw door middel van zijn schilderijen verklaarde – Cornbread en Jonone hadden het al vóór hem gedaan – maar hij is de enige die het op deze manier heeft gedaan.'

Toen hij had gevonden wat hij zocht, legde hij zijn iPhone op tafel en schoof hem naar Madeline toe.

Ze boog naar het scherm. Stomverbaasd. De schilderingen waren een ode aan vrouwelijke schoonheid, aan wellust en sensualiteit. Terwijl zijn eerste schilderingen braaf, bijna romantisch waren, werden de latere veel obscener. Pénélope was erop te zien als een liaanvrouw, telkens opnieuw, zowel in de lucht als in het water, die zich op de ene wagon na de andere ontvouwde. Versierd met gebladerte, rozen en Franse lelies, en haar gezicht werd omhuld door een wilde bos haar die zweefde, golfde en zich verstrengelde om arabesken te vormen die zowel sierlijk als dreigend waren.

4

Het boek lag opengeslagen op zijn knieën. Gaspard Coutances kon zijn blik niet losmaken van de foto's van de metrowagons die door Sean Lorenz in 1992 in de maanden juli en augustus waren beschilderd. Zijn werk straalde. Hij had nog nooit zoiets gezien. Of eigenlijk wel: ze deden hem denken aan *La Femme-Fleur* van Picasso en sommige affiches van Alfons Mucha, maar dan in een pornografische undergroundversie. Wie was dat meisje met dat stralende lichaam, dat eruitzag alsof het met gouden bladeren was bedekt? De echtgenote van Lorenz, natuurlijk, stond in de bijschriften. Die Pénélope die hij al op de zwart-witfamiliefoto's had gezien. Een ambivalente vrouw, zowel warm als venijnig. Een schepsel met eindeloos lange benen, een albasten huid en rood haar.

Gefascineerd sloeg Gaspard de pagina's van de monografie om en ontdekte nog meer werken van een verontrustend erotische aard. Op sommige foto's leek het haar van Pénélope op een nest van tientallen slangen, die over haar schouders golfden, om haar borsten kronkelden, langs haar dijen geleden en haar intieme delen streelden. Haar gezicht, met een psychedelische halo, of doorweekt van een gouden regen, werd vervormd door genot. Haar lichaam vermeerderde zich, krampachtig, dwarrelend, verzengend...

5

'Lorenz blies daarmee in één klap alle regels op,' legde Benedick uit. 'Hij bevrijdde zichzelf van de strakke graffitivoorschriften en ging over in een andere dimensie, en daarmee plaatste hij zijn werk op één lijn met schilders als Klimt en Modigliani.'

Gefascineerd liet Madeline opnieuw de schitterende zijwanden van de wagons voorbijgaan. 'Is al zijn werk nu verdwenen?'

Op het gezicht van de galeriehouder verscheen een half geamuseerde, half gelaten glimlach. 'Ja, het heeft slechts een zomer bestaan. Een eendagsvlieg, dat is de essentie van stedelijke kunst. Dat bepaalt ook de schoonheid ervan.'

'Wie heeft al die foto's genomen?'

'De fameuze LadyBird. Zij zorgde voor het archief van de Vuurwerkmakers.'

'Het zal voor Lorenz wel gevaarlijk zijn geweest om zich met dergelijk werk bezig te houden.'

Benedick knikte. 'Aan het begin van de jaren negentig begon in New York het tijdperk van het zerotolerancebeleid. De ordediensten beschikten over een heel arsenaal aan afschrikwekkende legitieme mogelijkheden en de MTA, het nutsbedrijf voor het openbaar vervoer in de stad, had een ware mensenjacht ontketend op de graffitikunstenaars. De rechters deelden zeer strenge straffen uit. Maar de risico's die Sean nam, getuigden ook van de liefde die hij voor Pénélope voelde.'

'Hoe wist hij zich dan te redden?'

'Sean was sluw. Hij vertelde me dat hij uniformen had om bij de bewakingseenheden van de metro binnen te dringen en op die manier op de terreinen kon komen waar de treinen stonden opgesteld.'

Madeline zat nog steeds met haar ogen aan het scherm van de smartphone gekluisterd. Ze dacht aan Pénélope. Wat moest ze hebben gevoeld toen ze zag hoe haar stralende lichaam op obscene wijze heel Manhattan overspoelde? Had ze zich geflatteerd gevoeld? Gekwetst? Vernederd? 'Heeft Lorenz bereikt wat hij wilde?' vroeg ze.

'Wilt u weten of hij Pénélope in zijn bed heeft gekregen?'

'Zo zou ik het niet willen stellen, maar... ja.'

Met een handgebaar bestelde Benedick twee koffie, voordat hij vervolgde: 'Eerst trok Pénélope zich niets van Sean aan, maar het is moeilijk om zo iemand lange tijd te blijven negeren. Iemand die je op die manier verafgoodt. Na enkele dagen viel ze dan toch voor zijn charmes. Die zomer waren ze smoorverliefd op elkaar. Maar in oktober is Pénélope naar Frankrijk teruggekeerd.'

'Een gewone vakantieliefde, dus?'

De galeriehouder schudde zijn hoofd. 'Vergis u niet. Sean had die meid in zijn bloed. Zo erg, dat hij in december dat jaar naar Pénélope in Frankrijk toe is gegaan en hij met haar in een kleine tweekamerwoning aan Rue des Martyrs is gaan samenwonen. Daar ging Sean verder met schilderen. Niet alleen op metrostellen, maar ook op muren en schuttingen van braakliggende terreinen in de wijken Stalingrad en Seine-Saint-Denis.'

Madeline bekeek de foto's van de werken uit die periode. Ze waren allemaal uitgevoerd in dezelfde felle, explosieve kleuren. Een vitaliteit die herinnerde aan de murals in Zuid-Amerika.

'In die tijd, 1993, ontmoette ik Sean voor het eerst,' zei Benedick met een weemoedige blik. 'Hij schilderde in een klein atelier in het Tijdelijk Ziekenhuis.'

'Een tijdelijk ziekenhuis?'

'Een gekraakt gebouw in het 18e arrondissement, op de plaats van het vroegere Bretonse Ziekenhuis. Aan het begin van de jaren negentig mochten veel kunstenaars daar werken. Schilders en beeldhouwers natuurlijk, maar ook rockgroepen en musici.'

Het gezicht van de galeriehouder klaarde plotseling op toen hij daaraan terugdacht. 'Ik ben geen kunstenaar en ik heb geen bijzondere talenten, maar ik heb flair. Ik voel mensen aan. En toen ik Sean ontmoette, zag ik meteen dat hij honderd keer meer waard was dan al die andere graffitikunstenaars. Ik heb hem aangeboden zijn werk in mijn galerie te exposeren en ik heb hem dingen gezegd die hij in die tijd graag hoorde.'

'Zoals?'

'Ik heb hem aangeraden te stoppen met graffiti en spuitbussen en rechtstreeks met olieverf op doek aan de gang te gaan. Ik heb hem gezegd dat hij een meester was in vorm, kleur, compositie en beweging. Dat hij de mogelijkheden in zich had zijn werk op één lijn te zetten met dat van Pollock of De Kooning.'

Wanneer Benedick het over zijn vroegere protegé had, klonk zijn stem bijna beverig en stonden de tranen in zijn ogen. Madeline dacht aan een van haar vroegere vriendinnen, die jaren na een scheiding nog met tranen in haar stem over de man sprak die haar domweg in de steek had gelaten.

Ze dronk haar ristretto in één slok op en vroeg: 'Beviel het Lorenz meteen in Frankrijk?'

'Sean was een hoofdstuk apart. Hij was een eenling, heel anders dan de andere graffitikunstenaars. Hij haatte de hiphopbeweging, hij las veel en luisterde alleen naar jazz en minimalistische, repetitieve muziek. Hij miste New York natuurlijk, maar hij was smoorverliefd op Pénélope. Hoewel hun relatie altijd erg stormachtig is verlopen, bleef ze hem steeds inspireren. Tussen 1993 en 2010 heeft Sean eenentwintig portretten van zijn vrouw gemaakt. Deze serie stukken zijn de meesterwerken van Sean Lorenz. De "eenentwintig Pénélopes" zullen in de kunstgeschiedenis bekend blijven staan als de meest magistrale liefdesverklaringen die ooit jegens een vrouw zijn geuit.'

'Waarom eenentwintig?' vroeg Madeline.

'Vanwege de 21 gramtheorie, weet u: zoveel zou de ziel wegen...'

'Had Lorenz meteen succes?'

'Geenszins! Tien jaar lang heeft hij vrijwel geen doek verkocht. Toch schilderde hij van 's ochtends vroeg tot 's avonds laat en regelmatig gooide hij al zijn werk weg omdat hij er niet tevreden over was. Het was mijn taak de verzamelaars te laten kennismaken met de schilderijen van Sean en ze aan hen uit te leggen. Eerst was dat moeilijk, want zijn werk leek op niets wat al bekend was. Het heeft me bijna tien jaar gekost om zover te komen, maar mijn volharding heeft zichzelf uitbetaald. In de eerste jaren van de eenentwintigste eeuw waren bij elke expositie van Sean de doeken al op de avond van de vernissage verkocht. En in 2007...'

6

In 2007 is *Alphabet City*, een schilderij van Sean Lorenz uit 1998, op een door Artcurial georganiseerde veiling voor vijfentwintigduizend euro verkocht. Deze verkoop markeert in Frankrijk de explosie van straatkunst en het begin van een institutionele erkenning. Van de ene dag op de andere werd Sean Lorenz een ster in de schilderijenverkoop. Zijn kleurige werken, typerend voor de jaren negentig, breken het ene record na het andere.

Maar artistiek gezien is de schilder al op iets anders overgegaan. Adrenaline en de noodzaak tot het maken van graffiti hebben plaatsgemaakt voor bedachtzamere doeken, in een langer tijdsbestek van enkele maanden gemaakt, soms enkele jaren, waarbij hij telkens steeds grotere eisen aan zichzelf stelde. Als Lorenz niet tevreden was over een schilderij verbrandde hij het onmiddellijk. Tussen 1999 en 2013 schilderde hij zo meer dan tweeduizend doeken, die hij bijna allemaal heeft vernietigd. Slechts ongeveer veertig doeken hebben zijn onbarmhartige beoordelingen overleefd. Daaronder *September*, een monumentaal doek over de tragedie van het World Trade Center, dat voor ruim zeven miljoen dollar is gekocht door een verzamelaar die het zal schenken aan The National September 11 Memorial & Museum in New York.

Gaspard keek op van de tekst en sloeg de pagina's om, om de reproducties van de schilderijen uit die periode te bekijken. Lorenz had zichzelf weten te vernieuwen. De graffiti en de letters waren verdwenen uit zijn schilderijen, die nu rond vlakken vol kleur waren opgebouwd, eenkleurige velden met een duidelijk reliëf, aangebracht met een mes of een troffel, onophoudelijk weifelend tussen abstracte en figuratieve kunst. Zijn palet was misschien minder kleurig geworden – eerder pastelkleurig of herfstachtig: zandkleurig, oker, bruin, poederroze – maar het was ook subtieler. Gaspard was weg van de doeken uit die periode. Mineralen, paarlemoerachtig, ze deden hem afwisselend aan rotsen, aarde, zand, glas en de bruine bloedsporen op een lijkwade denken.

De schilderijen van Lorenz leken bezield. Ze leefden fysiek, ze maakten je helemaal van streek, troffen je in je hart, lieten je elk houvast verliezen, hypnotiseerden je en brachten tegengestelde gevoelens bij je teweeg: nostalgie, vreugde, bedaardheid, woede.

De laatste schilderijen die in het werk stonden, waren monochroom en dateerden uit 2010. Nu ging het hem vooral om de materie. Dikke lagen, reliëf om met licht te spelen. Maar het waren altijd overdadige werken.

Toen Gaspard het boek dichtsloeg, vroeg hij zich af hoe het mogelijk was dat hij de kunstenaar niet eerder ontdekt had.

7

'Hoe stond Lorenz tegenover geld?' vroeg Madeline.

Benedick doopte een suikerklontje in zijn koffie, alsof het eau de vie was. 'Sean beschouwde geld als een thermometer voor zijn vrijheid,' zei hij, terwijl hij een slok van zijn koffie nam. 'Voor Pénélope was het anders, zij kon er nooit genoeg van hebben. Tegen 2010, toen de waardering voor Sean op zijn hoogtepunt was, bleef ze maar bij haar man zeuren om hem over te halen dat hij een paar doeken aan Fabian Zakarian gaf, een galeriehouder in New York. En toen raadde ze hem aan dat hij een stuk of twintig van zijn nieuwe schilderijen rechtstreeks moest laten veilen, zonder tussenkomst van mijn galerie. Dat heeft hem miljoenen opgeleverd, maar het ging ten koste van onze relatie.'

'Hoe kan een doek op een goede dag zomaar miljoenen dollars waard zijn?' vroeg Madeline.

Benedick zuchtte. 'Dat is een goede vraag, die moeilijk te beantwoorden is, want de kunstmarkt werkt niet volgens rationele regels. De prijs van een kunstwerk wordt bepaald door een complexe strategie van verschillende deelnemers: kunstenaars, galeriehouders natuurlijk, maar ook verzamelaars, critici, conservators van musea...'

'Ik neem aan dat Seans verraad u diep heeft getroffen.'

De galeriehouder vertrok zijn gezicht, maar hij hield zich op de vlakte: 'Zo is het leven. Kunstenaars zijn net kinderen: vaak zijn ze ondankbaar.'

Hij zweeg enkele tellen, voordat hij uitlegde: 'De wereld van galeriehouders is een wereld vol met haaien, weet u. Vooral wanneer je, zoals ik, niet in dat elitaire kringetje bent geboren.'

'Maar hebt u wel contact met hem onderhouden?'

'Natuurlijk. Sean en ik kenden elkaar al heel lang. Twintig jaar ruzie en goedmaken. We zijn altijd met elkaar blijven praten, ook na de kwestie-Zakarian en na het drama dat hem heeft getroffen.'

'Wat voor drama?'

Benedick zuchtte luidruchtig. 'Sean en Pénélope hebben altijd een kind willen hebben, maar ze hebben er heel veel moeite voor moeten doen. In tien jaar tijd heeft ze een aantal miskramen gehad. Ik dacht zelfs dat ze het hadden opgegeven, toen het wonder zich voordeed: in oktober 2011 heeft Pénélope een zoon op de wereld gezet, de kleine Julian. En toen begon de ellende.'

'De ellende?'

'Na de geboorte van zijn zoon was Sean de gelukkigste man in de wereld. Hij bleef maar herhalen dat hij opbloeide door het contact met zijn zoon. Dat hij dankzij Julian de wereld met andere ogen zag. Dat hij bepaalde waarden had hervonden en zich had verzoend met eenvoudige zaken. Nou, u begrijpt het wel: de idiote woorden van sommige mannen die op latere leeftijd vader worden.'

Madeline zweeg. Benedick vervolgde: 'Het probleem was dat hij op artistiek vlak volkomen leeg was geworden. Hij zei dat hij geen creatieve inspiratie meer had en genoeg had van de schijnheilige kunstwereld. Drie jaar lang heeft hij alleen voor zijn zoon gezorgd. Stelt u zich eens voor! Sean Lorenz die zijn zoon de fles geeft, achter een kinderwagen loopt of versieringen maakt op peuterspeelzalen. De essentie van zijn artistieke werk werd teruggebracht tot met de kleine Julian door Parijs rondlopen om mozaïekjes voor hem te maken, omdat hij dat zo leuk vond. Dat leidde helemaal nergens toe.'

'Als hij geen inspiratie meer had...' probeerde Madeline.

'Inspiratie is onzin!' riep hij uit. 'Mijn hemel, u hebt de foto's van zijn werk gezien. Sean was een genie. En een genie heeft geen inspiratie nodig om te werken. Als je Sean Lorenz bent, stop je niet met schilderen. Gewoon omdat hij daar het recht niet toe had!'

'Ik denk toch van wel,' merkte Madeline op.

Benedick keek haar dreigend aan, maar ze vervolgde: 'Dus Lorenz heeft tot aan zijn dood geen penseel meer aangeraakt?'

Bernard Benedick schudde zijn hoofd, zette zijn dikke bril af en wreef in zijn ogen. Zijn ademhaling was versneld, alsof hij zojuist vier verdiepingen de trap op was gelopen. 'Twee jaar geleden, in december 2014, is Julian onder tragische omstandigheden om het leven gekomen. Vanaf dat moment heeft Sean niet alleen niet meer gewerkt, maar is hij letterlijk volkomen ingestort.'

'Wat voor tragische omstandigheden?'

Even wendde de galeriehouder zijn blik af en zocht het licht dat van buiten kwam. 'Sean was altijd al een combinatie van kracht en zwakte geweest,' legde hij uit zonder de vraag te beantwoorden. 'Na de dood van Julian is hij weggezakt tussen zijn oude demonen: drugs, alcohol en medicijnen. Ik heb hem zo goed mogelijk geholpen, maar ik denk dat hij helemaal niet gered wilde worden.'

'En Pénélope?'

'Hun huwelijk was al lange tijd voorbij. Ze heeft het drama gebruikt om scheiding aan te vragen en ze had niet veel tijd nodig om een nieuw leven te beginnen. En wat Sean daarna heeft gedaan, heeft hun verhouding er niet beter op gemaakt.'

De galeriehouder zweeg even, alsof hij de spanning verder op wilde voeren. Plotseling kreeg Madeline het onaangename gevoel dat ze werd gemanipuleerd, maar haar nieuwsgierigheid was sterker. 'Wat heeft Lorenz gedaan?'

'In februari 2015 was het me eindelijk gelukt een project op poten te zetten waaraan ik al heel lang werkte: een overzichtstentoonstelling van het werk van Sean, met als kernpunt de eenentwintig Pénélopes. Voor het eerst in de wereld zouden de eenentwintig portretten op een en dezelfde plaats te zien zijn. Beroemde verzamelaars hadden ons hun doeken uitgeleend. Het was echt een ongeëvenaarde gebeurtenis. Maar de nacht voor de opening van de tentoonstelling heeft Sean in de galerie ingebroken en heeft een voor een alle werken met een lasbrander vernietigd.'

Het gezicht van Benedick was lijkbleek geworden, alsof hij de gebeurtenis opnieuw beleefde.

'Waarom heeft hij dat gedaan?'

'Een soort loutering, denk ik. Een symbolische manier om Pénélope te doden, omdat hij haar ervan beschuldigde verantwoordelijk te zijn voor de dood van Julian. Maar wat de reden ook mag zijn geweest, ik zal hem die daad nooit vergeven. Sean had het recht niet die doeken te vernietigen. Allereerst omdat ze deel uitmaakten van het schilderserfgoed. En ook omdat hij mij daarmee heeft geruïneerd en mijn galerie op de rand van de ondergang heeft gebracht. Al twee jaar lang krijg ik allerlei verzekeringsmaatschappijen achter me aan. Er is een strafrechtelijk onderzoek gestart. Ik heb geprobeerd mijn reputatie te beschermen, maar in de kunstwereld is niemand slachtoffer en mijn geloofwaardigheid heeft een...'

Madeline onderbrak hem. 'Wat ik niet goed begrijp, is wie de eigenaar was van die eenentwintig Pénélopes.'

'Het grootste deel was eigendom van Sean, Pénélope en mij. Maar drie ervan waren eigendom van grote verzamelaars, een Rus, een Chinees en een Amerikaan. Om hen ervan te weerhouden een aanklacht in te dienen, heeft Sean hun beloofd hun nieuwe doeken te geven. Heel uitzonderlijke doeken, had hij gezegd. Maar natuurlijk bleef hij dat maar uitstellen.'

'Hij schilderde toch niet meer?'

'Nee, ik had die doeken ook al opgegeven. Vooral omdat Sean de laatste maanden van zijn leven volgens mij fysiek zelfs niet meer in staat was om te schilderen.'

Even werd zijn blik troebel. 'Zijn laatste jaar was een ware lijdensweg. Hij heeft twee openhartoperaties ondergaan, waarbij hij elke keer bijna is overleden. Maar de dag voor zijn dood heb ik hem nog aan de telefoon gehad. Hij was voor een paar dagen naar New York vertrokken om daar een cardioloog te consulteren. Die keer zei hij ook dat hij was begonnen met schilderen en dat hij al drie doeken af had. Dat ze in Parijs stonden en dat ik ze binnenkort zou zien.'

'Misschien zei hij de waarheid niet.'

'Je kon Sean Lorenz van van alles beschuldigen, maar hij was geen leugenaar. Na zijn dood heb ik overal naar de doeken gezocht, in alle hoeken en gaten van zijn huis, op de zolder en in de kelder. Maar ik heb geen spoor van die werken gevonden.'

'U zei dat u zijn executeur-testamentair en zijn erfgenaam bent.'

'Dat klopt, maar de erfenis van Sean is nihil, zo erg heeft Pénélope hem uitgewrongen. Behalve het huis Cherche-Midi, dat u kent en waarop een hypotheek rust, was er verder niets meer.'

'Heeft hij u verder niets gegeven?'

Benedick barstte in lachen uit. 'Misschien,' zei hij, en hij haalde iets uit zijn zak.

Het was een doosje lucifers met reclame erop. Hij gaf het aan Madeline.

'Wat is dat Grand Café?'

'Een brasserie in Montparnasse waar Sean vaak kwam.'

Madeline draaide het doosje om en zag op de achterkant een met balpen geschreven tekst. Een beroemd citaat van Apollinaire: *Het wordt hoog tijd de sterren weer aan te steken.*

'Het is zonder enige twijfel het handschrift van Sean,' verzekerde de galeriehouder haar.

'En u weet niet waar het op duidt?'

'Geheel niet. Ik zou graag willen geloven dat het een boodschap is, maar hoe ik het ook bekijk, ik begrijp er niets van.'

'En dit doosje was echt voor u bestemd?'

'Het was in elk geval het enige wat hij in de kluis van het huis had laten liggen.'

Nadat hij twee bankbiljetten had neergelegd om de rekening te betalen, stond Bernard Benedick op, deed zijn jack aan en sloeg zijn sjaal om.

Madeline was blijven zitten. Ze bekeek nog steeds zwijgend het lucifersdoosje en leek het verhaal te verwerken dat de galeriehouder haar zojuist had verteld. Na enige tijd stond ze eveneens op en vroeg: 'Waarom hebt u dit allemaal juist aan mij verteld?'

Benedick knoopte zijn jack dicht en antwoordde alsof het de normaalste zaak van de wereld was: 'Zodat u me kunt helpen de verdwenen schilderijen terug te vinden, natuurlijk.'

'Waarom ik?'

'U bent toch politieagent? En zoals ik u al heb gezegd: ik ga altijd op mijn gevoel af. En iets zegt me dat als die doeken echt bestaan – en daar ben ik van overtuigd – u de meest geschikte persoon bent ze te vinden.'

3
De schoonheid van touw

Als u het met woorden zou kunnen zeggen, zou er geen enkele reden zijn het te schilderen.
Edward Hopper

1

Op de afslag van de rotonde gaf Madeline gas en ze reed op de kruising met Allée de Longchamp bijna door het rode licht.

Na haar lunch met de galeriehouder had ze bij een dealer op Avenue Franklin-Roosevelt een scooter gehuurd. Ze had geen zin om de middag met een dronken Amerikaan in het atelier van Lorenz te verdoen. Ze had haar scooter op de Champs-Élysées geparkeerd en was langs de kerstkramen gewandeld. Haar wandeling had niet langer dan een kwartier geduurd, zo mistroostig was ze geworden van al die houten chalets die naast elkaar aan beide kanten van de zogenaamd 'mooiste laan van de wereld' stonden. Friettenten, verkopers van prullaria *made in China* en de walgelijke stank van worst en churros. Dit leek meer op een kermis dan op de sprookjesachtige witte kerst uit haar jeugd.

Teleurgesteld was ze weggegaan, eerst in de richting van de etalages van de grote warenhuizen, toen onder de bogen door en naar de tuin van Place des Vosges. Maar net als op de Champs vond ze er niet wat ze zocht: een greintje magie, een glimp sprookjesachtigheid, een klein beetje kerstgeest van de oude *Christmas Carols*. Voor het eerst voelde ze zich niet prettig in Parijs. Niet op haar plaats.

Ze pakte haar Vespa, liet de groepen toeristen achter zich, hun luidruchtige gekakel en eindeloze gedoe met selfiesticks, die je elk moment in je oog dreigden te steken, en reed in een willekeurige richting weg. De kleuren en vormen van Lorenz bleven voor haar ogen dansen. Ze begreep nu dat ze eigenlijk alleen maar ernaar verlangde haar reis met de schilder te vervolgen. Zich te laten meevoeren door de golven van licht, zich te verliezen in de nuances van zijn kleurenpalet, verblind te worden door zijn stralende schitteringen. Maar Bernard Benedick had haar gewaarschuwd: 'Er is slechts één plaats in Parijs waar u een doek van Sean Lorenz kunt zien.' Vastberaden het erop te wagen, reed Madeline in de richting van het Bois de Boulogne.

Omdat ze de omgeving niet kende, parkeerde ze haar tweewieler zodra ze kon, vlak bij de hekken van de dierentuin, en ging lopend verder over Avenue du Mahatma Gandhi. De zon had het nu definitief gewonnen van de grauwheid. Het was mooi weer. Goudkleurig stof dwarrelde door de vochtige lucht. Rondom het park was niets van kwade vakbondsleden of demonstraties te zien. Kinderwagens, kindermeisjes, de kreten van kinderen en verkopers van warme kastanjes droegen bij aan een goedaardige sfeer.

Plotseling verscheen er een enorm glazen vat tussen de takken van de kale bomen. Gehuld in kristallijnen sluiers tekende de Fondation Louis Vuitton zich scherp af onder een blauwe hemel. Al naargelang de verbeeldingskracht van het publiek stelde het gebouw een reusachtige, glazen schelp voor, een ijsberg op drift of een hightech zeilschip met een paarlemoeren vlag.

Madeline kocht een kaartje en ging het gebouw binnen. De hal was groot, licht en luchtig, met uitzicht op een mooie omgeving. Ze voelde zich onmiddellijk thuis in deze glazen cocon en wandelde enige tijd rond door het atrium. Ze liet de harmonie van de welvingen en de luchtige gratie van het bouwsel tot zich doordringen. De vrolijke, als water bewegende schaduwen die de glazen dakplaten wierpen wanneer het licht op de vloer werd weerkaatst, verkwikten haar als een shot van zachtheid en warmte.

Madeline liep de trap op en liep door een opaalkleurig labyrint met priemende lichtschachten die een tiental tentoonstellingsruimtes beschenen. De werken die er hingen, waren een mengeling van moderne kunst en werken uit de permanente collectie. Op de eerste twee niveaus waren de meesterwerken van de collectie-Sjtsjoekin te bewonderen: beroemde doeken van Cézanne, Matisse, Gaugin... die de Russische verzamelaar, zich niets aantrekkend van de critici uit zijn tijd, twintig jaar lang vastberaden had verzameld.

De bovenste etage, die werd doorsneden door stalen balken en binten van lariks, besloeg twee terrassen die een onverwacht uitzicht boden op La Défense, het Bois de Boulogne en de Eiffeltoren. Daar hingen de twee schilderijen van Lorenz in een zaal, samen met een bronzen beeld van Giacometti, drie abstracte doeken van Gerhard Richter en twee monochromen van Ellsworth Kelly.

2

Languit op een chaise longue van craquelé leer, zijn voeten op een bankje, luisterde Gaspard met gesloten ogen naar een gesprek met Sean Lorenz, dat op een oude cassetterecorder was opgenomen die hij tussen de vinyl platen in de boekenkast had gevonden.

Dit lange interview, afgenomen door Jacques Chancel, had zeven jaar geleden plaatsgevonden tijdens een retrospectief van het werk van Lorenz in de Fondation Maeght in Saint-Paul-de-Vence. Het gesprek was meeslepend en nooit gepubliceerd, want het gebeurde zelden dat Lorenz, een geheimzinnige, weinig spraakzame kunstenaar, ermee akkoord ging over zijn werk te praten. Na zo'n beetje alle interpretaties te hebben verworpen die over de ontwikkeling van zijn werk bestonden, had Lorenz gezegd: 'Mijn werk is direct, zonder enige boodschap. Het doel is slechts iets vast te leggen wat zowel vluchtig als permanent is.' Aan de hand van sommige van zijn antwoorden werden ook zijn vermoeidheid en zijn twijfels duidelijk; hij gaf de indruk, bekende hij zonder schaamte, 'misschien aan het eindpunt te zijn beland, in termen van creatieve omvang'.

Gaspard genoot van zijn woorden. Ook al weigerde Lorenz de sleutel te geven tot het toegankelijk maken van zijn werk, hij was wel openhartig. Zijn stem, zowel innemend en betoverend als verontrustend, getuigde van de dualiteit en ambiguïteit van zijn kunst.

Plotseling verscheurde een hard, agressief lawaai de rust van deze heerlijke middag. Gaspard schrok op, sprong overeind en beende naar binnen. De 'muziek', die kennelijk uit een van de buurhuizen kwam, overspoelde het straatje. Het geluid was ruw, smerig, vervormd en doorspekt van harde kreten die voor zang moesten doorgaan. Hoe kun je met plezier naar dit soort ellende luisteren? schold hij inwendig, tot hij een doffe gelatenheid over zich voelde komen. Het was een tot verliezen gedoemde strijd. De wereld zat vol met zeikerds en allerlei soorten schoften en klootzakken. Etters, lastpakken en klieren maakten de wet uit. Ze waren te talrijk en plantten zich te snel voort. Hun overwinning was totaal en definitief.

Woedend stormde Gaspard het huis uit en eenmaal in het bestrate steegje kostte het hem weinig tijd om het spoor van de lastpost te vinden. De herrie kwam uit het dichtstbijzijnde huis: een idyllisch krot bedekt met wilde wingerd. Om zijn komst te melden, trok Gaspard aan een verroeste bel die aan een natuurstenen paal hing. Toen niemand reageerde, liep hij het hek door, verder de tuin door en de treden op die naar het huisje leidden, waar hij op de deur bonsde.

Toen ze opendeed, reageerde Gaspard verbaasd. Hij had een puisterige puber verwacht, met een sigaret tussen zijn lippen en in een T-shirt van Iron Maiden. In plaats daarvan stond er een jonge vrouw met een fijn getekend gezicht, gekleed in een donkere bloes met een Claudine-kraag, een short van tweedstof en nette Richelieu-schoenen van lichtgekleurd leer.

'Ben je niet goed wijs?' riep hij, terwijl hij naar zijn voorhoofd wees.

Verrast deed ze een stap achteruit en ze keek hem verbaasd aan.

'Je muziek,' schreeuwde hij. 'Denk je dat je alleen op de wereld bent?'

'Ja. Niet dan?'

Net toen Gaspard begreep dat ze hem voor de gek hield, drukte ze op de knop van een afstandsbediening die ze in haar hand had.

Eindelijk werd het stil.

'Ik nam even pauze bij het aanbrengen van correcties in mijn proefschrift. Omdat ik dacht dat iedereen op vakantie was, heb ik me een beetje laten gaan met het volume,' gaf ze verontschuldigend toe.

'Een pauze om naar hardrock te luisteren?'

'Technisch gezien is het geen hardrock,' opperde ze, 'maar black metal.'

'Wat is het verschil?'

'Nou, heel eenvoudig, het...'

Gaspard onderbrak haar terwijl hij wegliep. 'Weet je wat? Dat interesseert me niets. Sloop je trommelvliezen maar, als je dat leuk vindt, maar koop dan een hoofdtelefoon en val anderen er niet mee lastig.'

De jonge vrouw barstte in lachen uit. 'Je bent zo onbeschoft dat het bijna grappig is!'

Gaspard draaide zich om. Even voelde hij zich van zijn stuk gebracht door de opmerking. Hij nam het meisje van top tot teen op: samengebonden haar, de kleding van een yuppiestudent, maar ook een piercing in haar neus en een prachtige tatoeage, die begon achter haar oor en onder haar bloes verdween.

Ze heeft geen ongelijk...

'Goed,' gaf hij toe, 'ik ben misschien wat te hard van stapel gelopen, maar eerlijk gezegd, die muziek...'

Ze lachte weer, stak haar hand uit en stelde zich voor: 'Pauline Delatour.'

'Gaspard Coutances.'

'Woont u in het oude huis van Sean Lorenz?'

'Ik heb het voor een maand gehuurd.'

Een windvlaag deed een luik klapperen. Pauline, met haar blote benen, wiebelde rillend van de ene voet op de andere. 'Beste buurman, ik begin het koud te krijgen, maar ik bied je met alle plezier een kop koffie aan,' stelde ze voor, terwijl ze over haar armen wreef.

Gaspard accepteerde dat met een knik van zijn hoofd en volgde de jonge vrouw naar binnen.

3

Als betoverd bekeek Madeline stokstijf de twee schilderijen. Het eerste doek, dat dateerde uit 1997 en *CityOnFire* heette, was een grote schildering die typerend was voor de streetartperiode van Lorenz: een felle vuurgloed, een schilderij dat het doek opvrat, een explosie van kleuren die varieerden van geel tot karmijnrood. *Motherhood*, het tweede doek, was van veel recentere datum. Intiem en sober. Het bestond uit een heel lichtblauw, bijna wit vlak, waarover een golvende lijn liep, die de ronde buik van een zwangere vrouw aangaf. De puurste uitdrukking van het moederschap. Op een bordje aan de muur stond dat het het laatst bekende werk van Lorenz was, dat hij vlak voor de geboorte van zijn zoon had gemaakt. In tegenstelling tot het andere werk was het nu niet de kleur, maar het licht dat emoties opriep.

In antwoord op een stem die Madeline als enige hoorde, liep ze er dichter naartoe. Het licht riep haar. De materie, de textuur, de densiteit, de duizenden nuances van de stof betoverden haar. Het schilderij leefde. Binnen enkele tellen veranderde eenzelfde oppervlak van wit naar blauw en vervolgens naar roze. Er zat emotie in, maar die was ongrijpbaar. Nu eens werkte het schilderij van Lorenz geruststellend, dan weer verontrustend.

Deze aarzeling fascineerde Madeline. Hoe kon een doek zo'n effect hebben? Ze probeerde afstand te nemen, maar haar benen gehoorzaamden haar hersenen niet. Als een vrijwillige gevangene wilde ze zich niet onttrekken aan het licht dat het uitstraalde. Ze wilde blijven trillen in deze geruststellende duizeling. In deze baarmoederachtige regressieve ruimte blijven, die je doordrong en dingen van je onthulde waarvan je nooit enig idee had gehad.

Sommige daarvan waren mooi. Andere veel minder.

4

De ingang van het huis van Pauline Delatour kwam uit op de keuken. Op het eerste gezicht zag het er binnen uitnodigend uit, ingericht in plattelandsstijl. Een massief houten aanrecht, zandstenen vloertegels, boerenbontgordijnen. Op de planken stonden geëmailleerde bordjes, een kapotte koffiemolen, grote aardewerken kommen en oude, koperen pannen.

'Het ziet er leuk, maar nogal verwarrend uit. Meer in de geest van Jean Ferrat dan black metal,' zei hij plagend.

Glimlachend pakte Pauline een percolator, die op het gasfornuis stond, en schonk twee kopjes in.

'Eerlijk gezegd is dit huis niet van mij. Het is van een Italiaanse zakenman, een kunstverzamelaar, die het van zijn familie heeft geërfd, en aan wie Sean Lorenz me heeft voorgesteld. Hij komt hier nooit. Omdat hij het niet wil verkopen, heeft hij iemand nodig om het in de gaten te houden en te onderhouden. Het zal niet voor eeuwig zijn, maar tot het zover is zou het dom zijn niet van de gelegenheid gebruik te maken.'

Gaspard nam het kopje aan dat ze hem aangaf. 'Als ik het goed begrijp, woon je hier dankzij Lorenz.'

Met haar rug tegen de muur blies de jonge vrouw voorzichtig in de koffie. 'Ja, hij heeft de Italiaan zover gekregen dat hij mij vertrouwde.'

'Hoe heb je hem leren kennen?'

'Sean? Drie of vier jaar voor zijn dood. Om aan het einde van de maand rond te komen, poseerde ik tijdens mijn laatste jaren aan de universiteit als model voor de studenten van de kunstacademie. Op een dag gaf Sean er een masterclass. Toen zijn we elkaar tegengekomen en zijn we bevriend geraakt.'

Nieuwsgierig bekeek Gaspard de wijnflessen die in een smeedijzeren wijnrek lagen. 'Dat bocht moet je niet drinken,' zei hij, en hij trok een vies gezicht. 'De volgende keer zal ik een echte fles wijn meenemen.'

'Graag. Ik kan wel iets gebruiken om mijn proefschrift af te maken,' zei ze glimlachend, en ze wees naar de werkhoek, waar een zilverkleurige laptop tussen stapels boeken stond.

'Waaraan werk je?'

'"De toepassing van *kinbaku* in het Japan van de Edoperiode: militair gebruik en erotische praktijk"', zei ze.

'Kinbaku? Wat is dat?'

Pauline zette haar kopje in het aanrecht en keek haar nieuwe buurman met een geheimzinnige blik aan. 'Kom mee, dan zal ik het laten zien.'

5

Achter de ramen stonden de rode eiken in vuur en vlam; de esdoorns gaven licht; de omtrekken van de pijnbomen werden verscherpt door Oost-Indische inkt.

In de verte starend keek Madeline, zonder het te zien, naar de zon die onderging achter de muziektent die op het grasveld van de dierentuin stond. Het was bijna vijf uur. Na haar bezoek aan het museum was ze aan een tafel gaan zitten in Franck, het restaurant van de stichting, dat zich achter een wand naast het atrium bevond. Voorzichtig dronk ze van de zwarte thee die ze had besteld. Sinds enkele minuten kon Madeline nog maar aan één ding denken, aan slechts één vraag: stel nou dat wat Bernard Benedick had verteld echt waar was? Stel dat de drie door Sean Lorenz geschilderde doeken echt waren verdwenen? Onbekende doeken die nog nooit iemand met eigen ogen had gezien? Er ging een rilling door haar lichaam. Ze had zich niet door de galeriehouder gek willen laten maken, maar als die werken bestonden, zou ze dolgraag degene willen zijn die ze vond.

De adrenaline joeg door haar aderen. Het signaal voor het begin van de jacht. Een gevoel dat vroeger zo bekend was geweest en dat ze nu met genoegen terugvond. Een gevoel dat ongetwijfeld niet veel anders was dan de drang die Sean Lorenz moest hebben opgezweept toen hij aan het begin van de jaren negentig zijn graffiti in de metro maakte. De smaak van gevaar, het dronken zijn van angst, het verlangen er koste wat kost terug te keren.

Ze opende internet op haar smartphone. De informatie van Wikipedia over Lorenz begon op de bekende manier:

Sean Paul Lorenz, aan het begin van zijn carrière ook bekend als **Lorz74**, was een graffitikunstenaar en schilder, op 8 november 1966 geboren in New York en op 23 december 2015 in dezelfde stad overleden. Hij woonde en werkte de laatste twintig jaar van zijn leven in Parijs. [...]

Ze las enkele tientallen regels door. Een interessante samenvatting, maar er stond niet meer in dan wat Benedick haar al had verteld. Pas aan het einde vond Madeline de informatie die ze zocht:

De zaak-Julian Lorenz

De misdaad

Op 12 december 2014, toen Sean Lorenz in New York was voor een retrospectief van zijn werk in het MoMA, werden zijn vrouw Pénélope en zijn zoon Julian op straat in Upper West Side ontvoerd. Enkele uren later ontving de schilder een eis om losgeld van enkele miljoenen dollars, die hem samen met een afgehakte vinger van het kind werd toegestuurd. Hoewel hij het geld had overgemaakt, werd alleen Pénélope vrijgelaten, nadat het jongetje onder de ogen van zijn moeder was vermoord.

De dader

Het onderzoek om de identiteit van de ontvoerder vast te stellen duurde niet lang, want [...]

6

De zitkamer van Pauline Delatour, met over de hele lengte een balk van olijfhout, had niets van doen met een gezinswoning en had meer weg van een moderne loft met een verfijnde inrichting. Een ruime kamer waarvan de wanden waren bedekt met foto's van naakte vrouwen die in allerlei extreme houdingen waren vastgebonden. Geboeide lichamen, uitgedost en in de lucht hangend. Ingesnoerd vlees, omkneld en gevangen in een wirwar van ingewikkelde knopen. Gezichten met uitdrukkingen waarvan niet duidelijk was of het rillingen van genot of pijn waren.

'Oorspronkelijk is kinbaku een oude, Japanse militaire kunst,' legde Pauline schools uit. 'Een verheven kunst om hooggeplaatste oorlogsgevangenen vast te binden. In de loop der eeuwen is het een geraffineerde erotische kunst geworden.'

Aanvankelijk bekeek Gaspard de foto's met enige terughoudendheid. Zaken als onderdanigheid en dominantie had hij altijd al ongemakkelijk gevonden.

'Weet je wat de grote fotograaf Araki zei?' vroeg de vrouw. 'De touwen moeten als een streling voor het lichaam van de vrouw zijn.'

Gaspard moest toegeven dat zijn terughoudendheid langzaam maar zeker verdween. Ondanks alles vond hij de foto's zelfs verbazend mooi. Het viel moeilijk uit te leggen, maar de beelden hadden niets vulgairs of gewelddadigs.

'Kinbaku is een heel veeleisende kunst,' ging Pauline verder. 'Een performance die niets met bondage en SM te maken heeft. Ik geef les in een zaal in het 20e arrondissement. Je moet eens langskomen. Ik zal je een demonstratie geven. Om iets over jezelf te leren is het zelfs doeltreffender dan psychoanalyse.'

'Deed Sean Lorenz hieraan mee?'

Pauline glimlachte bedroefd. 'Sean heeft in de jungle gewoond die New York in de jaren tachtig en negentig was, dus hij schrok niet van deze spelletjes.'

'Kende je hem goed?'

'We waren vrienden, dat zei ik al. Hij zei dat hij me vertrouwde. In elk geval voldoende om me vaak op zijn zoon te laten passen.'

Pauline ging op de treden van een grote, houten keukentrap zitten, die tegen de muur stond. 'Ik hou niet echt van kinderen,' gaf ze toe. 'Maar de kleine Julian was een ander verhaal. Een heel speciaal jochie. Innemend, levendig, intelligent.'

Het viel Gaspard op dat haar toch al bleke gezicht nog bleker was geworden. 'Je spreekt in de verleden tijd?'

'Julian is vermoord. Wist je dat niet?'

Nu schrok Gaspard op zijn beurt. Hij pakte er een kruk van onbehandeld hout bij en ging zitten. Zich naar Pauline buigend vroeg hij: 'Is... het kind dat overal op de foto's in het huis te zien is dood?'

Pauline staarde naar haar fel granaatgroen gelakte nagels en probeerde de verleiding te weerstaan erop te bijten. 'Dat is een naar verhaal. Julian is in New York ontvoerd en voor de ogen van zijn moeder doodgestoken.'

'Maar... door wie?'

Pauline zuchtte. 'Door een vroegere vriendin van Sean die in de gevangenis had gezeten. Een schilder van Chileense afkomst die vroeger bekendstond onder de naam LadyBird. Ze wilde zich wreken.'

'Waarvoor wreken?'

'Eerlijk gezegd weet ik er verder niet veel van,' zei ze, en ze stond op. 'Haar beweegredenen zijn altijd nogal vaag gebleven.'

Pauline liep terug naar de keuken, met Gaspard in haar kielzog. 'Het is een eufemisme om te zeggen dat Sean na de dood van zijn zoon nooit meer dezelfde is geworden,' zei ze. 'Het ging er niet alleen om dat hij niet meer schilderde, maar hij is letterlijk van verdriet gestorven. Ik heb hem zo goed mogelijk geholpen, ik deed boodschappen voor hem, ik bestelde eten voor hem, ik belde Diane Raphaël wanneer hij medicijnen nodig had.'

'Wie is dat? Een arts?'

Ze knikte. 'Een psychiater die al heel lang contact met hem had.'

'En zijn vrouw?'

Pauline zuchtte weer. 'Pénélope heeft het schip verlaten zodra ze kon, maar dat is een heel ander verhaal.'

Om niet al te opdringerig te lijken, verbeet Gaspard zich. Hij had al begrepen dat het verhaal van Pauline vol met duistere hoeken zat, maar hij haatte mensen die te nieuwgierig waren, dus hield hij zich in. Toch veroorloofde hij zich een iets minder persoonlijke vraag: 'Dus Lorenz heeft tot aan zijn dood geen enkel doek meer geschilderd?'

'Niet dat ik weet. Om te beginnen omdat hij ernstige gezondheidsproblemen had. Maar ook omdat hij niet meer in het schilderen geïnteresseerd leek te zijn. Eigenlijk nergens meer in. Zelfs tijdens de kunstlessen die hij nog een of twee keer op de school van Julian heeft gegeven, raakte hij geen penseel meer aan.'

Ze zweeg enkele seconden en voegde er toen aan toe, alsof ze zich plotseling iets herinnerde: 'Toch gebeurde er de dagen voorafgaand aan zijn dood iets vreemds.'

Met een knik van haar kin wees ze door het raam naar het huis van de schilder. 'Enkele nachten achter elkaar draaide Sean muziek tot vroeg in de ochtend.'

'Waarom was dat vreemd?'

'Omdat Sean alleen naar muziek luisterde wanneer hij schilderde. En wat me verbaasde, was niet zozeer dat hij zijn penselen weer leek te hebben opgepakt, maar dat hij het juist 's nachts deed. Sean was gek op licht. Ik heb hem altijd alleen overdag zien schilderen.'

'Naar wat voor muziek luisterde hij?'

Pauline glimlachte. 'Muziek die jou wel zou aanstaan, denk ik. In elk geval geen black metal: de *Vijfde* van Beethoven en andere dingen, die ik niet kende en die hij telkens opnieuw draaide.'

Ze haalde haar telefoon uit haar zak en zwaaide met het toestel voor Gaspards ogen. 'Omdat ik nieuwsgierig ben, heb ik het geshazamd.'

Hij had geen flauw idee wat dat werkwoord betekende, maar hij liet niets blijken.

Pauline vond de verwijzingen waar ze naar zocht. '*Catalogue d'oiseaux* van Olivier Messiaen en de *Tweede symfonie* van Gustav Mahler.'

'Waarom denk je dat hij echt schilderde? Misschien luisterde hij alleen naar muziek.'

'Daar was ik juist ook benieuwd naar. Midden in de nacht ben ik naar buiten gegaan en naar zijn huis gelopen. Ik ben om het huis heen geslopen en ben de brandtrap op geklommen naar het raam van het atelier. Ik weet het, dat is gedrag van een stalker, maar ik moest mijn nieuwsgierigheid stillen. Als Sean een nieuw schilderij had geschilderd, wilde ik de eerste zijn die het zag.'

Het gezicht van Gaspard klaarde op in een nauwelijks zichtbare glimlach toen hij dacht aan de acrobatische toeren die Pauline moest hebben uitgehaald. De werken van Lorenz bezaten werkelijk een abnormale betovering.

'Toen ik boven aan de trap was, drukte ik mijn neus tegen het raam. Hoewel de lichten in het atelier uit waren, zat Sean voor een doek.'

'Schilderde hij in het donker?'

'Ik weet dat het onzin lijkt, maar het was of het doek zelf licht uitstraalde. Een levendige, doordringende gloed, die zijn gezicht bescheen.'

'Wat was het?'

'Ik heb het maar heel vluchtig gezien. De ladder kraakte en Sean keek om. Ik werd bang en ben gevallen. Snel ben ik terug naar huis gegaan, want ik voelde me nogal beschaamd.'

Gaspard bekeek dit rare meisje, dat zowel uitdagend, intellectueel, scherpzinnig als underground was. Een meisje dat bij het merendeel van de mannen in de smaak zou vallen. Ook bij Lorenz. Plotseling rees er een vraag in hem op, helder en klaar: 'Heeft Sean Lorenz je nooit als model gebruikt?'

Paulines ogen begonnen te fonkelen toen ze antwoordde. 'Veel beter nog.'

Toen knoopte ze haar bloes open en toonde haar tatoeage niet alleen in alle volledigheid, maar ook in alle pracht. De huid van de jonge vrouw was veranderd in een menselijk doek met sprankelende kleuren: een slingerende bloemenkrans die de bovenste helft van haar lichaam bedekte tot aan de aanzet van haar dijbeen. 'Vaak zeggen ze dat de doeken van Lorenz leven, maar dat is een foute benaming. Het enige levende kunstwerk van Sean Lorenz ben ik.'

4
Twee onbekenden in het huis

Ik ben diep optimistisch over niets.
Francis Bacon

1

Het was donker toen Madeline de deur van het huis openduwde. Ze had de confrontatie met Gaspard Coutances, die onvermijdelijk was, zo lang mogelijk uitgesteld. Ze had zelfs stilletjes gehoopt dat de toneelschrijver uiteindelijk zijn rechten op het huis zou hebben opgegeven, maar terwijl ze haar leren jack aan de kapstok hing, zag ze zijn lange, slungelige gedaante bezig in de keuken.

Toen ze door de zitkamer naar hem toe liep, bleef ze staan bij de tientallen foto's die in lijsten van licht hout aan de muren hingen. Nu ze wist dat de kleine Julian dood was, leken de foto's, die haar meteen na aankomst hadden ontroerd, luguber en sepulcraal. Hierdoor leek het huis vanavond killer, drukkender, gehuld in een sluier van droefheid. Nu Madeline merkte dat de betovering verbroken was, nam ze een radicaal besluit.

Toen ze de keuken binnenkwam, groette Coutances haar grommend. In zijn versleten spijkerbroek, zijn houthakkershemd, met zijn baard van twaalf dagen en zijn versleten Timberlands, zag ze hem als een 'man van het bos', wat niet overeenkwam met het beeld van een intelligente toneelschrijver. Hij stond aan het aanrecht geconcentreerd met zelfverzekerde bewegingen een ui fijn te snijden, terwijl hij naar kamermuziek luisterde die uit een oude draagbare radio klonk. Voor hem lagen naast een grote, papieren zak allerlei producten en ingrediënten die hij duidelijk die middag had gekocht: olijfolie, jakobsschelpen, blokjes kippenbouillon, een kleine truffel...

'Wat ben je aan het klaarmaken?'

'*Kritharáki* met truffels. Dat is een kleine, Griekse pasta die je als een risotto kookt. Eet je mee?'

'Nee, bedankt.'

'Ik gok dat je vegetariër bent. Jij houdt meer van quinoa, algen, ontkiemde rijst en allerlei...'

Ze onderbrak hem. 'Helemaal niet. Trouwens, over het huis, ik wilde je laten weten dat ik wegga. Ik ga ergens anders wonen. De eigenaar heeft me voorgesteld te verhuizen en dat aanbod neem ik aan.'

Hij keek haar verrast aan. 'Een wijs besluit.'

'Maar ik vraag wel twee dagen om alles te regelen. Intussen slaap ik boven. We delen de keuken en jij mag de rest van het huis gebruiken.'

'Dat lijkt me uitstekend,' antwoordde Gaspard.

Met het lemmet van het mes schoof hij de uien die hij had gesneden in een pan. 'Wat heeft je van mening doen veranderen?'

Ze aarzelde even en zei toen naar waarheid: 'Ik wil niet vier weken in een huis wonen waarin de geest van een dood kind nog rondwaart.'

'Bedoel je de kleine Julian?'

Madeline knikte. Gedurende het kwartier dat volgde, vertelden ze elkaar in een geanimeerd gesprek wat ze over het leven en het fascinerende werk van Sean Lorenz en over zijn laatste verdwenen schilderijen te weten waren gekomen.

Nadat ze een glas wijn had geweigerd, deed Madeline de koelkast open en haalde er een plastic zakje uit dat ze er enkele uren eerder in had gelegd. Toen zei ze dat ze moe was en naar boven ging om te slapen.

2

De houten trap naar de eigen kamer van Lorenz kwam rechtstreeks uit in zijn atelier met de grote ramen. Naast de mooiste kamer van het huis lag een bescheiden, maar nette slaapkamer met een badkamer. Madeline legde wat spullen neer, vond schone lakens in een kast en maakte haar bed op. Toen waste ze haar handen en nam met haar rug naar het raam plaats aan een klein, loodwit geschilderd houten bureau. Eerst trok ze haar trui en bloes uit. Toen pakte ze uit haar tas een flesje en een injectienaald, die ze uit de verpakking haalde. Ze trok de bescherming van de naald, drukte die in het flesje en tikte op een manier die duidelijk maakte dat ze gewend was ermee om te gaan tegen de injectiespuit, zodat de luchtbellen naar boven kwamen en ze ze eruit kon spuiten. Met een watje met alcohol maakte ze haar buik schoon op de plek waar ze zichzelf wilde injecteren. Hoe hoog de verwarming ook stond, ze rilde over haar hele lichaam. Haar botten deden pijn, ze had kippenvel. Toen pakte ze een huidplooi en stak de naald in het vetweefsel, niet te dicht bij de spier en niet te dicht aan de buitenkant. Ze probeerde niet te rillen terwijl ze op de spuit drukte om het medicijn te injecteren. Het spul brandde, het was een ware marteling. Verdomme! Als politieagent had ze de gevaarlijkste situaties meegemaakt: een pistool tegen haar slaap, kogels die haar nek hadden geschampt, ze had oog in oog gestaan met de ergste criminelen van Manchester. Terwijl ze toen elke keer haar angst had weten te overwinnen, was ze nu doodsbang voor zo'n kleine naald.

Madeline sloot haar ogen. *Ademhalen. Druk uitoefenen. De naald terugtrekken. Watje om het bloeden te stelpen.*

Trillend ging ze op het bed liggen. Net als die ochtend op het station voelde ze zich alsof ze op sterven lag. Ze was misselijk, had kramp in haar maag, moest naar lucht happen en ze had vreselijke hoofdpijn. Trillend trok ze de deken over zich heen. Achter haar oogleden zag ze opnieuw de beelden van de kleine Julian, de kleuren van bloed, de stad in vlammen. Toen, in een schrille tegenstelling, het serene schilderij van het moederschap. En langzaam maar zeker voelde ze zich minder ziek. Haar lichaam ontspande. Omdat ze niet kon slapen, stond ze op en depte haar gezicht met koud water. Ze had zelfs trek. De smakelijke geuren van de risotto met truffel stegen langs de trap op.

Ze onderdrukte haar trots en liep de trap af naar Gaspard, die in de zitkamer zat.

'Zeg, Coutances, die uitnodiging voor het eten, geldt die nog? Dan zul je zien of ik echt iemand ben die alleen quinoa eet...'

3

Tegen alle verwachtingen in verliep de maaltijd vrolijk en aangenaam. Twee jaar eerder had Madeline op Broadway een voorstelling van *Ghost Town* gezien, een stuk van Gaspard dat er twee maanden lang met Jeff Daniels en Rachel Weisz in het Barrymore Theatre was opgevoerd. Ze had er genuanceerde herinneringen aan: briljante dialogen, maar een cynische wereldvisie waarbij ze zich slecht op haar gemak had gevoeld.

Gelukkig was Coutances niet de spottende en sarcastische personage van zijn teksten. Eigenlijk was hij een vreemde snuiter, een soort misantropische, pessimistische gentleman, maar wel iemand die tijdens een diner een aangename metgezel bleek te kunnen te zijn. Bijna vanzelf kwam hun gesprek uit op Sean Lorenz. Ze deelden hun nieuwe enthousiasme over zijn schilderijen en spraken nu uitgebreider over de informatie en anekdotes die ze ieder die middag te horen hadden gekregen. Ze aten met smaak, tot de laatste hap risotto op was en ze maakten een fles saint-julien soldaat.

Na het eten spraken ze verder in de zitkamer. In de muziekhoek had Gaspard een oude vinylplaat van Oscar Peterson opgezet en hij had de open haard aangestoken. Bovendien had hij een Pappy van Winkle van twintig jaar oud gevonden. Madeline had haar laarsjes uitgetrokken, was languit met haar voeten op de bank gaan liggen, had een plaid over haar schouders gelegd en had een zelfgerolde sigaret uit haar zak gehaald waarin niet alleen tabak zat. De mengeling van wiet en whisky deed hun lichamen ontspannen en verzachtte de sfeer nog verder. Totdat het gesprek een persoonlijkere kant op ging.

'Heb je kinderen, Coutances?'

Het antwoord knalde eruit. 'Godzijdank niet! En ik wil ze ook nooit hebben.'

'Waarom niet?'

'Ik weiger iemand op te zadelen met de ellende van de wereld waarin wij moeten leven.'

Madeline nam een trek van haar sigaret. 'Is dat niet een beetje overdreven?'

'Ik vind van niet.'

'Sommige dingen kunnen beter, dat geef ik toe, maar...'

'Sommige dingen kunnen beter? In godsnaam, kijk om je heen. De planeet valt aan stukken en de toekomst zal vreselijk zijn: nog gewelddadiger, nog verstikkender, nog angstaanjagender. Je moet wel een vreselijke egoïst zijn om dat iemand aan te doen.'

Madeline probeerde te reageren, maar Gaspard was niet te houden. Een kwartier lang stak hij, met een waanzinnige blik in zijn ogen en een naar alcohol stinkende adem, een diep pessimistisch betoog af over de toekomst van de mensheid. Hij beschreef een apocalyptische maatschappij, verslaafd aan technologie en overconsumptie, met een middelmatige denkwereld. Een roofmaatschappij die, zich overgevend aan een methodische verwoesting van de natuur, een enkele reis volgde naar het niets.

Ze wachtte tot ze er zeker van was dat hij klaar was met zijn preek en zei toen: 'Eigenlijk haat je niet alleen die klootzakken, maar de mensheid als geheel.'

Gaspard probeerde dat niet te ontkennen. 'Je weet wat Shakespeare heeft gezegd: "Zelfs het wreedste beest kent medelijden." Maar de mens kent geen medelijden. De mens is de ergste rover. De mens is een ongedierte dat onder een vernislaag van beschaving alleen kan genieten door te domineren en te vernederen. Een soort met grootheidswaanzin en zelfmoordneigingen, die zijn gelijken haat omdat hij zichzelf haat.'

'En jij, Coutances, jij bent natuurlijk anders?'

'Nee, integendeel. Je mag mij erbij rekenen, als je dat leuk vindt,' zei hij, terwijl hij zijn laatste slok whisky naar binnen goot.

Madeline drukte haar sigaret in een kommetje uit dat als asbak diende. 'Je moet wel heel ongelukkig zijn, dat je er zo over denkt.'

Hij verjoeg de gedachte met een handbeweging, terwijl ze water uit de koelkast ging halen.

'Ik ben gewoon scherpzinnig. En de wetenschappelijke studies zijn nog pessimistischer dan ik. De ecosystemen van de aarde verdwijnen, daar is geen houden meer aan. We zijn al het punt gepasseerd waarna we niet meer terug kunnen, we...'

Uitdagend onderbrak ze hem: 'Waarom schiet je dan geen kogel door je hoofd? Nu meteen?'

'Daar gaat het niet om,' verdedigde hij zich. 'Je vroeg waarom ik geen kinderen wilde hebben. Ik heb geantwoord: omdat ik ze niet in chaos en razernij wil zien opgroeien.'

Hij wees met een beschuldigende vinger naar haar. Een vinger die trilde van zowel de alcohol als woede. 'Ik zal deze wereld nooit aan een kind opdringen. Als jij het anders wilt, is dat jouw probleem, maar vraag me niet het ermee eens te zijn.'

'Of jij het ermee eens bent, interesseert me niet,' zei ze toen ze ging zitten, 'maar toch vraag ik je: waarom vecht je er niet voor het te veranderen? Verdedig de dingen die je na aan het hart liggen. Sluit je aan bij een vereniging, ga actievoeren in een...'

Walgend vertrok hij zijn gezicht. 'Gezamenlijke strijd? Niets voor mij. Ik veracht politieke partijen, vakbonden en pressiegroeperingen. Ik vind net als Brassens: "Zodra je met meer dan vier personen bent, ben je een bende sukkels." Bovendien is de strijd al verloren, ook al zijn de mensen te slap om het toe te geven.'

'Weet je waar het jou aan ontbreekt? Er is voor jou geen noodzaak om een echt gevecht te leveren. En als je een kind hebt, ben je verplicht de strijd aan te gaan. De strijd om de toekomst. Die is er altijd al geweest en die zal altijd blijven bestaan.'

Hij keek haar met een vreemde blik aan. 'Maar Madeline, heb jij dan kinderen?'

'Die zal ik misschien ooit nog weleens krijgen.'

'Zeker alleen maar omdat je dat zelf leuk vindt, ja?' grinnikte hij. 'Om je "compleet" te voelen, "afgerond", "vervuld"? Om net als je vriendinnen te zijn? Om aan de je in verlegenheid brengende vragen van papa en mama te ontkomen?'

In een vlaag van woede sprong Madeline op en gooide hem een glas ijskoud water in zijn gezicht, om hem tot zwijgen te brengen. Ze aarzelde even, maar toen gooide ze uiteindelijk de hele plastic fles met water naar hem toe. 'Je bent een vreselijk zak,' riep ze terwijl ze naar de trap liep.

Ze beende de trap met twee treden tegelijk op en sloeg de slaapkamerdeur achter zich dicht.

Toen hij alleen was, slaakte Gaspard een diepe zucht. Dit was niet de eerste keer dat hij door de alcohol zulke stommiteiten zei, maar het was wel voor het eerst dat hij er zo snel spijt van kreeg.

Kwaad als een kind schonk hij nog een glas whisky in, deed het licht uit en ging met een diep gekreun op de chaise longue liggen.

In zijn door alcohol benevelde gedachten draaide hij de film van de ruzie nog eens af. Zijn argumenten en die van Madeline. Hij had zich aan het einde misschien wat onhandig uitgedrukt, maar hij was eerlijk gebleven. Hij had vooral spijt van de hardheid van zijn woorden, maar niet van de betekenis ervan. Nu hij er weer over nadacht, besefte hij dat hij toch iets was vergeten naar voren te brengen: mensen die kinderen wilden hebben, zouden hen tot elke prijs beschermen.

En zo zou hij, Gaspard, nooit zijn.

En dat maakte hem doodsbang.

De waanzinnige schilder

Woensdag 21 december

5
Het lot bij de keel

Het leven geeft je niets cadeau.
Jacques Brel

1

Zijn hoofd dreunde. Zijn hart bonkte en kromp samen. Een onrustige slaap die plotseling werd verscheurd.

Gaspard schrok wakker van de voordeur die werd dichtgeslagen. Het duurde enkele tellen voordat hij bij zinnen was. Eerst wist hij niet waar hij zich bevond, maar toen drong de treurige waarheid tot hem door: hij was met opgetrokken benen op de oude Eames-fauteuil van Sean Lorenz in slaap gevallen. Hij baadde in het zweet, zijn T-shirt plakte aan het leer van de stoel en zijn gezicht had tegen de leuning aan gedrukt gezeten. Moeizaam kwam hij overeind, wreef in zijn ogen en masseerde zijn nek en zijn zij. Hij had een kater vanjewelste: hoofdpijn, een kurkdroge mond, misselijkheid en pijnlijke gewrichten. Een bekend gevoel en elke keer bezwoer hij zichzelf dat hij geen druppel alcohol meer zou aanraken. Maar hij wist dat dat besluit heel broos was en dat hij rond het middaguur al zin in een glas zou hebben.

Hij wierp een blik op zijn horloge: acht uur 's morgens; een blik door de ramen: grijze lucht, maar geen regen. Hij begreep dat Madeline was weggegaan en hij schaamde zich er enigszins voor dat ze hem in deze toestand had gezien. Hij sleepte zichzelf naar de badkamer en bleef een kwartier onder de douche staan, terwijl hij wel een halve liter lauw water rechtstreeks uit de douchekop dronk. Hij pakte een handdoek, die hij om zijn middel wikkelde, en stapte, zijn slapen masserend, de douchecabine uit.

Zijn hoofdpijn werd erger en bleef koppig in zijn schedel dreunen. Hij had snel twee tabletten ibuprofen nodig. Hij zocht in zijn reistas, maar vond niets wat ook maar in de verste verte op medicijnen leek. Na een korte aarzeling ging hij naar boven, naar de verdieping die Madeline in bezit had genomen. Daar zag hij haar toilettas liggen, met daarin wat hij zocht. Gelukkig bereidden sommige mensen zich beter voor dan andere.

Twee Advils later zat hij in zijn slaapkamer, waar hij dezelfde kleren als de vorige dag aantrok. Daarna ging hij naar de keuken, op zoek naar een kop zwarte koffie. Als er al een koffiezetapparaat was geweest, was er niets om erin te doen. Hij opende alle kasten, maar vond geen pak koffie. Ten slotte maakte hij met tegenzin een kom kippenbouillon klaar, die hij op het terras opdronk. De koele lucht deed hem aanvankelijk goed, tot hij toch gedwongen werd terug de warme zitkamer in te gaan. Daar zocht hij tussen de grammofoonplaten of hij de platen kon vinden waarover Pauline het de vorige dag had gehad. De platen waarnaar Sean Lorenz de laatste dagen voor zijn dood onophoudelijk had geluisterd.

De eerste vinylplaat was een must have in elke klassieke platenverzameling: de *Vijfde Symfonie* van Beethoven, gedirigeerd door Carlos Kleiber. Op de achterkant van de hoes schreef een musicoloog over het verlangen dat de componist zijn hele leven had gedreven om 'het lot bij de keel te grijpen'. De *Vijfde* draaide inderdaad geheel om de confrontatie van de mens met zijn lot. 'Zo klopt het lot aan de deur', had Beethoven gezegd om het effect van de vier noten te symboliseren waarmee de symfonie werd geopend.

Het tweede muziekstuk stamde uit de jaren tachtig: een doos met twee vinylplaten van Deutsche Grammophon met de *Symfonie n° 2* van Gustaf Mahler, gedirigeerd door Leonard Bernstein. Met als gasten Barbara Hendricks en Christa Ludwig. Gaspard kende de tweede symfonie van de Oostenrijker, genaamd De Wederopstanding, niet. In het bijgesloten boekje las hij dat het een religieus werk was. Mahler was net tot het christendom bekeerd. Het ging over thema's zoals het eeuwige leven en de wederopstanding van lichamen. Het boekje eindigde met de woorden van Leonard Bernstein: 'De muziek van Mahler appelleert aan onze onzekerheden aangaande het leven en de dood.'

Beangstigende dingen om te horen...

Gaspard krabde op zijn hoofd. Waarom had Sean Lorenz, een groot liefhebber van jazz en minimalistische muziek, zich aan het einde van zijn leven geïnteresseerd voor twee monumentale symfonieën?

Hij dronk de rest van de warme bouillon op en nam met zijn spiraalschrift en zijn pen aan de tafel in de zitkamer plaats om na te denken over het toneelstuk dat hij ging schrijven. Het kostte hem moeite zich te concentreren. Het was een vreemde, bijna hallucinerende nacht geweest, waarin hij in zijn dromen te midden van psychedelische landschappen zweefde, die waren getatoeëerd op het geknevelde lichaam van zijn knappe buurvrouw. Een visioen dat niet gewelddadig was, maar verontrustend.

Twintig minuten lang lukte het hem te doen alsof hij werkte, maar de illusie hield niet stand. Hij had telkens het gevoel dat het grote portret van Lorenz hem aankeek, hem riep, over hem oordeelde.

Na enige tijd hield hij het niet langer uit. Gaspard stond op en ging voor de muur met foto's staan. Toen begreep hij dat het niet de foto van de schilder was die hem stoorde. Maar de foto's van de jongen.

De dode jongen... en toch zo vol vreugde en vitaliteit op de ouderwetse afdrukken.

Verdomme! Die Madeline Greene had hem met haar onpasselijke verhalen besmet!

Zuchtend liet hij zich op de bank zakken. In de fles die op het lage tafeltje voor hem stond, lonkte de amberkleurige whisky al naar hem, maar hij weerstond de verleiding. Enkele minuten lang fixeerde hij zich op een foto waarop de kleine Julian te zien was die schrijlings op een houten paard zat en triomfantelijk de stang vasthield. Voor de draaimolen was de vriendelijke gedaante van Sean Lorenz te zien, zijn blik strak op zijn nakomeling gericht. Gaspard zocht in zijn broekzak naar zijn portefeuille. In een van de vakjes vond hij een oude foto met verbleekte kleuren, die hij al jaren niet meer had bekeken: hijzelf op driejarige leeftijd, met zijn vader, op een van de rijdieren van de Garnier-draaimolen in de Jardin du Luxembourg. De foto stamde uit 1977. Er zat bijna veertig jaar verschil tussen beide foto's. Het was niet dezelfde tijd, maar wel dezelfde draaimolen, hetzelfde licht dat fonkelde in de ogen van de jongetjes en dezelfde trots die de ogen van de vaders tekende.

2

Madeline parkeerde haar scooter op de hoek van Boulevard du Montparnasse en Rue de Sèvres. Het was nog geen negen uur en toch voelde de lucht al aangenaam aan. Toen ze haar handschoenen uittrok en haar sjaal afdeed, merkte ze dat ze transpireerde.

En dat nog wel in de winter...

Maar die ochtend was er iets wat haar meer verontrustte dan de opwarming van de aarde: de wijk was onherkenbaar. Tijdens de demonstraties van de vorige dag was alles kapotgemaakt en verwoest. De bushokjes, de etalages van de winkels, de verkeersborden. De stoepen en het wegdek waren bezaaid met glasscherven, straatstenen, brokken losgerukt asfalt. Een oorlogslandschap, surrealistisch, dat ze nooit in Parijs had verwacht te zien. En alles was beklad met honderden woedende graffititeksten: IEDEREEN HAAT DE POLITIE/IK DENK, DUS IK SLOOP/IN DE AS, ALLES WORDT MOGELIJK/WEG MET HET KAPITAAL/LEVE DE CHAOS/WE KOTSEN VAN JULLIE WETTEN.

De houding van de voorbijgangers verbaasde haar. Sommigen, zoals zij, waren als verlamd, anderen onverschillig, nog weer anderen lachten en reageerden spottend, bleven staan om selfies te maken. Zelfs de muur en de ingang van het nationale blindeninstituut waren beschadigd en besmeurd met hatelijke teksten. Ze kon wel huilen bij het zien van deze wanorde. Er was in dit land iets aan de hand waar ze niets van begreep.

Toen ze bij het medisch centrum aankwam waar ze een afspraak had, zag Madeline dat de ramen daar ook kapot waren gegooid. Een bouwvakker was bezig een houten pallet weg te halen die als projectiel was gebruikt om de vitrine te verwoesten. Toen ze aarzelde of ze niet beter terug kon gaan, zag de man haar aarzeling en wees naar een noodbordje waarop stond dat het gebouw ondanks de gebeurtenissen geopend bleef.

Ze liep de hal binnen en noemde haar naam bij de receptie. Omdat ze vroeg was, kon ze meteen bloed laten afnemen, zonder in de wachtkamer te hoeven wachten. Het was binnen drie minuten gebeurd: de naald, het buisje dat snel rood kleurde en een verbandje in de holte van haar arm. Toen werd haar gevraagd de lift naar de tweede verdieping te nemen, naar de röntgen- en de scanafdeling.

Terwijl er een echo werd gemaakt, dacht ze terug aan het heftige gesprek dat ze de vorige avond met Coutances had gehad. Misschien had de dramaturg het bij het juiste eind, maar het was verkeerd om zich zo berustend en nihilistisch op te stellen. Want er zouden altijd mensen zijn die ertegen zouden vechten, tegen het sociale geweld, en zich niet zouden neerleggen bij de aangekondigde rampen. En haar kind zou van die mensen deel uitmaken.

Maar dat was gemakkelijk gezegd, want ze was nog niet eens zwanger.

Maar vier maanden geleden, toen ze op vakantie in Spanje was, had ze de sprong gewaagd en was in Madrid naar een vruchtbaarheidskliniek gegaan. Ze was bijna veertig en ze had in de verste verte geen zicht op een serieuze relatie. Ook al had het erger gekund, haar lichaam begon duidelijk ouder te worden. En vooral haar hart kon niet meer de kracht opbrengen liefde te voelen.

Als ze ooit een kind wilde hebben, was er nog maar één mogelijkheid. Ze had dus een formulier ingevuld, een arts gesproken en zich laten onderzoeken om aan een ivf-traject te kunnen beginnen. Concreet betekende dat dat een arts eicellen bij haar zou verwijderen en ze zou bevruchten met het sperma van een anonieme donor. Dat was niet bepaald iets waar ze altijd van had gedroomd, maar ze had zich uit alle macht met groot enthousiasme aan deze mogelijkheid vastgeklampt. Om een kind te krijgen, moest ze een dagelijkse lijdensweg doorstaan. Eerst een verplichte hormoonbehandeling: elke avond moest ze zichzelf met een dosis hormonen in haar buik injecteren om een eisprong te stimuleren. Verder moest ze om de dag bloed laten afnemen, gevolgd door een echografie om de ontwikkeling van het aantal en de grootte van de eicellen te controleren. De resultaten daarvan moest ze zelf doorbellen naar de Spaanse kliniek.

Ze werd erg moe van de behandeling. Haar buik zwol op, haar borsten waren gespannen, haar benen wogen een ton en de hoofdpijn en haar geprikkeldheid gaven haar niet veel rust.

Het was donker in de kamer. Toen de arts de echoscoop op haar onderbuik drukte, sloot Madeline haar ogen. Ze had zichzelf ervan overtuigd dat ze de juiste beslissing had genomen. Ze zou een kind krijgen om haar leven te verankeren. In haar beroep had ze zich te lang met doden beziggehouden, en doden sleurden je mee de schaduwen in. Toen had ze zich geheel ingezet voor de liefde van een man. Maar de liefde van mannen is veranderlijk, broos en wispelturig. Om moed te verzamelen, dacht ze terug aan de afscheidswoorden van iemand die echt iets voor haar had betekend: Danny Doyle, haar eerste liefde op de middelbare school. Maar toen hij een van de peetvaders van de onderwereld van Manchester was geworden, was hij een andere kant op gegaan, tegengesteld aan die van haar. Danny Doyle, die ze als politieagent een keer tegenover zich had gekregen, maar die vanaf een afstand altijd over haar was blijven waken.

Ik weet dat je wordt verteerd door angst. Ik weet dat je nachten onrustig zijn, vol spoken, kadavers en demonen. Ik ken je vastberadenheid, maar ook je duistere kant, je drang tot zelfdestructie die je in je draagt. Die had je al in je toen we elkaar op school kenden, en de loop van je leven heeft die alleen maar erger gemaakt. Je bevindt je naast het leven, Maddie. Je moet je losmaken uit die spiraal, voordat je in een afgrond valt waaruit je niet zult terugkeren. Ik wens je zo'n bestaan niet toe. Ik wil niet dat je de weg neemt waarop ik verdwaald ben geraakt, een weg die tot duisternis leidt, geweld, lijden en de dood...

Het leven herhaalt zichzelf niet. Verloren kansen blijven voor altijd verloren. Het leven geeft je niets cadeau. Het leven is een verpletterende wals, een despoot die zijn rijk in de hand houdt en heerst door middel van angst, verspreid door zijn gewapende helper: de Tijd. En de Tijd wint het uiteindelijk altijd. De Tijd is de grootste verwoester van de geschiedenis. Iets wat geen enkele smeris ooit achter de tralies zal kunnen krijgen.

3

Gaspard kwam van de bank overeind. Op het aanrecht zoemde een mobiele telefoon – ongetwijfeld door Madeline vergeten. Omdat hij altijd had geweigerd zo'n apparaat aan te schaffen, bekeek hij het enige tijd wantrouwig, maar toch besloot hij het gesprek aan te nemen. Het was Madeline. Hij begon iets te zeggen om haar te antwoorden, maar verbrak per ongeluk het gesprek toen hij het scherm op de verkeerde plaats aanraakte.

Vloekend stopte hij het toestel in zijn zak.

Hij zuchtte. Zijn hoofdpijn was afgenomen, maar zijn gedachten kolkten nog. Hij kon niet langer wachten, hij had koffie nodig! En niet zomaar een kopje.

Hij pakte een van de grand cru's die hij de vorige dag had gekocht en liep naar buiten, naar zijn lievelingsbuurvrouw.

Nu deed Pauline Delatour meteen open toen hij aanbelde. Alsof het voorjaar was, was ze luchtig gekleed: een gerafelde short van spijkerstof en een militair aandoend kaki overhemd, met een onderhemd.

'Een pinot noir voor een dubbele espresso?' stelde hij voor, terwijl hij met de fles zwaaide.

Ze glimlachte en gebaarde binnen te komen.

4

Na het medisch onderzoek was Madeline naar Rue du Faubourg Saint-Honoré gegaan, naar het geruststellende comfort van de Caravella, het Italiaanse restaurant waarheen Bernard Benedick haar had meegenomen. Omdat ze voor het bloedonderzoek nuchter moest zijn, had ze sinds de vorige dag niets gegeten. Ze begon al duizelig te worden. Ze bestelde koffie met melk en *biscotti*, waarna ze de vruchtbaarheidskliniek wilde bellen. Maar toen merkte ze dat ze haar telefoon op Rue du Cherche-Midi was vergeten.

Dat ontbrak er nog aan! dacht ze wanhopig, en ze sloeg met een harde klap met haar handpalm op de tafel.

'Is er iets?' vroeg de bediende toen hij haar ontbijt bracht.

Ze herkende Grégory, de jonge eigenaar aan wie de galeriehouder haar de vorige dag had voorgesteld. 'Ik ben mijn telefoon vergeten en ik moet een belangrijk gesprek voeren.'

'Wilt u de mijne lenen?' stelde hij voor en hij haalde een hoesje met de kleuren van AC Milan uit zijn zak.

'Dank u wel, dat is heel vriendelijk van u.'

Ze belde naar Madrid en vroeg Louisa te spreken. Toen ze in het ziekenhuis was geweest, was ze bevriend geraakt met deze verpleegster, die een broer had die politieagent was. Ze kende al haar werktijden en belde haar, indien nodig, rechtstreeks op haar mobiel, om te voorkomen dat half Castilië op de hoogte zou raken van de afmetingen van haar eierstokken. Louisa schreef de resultaten op, waarna ze ze aan een arts zou doorgeven, die de reactie van haar eierstokken op de behandeling zou evalueren en eventueel de hormoondosis die ze zichzelf moest injecteren zou aanpassen. Dit had inderdaad niets meer te maken met een traditioneel huisartsenbezoek. Ze leefde in een medische wereld 2.0, gemondialiseerd, met nieuwe technieken, een beetje low cost en ook wel enigszins treurig. Maar als ze dit moest doorstaan om een kind te krijgen, was ze daartoe bereid.

Madeline gebruikte de telefoon van Grégory ook meteen om haar eigen nummer te bellen. Gelukkig nam Gaspard Coutances op. 'Gaspard? Waar ben je? Kun je me mijn telefoon komen brengen?'

De dramaturg mompelde iets onverstaanbaars, waarna de verbinding werd verbroken. Omdat Madeline begreep dat aanhouden geen zin had, tikte ze een sms in: *Kun je me mijn telefoon komen brengen? Als dat lukt, kom dan om twaalf uur naar het restaurant Le Grand Café op Rue Delambre. Hartelijk dank. Maddie.*

Omdat haar koffie koud was geworden, bestelde ze een nieuwe, die ze meteen opdronk. Ze had heel slecht geslapen. De betoverende doeken van Lorenz hadden haar in haar slaap gekweld. De hele nacht was ze in haar dromen naar horizonnen met intense kleuren gereisd, door sensuele bossen met levende lianen, over rotsen waar ze duizelig van werd, door steden die door een harde wind werden geteisterd. Toen ze wakker werd, kon ze niet zeggen of deze langdurige hersenschimmen dromen of nachtmerries waren geweest. Maar ze begon te begrijpen dat juist in deze tweeslachtigheid de sleutel tot het werk van Sean Lorenz lag.

Ze zag Bernard Benedick, die aan de overkant het ijzeren rolluik van zijn galerie omhoogdeed. Ze tikte tegen het raam van het restaurant om zijn aandacht te trekken, en zoals ze had gehoopt, kwam de galeriehouder al snel naar haar toe.

'Ik wist dat ik u zou terugzien,' zei hij triomfantelijk toen hij tegenover haar ging zitten. 'De schilderijen van Sean Lorenz zijn onweerstaanbaar, nietwaar?'

Madeline reageerde met een verwijt: 'U hebt niet verteld dat de zoon van Lorenz is vermoord.'

'Dat is waar,' gaf hij met een onderdanige stem toe, 'maar dat was omdat ik er niet graag over praat. Ik was Julians peetoom. Dat drama heeft ons allemaal getekend.'

'Wat is er precies gebeurd?'

'Het stond allemaal in de kranten,' zei hij nog nahijgend.

'Juist, ja. Wat in de kranten staat is zelden de waarheid.'

Benedick beaamde het argument met een knik van zijn hoofd. 'Om alles beter te begrijpen,' verzuchtte hij, 'moeten we een stuk terug in de tijd gaan. Een heel groot stuk, zelfs...'

Hij stak zijn arm op om ook koffie te bestellen en stak van wal. 'Ik heb u al verteld dat meteen nadat ik Sean had ontmoet, ik al mijn contacten heb ingezet om zijn werk bekend te maken en voor het voetlicht te brengen. Sean was ambitieus en wilde iedereen graag ontmoeten. Ik heb hem in contact gebracht met allerlei verschillende personen in Londen, Berlijn, Hongkong... Maar er is een plaats waar hij nooit naartoe wilde gaan: New York.'

'Dat begrijp ik niet.'

'Elke keer wanneer ik hem voorstelde verzamelaars in Manhattan te gaan ontmoeten, draaide hij eromheen,' legde Benedick uit. 'Het is ongelofelijk maar waar. Van 1992 tot het rampzalige jaar 2014 is Sean Lorenz nooit naar zijn geboortestad teruggegaan.'

'Had hij er nog familie?'

'Alleen zijn moeder, maar die heeft hij al aan het eind van de jaren negentig naar Parijs laten komen. Ze was toen erg ziek en ze is korte tijd later overleden.'

Benedick doopte zijn crostini in zijn koffie. 'Omdat ik bleef aandringen, kon Sean niet anders dan toch enkele brokstukken van de waarheid opbiechten.'

'Had het iets te maken met de reden waarom hij er is vertrokken?' vroeg Madeline.

De galeriehouder knikte. 'In de herfst van 1992, na zijn "zomer van liefde" met Pénélope, was Sean alleen in New York achtergebleven. Hij was gedeprimeerd en wilde niets anders dan naar deze vrouw in Parijs gaan. Om aan geld voor een ticket te komen, heeft hij samen met Lady-Bird wat kleine diefstallen gepleegd.'

'Het vrouwelijke deel van de Vuurwerkmakers,' herinnerde Madeline zich.

'Haar echte naam is Beatriz Muñoz. Ze is de dochter van Chileense immigranten die in de fabrieken in de North Bronx beulden. Een vreemde vrouw, gesloten, wild, bijna autistisch, gebouwd als een worstelaar. Ze was ongetwijfeld verliefd op Sean en als hij het zou hebben gevraagd, zou ze voor hem het raam uit zijn gesprongen.'

'Denkt u dat hij haar heeft misbruikt?'

'Eerlijk gezegd weet ik daar weinig van. Sean was een genie, dus per definitie een rotzak, een kerel waar moeilijk mee viel samen te leven, maar in elk geval geen schoft. Hij was impulsief, driftig, monomaan, maar ik heb hem nooit minachtend horen doen over mensen die zwakker waren dan hij. Ik denk dat Sean Beatriz daarom, om haar geen verdriet te doen, jarenlang niet heeft weggestuurd.'

'Maar Pénélope heeft alles in de war geschopt.'

'Dat zeker. Muñoz moet wanhopig zijn geweest toen ze over zijn plannen hoorde om naar Frankrijk te vertrekken, maar toch heeft ze hem geholpen aan geld te komen door kruideniers te overvallen.'

De politieagent in Madeline ontwaakte. 'Noemde u dat "kleine diefstallen"? Voor mij zijn dat gewapende overvallen.'

'Hou op. Hun enige wapens waren waterpistolen en rubbermaskers van Mario en Luigi.'

Madeline gaf het niet op. 'Nepwapens of niet, een overval blijft een overval. En uit ervaring weet ik dat dat zelden goed afloopt.'

'Het is zwak uitgedrukt wanneer ik zeg dat dat niet zo goed is afgelopen,' gaf Benedick toe. 'Op een avond in Chinatown wilde een kruidenier zich niet laten kaalplukken. Hij haalde een wapen achter zijn kassa vandaan en opende het vuur. Terwijl het Sean lukte met het geld te vluchten, werd Beatriz door een kogel in haar rug geraakt en is op de vloer in de winkel in elkaar gezakt.'

Madeline leunde achterover in haar stoel. Benedick vervolgde met gelaten stem: 'Toen de politie de Chileense vrouw arresteerde, hadden ze een vuistdikke stapel bewijzen tegen haar.'

'De bewakingsvideo's van de vorige overvallen,' raadde de voormalige rechercheur.

'Ja. Dit was de vierde winkel die ze binnen een maand overvielen. Hun maskers van de besnorde loodgieters waren op alle lijsten bekend. Daarmee verraadden ze hun identiteit juist, in plaats van die te verbergen.

Helaas voor haar was Beatriz Muñoz al een paar keer gearresteerd vanwege haar graffiti. Ze had al een strafblad. Voor de agenten en de officier van justitie was ze de jackpot. Ze waren maar wat blij met deze aanhouding. Zo werkt het Amerikaanse justitiële systeem: hard voor de zwakken, zwak voor de harden.'

'Heeft ze Sean tijdens haar ondervraging niet verraden?'

'Nooit. Het arme kind kreeg acht jaar gevangenisstraf en daarbij kwam nog eens vier jaar extra vanwege een poging tot ontsnappen en herhaaldelijk geweld tegen haar medegevangenen.'

'Heeft Sean zichzelf nooit aangegeven?'

Benedick lachte zenuwachtig. 'De dag na de arrestatie van Beatriz zat hij in een vliegtuig naar Pénélope, in Parijs. Seans standpunt was eenvoudig: hij voelde geen enkele verplichting jegens Beatriz, want hij had haar nooit ergens om gevraagd. Dat ze hem had gedekt, was haar eigen keus geweest.'

'Hij had dus alle contacten met zijn jeugdvrienden verbroken.'

'Volledig.'

'En u denkt dat dat de reden was waarom hij nooit naar New York terug wilde gaan?'

'Dat lijkt me logisch, niet? Hij voelde aan dat die stad gevaarlijk voor hem was. En hij had gelijk. Toen Beatriz Muñoz in 2004 uit de gevangenis kwam, was ze een gebroken vrouw. Fysiek en psychisch. Ze heeft hier en daar wat baantjes gehad en heeft geprobeerd weer te gaan schilderen, maar ze had geen contacten, ze kende geen galeriehouder, niets van dien aard. Ik moet u wel bekennen dat ik, zonder er Sean ooit iets over te hebben gezegd, enkele van haar doeken heb gekocht via een sociale werkplaats in Harlem. Als u wilt, kan ik u die doeken laten zien. Haar werk van na haar gevangenistijd was zielloos, zonder levenskracht, angstaanjagend.'

'Wist ze hoe het Sean was vergaan?'

Benedick haalde zijn schouders op. 'Wat had u anders verwacht? Tegenwoordig hoef je zijn naam maar in een zoekmachine in te tikken om een groot deel van zijn leven te weten te komen. Beatriz kende de opgesmukte versie van Lorenz: de schilder die miljoenen waard was, getrouwd met een mannequin en vader van een prachtig jongetje. Dat beeld maakte haar waanzinnig.'

'Wat is er precies gebeurd?'

'In 2013 nam het MoMA contact met Sean op. Ze wilden het jaar erna de eerste grote Amerikaanse overzichtstentoonstelling van zijn carrière organiseren. Hoewel Sean niet terug naar New York wilde gaan, sla je een aanbod van het MoMA niet af. In december 2014 is hij dus met zijn vrouw en zoon naar New York gevlogen om zijn expositie te openen en enkele interviews te geven. Hij was van plan er slechts een week te blijven, maar toen vond het drama plaats.'

5

Pauline Delatour was in haar eentje al een waar spektakel. Zo deed ze haar best elk gebaar een sensuele uitstraling te geven: een haarlok die ze achter haar oor veegde, hoe ze haar benen over elkaar sloeg, een korte beweging met haar tong om een druppel koffie uit haar mondhoek te likken. Maar het was nooit echt uitdagend of koket. Binnen de grenzen van goede smaak had ze een vrolijke manier over zich om ieders verlangen te doen ontwaken, als een soort viering van het leven en haar triomfantelijke jeugd. Het kostte Gaspard geen moeite mee te doen met haar luchthartigheid, maar na twee koppen koffie had hij het gesprek in de richting geleid van het enige wat hem echt interesseerde: Sean Lorenz. En het kostte hem veel moeite zijn nieuwsgierigheid in bedwang te houden toen Pauline hem vertelde dat ze op kosten van Lorenz in de winter van 2014 als babysitter mee was gegaan naar New York.

'Ik heb het drama van dichtbij meegemaakt, en de twee jaren erna. Ik krijg er nog nachtmerries van,' vertelde ze. 'In die tijd zorgde ik bijna de hele dag voor Julian. Sean was van 's morgens vroeg tot 's avonds laat met zijn overzichtstentoonstelling bij het MoMA bezig. Pénélope nam het ervan: winkelen, manicure, sauna...'

'Waar logeerden ze?'

'In een suite van de Bridge Club, een chic hotel in TriBeCa.'

Pauline opende het raam van de keuken en ging op de vensterbank zitten om een sigaret te roken. 'De dag waarop het gebeurde, wilde Pénélope gaan winkelen bij Dean en Deluca en daarna lunchen in ABC Kitchen, een restaurant vlak bij Union Square. Ze zou haar zoon meenemen om kleren voor hem te kopen, maar op het laatste moment vroeg ze me of ik Julian bij me wilde houden.'

Pauline nam een trek van haar sigaret. Binnen enkele tellen had haar levensvreugde plaatsgemaakt voor een nervositeit die ze niet probeerde te verbergen. 'Het was mijn vrije dag. Omdat ik al plannen had gemaakt, heb ik geweigerd. Ze zei dat het niet erg was en dat ze Julian dan toch zou meenemen. Maar in werkelijkheid is ze helemaal niet naar Greenwich Village en Union Square gegaan. Ze is naar haar minnaar gegaan, aan de andere kant van de stad, in het noorden, in Upper

West Side, in een hotel aan Amsterdam Avenue.'

'Wie was die minnaar?'

'Philippe Careya, een projectontwikkelaar uit Nice, die zijn zaken verdeelde tussen de Côte d'Azur en Miami. Een nogal lompe vent, die het eerste vriendje van Pénélope op de middelbare school was geweest.'

'Wat deed hij in New York?'

'Pénélope had hem zover gekregen dat hij achter haar aan zou komen. In die tijd voelde ze zich verwaarloosd door Sean.'

'Wist Lorenz dat zijn vrouw hem bedroog?'

Pauline zuchtte. 'Eerlijk gezegd heb ik geen idee. Hun relatie was een beetje *La chanson des vieux amants*, weet je. Een relatie die conflicten en strijd nodig had om zich te ontwikkelen. Ik heb nooit precies begrepen wat hen nou eigenlijk bond. Wie de broek aan had, wie wie domineerde, wie onderdanig aan wie was...'

'Zijn ze niet rustiger geworden toen ze een kind kregen?'

Ze haalde haar schouders op. 'Een kind herstelt een relatie zelden.'

'En Sean, bedroog hij zijn vrouw?'

'Geen idee.'

Gaspard specificeerde zijn vraag: 'Bedroog Sean zijn vrouw met jou?'

Pauline beet meteen van zich af. 'Een vent die de babysitter neukt, dat is toch een smerig pornoscenario?'

Stilte. Toen bekende Pauline tegen elke verwachting in openhartig: 'Eerlijk gezegd heeft hij het wel geprobeerd. Maar nee.'

Gaspard stond op en schonk met toestemming van zijn gastvrouw nog een kop koffie in. 'Wat is er dan op die fameuze dag in New York gebeurd?'

'Aan het begin van de avond, toen hij zag dat Pénélope nog niet terug was en ze niets van zich had laten horen, begon Sean zich ongerust te maken. Maar hij heeft niet meteen de politie gewaarschuwd. Hij kon zijn vrouw niet bereiken om de eenvoudige reden dat ze haar telefoon in het hotel was vergeten. De uren verstreken en de angst groeide. Om elf uur 's avonds besloot Sean contact op te nemen met de beveiliging van het hotel, die meteen de politie heeft gebeld. De NYPD nam de zaak meteen serieus, omdat het om de verdwijning van een kind ging en Sean een bekende persoonlijkheid was. Ze hebben de hele avond signalementen verspreid onder de patrouilles en begonnen de bewakingscamera's te controleren in de omgeving van waar Pénélope zou zijn geweest. Ze hebben natuurlijk niets gevonden.'

Pauline drukte haar sigaret uit in het schoteltje van haar koffiekopje. Haar gezicht was bleek. 'Om zeven uur 's ochtends bracht een loopjongen van het hotel een kartonnen doos waarin de vinger van een klein kind zat met een bebloede eis om losgeld. Het was monsterlijk. Toen verscheen de FBI op het toneel. Ze breidden het terrein uit waarbinnen werd gezocht en sloegen grootscheeps alarm. De hele santenkraam van de technische recherche werd ingeschakeld... Uiteindelijk bleek de ontvoering van Pénélope en haar zoon inderdaad te zijn geregistreerd door een bewakingscamera op Amsterdam Avenue.'

Pauline wreef zuchtend in haar ogen.

'Ik heb die beelden indertijd gezien. Het was als in een horrorfilm. Je zag een soort monster, sterk als een stier, dat Pénélope en Julian achter in een aftandse bestelbus gooide.'

'Hoezo, een soort monster?'

'Een gebochelde Apache, met brede schouders en gespierde armen.'

Gaspard reageerde weifelend. Pauline vervolgde: 'Er zaten vingerafdrukken op de doos. Die bleken van Beatriz Muñoz te zijn, een voormalige delinquent, ook bekend onder de naam LadyBird, die Sean gedurende zijn jeugd had gekend.'

Bij het horen van de naam LadyBird herinnerde Gaspard zich de foto's die hij de vorige dag in de monografie van de schilder had gezien: die van de jonge Vuurwerkmakers die aan het begin van de jaren negentig metrowagons bespoten. Sean in zijn te grote jack; NightShift, de arrogante latino met flaporen; en LadyBird, de indiaanse vrouw die weinig luchtigs had, ondanks haar bijnaam, met diepzwart haar dat met een soort Geronimo-hoofdband was samengebonden.

'Zodra de FBI zich met de zaak bemoeide, ging alles snel. Voor de middag hadden ze de schuilplaats gevonden waar Beatriz Muñoz haar slachtoffers heen had gebracht. Een loods op een oud industrieterrein in Queens. Maar toen ze er binnenvielen, was het te laat. Julian was al dood.'

6

'Hoe hoog was het losgeld?' vroeg Madeline.

Bernard Benedick kneep zijn ogen samen. '4.290.000 dollar.'

'Wat had dat te betekenen?'

'Bedoelt u de hoogte van het bedrag?'

'Ja.'

'Dat was de prijs van haar lijden: het aantal dagen dat Beatriz Muñoz in de gevangenis had gezeten, vermenigvuldigd met duizend. Elf jaar en negen maanden hel: 4.290 dagen. Zoals ze het bracht, leek het bedrag een beetje belachelijk.'

'Ik neem aan dat Lorenz heeft geprobeerd het bedrag bij elkaar te krijgen.'

'Natuurlijk, maar het ging Muñoz nooit om het geld.'

'Wat wilde ze dan? Wraak?'

'Ja, "wrede gerechtigheid", zoals waar Francis Bacon het over heeft. Ze wilde het leven van Sean breken, hem op dezelfde wrede manier laten lijden zoals ze zelf had moeten lijden.'

'Maar het leven van de vrouw van Lorenz heeft ze toch gespaard?'

'Dat heeft maar weinig gescheeld. De FBI vond Pénélope met ijzerdraad geboeid aan een stoel vastgemaakt. Ze heeft er nog de littekens van. Maar het ergste is dat Beatriz Julian onder de ogen van zijn moeder heeft doodgestoken.'

Madelines bloed stolde in haar aderen. Ze dacht aan de woorden van haar vriend Danny: *de weg van de duisternis, het lijden en de dood.* Waar ze ook heen ging, wat ze ook deed, alle wegen brachten haar altijd naar dat ene pad en de stoet kadavers.

'Zit Beatriz Muñoz nu in de gevangenis?'

'Nee, voor de inval was ze uit de schuilplaats gevlucht. Ze heeft zich op Harlem-125th Street voor een trein geworpen, een station waar ze met Sean altijd wagons met graffiti bespoot.'

Gelaten slaakte Benedick een bedroefde zucht.

Madeline zocht in de zak van haar bloes naar een tablet tegen brandend maagzuur. 'Sinds gisteren zit me nog een vraag dwars,' zei ze, nadat ze de pil had ingenomen. 'Sean Lorenz was op het moment van zijn dood, een jaar geleden, ook in New York?'

'Dat klopt. Hij is midden op straat aan een hartaanval overleden.'

'Wat deed hij daar dan? Waarom was hij teruggegaan naar de stad die voor hem zo beladen was door rampzalige herinneringen?'

'Hij had er juist een afspraak met een cardioloog. Dat heeft hij me in elk geval over de telefoon verteld, en ik heb goede redenen om aan te nemen dat dat waar was.'

'Wat voor redenen?'

Benedick opende zijn leren Venezia-tas, die hij op de stoel naast zich had neergezet. 'Omdat ik wist dat u weer naar me toe zou komen, heb ik dit meegenomen,' zei hij, en hij haalde er een lichtbruine zakagenda uit, die hij aan Madeline gaf.

Ze bekeek hem aandachtig. Het was een kleine agenda van bedrukt leer van het merk Smythson.

'Ik was in Parijs toen ik van de dood van Sean hoorde. Ik ben meteen in het vliegtuig naar New York gestapt om zijn lichaam te laten repatriëren. Ik heb zijn spullen in het hotel opgehaald. Die bestonden slechts uit een kleine koffer waarin alleen kleding en deze agenda zaten.'

Madeline bladerde hem door. Eén ding was zeker: het grootste deel van de tijd in het jaar voorafgaand aan de verdwijning van Sean Lorenz bracht hij door bij artsen. Op de dag van zijn dood, 23 december 2015, had hij opgeschreven: *Afspraak dr. Stockhausen 10 uur.*

'Wat was er precies met hem aan de hand?'

'Meerdere hartinfarcten. In het laatste jaar van zijn leven is Sean gedotterd en heeft hij bypasses gekregen. Herinnert u zich nog het lied van Ferré: "Het hart, wanneer het niet meer klopt, heeft het geen zin er verder naar te zoeken..."'

'Mag ik deze agenda bij me houden?'

Benedick aarzelde, maar ging met een knik van zijn hoofd akkoord.

'Denkt u echt dat die laatste drie doeken bestaan?'

'Ik ben er zeker van,' antwoordde de galeriehouder, terwijl hij haar met een felle blik aankeek. 'Net zo goed als dat ik er zeker van ben dat u ze zult vinden.'

Madeline bleef voorzichtig. 'Dan moet u me vertellen waar ik moet beginnen met zoeken. Wie zijn degenen met wie ik moet praten?'

Benedick dacht enige tijd na. 'Probeert u het eens bij Diane Raphaël. Ze is een zeer begaafde en sympathieke psychiater. Een van de weinige personen voor wie Sean ontzag had. Ze heeft hem enkele maanden na zijn aankomst in Frankrijk tijdens een kort ziekenhuisbezoek ontmoet. In die tijd stond Diane aan het hoofd van een kleine eenheid die de ziekenhuizen afging om drugsverslaafden te helpen. Ze was in nieuwe kunstvormen geïnteresseerd en was een van de eersten die twee van zijn doeken kocht. Sean zag haar zo'n beetje als zijn engelbewaarder.'

Madeline nam de informatie in zich op en herinnerde zich dat Gaspard die naam de vorige avond ook al had genoemd.

'En wie nog meer?'

'Misschien Jean-Michel Fayol, een verfhandelaar. Hij heeft een kleine winkel op de kade. Sean kwam vaak bij hem toen hij schilderde.'

'Woont Pénélope Lorenz nog steeds in Parijs?'

Benedick knikte, zonder direct antwoord te geven.

'Kunt u me haar adres geven?'

De galeriehouder haalde een pen uit zijn zak en scheurde een pagina uit zijn agenda. 'Ik zal haar adres opschrijven, maar u moet nergens op rekenen. Dat Sean Pénélope heeft ontmoet, was zowel zijn grote geluk als zijn grootste ellende. De fonkeling die zijn genialiteit in volle gloed heeft doen ontwaken werd korte tijd later het vuur dat zijn leven heeft verwoest.'

Hij gaf het opgevouwen stukje papier aan Madeline en zei toen hardop, starend in de verte: 'Wat kan droeviger zijn dan te zien dat je zielsverwant je kwade genius wordt?'

6
Een som van verwoestingen

Een schilderij was een som van aanvullingen. Bij mij is een schilderij een som van verwoestingen.
Pablo Picasso

1

Boulevard Saint-Germain strekte zich onder een bleke zon uit. Kale platanen, gebouwen van natuursteen, klassieke cafés en rustige, chique winkels.

Madeline passeerde een elektrische brommobiel, zette haar richtingaanwijzer aan en reed Rue Saint-Guillaume in. Na twintig meter parkeerde ze haar scooter dwars tussen een gedeukte Smart en een fonkelnieuwe SUV. Het adres dat Bernard Benedick haar had gegeven, was van een van de mooie gebouwen in de straat, met een grote voorgevel met onlangs gerestaureerde reliëfs. Ze belde aan op de intercom van een monumentale koetsdeur van gelakt hout.

'Ja?' siste een stem.

'Mevrouw Lorenz?'

Geen antwoord. Madeline besloot duidelijke taal te spreken. 'Goedendag, mevrouw, ik ben van de politie. Ik ben op zoek naar de laatste drie doeken die uw ex-man heeft geschilderd. Hebt u misschien enkele minuten tijd om...'

'Donder op, vuile journalist.'

Madeline deed een stap achteruit, verbaasd over de heftigheid van de belediging. Het had geen zin door te gaan. Als Pénélope Lorenz er zo over dacht, zou ze niets bij haar kunnen bereiken.

Ze stapte op haar Vespa en was nu iets anders van plan. Rue de l'Université, Rue du Bac, Boulevard Raspail naar Montparnasse. In Rue d'Odessa vond Madeline het internetcafé dat ze zocht, tussen een crêperie en een seksshop. Toen ze de deur openduwde, bezwoer ze zichzelf dat ze niet zou vertrekken voordat ze haar doel had bereikt.

2

Gaspard was te vroeg in het restaurant. Het Grand Café lag naast de kraam van een vishandel en was een buurtbrasserie met een ouderwetse uitstraling: houtwerk, Baumann-stoelen met houten, gebogen leuningen, kleine bistrotafels, een grote spiegel, geruite tegels op de vloer. Namaakwijnranken die als in een prieel aan het plafond hingen, completeerden het geheel en gaven het een mediterraan tintje.

Om halfeen was de zaal nog voor driekwart leeg, maar het begon al drukker te worden. Gaspard vroeg om een tafel voor twee personen, maar zonder te gaan zitten legde hij er de telefoon neer, die een bult vormde in zijn zak, en hing vervolgens zijn jack over de leuning van de stoel. Toen liep hij naar het buffet, bestelde een glas quincy en vroeg of hij kon bellen. De bediende keek hem met een verbaasde blik aan, zelfs achterdochtig, en wees naar het toestel dat hij op de tafel had achtergelaten.

'Is die kapot?'

Gaspard keek zelfs niet om. 'Nee, ik kan er niet mee overweg. Mag ik de uwe gebruiken?'

De bediende knikte en gaf hem een retrotoestel met een hoorn. Gaspard zette zijn bril op om het nummer dat Pauline had opgeschreven te ontcijferen.

Hij had geluk: Diane Raphaël nam op nadat de telefoon drie keer was overgegaan, en ze verontschuldigde zich meteen voor de slechte verbinding. De psychiater was niet in Parijs, maar ze bevond zich in de hogesnelheidstrein naar Marseille, waar ze in het Sainte-Marguerite-ziekenhuis een patiënt ging opzoeken. Gaspard vertelde wie hij was en legde uit dat hij namens Pauline Delatour belde. Diane Raphaël, die vaak in New York kwam, vertelde dat ze er het stuk *Asylum* had gezien, een van zijn meest duistere toneelstukken, een kritiek op de losgeslagen psychoanalyse. Daarmee had Gaspard alleen geen vrienden gemaakt in de wereld van de psychiaters, maar Diane koesterde geen wrok en verzekerde hem dat ze 'veel had gelachen'.

Omdat hij niet kon liegen, speelde Gaspard open kaart. Hij legde uit dat hij het vroegere huis van Sean Lorenz huurde en dat hij een bevriende politieagent hielp, die het plan had opgevat de laatste drie schilderijen van de schilder te vinden.

'Als ze bestaan, zou ik ze graag willen zien.'

'Pauline vertelde dat u in het laatste jaar van Seans leven veel voor hem hebt gedaan.'

'De laatste twintig jaar, bedoelt u! Ik was ruim twintig jaar zijn vriendin en psychiater.'

'Ik dacht dat dat niet kon samengaan?'

'Ik hou niet van dogma's. Ik heb geprobeerd hem zo goed mogelijk te helpen, maar u moet weten dat er een vloek rust op genieën.'

'Wat bedoelt u daarmee?'

'Het oude principe van de destructieve creativiteit. Om werk zoals het zijne te scheppen, was het wellicht onontkoombaar dat Sean zichzelf en anderen vernietigde.'

Ondanks de slechte verbinding was Gaspard onder de indruk van de stem van Diane Raphaël: melodieus, diep en met een vriendelijke toon.

'Volgens Pauline ging het na de verdwijning van zijn zoon volkomen mis met Lorenz.'

De psychiater onderbrak hem. 'Dat is geen geheim. Sean is eigenlijk tegelijk met Julian gestorven. Hij had niets meer om zich aan vast te houden, dus deed hij zelfs geen moeite om te doen alsof hij leefde. Bovendien was hij fysiek een wrak. Hij heeft in de laatste maanden van zijn leven twee zware operaties ondergaan. Verscheidene keren is hij op het randje van de dood gereanimeerd. Maar hij heeft dat lijden als een boetedoening ondergaan.'

'Vond hij geen uitweg in het schilderen?'

'Schilderen kan de dood van een kind niet verhelpen.'

Gaspard sloot kort zijn ogen en dronk de laatste slok witte wijn, terwijl hij de barman gebaarde dat hij nog een glas wilde hebben. 'Niet alle ouders die een kind verliezen plegen zelfmoord,' zei hij.

'U hebt gelijk,' gaf ze toe. 'Ieder individu reageert op zijn of haar eigen manier. Ik ga met u niet in op het medisch dossier van Sean, maar alles telde bij hem zwaarder. Hij heeft altijd last van hevige stemmingswisselingen gehad, wat impact had op zijn creativiteit.'

'Was hij bipolair?'

'Laten we zeggen dat, zoals bij veel kunstenaars, zijn reacties en stemmingen heviger waren. In tijden van euforie getuigde hij van een ongelooflijk verlangen naar het leven, maar wanneer hij het somber inzag, kon hij vreselijk diep wegzakken.'

Gaspard maakte een knoopje van zijn overhemd los. Waarom was het zo idioot warm, midden in december? 'Gebruikte Lorenz drugs?'

Diane reageerde voor het eerst geërgerd. 'U stelt wel een heleboel vragen, meneer Gaspard Coutances.'

'Dat is waar,' verontschuldigde hij zich.

Hij hoorde aan de andere kant van de lijn dat de SNCF aankondigde dat de trein station Saint-Charles zou binnenrijden.

'Het enige wat Sean wilde, was tot rust komen en vergeten,' vervolgde de psychiater. 'Hij had ongelooflijk veel verdriet, voortvloeiend uit de liefde voor zijn zoon, en hij wilde niet gered worden of erover praten. Daarom waren alle middelen goed: slaapmiddelen, kalmeringstabletten, enzovoort. Ik schreef ze hem voor, want ik wist dat hij er toch wel aan zou kunnen komen. Zo kon ik tenminste een oogje in het zeil houden bij wat hij zichzelf aandeed.'

De verbinding werd steeds slechter. Gaspard moest toch nog snel een laatste vraag kwijt: 'Gelooft u in dat verhaal over zijn verborgen doeken?'

Helaas ging het antwoord van de psychiater verloren in het spoorwegkabaal.

Hij verbrak de verbinding en leegde opnieuw zijn glas. Toen hij omkeek, zag hij Madeline het restaurant binnen komen lopen.

3

'Een aperitief?' stelde de ober voor, nadat hij een groot bord naast hun tafel had neergezet, waarop met krijt de dagschotel stond vermeld.

Madeline bestelde een fles spuitwater en Gaspard een derde glas wijn.

Toen schoof de dramaturg glimlachend de telefoon die Madeline was vergeten toen ze uit het huis was vertrokken naar haar toe.

'Bedankt dat je hem hebt gebracht,' zei ze, en ze borg hem op.

Dit leek Gaspard het juiste moment om zijn excuses aan te bieden. 'Neem me niet kwalijk dat ik gisteravond zo onbeschoft deed. Ik heb me laten gaan.'

'Het geeft niet, laat maar.'

'Ik wist niet dat je probeerde een kind te krijgen.'

Madeline werd vuurrood. 'Waarom zeg je dat?'

'Dat... dat zag ik op je telefoon,' stamelde hij, en meteen besefte hij dat hij weer een stommiteit had begaan. 'Ik zag dat je vanmorgen een sms van een kliniek in Madrid kreeg waarin de ontvangst werd bevestigd van de resultaten van je...'

'Bemoei je met je eigen zaken, verdomme. Dacht je dat ik zin had daar aan tafel over te praten?'

'Het spijt me, ik kon het niet laten het te lezen.'

'Je kon het niet laten?' brieste ze.

Ze zeiden geen woord meer en ze keken elkaar niet meer aan tot hun drankjes werden gebracht en de eigenaar hun bestellingen kwam opnemen. Madeline haalde meteen ook het lucifersdoosje met de reclame van het restaurant uit haar tas, dat ze van Benedick had gekregen. 'Sean Lorenz was een vaste klant bij u, toch?'

'Veel meer dan een klant, hij was een vriend van het huis,' antwoordde de restauranthouder niet zonder trots.

Hij was een kleine, spraakzame man met een kale schedel, in een pak dat te groot voor hem was en een witte stropdas met grote, zwarte stippen. De mimiek op zijn gezicht deed hem vaag op Louis de Funès lijken.

'Jarenlang kwam meneer Lorenz vrijwel elke middag bij ons lunchen.'

Plotseling betrok de fonkelende blik van de restauranthouder. 'Maar na de dood van zijn zoon zagen we hem veel minder. Op een avond heb ik hem zelfs een keer na sluitingstijd stomdronken op een bankje aangetroffen. Ik heb hem naar huis gebracht, naar Rue du Cherche-Midi. Dat vond ik echt heel erg.'

Alsof hij die nare herinnering van zich af wilde schudden, klakte hij met zijn tong en voegde er snel aan toe: 'De laatste twee, drie maanden van zijn leven ging het beter met hem. Hij is verscheidene keren in het restaurant terug geweest en...'

Gaspard onderbrak hem. 'Denkt u dat hij opnieuw is gaan schilderen?'

'Zeker! Tijdens het eten zat hij weer in zijn schetsboek te tekenen. Dat was overduidelijk.'

'Weet u waaraan hij werkte?'

De Funès glimlachte geheimzinnig. 'Omdat ik nieuwsgierig was, keek ik altijd even over zijn schouder wanneer ik hem zijn bestellingen bracht. Hij tekende labyrinten.'

'Labyrinten?'

'Ja, kafkaiaanse labyrinten, zonder ingang of uitgang. Doolhoven met eindeloos veel vertakkingen, om duizelig van te worden.'

Madeline en Gaspard wisselden een weifelende blik, maar de restauranthouder had nog een troef achter de hand. 'Enkele dagen voor zijn dood heeft meneer Lorenz ons een fantastisch cadeau gegeven: hij heeft een mozaïek in het restaurant gemaakt.'

'Hier?' vroeg Gaspard verbaasd.

'Inderdaad,' beaamde de man trots. 'Achter in de tweede zaal. Het is een van de weinige mozaïeken van Lorenz en in elk geval het grootste dat hij ooit heeft gemaakt. Kunstliefhebbers komen van heinde en verre hierheen om het te zien of er een foto van te maken. Vooral Aziaten.'

Ze hoefden de restauranthouder geen twee keer te vragen of hij hen naar achteren wilde meenemen, waar een kleurig mozaïek de muur bedekte.

'Meneer Lorenz wilde *De reuzenkrokodil* illustreren, het verhaal van Roald Dahl. Dat was het lievelingsverhaal van zijn zoon. Dat las hij hem elke avond voor het slapengaan voor. Een prachtige hommage, nietwaar?'

Het mozaïek bestond uit honderden glimmende stukjes, die een beetje deden denken aan de grove pixels uit de videospelletjes van de jaren tachtig. Als Madeline haar ogen samenkneep, herkende ze de personages uit het verhaal van haar jeugd: een krokodil, een aap, een olifant en een zebra op de savanne.

In zijn soort was dit kunstwerk fantastisch en grappig, ook al bleef het onbelangrijk. Madeline vroeg toestemming om er een foto van te maken en liep toen samen met Gaspard terug naar hun tafel.

4

'Die kleine Pauline lijkt je wel te mogen.'

Net als de vorige dag wisselden ze informatie uit die ze ieder apart hadden verzameld.

'Ze is gemakkelijk in de omgang en niet irritant.'

'Zeg je dat omdat ík het ben?'

Gaspard wendde zijn hoofd af om Madeline niet te hoeven aankijken. 'Laten we het alsjeblieft over iets anders hebben.'

Ze stelde voor de taken te verdelen. 'Ik ben van plan vanmiddag met Jean-Michel Fayol te gaan praten, de verfhandelaar van Sean. En dan wilde ik jou vragen bij Pénélope Lorenz langs te gaan.'

Weifelend krabde Gaspard over zijn kin. 'Waarom moet ik het slagveld op? Je vertelde net zelf dat ze de deur in je gezicht heeft dichtgeslagen.'

'Bij jou gaat het misschien anders.'

'Waarom denk je dat?'

'Allereerst omdat je een man bent. En verder omdat ik een geniaal plan heb.'

Met een voldane glimlach legde ze hem uit wat ze had bedacht om met de vrouw van Sean in contact te komen.

In een internetcafé had ze een mailaccount op naam van Gaspard gemaakt en daarvandaan had ze Pénélope een verzoek gestuurd om *Naked* te mogen lenen – of eerder huren – een werk van haar man dat ze nog steeds in bezit had.

'Dat begrijp ik niet,' gromde Gaspard. 'Waarom zou ik een schilderij willen huren? Dat slaat nergens op.'

Madeline schoof haar bord opzij en vouwde op tafel een fotokopie open van een artikel in de *Daily Telegraph*, waarin voor komend voorjaar dertig voorstellingen in Londen stonden aangekondigd van *De eed van Hippocrates*, een toneelstuk van... Gaspard Coutances.

'Je vraagt dat schilderij te huur om tijdens de première van je stuk in het decor te gebruiken.'

'Belachelijk.'

Madeline liet zich niet uit het veld slaan. 'In mijn mail heb ik Pénélope een deal van twintigduizend euro voorgesteld. Benedick vertelde dat ze contant geld nodig heeft en dat ze het schilderij mettertijd wil laten veilen. Als ze de kans krijgt het doek voor de verkoop in de publiciteit te brengen, kun je er wel zeker van zijn dat ze die kans niet voorbij zal laten gaan.'

Kwaad fronste Gaspard zijn wenkbrauwen. 'Je hebt mijn identiteit misbruikt!'

'Rustig maar, het was voor de goede zaak.'

'Principes gelden altijd alleen maar voor anderen, hè? Ik haat mensen zoals jij.'

'Mensen zoals ik? Wat bedoel je daarmee?'

'Voor mij is het duidelijk.'

'Dan ben je de enige.'

Nog steeds kwaad haalde hij zijn schouders op. 'In elk geval zal mevrouw Lorenz nooit dergelijke onzin geloven.'

'Daar vergis je je in,' antwoordde Madeline triomfantelijk. 'Ze heeft zelfs al geantwoord en ze verwacht je over een halfuur bij haar thuis om het te bespreken.'

Gaspard wilde zijn mond opendoen om te protesteren, maar slaakte slechts een kwade zucht. Madeline ging meteen verder: 'Na mijn gesprek met Fayol heb ik een afspraak met een oude vriendin die in Parijs op visite is. Kom na het gesprek met Pénélope naar het Sémaphore, waar we het verder kunnen bespreken.'

'Wat is het Sémaphore?'

'Een cafeetje op de hoek van Rue Jacob en Rue de Seine.'

Het was zo warm, dat het restaurant de schuiframen had opengezet. Omdat Madeline wilde roken, waren ze op het terras gaan zitten om koffie te drinken. Dromerig rolde Madeline in stilte haar sigaret, terwijl Gaspard in gedachten verzonken zijn keel schoonbrandde met een glas armagnac, dat de restauranthouder hem had aangeboden.

Ook al wilden ze het niet hardop zeggen, ze moesten toegeven dat ze samen een onwaarschijnlijk goed rechercheursduo vormden.

Het magnetisme van het werk van Lorenz had hen besmet. Het had hen betoverd. Alles wat met de schilder te maken had, veraf of dichtbij – de zin van zijn werk, de duistere gebieden in zijn leven – bezat voor hen een aura van geheimzinnigheid en de irrationele belofte dat de geheimen van Lorenz, wanneer ze eenmaal in het daglicht waren gehaald, hún geheimen zouden worden. Zonder dat ze het durfden te bekennen, klampten Madeline en Gaspard zich beiden vast aan het idiote geloof dat de geheimen hun een waarheid zouden tonen, want op zoek naar die schilderijen jaagden ze ook een deel van zichzelf na.

7
Dat wat brandt...

Kunst is als vuur, het komt voort uit wat het verbrandt.
Jean-Luc Godard

1

Het voormalige particuliere hotel waarin Pénélope Lorenz woonde, bezat de strenge tijdloosheid en elegantie van de prachtige gebouwen in de wijk rondom de kerk Saint-Thomas-d'Aquin: sobere, lichtgekleurde voorgevels van natuursteen, traptreden van gepolijst marmer, enorm hoge plafonds en krakend visgraatparket.

Toch stond de binnenkant van het appartement in schril contrast met de strengheid van het gebouw. Hier was opzichtigheid troef. Alsof een soort sub-Philippe Starck de leiding over de inrichting had gevoerd, waarbij hij een checklist van slechte smaak was afgelopen. Zoetroze, gecapitonneerde fauteuils, bedekt met kussens van nepbont, bij een grote plexiglas tafel, een kolossale barokken kroonluchter en een wirwar van snuisterijen en allerlei lampen.

De man die wantrouwig voor Gaspard opendeed, stelde zich met tegenzin voor als Philippe Careya. Gaspard herinnerde zich dat Pauline had verteld dat hij de eerste geliefde van Pénélope was geweest. Ze was dus nog steeds met hem samen. De projectontwikkelaar uit Nice was een kleine man met een dikke buik en leek in de verste verte niet op iemand die de toneelschrijver zich als minnaar van Pénélope had voorgesteld: kale kruin, ringbaardje, wallen onder zijn ogen, wijd openstaand overhemd met daaronder grijs haar en om zijn nek een gouden ketting met een haaientand. Hij kon zich moeilijk voorstellen wat de jonge vrouw op het toppunt van haar schoonheid aantrekkelijk aan hem had gevonden. Misschien had hij er vroeger anders uitgezien? Misschien had hij nog andere eigenschappen? Of misschien, en dat leek hem waarschijnlijker, trok de aantrekkingskracht tussen twee personen zich niets van de realiteit aan.

De man uit Nice had hem naar een kleine zitkamer gebracht die uitkeek op een binnenplaats en was teruggelopen naar zijn vergulde MacBook, om advertenties van makelaars te bekijken. Gaspard had een tiental minuten gewacht, tot de vrouw des huizes binnenkwam. Toen de voormalige mannequin de kamer binnenliep, kon hij zijn verbazing nauwelijks verbergen.

Pénélope Lorenz was onherkenbaar. Misvormd door plastische chirurgie was ze nog slechts een wanstaltige karikatuur van de vrouw die ze was geweest. Haar strakke gezicht, glad als was, leek bijna te smelten. Haar misvormde lippen waren zo groot dat ze bijna leken te barsten. Haar opbollende oogleden en haar buitenproportioneel hoge jukbeenderen hadden haar ogen uitgerekt. Haar gezicht, opgeblazen en verwoest, stond in schril contrast met haar gedaante: broodmager, op reusachtig opgepompte borsten na.

'Goedendag, meneer Gaspard Coutances, fijn dat u bent gekomen,' zei ze begroetend, terwijl ze tegenover hem plaatsnam. Ze leek kortademig te zijn en haar stem klonk nasaal.

Haar blik was als die van een opgejaagd beest, zich bewust van haar uiterlijk en hoe dat op anderen overkwam.

Hoe word je zo? Hoe was een dergelijke metamorfose te verklaren? Gaspard herinnerde zich foto's van het topmodel uit de tijd dat ze voor op de tijdschriften stond. Trots, groot, atletisch en stralend. Waarom had ze zich overgegeven aan deze overdosis aan lifts en botoxinjecties? Welke chirurg had de zondagsschilder uitgehangen en haar prachtige gezicht verwoest? Hij probeerde nog een spoor van haar verloren schoonheid te vinden en vond die in haar ogen. Dus concentreerde hij zich op haar irissen, watergroen met goudbruine strepen. De gloeiende sintel die het hart van Sean in de zomer van 1992 in vuur en vlam had gezet.

Gaspard groette haar, maar toen hij zijn mond opendeed, zag hij af van het plan dat hij met Madeline had besproken. Er was niets aan te doen, hij zou zich nooit met die leugen kunnen verenigen. Om te beginnen om esthetische redenen, maar vooral omdat hij een slechte toneelspeler was, iemand die geen afstand kon nemen van de waarheid die hij probeerde te verbergen. Hij besloot daarom er niet omheen te draaien.

'Ik zal eerlijk zijn, mevrouw Lorenz, ik ben hier niet om de reden die u denkt. Ik ben inderdaad Gaspard Coutances en ik heb inderdaad een toneelstuk geschreven dat in het voorjaar in Londen zal worden opgevoerd, maar het contract over de huur van uw schilderij is slechts een bedenksel van een collega om u te spreken te krijgen.'

'Wat voor collega?'

'Degene die u vanmorgen de deur hebt gewezen.'

De sfeer werd gespannen. Gaspard voelde aan dat Pénélope op het punt stond Careya om hulp te roepen. Met een geruststellende beweging van zijn hand probeerde hij te voorkomen dat ze zou schreeuwen. 'Gun me alstublieft drie minuten om u de situatie uit te leggen. Als u daarna mijn vragen niet wilt beantwoorden, vertrek ik zonder te protesteren en zal ik u nooit meer lastigvallen.'

Toen ze stil bleef zitten, vervolgde hij vol moed: 'We zijn op zoek naar drie schilderijen die Sean Lorenz in de weken voorafgaande aan zijn dood zou hebben geschilderd. Het is...'

Pénélope onderbrak hem. 'Toen hij stierf, had Sean al jaren geen penseel meer in zijn handen gehad.'

'Toch hebben we goede redenen om aan te nemen dat die doeken bestaan.'

Ze haalde haar schouders op. 'Als dat waar is, heeft hij ze na onze scheiding geschilderd, en dan zou ik er geen enkel recht op hebben. Dus wat gaat het mij dan aan?'

Gaspard begreep dat deze vrouw, verblind door verbittering, niets zou loslaten, dus hij improviseerde: 'Omdat ik hier ben om u een voorstel te doen.'

'Wat voor voorstel?'

'Als u antwoord geeft op mijn vragen en we dankzij u de schilderijen vinden, is er één voor u.'

'Hou toch op! Alsof de doeken van Sean me niet al genoeg ellende hebben bezorgd...'

Haar angst was nu in woede omgeslagen. Ze stond op van de bank, liep naar een kleine koelkast die in een boekenkast was ingebouwd, zoals de minibar in een hotel. Ze pakte twee miniflesjes wodka en dronk een ervan in één slok leeg. Gaspard dacht aan een uitspraak van Bukowski: *Find what you love and let it kill you*. Het tweede flesje, Grey Goose, goot ze leeg in een kristallen tumbler, die ze binnen handbereik op een tafeltje van glas en smeedijzer zette.

'Sean Lorenz zou zonder mij nooit hebben bestaan, weet u dat? Ik was degene die zijn creativiteit heeft blootgelegd en de sluizen van zijn talent heeft geopend. Voordat hij mij kende, was hij een armzalige graffitispuiter in Harlem, die de hele dag wat rondhing en joints rookte. Tien jaar lang, gedurende al die jaren waarin hij geen doek heeft kunnen verkopen, was ik het die zijn kachel warm hield. Dankzij mijn uiterlijk, mijn foto's, mijn tijdschriften en mijn covers, kon hij een beroemde schilder worden.'

Terwijl Gaspard haar verhaal aanhoorde, dacht hij aan het personage van de verlopen actrice die in *Sunset Boulevard* door Gloria Swanson werd gespeeld. Dezelfde adoratie voor de vrouw die ze was geweest, dezelfde zielige rechtvaardiging.

'Jarenlang was ik het vuur achter zijn scheppingen. Zijn *Kryptonite Girl*. Zo noemde hij me, want hij was ervan overtuigd dat hij zonder mij aan zijn zijde nooit iets geniaals had kunnen schilderen.'

'Hij had gelijk,' gaf Gaspard toe. 'De portretten die hij van u heeft geschilderd, zijn fantastisch.'

'Bedoelt u de eenentwintig Pénélopes? Ik zal u zeggen dat dat in het begin waar was, ik was gevleid door zijn doeken. Maar later werd het een last.'

'Waarom?'

'Vanwege de blikken van de anderen, de oorzaak van het grootste deel van onze ellende. Ik zag heel goed hoe de mensen me bekeken en vooral leek ik hun gedachten te kunnen horen. Ze dachten dat ik mooi was, maar niet zo fascinerend als de vrouw op het schilderij. Weet u wat het geheim van de doeken van Sean Lorenz is, meneer Coutances?'

'Zegt u het eens.'

2

'Het was stimulerend om met Sean Lorenz te werken, want hij was een meester in kleuren.'

God mocht weten waarom, maar toen Bernard Benedick Jean-Michel Fayol had genoemd, had Madeline zich een oude man in een grijs hemd en met grijs haar voorgesteld, die allang zijn pensioengerechtigde leeftijd was gepasseerd. In werkelijkheid was de man die haar in de winkel aan Quai Voltaire begroette een zwarte man die jonger was dan zij, gebouwd als een brandkast, met rastahaar en aan al zijn vingers zilveren ringen, die een satanische dierentuin voorstelden: een slang, een spin, een gegraveerde schedel en een geitenkop. Hij liep op versleten sneakers, droeg een strakke spijkerbroek en een openhangende, mouwloze bodywarmer waaronder hij een strak T-shirt droeg. Met een vriendelijk gezicht had Fayol haar, toen ze binnenkwam, uitnodigend koffie met koekjes aangeboden, die hij op zijn toonbank van dik, gevlekt eikenhout had neergezet. De ruimte om hen heen, met onbewerkte, stenen muren, gewelven en een plafond dat vol hing met van alles en nog wat, had meer weg van een middeleeuws winkeltje. Die indruk werd versterkt door de planken van geschuurd hout die van de vloer tot aan het plafond aan de muren hingen en vol stonden met flesjes met allerlei kleuren erin.

Fayol voelde zich direct aangesproken door de reden van haar komst en was bereid haar vragen te beantwoorden, zelfs zonder te vragen wie Madeline eigenlijk was.

'Ik ken veel kunstenaars,' zei hij. 'De meesten zijn eigenzinnige types met grootheidswaanzin, die denken dat ze de reïncarnatie van Picasso of Basquiat zijn, alleen omdat ze een doek kunnen volkladden, en dat ze wel een hebzuchtige galeriehouder zullen vinden die hun werk zal exposeren en dat er vast wel een publiek zal zijn om bereidwillig voor hun viezigheid te applaudisseren.'

Hij nam een koekje uit een ijzeren kistje. 'Ondanks zijn succes was Sean niet zo. Hij was eerder nogal onderdanig en hoewel hij geobsedeerd was door zijn kunst, weerhield dat hem er niet van oog te hebben voor mensen.'

Hij knabbelde aan zijn koekje en kauwde er langdurig op, alsof hij er de tijd voor nam genietend terug te denken aan de bron van zijn herinneringen. 'Bijvoorbeeld, toen hij hoorde dat ik de grootste moeite had om het bejaardenhuis van mijn moeder te kunnen betalen, heeft hij me een cheque gegeven, zonder ooit te vragen die terug te betalen.'

'Hij was dus eerder een vriend dan een gewone klant,' merkte Madeline op.

Fayol keek haar aan alsof ze zojuist had gezegd dat de aarde plat was. 'Ware artiesten hebben geen vrienden,' zei hij. 'Daarom zijn ze ook artiest geworden. Ik hielp Sean zo goed ik kon en probeerde voor hem de kleuren te vinden die hij zocht. Ik deed ook wel meer voor hem. Zo zorgde ik vooral voor de lijsten van zijn doeken. Daar was hij ook heel precies in. Hij wilde alleen strakke lijsten van lichtgekleurd notenhout, dat heel zeldzaam is en dat je alleen in Iran kunt vinden.'

'Waarom zei u dat hij een meester in kleuren was?'

'Omdat hij dat was! En hij had heel veel geleerd. In zijn jeugd spoot hij hekken en wagons vol met zijn spuitbussen, maar in het begin van deze eeuw veranderde Sean radicaal. Hij wilde heel graag leren en was een ware specialist in de geschiedenis van pigmenten geworden. En hij was vooral een ware purist. Het was grappig om te zien dat een voormalig graffitikunstenaar weigerde synthetische kleuren te gebruiken.'

Madeline waagde nog een vraag. 'Wat is het grote verschil tussen synthetische verf en natuurlijke pigmenten?'

Weer keek de rastaman haar schuin aan. 'Hetzelfde als het verschil tussen neuken en de liefde bedrijven, tussen het geluid van een mp3-bestand of dat van een echte grammofoonplaat, tussen een Californische wijn en een bourgogne... Snapt u?'

'Bedoelt u dat natuurlijke pigmenten authentieker zijn?'

'Ze geven een diepere kleur, intenser, en vooral: ze zijn uniek. Want ze dragen een vaak duizend jaar oude geschiedenis uit.'

Fayol sprong op van zijn stoel en liep naar de achterkant van zijn winkel. 'Dit zijn de zeldzaamste en kostbaarste pigmenten ter wereld,' zei hij vurig, en hij wees naar een plank met kleine, glazen flacons waarin gekleurde poeders zaten.

De doorzichtige flesjes, die allerlei verschillende maten en vormen hadden, boden een indrukwekkend palet van kleuren die varieerden van lichte en pasteltinten tot donkerdere nuances.

Op het eerste gezicht zag Madeline geen verschil met de andere potten die om hen heen stonden, maar ze waakte ervoor haar verbazing te laten blijken. Jean-Michel Fayol pakte een monster en zwaaide ermee voor haar ogen.

'Dit is bijvoorbeeld lapis lazuli, ook bekend onder de overzeese naam mystiek blauw, dat Fra Angelico heeft gebruikt, evenals Leonardo da Vinci en Michelangelo. Het is een extract van een steen die uit Afghanistan wordt geïmporteerd. Het pigment was zo zeldzaam, dat het tijdens de renaissance duurder was dan goud.'

Madeline herinnerde zich dat ze in de roman *Meisje met de parel* had gelezen dat Vermeer het had gebruikt om de tulband te schilderen van het personage op zijn beroemde schilderij.

Fayol zette het flesje terug en pakte meteen een ander pigment: een paars poeder met een intense gloed. 'Purper van Tyr, de kleur van de toga van de Romeinse keizers. Stelt u zich eens voor, om hier één gram van te maken, moet je het vocht extraheren van een klier van tienduizend schelpdieren: de purperslak. U zult begrijpen wat een slachting dat gaf.'

Meegesleept door zijn eigen enthousiasme ging hij verder. 'Dit Indisch geel wordt verkregen door de urine te destilleren van koeien die alleen mangobladeren hebben gegeten. Het is tegenwoordig verboden dit te maken.'

De rasta veegde zijn dreadlocks opzij en liep naar een plank met vermiljoenkleuren. 'Drakenbloed, al sinds de oudheid bekend. Volgens de legendes ontstaat de kleur door het bloed van een draak te mengen met dat van een olifant, na een homerische strijd waarbij beide wezens hun leven hebben verloren.'

Fayol was onstuitbaar. Als bezeten door zijn kleuren vervolgde hij zijn magistrale les voor zijn nieuwe leerling. 'Dit is misschien wel mijn lievelingskleur,' zei hij, en hij pakte een ander flesje, waarin een fijngemalen pigment zat met een okergele, naar cognac neigende tint. 'Het is in elk geval de meest romantische.'

Madeline boog voorover om het etiket te lezen. 'Mummiebruin?'

'Ja, Egyptisch bruin. Een pigment dat werd gemaakt door mummies fijn te malen, om de hars vrij te maken die in de doeken zat waarmee het lichaam was gebalsemd. Denk maar niet aan al die archeologische opgravingen die zijn geplunderd om deze vervloekte pigmenten in handen te krijgen. Trouwens...'

Madeline onderbrak het enthousiasme van de rasta om terug te komen op de reden van haar komst: 'Wat voor kleuren zocht Sean Lorenz toen hij hier voor het laatst was?'

3

'Elke keer dat Sean je schildert, steelt hij iets van je wat hij nooit meer teruggeeft,' zei Pénélope, terwijl ze nog een slok wodka nam.

Gaspard, die tegenover haar zat, bleef behoedzaam. 'Hij rukte uw schoonheid weg om die op zijn schilderijen te zetten,' zei hij.

'Kent u het verhaal van het *Portret van Dorian Gray*?'

'Het portret dat ouder werd in plaats van het model.'

'Nou, met Sean was het het tegenovergestelde. Zijn schilderijen vraten je op. Ze voedden zich met je leven en je glans. Ze doodden je om te kunnen bestaan.'

Gedurende enkele ogenblikken liet Pénélope die gedachte kribbig tot zich doordringen. Gaspard luisterde niet meer. Hij dacht aan de beroemde uitspraak van Serge Gainsbourg: 'Lelijkheid heeft op schoonheid voor dat het niet mettertijd verdwijnt.' En weer rees de vraag bij hem op: door welk raderwerk was het zover met deze vrouw gekomen? Madeline had tegen hem gezegd dat Sean Pénélope in 1992 in Manhattan had ontmoet toen ze pas achttien jaar oud was. Snel rekende hij het in zijn hoofd na. De vrouw moest nu tweeënveertig jaar oud zijn. Net zo oud als hij. Op Rue du Cherche-Midi hingen weinig foto's van Pénélope, maar Gaspard herinnerde er zich een, ten tijde van de geboorte van Julian. Toen hij die foto zag, vond hij Pénélope er juist schitterend uitzien. De verwoesting door plastische chirurgie moest dus recent zijn.

'Na enkele jaren begreep Sean uiteindelijk toch dat zijn genialiteit niet afhankelijk was van mijn kleine persoontje. Toen werd ik natuurlijk bang hem te verliezen. Mijn eigen carrière begon te verbleken. Om mijn depressies te ontvluchten, begon ik meer alcohol en drugs te gebruiken dan goed voor me was: joints, cocaïne, heroïne, pillen... Het was een manier om Sean te verplichten voor me te zorgen. Tien keer heeft hij me naar een ontwenningskliniek gebracht. Ik moet u zeggen dat Sean een groot nadeel had. Een zwakte, eigenlijk: hij was een goede vent.'

'Ik begrijp niet waarom dat een zwakte is.'

'Toch is dat zo. Maar dat is een ander verhaal. Kortom, hij heeft nooit de moed gehad me te verlaten. Omdat hij vond dat hij eeuwig bij mij in het krijt stond. Sean was een beetje geschift. Of beter gezegd: hij volgde zijn eigen logica.'

Gaspards ogen gleden weg van Pénélopes gezicht naar een stervormig litteken op de linkerkant van haar hals. Toen zag hij dat ze een tweede snee had, bijna symmetrisch, onder haar linkeroor. En toen nog een derde, bij de aanzet van haar borsten. Binnen een fractie van een seconde begreep hij het: de littekens waren geen sporen van medische ingrepen, maar de gevolgen van het prikkeldraad waarmee Pénélope tijdens de ontvoering was mishandeld. Toen wist hij het. Pas na de moord op hun zoon was Pénélope in de vicieuze cirkel van plastische chirurgie terechtgekomen. Waarschijnlijk eerst om de verwondingen van de mishandelingen te repareren, maar daarna ongetwijfeld als een soort boetedoening. Sean was niet de enige die een kruisweg had afgelegd. Zijn vrouw had hem vergezeld op de weg naar zelfvernietiging. Ze had willen lijden door middel van dat waarmee ze had gezondigd: haar schoonheid.

'Heeft de geboorte van uw zoon u niet nader tot elkaar gebracht?'

'Dat kind was een wonder. De belofte van een nieuw begin. Eerst wilde ik er graag in geloven, maar het was een illusie.'

'Waarom?'

'Juist omdat er in de ogen van Sean niets anders meer bestond. Het schilderen niet, ik niet. Alleen Julian telde...'

Bij het noemen van de naam van haar zoon leek Pénélope in een hypnotische lethargie weg te zinken. Gaspard probeerde haar tegen te houden. 'Mag ik u nog een laatste vraag stellen?'

'Gaat u nu.'

'Mevrouw, nog een...'

'Wegwezen!' riep ze, alsof ze was wakker geschrokken.

'Wanneer hebt u uw man voor het laatst gesproken?'

Ze zuchtte. Haar blik werd weer troebel, op zoek naar herinneringen. 'De laatste keer was... de dag van zijn dood. Slechts enkele minuten voordat hij stierf. Sean was in New York. Hij had me gebeld vanuit een telefooncel in Upper East Side. Zijn woorden waren onsamenhangend. Vanwege het tijdsverschil had hij me midden in de nacht wakker gebeld.'

'Waarom belde hij?'

'Dat herinner ik me niet meer.'

Haar gezicht betrok, ze huilde.

Hij drong aan. 'Alstublieft, probeer het. Wat heeft hij tegen u gezegd?'

'Laat me met rust!'

Die kreet deed haar verder wegzakken in de mist. Ze zat onbeweeglijk, uitgeteld op de witte bank, ze had geen enkele binding meer met de werkelijkheid. Haar blik was grimmig. Geschokt.

Toen Gaspard de situatie begreep, schaamde hij zich diep. Wat deed hij hier? Waarom pijnigde hij die vrouw, met een achtergrond die niet de zijne was? Wat was de zin van het onderzoek?

In stilte verdween hij.

In de lift besefte hij dat Godard gelijk had: 'Kunst is als vuur, ze komt voort uit wat ze verbrandt.' De funeste geschiedenis van Lorenz lag bezaaid met kadavers, geesten en levende doden. Verwoeste lotsbestemmingen, verbrand, verkoold door het vuur van passie en schepping.

Kunst is een vuur dat voortkomt uit degenen die het verbrandt.

4

Jean-Michel Fayol hoefde niet lang in zijn herinneringen te graven. 'Na een lange afwezigheid kwam Sean de laatste twee maanden van zijn leven weer regelmatig in de winkel. Dat was ruim een jaar geleden. In november en december 2015. Hij was op jacht.'

'Op jacht waarnaar?' vroeg Madeline enigszins verbaasd.

'Kleuren, natuurlijk.'

'Dus volgens u was hij weer gaan schilderen?'

Fayol grinnikte. 'Dat is duidelijk. En ik zou er veel voor over hebben gehad om te weten wat er in zijn hoofd omging.'

'Waarom?'

'Om te beginnen, omdat hij geobsedeerd was door de kleur wit.'

'De kleur wit?'

De rasta knikte en werd lyrisch. 'Ja, de kleur van geesten en spoken. Die van het oerlicht en verblinding. Van de puurheid van de sneeuw, van onschuld, van maagdelijkheid. De totale kleur die helemaal op zichzelf zowel het leven als de dood symboliseert.'

'Wat voor soort wit wilde hij hebben?'

'Nou, in het begin zocht hij nog en waren zijn verzoeken tegenstrijdig. Dan weer mat, dan weer glanzend. Dan weer glad, dan weer ruw. Dan weer meer een krijtkleur, dan weer meer een metalige gloed. Ik kon er geen wijs uit worden.'

'Was hij in de war of had hij duidelijke ideeën voor ogen?'

De kleurenverkoper fronste zijn voorhoofd. 'Ik denk dat hij vooral in vervoering was. Alsof hij door iets van streek was.'

Ze waren terug naar de toonbank gelopen. Op de ramen vielen enkele druppels regen.

'Sean had het de hele tijd over minerale witte pigmenten, maar die hebben het nadeel dat ze verbleken en transparant worden zodra ze worden gemengd met een bindmiddel. Ik vond het jammer dat ik hem niet kon helpen. Ten slotte heb ik hem voorgesteld eens met een Gofun Shirayuki te gaan werken.'

'Een witte Japanner?' gokte ze.

'Ja, een paarlemoerwit pigment, de kleur van parels, dat wordt gemaakt van oesterschelpen. Sean heeft het geprobeerd, maar enige tijd later kwam hij terug en zei dat dat niet was wat hij zocht. En dat dat niet de kleur was waarmee hij datgene wat hij in zijn hoofd had, kon "weergeven". Die uitdrukking verbaasde me trouwens.'

'Waarom?'

'Kunstenaars als Sean proberen niet weer te geven, zij brengen iets tot stand. Ze verwarren niet, ze ordenen, om een uitdrukking van Soulages te gebruiken. Toch had ik indertijd wel de indruk dat Sean iets specifieks voor ogen had, maar dat dat in werkelijkheid gewoon nog niet bestond.'

'Heeft hij niet gezegd wat?'

Fayol vertrok zijn gezicht en haalde in een onwetend gebaar zijn schouders op. Madeline ging verder. 'Is het u uiteindelijk gelukt een kleur voor hem te vinden?'

'Natuurlijk,' antwoordde hij glimlachend. 'Ik heb voor hem een pigment gemaakt op basis van atypisch gips, dat op slechts één plaats te vinden is.'

'Waar dan?'

Vol trots trok Fayol een geheimzinnig gezicht. 'White Sands. Zegt dat u iets?'

Madeline dacht enkele tellen na, totdat iets haar te binnen schoot: fonkelwitte, zilverachtige duinen die zich uitstrekten zo ver het oog reikte. Een van de mooiste nationale parken in Amerika. 'De woestijn van Nieuw-Mexico?'

De rasta knikte. 'Op de plaats waar een militaire basis ligt waar het leger geheime wapens en technologieën test. Op dat terrein ligt een steengroeve met heel zeldzaam gips. Een aangetast mineraal waaruit je een vrij resistent pigment kunt extraheren, een soort wit-grijs met een roze gloed.'

'Als die steensoort op de militaire basis ligt, hoe hebt u er dan aan kunnen komen?'

'Dat is mijn geheimpje.'

'Hebt u er een voorbeeld van?'

Fayol liep terug naar zijn planken en pakte een fles van geblazen glas. Madeline bekeek de inhoud eerst opgewonden, maar toen voelde ze zich teleurgesteld. Het pigment zag eruit als gewone stukjes krijt.

'In feite meng je dat met olie, om te schilderen?'

'Met olie of om het even een ander bindmiddel, ja.'

Verbaasd pakte Madeline haar helm van de toonbank en bedankte Fayol voor zijn hulp.

Toen de rasta naar voren liep om de deur voor haar te openen, aarzelde hij even. Kennelijk herinnerde hij zich iets. 'Sean had me ook gevraagd fosforescerende pigmenten van heel goede kwaliteit voor hem te zoeken. Dat verbaasde me eigenlijk, want het is een beetje hip.'

'Wat is dat precies? Pigmenten die licht geven?'

'Ja, om ze in het donker te laten oplichten. Vroeger gebruikte de industrie radium om dit soort verven te maken, die vooral te vinden waren op de instrumentenpanelen van vliegtuigen.'

'Lang leve de radioactiviteit.'

Fayol knikte. 'Later gebruikte men zinksulfide, maar dat bleek weinig efficiënt te zijn en het verouderde snel.'

'En nu?'

'Nu gebruikt men aluminaatkristallen van niet-radioactief en niet-giftig strontium.'

'En die zocht Lorenz.'

'Ja, maar dan nog wees Sean al mijn pigmenten af. Omdat ik niet begreep wat hij wilde, heb ik hem in contact gebracht met een Zwitsers bedrijf dat een lichtgevende pasta maakt dat in de horloge-industrie wordt gebruikt in dure duikershorloges. Die mensen hebben wel gereageerd, maar ik weet niet of Sean zaken met hen heeft gedaan.'

Madeline prentte zich de naam van het Zwitserse bedrijf in en bedankte de kleurenexpert nog eens.

Toen ze Quai Voltaire verliet, was het al bijna donker. Het regende en wolken die zo donker als zwarte rook waren, dreven boven de overstroomde Seine en het Louvre. Draaikolken van stof dat opwaaide door de aanval van vijandige cavaleristen.

Op haar Vespa reed ze in de richting van Pont Royal, waar ze Saint-Germain in sloeg, naar haar vriendin. Ze schrok van de rommelende donder. In de bliksemflitsen aan de hemel leek ze de hoekige gedaante van Sean Lorenz te zien. Een ontstemd gezicht, bijna een Christusbeeld, dat baadde in een wit licht.

Gaspard

Saint-Germain-des-Prés.

Zinkkleurige lucht. Grauwe gebouwen als grafietmijnen. Anorganische omtrekken van platanen. De indruk in de leegte te lopen. Te worden opgesloten, geplet door de beweging, de vervuiling en het stemloze geschreeuw van de boulevard.

Het beeld van Pénélope Lorenz blijft me bij. Haar verwoeste schoonheid, haar krassende stem en de herinnering aan haar verloren frisheid doen me denken aan mijn eigen lamlendigheid, mijn eigen gelatenheid, mijn eigen val.

Ik had behoefte aan zuivere lucht, aan een heldere hemel, aan een verlossende windvlaag, aan de zon op mijn Griekse eiland of aan de ijzige puurheid van de besneeuwde toppen van Montana. Bij gebrek aan gezonde berglucht duik ik meteen de eerste bistro in die ik onderweg tegenkom. Een café op de hoek van Saint-Germain en Rue des Saints-Pères.

Binnen wordt de achterhaalde indruk gewekt van de hoofdstad die de buitenlanders zo bevalt, maar die allang niet meer bestaat: kunstleren bankjes, neonbuizen, formicatafels, kunststof Ricard-asbakken en een oude jukebox. Onder de ramen zitten toeristen en scholieren aan hun broodjes ham of tosti's. Ik baan me een weg naar de bar. Zonder me om mezelf te bekommeren, bestel ik twee *old fashioned*, die ik na elkaar opdrink, waarna ik meteen vertrek.

De alcohol die ik tijdens de lunch heb genuttigd, heeft mijn geest al flink luchtiger gemaakt en ik weet dat de whisky die toestand alleen maar zal verlengen. Ik wil meer. In de volgende brasserie, nu een heel chique, bestel ik nog twee scotch. Vervolgens ga ik terug naar Saint-Germain.

Het regent. Om me heen wordt alles wazig. De kleuren zijn uit het landschap verdwenen. Er resteren alleen grauwe vormen die verbleken achter mijn met regendruppels bespatte brillenglazen. Ik sleep me naar Rue Bonaparte. Elke pas kost me moeite, alsof ik een circusolifant ben die over een strak evenwichtskoord moet lopen. Tussen mijn oren heeft iemand het volume opengedraaid en wordt het pijnlijke lawaai van de stad nog meer versterkt.

Hartkloppingen, trillen, aandrang om te plassen. Mijn borst gaat hijgend op en neer. Ik wankel, ik ril, ik stik. De regen komt langs mijn kraag naar binnen, vermengt zich met het zweet. Mijn borst kraakt, mijn armen jeuken, ik wil mijn huid eraf scheuren. Ik probeer zelfs niet de reden van mijn uitputting te begrijpen. Ik ken de innerlijke drang. Ik weet dat mijn lichaam een leger van demonen huisvest, die nooit erg lang blijven slapen. Ik weet ook dat het verlangen naar alcohol me heeft overvallen met een woestheid die ik slechts zelden zo heb meegemaakt.

Rue de l'Abbaye, ik zie een restaurant, dus mogelijk weer een bistro. Een betegelde voorgevel, roodgeruite gordijntjes. Nat als een hond ga ik wankelend de tent binnen. Er wordt niet meer opgediend, de obers maken de zaal schoon en maken de tafels al op voor het diner. Druipend van de regen vraag ik of ik nog iets kan drinken, maar nadat ze me van top tot teen hebben opgenomen, weigeren ze me te bedienen. Ik schreeuw naar hen en zwaai met geld, alsof daarmee alles te koop is. Ze zien me aan voor wat ik ben en zetten me buiten.

Terwijl het nog harder gaat regenen, zie ik dat mijn passen me naar Rue de Furstenberg hebben geleid. Weer een cliché van het eeuwige Parijs. Een pleintje met reusachtige paulownia's en straatlantaarns met vijf bollen.

Ik ken deze plek natuurlijk, maar ik ben er al een eeuwigheid niet meer geweest. Als gevolg van de alcohol raakt de omgeving verwrongen, dijt uit, terwijl mijn lichaam lijkt op te bollen en twee keer zo groot wordt. Een schel geluid verscheurt mijn oren. Ik druk mijn handen op mijn slapen. Stilte. En dan plotseling een stem.

'Papa?'

Ik draai me om. Wie roept me?

'Ik ben bang, papa.'

Ze hebben het niet tegen mij. Ik praat zelf. Plotseling ben ik zes jaar oud. Ik zit met mijn vader op dit plein. Dit plein, natuurlijk ken ik het. Dit plein is een beetje 'mijn thuis'. Mijn vader draagt dezelfde kleding als op de foto die ik altijd in mijn portefeuille heb: een broek van lichte stof, wit overhemd, stofjas en lakschoenen. In de zak van mijn jack heb ik mijn kleine Majorette-auto en mijn vierkleurenpen. Op mijn rug mijn Tann-schooltas met mijn naam op het geplastificeerde etiket geschreven.

In die tijd zat ik in groep drie van de basisschool in Rue Saint-Benoît.

Wanneer ik school heb, komt mijn vader me om de dag halen. Vandaag is het woensdagmiddag. We zijn naar de bioscoop in Rue Christine geweest, waar we *De koning en de vogel* hebben gezien. Ik ben bedroefd, maar dat komt niet door de film. Na een tijdje kan ik me niet meer inhouden en barst ik in tranen uit. Mijn vader haalt een zakdoek uit zijn zak, die hij altijd bij zich heeft. Hij veegt mijn ogen af, snuit mijn neus en zegt dat het wel goed zal komen. Dat hij een oplossing zal vinden. Hij houdt zich altijd aan zijn beloftes, maar ik voel me verward, want nu is het allemaal veel ingewikkelder.

De regen brengt me terug naar de realiteit. Mijn bril is drijfnat. Ik zie niets meer en mijn trommelvliezen dreigen te barsten. Ik wil daar niet meer aan denken. Waarom ben ik zo dom geweest hierheen terug te gaan? Hoe heb ik zo onvoorzichtig kunnen zijn? Niet nagedacht? Extreem moe? Een onbewust verlangen naar een confrontatie? Maar met wie?

Met jou, sukkel.

'Ik ben bang, papa,' zeg ik weer.

Maak je niet ongerust, jongen. We zullen niet lang gescheiden zijn. Dat beloof ik je.

Die belofte geloofde ik indertijd al niet echt. En de toekomst heeft me gelijk gegeven.

Nu huil ik, als een betraande sufkop. Dezelfde tranen als in mijn jeugd.

Ik wankel. Ik zou willen gaan zitten, maar de bankjes van vroeger zijn weggehaald. Zo is de tijd: vermoeidheid wordt niet langer getolereerd en gewonden wordt geen toevluchtsoord meer geboden. Ik sluit mijn ogen met het gevoel dat ik ze nooit meer zal openen. Even denk ik dat ik het bewustzijn zal verliezen, maar ik blijf overeind, onbeweeglijk, druipend van de regen. De tijd verstrijkt.

Hoeveel tijd verstrijkt er tot ik mijn ogen weer open? Vijf minuten, tien minuten, een halfuur? Wanneer ik wakker word, regent het niet meer. Ik ben ijskoud. Ik veeg mijn bril af en even denk ik zelfs dat de crisis voorbij is en dat het water uit de hemel me heeft gereinigd. Bijna bereid deze episode te vergeten, ga ik weer op weg, naar Rue Jacob en dan Rue de Seine.

Maar plotseling blijf ik als verstijfd staan. In het winkelraam van een galerie met beeldhouwwerken zie ik mijn weerkaatsing. Ik sta stil. Het is duidelijk: zo kan ik niet met mijn leven doorgaan. Het gaat er zelfs niet om dat het nergens toe leidt, maar vooral dat de enige plek waar ik heen wil gaan, 'maakt niet uit, ergens buiten de wereld' is.

Mijn lompe, vermoeide weerkaatsing in het winkelraam. Onverdraaglijk. Ik voel mezelf wankelen, meegesleurd door het verlangen dat aan alles een einde komt. Nu.

Ik bal mijn vuisten en ik barst uit. De slagen bonken woedend op de ruit. Een rechtse, een hoek, een uppercut. Ik reageer me af. De voorbijgangers worden bang en wenden zich af. Een rechtse, een hoek, een uppercut. Brekende glasscherven. Mijn vuisten bloeden. Mijn hart is zwak, mijn lichaam hangt achterover. Ik blijf onophoudelijk slaan, tot ik mijn evenwicht verlies. Tot ik op het trottoir in elkaar zak.

En een gezicht met blonde lokken zich over me heen buigt.

Madeline.

8
De leugen en de waarheid

Kunst is een leugen die ons de waarheid doet begrijpen.
Pablo Picasso

1

'Je bent me een verklaring schuldig!'

'Ik ben je niets schuldig.'

Het was donker geworden. Op het voorplein van het Pompidou-ziekenhuis wachtten Madeline en Gaspard op de taxi die ze zojuist hadden besteld. Twee donkere, gejaagde gedaantes die zich aftekenden tegen het glazen passagiersschip dat op de Seine lag afgemeerd. Gaspard keek strak voor zich uit en had een zwaar gevoel in zijn hoofd. Een van zijn handen zat in een dik verband, de andere was verbonden met een spalk.

'Mag ik opmerken dat dankzij mij de eigenaar van de galerie geen aanklacht tegen je heeft ingediend?' zei Madeline geïrriteerd.

'Ik denk dat dat eerder was door de enorme cheque die ik hem heb gegeven,' antwoordde hij.

'Waarom viel je in godsnaam een winkelruit aan, die je nooit iets heeft gedaan?'

De spot ontging Gaspard niet.

De taxi, een witte Mercedes, deed zijn richtingaanwijzer aan en stopte voor hen. Toen de chauffeur zag dat een van de passagiers gewond was, stapte hij uit om het portier voor hen te openen.

De auto reed weg over Quai de Grenelle en doorkruiste over Rue de la Convention het 15e arrondissement. Toen ze voor een rood verkeerslicht stopten, werd Gaspard iets spraakzamer. Met zijn neus tegen het raam gedrukt deed hij een vreemde bekentenis: 'Weet je, ik ben drie straten hiervandaan geboren. In de kraamkliniek Sainte-Félicité, in 1974.'

Madeline moest verrast bekennen: 'Ik dacht altijd dat je Amerikaan was.'

'Mijn moeder was Amerikaanse,' legde hij uit toen de Mercedes optrok. 'Na op Yale te zijn afgestudeerd, had ze indertijd een baan in Parijs aangenomen bij Coleman & Wexler, een groot advocatenkantoor in New York dat zojuist een kantoor in de hoofdstad had geopend.'

'En je vader?'

'Hij heette Jacques Coutances en was afkomstig uit Calvados. Met het einddiploma van de technische school op zak was hij als metselaar naar Parijs gegaan om als opzichter te gaan werken bij openbare werken.'

'Een bizar stel.'

'Dat is zwak uitgedrukt. Mijn vader en moeder hadden beslist niets gemeen. Eerlijk gezegd kost het me zelfs moeite om me voor te stellen hoe ik ben verwekt. Mijn moeder voelde ongetwijfeld een zekere huivering om zich met een man van het volk af te geven. Kortom, hun relatie was kortstondig: enkele dagen lang in de zomer van 1973.'

'Heeft je moeder je opgevoed?'

'Meteen na mijn geboorte heeft mijn moeder geprobeerd mijn vader uit te sluiten. Ze heeft hem zelfs geld geboden om hem zover te krijgen dat hij me niet zou erkennen, maar dat heeft hij niet geaccepteerd. Later heeft ze alles uit de kast gehaald en alle mogelijke leugens verzonnen om zijn bezoekersrecht zo veel mogelijk te beperken.'

'Dat was behoorlijk gemeen.'

'Ik denk dat je dat wel kunt zeggen, ja. Gelukkig werd ik het grootste deel van de tijd door een fantastisch kindermeisje onder de hoede genomen. Een Algerijnse met de voornaam Djamila, die de ontreddering van mijn vader vreselijk vond.'

De taxi moest plotseling uitwijken en de chauffeur schold twee toeristen op huurfietsen uit, die duidelijk verdwaald waren en midden op straat reden.

'Omdat mijn moeder zelden thuis was,' vervolgde Gaspard, 'mocht mijn vader van Djamila stiekem 's avonds na school en op woensdagmiddag met mij optrekken. Dat waren onze momenten samen. We gingen voetballen in het park of naar de bioscoop. Hij overhoorde zelfs mijn lessen van school in een café of op de bankjes van Place Furstenberg.'

'Hoe kan het dat je moeder daar nooit achter is gekomen?'

'Omdat mijn vader en Djamila heel voorzichtig waren. Ik was klein, maar het lukte me het geheim te houden totdat...'

De stem van Coutances werd minder zelfverzekerd. Hun taxi minderde vaart en volgde de aanwijzingen van een agent in uniform die het verkeer regelde voor het hoofdkantoor van politie van het 15e arrondissement, waarvoor verscheidene auto's in politiekleuren met draaiende motor en zwaailichten in een dubbele rij stonden te wachten.

'Het was op de zondag na mijn zesde verjaardag,' vervolgde hij. 'Hoewel mijn moeder er altijd tegen was geweest, veranderde ze plotseling van mening en gaf ze toe aan iets waar ik drie weken eerder om had gevraagd: *The Empire Strikes Back* in het Grand Rex te zien. "Die heb ik al met papa gezien!" Ik flapte het er als een hartenkreet uit. Meteen herstelde ik mezelf, maar het kwaad was al geschied. Binnen drie seconden had ik het doodvonnis van mijn vader getekend.'

'Hoezo, doodvonnis?'

'Mijn moeder ging op onderzoek uit en heeft Djamila zo erg bestookt, dat ze gedwongen was haar alles te vertellen. Toen ze de waarheid hoorde, werd ze ongelooflijk kwaad, heeft ze het kindermeisje ontslagen en mijn vader voor het gerecht gesleept wegens ontvoering van een kind. Een rechter heeft mijn vader een contactverbod opgelegd. Omdat hij deze onrechtvaardigheid niet kon verdragen, was hij zo naïef om naar het huis van de rechter te gaan om bij haar zijn zaak te bepleiten.'

'Een slecht idee,' fluisterde Madeline.

'Mijn vader maakte de fout vertrouwen in justitie te hebben. De rechter heeft geen duimbreed toegegeven. In plaats van naar hem te luisteren, heeft ze de politie gewaarschuwd, zogenaamd omdat ze door hem werd bedreigd en ze zich niet veilig voelde. Mijn vader is opgepakt en opgesloten. Dezelfde nacht heeft hij zich in zijn cel opgehangen.'

Madeline keek hem geschokt aan. Omdat hij geen medelijden wilde opwekken, ging Gaspard snel verder. 'Ze hebben het natuurlijk voor me verborgen gehouden. Ik hoorde er pas jaren later van. Ik was toen dertien jaar oud en zat op kostschool in Boston. Sinds die dag heb ik geen woord meer tegen mijn moeder gezegd.'

Hij voelde zich nu verbazingwekkend kalm. Opgelucht bijna. Tot rust gekomen omdat hij de brokstukken van zijn verleden had kunnen onthullen. Een onbekende vertrouwen had zijn voordelen: vrijer kunnen praten, ontdaan zijn van barrières en oordelen.

'Het ging je niet om die ruit, die je zo-even kapot wilde slaan, toch?'

Hij knikte met een droevige glimlach. 'Nee, het ging natuurlijk om mij.'

Toen ze op de hoek van Boulevard de Montparnasse en Rue du Cherche-Midi kwamen, zag hij de mentholgroen knipperende Hygieia-kelk met slang van een apotheek, die de nacht elektrificeerde. Hij vroeg of de taxi hen voor de deur kon afzetten, om de pijnstillers te kopen die het ziekenhuis hem had voorgeschreven.

Madeline stapte samen met hem uit. Toen ze in de rij voor de kassa gingen staan, probeerde ze de spanning te breken en zei voor de grap: 'Die wond komt slecht uit. Nu kun je niet meer koken.'

Hij keek haar aan alsof hij het niet begreep. Ze ging door: 'Echt jammer, want ik heb honger als een paard. Ik had nog wel zo'n risotto van je willen hebben.'

'Als je wilt, kunnen we in een restaurant gaan eten. Ik geef toe dat dat toch het minste is wat ik als dank voor je kan doen.'

'Goed.'

'Waar wil je heen?'

'Zullen we teruggaan naar het Grand Café?'

2

Het was onverwacht weer een zeer aangenaam diner. Blij hen te zien, liet de eigenaar hen zelf een tafel uitkiezen. Achter in het restaurant, voor het mozaïek van Sean Lorenz.

Gaspard had wat meer kleur gekregen. Hij vertelde over zijn traumatiserende bezoek aan Pénélope Lorenz en de krankzinnige uitbarsting die hij kreeg nadat hij bij haar was vertrokken. Madeline vertelde gedetailleerd over haar boeiende ontmoeting met Jean-Michel Fayol, die haar een goed beeld had gegeven van de obsessieve zoektocht van Lorenz om de kleuren te vinden die voldeden aan de eisen van zijn ideeën. Sean wilde 'iets wat in de werkelijkheid niet bestond' schilderen. Die woorden van de handelaar in kleuren waren haar bijgebleven. Ze hadden haar nieuwsgierigheid verscherpt. Wat had de schilder willen weergeven toen hij zijn laatste doeken maakte? Iets wat hij had gezien? Een droom? Een indruk uit zijn verbeelding?

De Grand Restaurant-versie van Louis de Funès kwam hun zaal binnen. 'Millefeuille van duif,' zei 'Septime' toen hij twee dampende borden voor hen neerzette.

Omdat de handen van Gaspard verbonden waren, ging Madeline naast hem zitten om zijn vlees te snijden. De dramaturg liet haar graag begaan en Madeline waardeerde in gedachten zijn eigenschap dat hij niet de hele tijd wilde proberen de man uit te hangen. Omdat het veel tijd kostte, hadden ze alle gelegenheid om tijdens hun maaltijd het mozaïek van Lorenz te bekijken. Op tafel, naast haar glas water, had Madeline het luciferdoosje van het restaurant gelegd met het citaat van Apollinaire, de laatste nalatenschap van Lorenz aan Bernard Benedick. Waarmee hij een uiterst lange neus naar hem leek te hebben getrokken: 'Het wordt hoog tijd de sterren weer aan te steken.' Welke boodschap had de schilder zijn vriend willen meegeven? Stond de betekenis ergens in het mozaïek? Ze wilden het graag geloven, maar hoe meer ze naar het mozaïek keken, hoe minder het hun vertelde. Madeline vond dat het op sommige oerwoudlandschappen van Douanier Rousseau leek. Gaspard herinnerde zich daarentegen goed het boek van Roald Dahl, geïllustreerd door Quentin Blake, dat Djamila aan hem had voorgelezen toen hij klein was. Madeline had ook goede herinneringen aan *De reuzenkrokodil*. Nostalgisch keken ze elkaar aan en probeerden ze zich de namen van de personages te herinneren. Huppeldepup de aap, de Rolmopsvogel en Humpie-Rumpie het nijlpaard herinnerden ze zich meteen.

'En de olifant...'

'Gemakkelijk: Slurfie,' zei Gaspard. 'En de zebra?'

'De zebra weet ik niet meer.'

'Zebra?'

'Nee, die zegt me niets. Ik herinner me zelfs zijn rol in het verhaal niet meer.'

Na enkele minuten pakte Madeline ten slotte haar smartphone om de naam van de zebra op internet op te zoeken. Terwijl ze aan het intikken was, sprong Gaspard plotseling op en zei zelfverzekerd: 'Laat maar. Er zit geen zebra in *De reuzenkrokodil*.'

Madeline keek op haar beurt verbaasd op. Waarom had Lorenz er dan een afgebeeld, terwijl hij het verhaal zo goed kende omdat hij het elke avond aan zijn zoon had voorgelezen? Het gaf nog geen 'eureka'-gevoel, maar ze hadden eindelijk iets wat op een spoor leek. Ze verschoven een tafel en twee stoelen om de zebra van dichterbij te kunnen bekijken.

Het was trouwens het minst geslaagde dier van de afbeelding. Het zoogdier was stijf, in halfprofiel, zonder enige gratie. Een verzameling zwarte en witte vierkanten van twee bij twee centimeter. Gaspard telde de vierkanten, en probeerde ze op verschillende manieren te ontcijferen: morse, muzieknoten, rastercodes zoals bij de padvinderij gebruikelijk was...

'Vergeet het maar,' zei Madeline, 'dit is *De Da Vinci Code* niet.'

Geërgerd ging ze naar buiten om op de stoep een sigaret te roken. Hij kwam bij haar staan onder het afdak voor het restaurant. Het was weer gaan regenen. Steeds harder. Meedogenloos. En het was ook gaan waaien.

Gaspard ging voor Madeline staan om de wind tegen te houden, zodat ze haar sigaret kon aansteken.

'Was het leuk bij je vriendin? Ik hoop dat je niet vanwege mij eerder weg bent gegaan.'

'Ik was nog maar net bij haar toen ik zag hoe je met je vuisten dat arme winkelraam insloeg.'

Enigszins schaamtevol liet Gaspard zijn hoofd zakken. 'Je had de hele avond bij haar willen doorbrengen.'

'Juul zou maar heel kort in Parijs blijven. Ze moest weer een vliegtuig naar Marrakech nemen om daar kerst met haar naasten te vieren. Sommigen hebben geluk, nietwaar?'

'Het spijt me echt.'

Ze probeerde het hem niet in te wrijven. 'Maak je niet druk, we hebben het uitgesteld. Juul is mijn oudste en enige vriendin. Ze heeft al twee keer mijn leven gered.'

Met een ontwijkende blik nam Madeline een grote trek van haar sigaret. Ze aarzelde of ze zou doorgaan, maar uiteindelijk zei ze: 'De laatste keer was acht maanden geleden. Op een bepaalde manier is met mij hetzelfde gebeurd als wat vandaag met jou gebeurde.'

Met wijd opengesperde ogen keek Gaspard haar aan, zonder te begrijpen wat ze bedoelde.

'Het was op een zaterdagochtend,' vervolgde ze. 'Ik wandelde door een winkelcentrum in Londen toen ik een klein, lachend jongetje zag. Een engel, helblond met een ronde, gekleurde bril. Hij glimlachte me toe op een manier die me bekend voorkwam. Ik had de vreemde indruk dat ik hem kende, begrijp je?'

'Hm.'

'Toen hij in de armen van zijn vader sprong, begreep ik waar dat gevoel vandaan kwam. Hij was de zoon van een man van wie ik enkele jaren eerder gehouden had. Een man die me had verlaten om naar zijn vrouw terug te keren en een kind te maken.'

'Een idioot?'

'Juist niet, een aardige man. Hij was degene die zich wanhopig voelde. Het was een serieuze relatie waarvan ik veel verwachtte. Hij heette Jonathan Lempereur. Misschien heb je zijn naam weleens gehoord. Hij is een van de beroemdste Franse koks ter wereld.'

Gaspard gromde, maar het viel moeilijk te duiden waarom.

'Ik weet niet waarom hij bij me is weggegaan. Ik weet niet wat er mis met me is. Ik weet niet wat ik niet goed doe. Kortom, die ochtend was ik radeloos en ben ik ingestort. Tegen de tijd dat ik thuis was, voelde ik me als in een bodemloze put, maar in plaats van met mijn vuisten op een raam in te slaan, heb ik in bad mijn polsen doorgesneden. Zo zie je, bij mij vergeleken ben je nog maar een beginner.'

'En je vriendin heeft je gevonden?'

Ze knikte, terwijl ze een laatste trek van haar sigaret nam. 'Ik had die dag een afspraak met haar. Toen ik niet kwam en ze merkte dat ik de telefoon niet opnam, kreeg ze een angstig voorgevoel en is ze naar mijn huis gegaan. Als de portier geen sleutels zou hebben gehad, denk ik dat ik het hoekje om zou zijn gegaan. Het heeft echt weinig gescheeld. Ik heb een week in het ziekenhuis gelegen en toen heb ik twee maanden in zo'n gezellige instelling gezeten die ze psychiatrische inrichting noemen. Om mijn gedachten te ordenen, mijn leven weer op te pakken en gevoel voor prioriteiten te krijgen. De rest weet je al...'

Gaspard wilde een vraag stellen, maar Madeline gunde hem er geen tijd voor. 'Kom, ik wil een toetje. Ik heb hun appeltaart gezien. Die lijkt me heerlijk.'

3

Gaspard keerde terug het lawaaiige, maar gezellige Grand Café in. Voordat Madeline achter hem aan ging, gooide ze haar peuk weg en trapte hem met de punt van haar laarsje uit. Haar telefoon trilde in de zak van haar jack. Omdat ze de afgelopen twee uur al verscheidene oproepen had genegeerd, keek ze snel op het scherm. Het was een sms van de Spaanse kliniek.

Goedenavond Madeline,
De controle van je follikels is positief! Dit is het moment om naar de kliniek te komen. We verwachten je morgen in Madrid.
Een fijne avond,
Sofia

De verpleegster had een scan bijgevoegd van een recept voor antibiotica en hormonen, die de eisprong zouden stimuleren.

Het duurde even voordat Madeline echt besefte wat dat betekende.

Ze ging terug naar binnen en na een korte aarzeling vertelde ze Gaspard het nieuws.

'Ik ben heel blij voor je.'

'Neem me niet kwalijk, maar ik moet mijn vliegticket boeken,' zei ze, en ze pakte haar creditcard en maakte met haar smartphone verbinding met de site van Air France.

'Natuurlijk.'

Hij vertrok zijn gezicht terwijl hij met zijn rechterarm heen en weer zwaaide. De pijn was teruggekomen en hij had erg veel last van de wond. Hij haalde de pijnstillers uit zijn zak en nam meteen drie pillen.

Uit voorzorg keek hij op het doosje, om de dosering te controleren.
'Wat is dat?' riep hij plotseling vreselijk opgewonden.
Madeline keek op van haar scherm om te zien wat Gaspard zo fel deed reageren: de tweedimensionale barcode op het medicijndoosje.
Nu begreep ze het ook: 'De zebra is een QR-code!'
Ze sloot meteen haar browser af en zocht in de appstore van haar telefoon naar een gratis app waarmee ze QR-codes kon lezen.
'Wat is een QR-code precies?' vroeg Gaspard, die volkomen leek was op het gebied van moderne technologieën.
'Zoals je al had geraden, is het een afbeelding die uit witte en zwarte vierkantjes bestaat, en als je die scant, lees je een bericht, kom je op een internetsite of zie je geografische coördinaten.'
Gaspard knikte. Dus Lorenz had met het mozaïek een QR-code willen maken en die geïntegreerd in de zebra. Niet gek.
'Ik weet dat je buiten de wereld leeft,' zei Madeline plagerig, 'maar tegenwoordig is dat heel normaal. Je ziet ze overal, op verpakkingen, in musea, op kaartjes, op vervoersbewijzen...'
Toen de app was geladen, opende ze hem, stond op en liep naar het mozaïek. Met het fototoestel van haar telefoon scande ze de zebra. Meteen verscheen er een bericht op het scherm.

We are all in the gutter, but some of us are looking at the stars.

'We liggen allemaal in de goot, maar sommigen van ons kijken naar de sterren.' De beroemde spreuk van Oscar Wilde stelde hen een beetje teleur. Ze hadden allebei iets verwacht wat minder raadselachtig zou zijn: een GPS-locatie, een video...
'Ik geloof niet dat we daar veel mee opschieten,' mopperde Gaspard.
Madeline zweeg. Je moest de spreuk in de juiste context plaatsen. Hij was duidelijk tot Bernard Benedick gericht, als aanvulling op de spreuk van Apollinaire: 'Het wordt hoog tijd de sterren weer aan te steken.' Wat deze twee citaten gemeen hadden, was duidelijk. Misschien wel wat al te duidelijk: de verwijzing naar de sterren.
'Een ster is het vaagste symbool dat je maar kunt bedenken,' zei Gaspard. 'Die vind je in de meeste religies en esoterische stromingen terug. Het kan een heleboel betekenen: kosmische ordening, hemels licht, een baken dat je moet volgen om niet te verdwalen...'
Madeline knikte. Om er meer over te weten te komen, belde ze Benedick. Ondanks het late uur nam de galeriehouder al op nadat de telefoon twee keer was overgegaan. Zonder over hun ontdekking te beginnen,

vroeg ze hem of de uitdrukking 'de sterren' voor Sean iets bijzonders te betekenen had.

'Niet dat ik weet. Waarom? Hebt u iets gevonden?'

'Heeft Lorenz weleens sterren geschilderd?'

'Ik geloof het niet. In elk geval niet de afgelopen tien jaar. Een ster was voor hem een beetje een al te "banaal" symbool.'

'Dank u wel.'

Snel hing ze op om te voorkomen dat hij vragen zou stellen. Haar euforie was nu voorbij. Twee trage minuten lang staarden ze beiden in gedachten verzonken voor zich uit. Tot de telefoon van Madeline begon te trillen. Het was Benedick weer. Na een korte aarzeling nam ze op en zette de luidspreker aan.

'Ik dacht plotseling ergens aan,' zei de galeriehouder. 'Misschien heeft het er niets mee te maken, maar Julian, de zoon van Sean, zat op de École des Étoiles in Montparnasse.'

Gaspard begreep het meteen. Étoiles: sterren. Hij deinsde achteruit op zijn stoel en gebaarde als een gek met zijn verbonden handen om Madeline duidelijk te maken dat ze het gesprek moest beëindigen. Toen ze had opgehangen, vertelde hij haar over de twee foto's in het huis waarop Lorenz te zien was terwijl hij met de kinderen schilderde. Dat deed hem denken aan iets wat Pauline hem had verteld: zelfs na de dood van Julian was Sean op de school van zijn zoon schilderles blijven geven.

Madeline had haar telefoon nog in haar hand. Ze opende de browser en Google Maps. De École des Étoiles was een privé-instituut dat werkte volgens innovatieve pedagogische ideeën voor kinderen vanaf tweeënhalf jaar oud. Een alternatief systeem – neigend naar Montessori en Freinet – zoals er in het Frankrijk van 2016 steeds meer bestonden.

Madeline bekeek de kaart. Het gebouw lag niet ver weg: de familie Lorenz had haar spruit niet ver van huis op school gedaan.

'We gaan erheen!' zei ze, en ze pakte haar jack en legde drie bankbiljetten op tafel.

Toen Gaspard zich achter Madeline aan het restaurant uit haastte, liep hij bijna Septime omver, die met hun appeltaart kwam.

9
Een middel om de dood te overwinnen

Kunst lijkt me wellicht een middel om de dood te overwinnen.
Hans Hartung

1

Het regende.

De bui hield aan, hardnekkig, koppig, hard, troosteloos. Met Gaspard in haar kielzog liep Madeline door de nacht. Ze was er weer helemaal bij, ze voelde zich alsof ze het einde van hun zoektocht naderden. De École des Étoiles lag inderdaad vlakbij. Ze staken Rue Huyghens over en kwamen uit op de boulevard tegenover het kerkhof van Montparnasse. Die lag er bijna verlaten bij, op een paar daklozen na die onder geïmproviseerde tenten schuilden. Als antiterreurmaatregel waren er versperringen voor het hek van de school geplaatst, zodat er geen auto's konden parkeren, maar verder was er geen speciale beveiliging. De toegang tot de school bestond uit een klaphek in een bijna drie meter hoge betonmuur.

'Nu is het jouw beurt, Coutances.'

'Hoe dan? Ik heb geen handen meer,' klaagde hij, terwijl hij zijn verbonden armen omhooghield.

'Buk je dan,' zei ze.

Met tegenzin hurkte hij op de stoep.

Eén voet op Gaspards dij, de andere op zijn schouder; Madeline sprong met een snelle, vloeiende beweging op, vond houvast aan de muur, trok zich omhoog, hervond haar evenwicht en liet zich aan de andere kant naar beneden zakken.

'Lukt het? Geen pijn gedaan?'

Madeline antwoordde niet. Ongerust en slecht op zijn gemak moest Gaspard vijf lange minuten wachten tot het hek eindelijk knarsend op een kier openging.

'Kom gauw,' fluisterde ze.

'Mijn hemel, waar bleef je?'

'Zeur niet zo. Zelfs aan de binnenkant heb je een sleutel nodig om het hek open te maken. Wees blij dat ik die zo snel heb gevonden.'

'Waar lag hij verborgen?'

'In de meterkast in het vuilnishok.'

Hij probeerde het hek achter hen met zo min mogelijk geluid te sluiten, maar de klik van het slot klonk bijna oorverdovend in de stilte. Het schoolcomplex was donker. Ondanks de duisternis was er een klein, geplaveid plein te zien, waaromheen verschillende gebouwen stonden. Madeline deed het licht van haar telefoon aan. Met Gaspard achter haar aan liep ze de gebouwen een voor een langs. Naast een plomp, historisch gebouw, waarin volgens de bordjes de administratie en het informaticalokaal waren, waren de klaslokalen als modulaire blokken toegevoegd. Verbeterde prefabblokken die hoog op metalen geraamtes in levendige kleuren stonden. Ze staken de overdekte speelplaats over, langs de kantine, en namen een smalle buitentrap die omhoog naar de klaslokalen op de eerste verdieping leidde.

2

Madeline voelde zich op haar gemak nu ze in actie kon komen. Sluw, snel, in staat om op haar gevoel de juiste beslissingen te nemen. De tien jaar dat ze in het veld had gewerkt, hadden haar reflexen aangeleerd die nu snel terugkwamen.

Aan het einde van een soort gang in de openlucht versperde een deur van pvc de toegang tot de klaslokalen. Zonder ook maar een moment te aarzelen, wikkelde ze haar jack van spijkerstof om haar arm en stootte met haar elleboog het dichtstbijzijnde ruitje stuk. Er zou waarschijnlijk wel een behoorlijke alarminstallatie zijn, maar die bewaakte ongetwijfeld alleen de gebouwen beneden, waar de computers stonden en alles wat eventuele inbrekers min of meer zou kunnen interesseren.

Gaspard schrok, en verrast, bijna in paniek, deed hij een stap achteruit.

'Vind je echt dat...'

'Mond dicht, Coutances,' beet ze hem toe, en ze stak haar hand door het kapotte raam en opende de deur.

Ze scheen met het licht van haar telefoon rond toen ze de ruimte binnenkwamen. Ondanks de progressieve instelling van de school was het schoollokaal voor groep 6 en 7 sober ingericht, met lessenaars van kaal hout, een geplastificeerde kaart van Frankrijk aan de muur en een historische tijdbalk in de stijl van 'onze voorouders de Galliërs'.

Achter in de ruimte was nog een deur, die toegang gaf tot een gang langs de andere lokalen: groep 4 en 5, groep 3. Het laatste lokaal, het grootste, was voor de kleuterklas. Hier had de kleine Julian waarschijnlijk gezeten.

De lichtbundel van haar telefoonlampje priemde door de pikzwarte duisternis, tot ze een lichtschakelaar zag. Zonder zich ergens om te bekommeren, drukte Madeline op de knop om het licht aan te doen.

'Je doet volkomen onverantwoord,' riep Gaspard geschrokken, terwijl hij ook het lokaal binnenkwam.

Met haar vinger wees Madeline naar drie borden die aan de muren hingen.

Op het eerste gezicht leken het gewone kindertekeningen te zijn: bezemmannetjes, kastelen zonder perspectief, bovenmaatse prinsen en prinsessen tegen een achtergrond van felle kleuren die van de schilderijen af leken te druipen. Maar Madeline herkende de lijsten van Iraans notenhout waarover Fayol had gesproken.

Ze wisselden een blik en begrepen meteen dat ze hadden gevonden waarvoor ze waren gekomen. Madeline dacht meteen aan de pentimenti die alleen met infrarood licht zichtbaar konden worden gemaakt. Ze herinnerde zich te hebben gelezen dat bij een groot aantal schilderijen van Van Gogh onder de verflaag andere werken verborgen zaten, eerdere werken van de Nederlandse meester. Gaspard dacht zelf aan *De oorsprong van de wereld*, het beroemde werk van Courbet, dat, om de burger niet te choqueren, tientallen jaren lang verborgen had gezeten achter een houten, scharnierend paneel waarop een gewoon sneeuwlandschap stond afgebeeld.

In een ijzeren lade van het bureau van de onderwijzer vond hij een breekmes. Met bonkend hart maakte hij een lange snee langs de buitenrand van een van de doeken, waarmee hij een plastic laagje lossneed zo dik als wasdoek. Een soort bedekking die een ander schilderij beschermde. Het échte schilderij.

Madeline deed hetzelfde met de punt van een schaar.

Het kostte hun ruim tien minuten om de verborgen schilderijen te onthullen. Toen ze klaar waren, deden ze enkele stappen achteruit en leunend op het schuine blad van een lessenaar, bekeken ze samen het resultaat van hun zoektocht.

3

De laatste drie doeken die Sean Lorenz had geschilderd, waren nog subliemer, fascinerender en misleidender dan alles wat Madeline en Gaspard zich hadden durven voorstellen.

Ondanks het ene, gelige lampje in het lokaal, leken ze een eigen licht uit te stralen.

Het eerste schilderij was een zwart labyrint op een antracietkleurige achtergrond. Het deed denken aan sommige Soulages. Hoewel het diepzwart was, leek het doek te vervagen om het licht te laten opflitsen. Door middel van een geheimzinnige subtielheid weerspiegelde het zwarte oppervlak het bleke licht van het lokaal en veranderde het in zilveren reflecties, in een fascinerende, magnetiserende gloed.

Op het tweede maakte het zwart plaats voor kalmerende tinten: loodwit met een grijs-roze gloed die naar het midden toe steeds intenser en helderder werd. Het spel van licht leek een doorgang aan te geven, een tunnel, een stralende, glanzende stroom door een woud met witte schaduwen.

Het derde schilderij was het mooiste, het meest bijzondere, het meest verrassende. Een vrijwel naakt doek dat de indruk gaf vloeibaar te zijn of in kwik te baden. Een onthutsend doek, vrijwel monochroom wit, dat ruimte liet voor allerlei interpretaties. Gaspard zag er de stralen van een grote winterzon in, die werden weerkaatst op een sneeuwlandschap dat zich uitstrekte zover het oog reikte. Een gezuiverde natuur, eeuwig, ontdaan van de kanker van de mensheid, waarin geen grenzen meer bestonden tussen hemel en aarde.

Madeline dacht aan een grote, witte spiraal, een lichtgevend veld waar je duizelig van werd, dat je greep, je absorbeerde, dat binnendrong tot in de heimelijke diepten van je wezen.

Ze bleven enkele minuten lang onbeweeglijk staan, als verlamd. Twee konijnen gevangen in het licht van koplampen. Een veranderlijk licht dat een hypnotische fascinatie uitoefende, dat het gevoel gaf dat het je uiteindelijk geheel zou opslokken.

Het gillen van een politiesirene die de straat in reed verbrak hun trance.

Bezorgd rende Gaspard naar de lichtschakelaar. Hij bleef doodstil staan en keek voorzichtig door het raam naar buiten. Beneden reed de politieauto vol gas voorbij en verdween om de hoek van Boulevard Raspail. 'Vals alarm,' zei hij toen hij terug naar Madeline liep.

Madeline had zich niet bewogen. Ze staarde nog steeds naar het derde doek, dat in het donker was gaan oplichten. Ze wisten nu waarvoor Lorenz de fosforescerende pigmenten nodig had gehad waarover Fayol had verteld. In het donker nam het doek een geheel andere vorm aan. Het monochrome wit was eigenlijk een minutieus kalligrafisch werk. Honderden lichtgevende letters tekenden zich in het duister af. Madeline liep naar het schilderij. Toen Gaspard naast haar kwam staan, zag hij dat de letters een boodschap vormden die eindeloos werd herhaald.

julian leeft julian leeft julian leeft julian leeft julian leeft julian leeft julian leeft...

De roep van het licht

De roep van het licht

Donderdag 22 december

10
Achter het licht

Zwart is geen kleur.
Georges Clemenceau

1

Ik ben onderweg. Ik ben over tien minuten bij u.
Diane Raphaël

Madeline las de sms van de psychiater van Lorenz toen ze bij de twee spitsen van de Basilique Sainte-Clotilde aankwam. Het was halfnegen 's morgens. De lucht was kouder en droger dan de vorige dag. Zonder haar scooter, die ze nog steeds niet van Rue de Seine had opgehaald, was ze lopend van Rue du Cherche-Midi vertrokken. Een gezond stukje rennen om haar lichaam wakker te schudden.

Ze was om drie uur gaan slapen en om zes uur opgestaan. De afgelopen uren waren uitputtend geweest. Allereerst fysiek, omdat ze in het geheim de doeken vanuit de school naar het huis moesten brengen. Maar ook geestelijk en emotioneel. Met een vraag waarop ze voorlopig in de verste verte nog geen antwoord hadden gevonden: waarom was Sean Lorenz er enkele dagen voor zijn dood van overtuigd geweest dat zijn zoon nog leefde?

Met haar handen op haar knieën steunend probeerde Madeline op adem te komen, terwijl ze aan Gaspard dacht. Sinds ze de in lichtgevende letters geschreven boodschap van de schilder zichtbaar hadden gemaakt, had de dramaturg niet meer stilgezeten. Hij, die niets van internet wist, had een groot deel van de nacht doorgebracht met het afstruinen van de websites van de grote Amerikaanse media. Wat hij had ontdekt, had hem diep geschokt: in verscheidene artikelen die waren verschenen in de kranten die het drama hadden gevolgd, werd er inderdaad melding van gemaakt dat het lichaam van de kleine Julian niet was teruggevonden in de loods waarheen Pénélope was ontvoerd.

Tijdens de reconstructie van de dodelijke wraak van Beatriz Muñoz hadden de onderzoekers geconcludeerd dat de Chileense vrouw het lichaam van het kind in de monding van Newtown Creek moest hebben gegooid, ten zuiden van Queens. De agenten hadden de bebloede knuffel van de jongen op de oever van de rivier gevonden. Er waren enkele duikers naartoe gestuurd, maar de plek – een van de meest vervuilde van New York – was moeilijk toegankelijk en in dat gedeelte van de rivier was de stroming te sterk om nog enige hoop te koesteren zo'n klein lichaam te vinden.

Hoewel het lichaam nooit gevonden was, werd nooit getwijfeld aan de versie van Pénélope Lorenz, die altijd had verzekerd dat haar zoon voor haar ogen was neergestoken. En Madeline had eigenlijk ook geen reden tot twijfel. Volgens de artikelen die ze had gelezen, wees alles erop dat Muñoz zonder medeplichtige had gehandeld. Er was geen twijfel aan dat de jongen dood was. Zijn bloed was overal gevonden: in de bestelwagen die bij zijn ontvoering was gebruikt, in de loods in Queens, op de oever van Newtown Creek.

Madeline had besloten op het verwarmde terras met uitzicht op de tuinen van de basiliek op de psychiater te wachten. Ze had een uur eerder het kantoor van Diane Raphaël door middel van een sms met foto's van de schilderijen van Sean Lorenz om dit gesprek gevraagd. Ze ging onder de terrasverwarming zitten en bestelde een dubbele espresso. Op het scherm van haar telefoon verscheen een mail van Air France om haar eraan te herinneren dat ze moest inchecken voor haar vlucht naar Madrid. Vertrek om halftwaalf van Charles de Gaulle, aankomst in de Spaanse hoofdstad twee uur later. Ze handelde de formaliteiten online af, dronk de sterke koffie die voor haar was neergezet op en bestelde meteen een tweede, die ze opdronk terwijl ze aan hun expeditie van de afgelopen nacht dacht.

In tegenstelling tot Gaspard was ze niet het meest verbaasd over het bericht met de fosforescerende letters – dat ze nogal idioot vond – maar over... de rest. Vooral de quasispirituele reis die Sean Lorenz door middel van zijn drieluik beschreef. Een reis die ze des te beter kende omdat ze die zelf enkele maanden geleden ook had gemaakt.

Toen ze haar polsen in bad had doorgesneden, waren haar gedachten afgedwaald terwijl ze het bewustzijn verloor. Langzaam had ze een deel van haar bloed verloren, bedwelmd door de hete stoom. Ze was weggezonken, was blindelings door een nevellandschap getrokken. En ze was ervan overtuigd dat deze zelfde drift datgene was wat Sean Lorenz had proberen weer te geven in zijn laatste schilderijen.

Allereerst het zwart. De lichtknop die omdraait en je losmaakt van de wereld, je kort terugstuurt naar je kwellingen. Het labyrint van je eigen wanhoop. De gevangenis die je bestaan is geworden.

Dan de doorgang door een lange, donkere tunnel die uiteindelijk uitkomt in een warm, zacht en diffuus licht. De fantastische sensatie van in paarlemoeren mousseline drijven. Een donzig niemandsland doorkruisen. Je laten meedragen op de bries van een zomernacht, begeleid door duizenden nachtlichtjes met een parelachtige gloed.

En dan... Madeline had het verwarrende gevoel gehad zich van haar lichaam los te maken, zelfs de hulpverleners te kunnen zien die zich over haar heen bogen, die haar reanimeerden, voordat ze haar in een ambulance legden. Even was ze onderweg naar het ziekenhuis bij hen en Juul gebleven.

Toen had ze het licht teruggevonden. Een vlammende spiraal die haar had opgeslokt, haar in een woeste opalen stroom had gesmeten, waarin ze was meegesleurd door het duizelingwekkende panorama van de film van haar leven. Ze had de gedaante en het gezicht van haar vader gezien, van haar zus Sarah, van haar oom Andrew. Ze had graag willen stoppen om met hen te praten, maar ze had de stroming die haar meevoerde niet kunnen tegenhouden.

Een warme stroming, omhullend en teder. Sterker dan alles. In haar oren een uiterst zacht gefluister dat op hemels gezang leek en je elke zin ontnam om om te keren.

Toch was Madeline niet tot aan het einde van de tunnel gegaan. Ze had bijna de grens met haar vinger aangeraakt. De grens die je slechts in één richting kon passeren. Maar iets had haar teruggeroepen. Het gevoel dat de geschiedenis van haar leven wellicht een andere afloop waard was.

Toen ze haar ogen had geopend, had ze in een ziekenhuiskamer gelegen. Geïntubeerd en bedekt met infusen en verband.

Madeline wist heel goed dat haar ervaringen op zich niets bijzonders waren. Er bestonden tientallen duizenden verslagen zoals dat van haar. De 'ervaringen bij een naderende dood' werden in de moderne cultuur in talloze romans en films beschreven. Natuurlijk was ze door die reis veranderd. Niet dat ze geneigd was geraakt te geloven in een leven na de dood, maar ze had wel een verlangen de tijd die haar restte volop te beleven. Zich te ontdoen van alles wat niet belangrijk was. Een andere richting aan haar leven te geven. En dus een kind te krijgen.

De herinnering aan de bijna-doodervaring stond nog helder in haar geheugen gegrift. Alsof het de vorige dag was gebeurd. Niets ervan was vervaagd. Integendeel, het gevoel was zelfs verfijnder geworden, de beelden nauwkeuriger. De sereniteit van de 'reis', de bedwelmende roep van het licht. En het was dat licht dat Lorenz had weten te schilderen. In alle nuances, in alle intensiteit ervan. Dat verdomde licht dat op onverklaarbare wijze straalde als de misleidende zonnen van een stralende liefde.

'U bent Madeline Greene?'

De vraag rukte haar uit haar gedachten. Onder de terrasverwarming stond een glimlachende vrouw. In de veertig, perfect gekleed in beige leer en met een honingkleurige zonnebril op.

'Ik ben Diane Raphaël,' zei ze, en ze stak haar haar hand toe.

2

Deze keer had Gaspard niet lang hoeven aan te dringen voordat hij door Pénélope werd binnengelaten. Hij had bij het krieken van de dag op Rue Saint-Guillaume aangebeld met een zwaar doek onder zijn arm. Toen hij zich via de intercom had gemeld, had de ex-vrouw van Lorenz opengedaan, zelfs zonder te vragen wat hij kwam doen.

Hijgend ging Gaspard de lift in. Philippe Careya was er niet om een ontvangstcomité te vormen. Hij was zeker nog niet op. De deur was van het slot. Gaspard ging de hal binnen en zette de notenhouten lijst, waaromheen hij een deken had gewikkeld, op het parket.

Pénélope zat op een bank in de zitkamer in het kille ochtendlicht op hem te wachten. Het voordeel van het natuurlijke, blauwachtig gemarmerde licht was dat de drukke inrichting in de schaduwen bleef en dat de weduwe Lorenz slechts een gedaante in het halfduister was, waar ze beter in uitkwam dan in een te fel licht.

'Belofte maakt schuld,' zei hij, terwijl hij het schilderij op de bank van gebarsten leer zette. Nog steeds beschermd door de deken van grove wol.

'Koffie?' stelde ze hem voor, en ze nodigde hem uit op een bankje plaats te nemen.

Gekleed in een vale spijkerbroek en een bleek, oud T-shirt leek Pénélope in de jaren negentig te zijn blijven steken. Nu Gaspard haar voor de tweede keer zag, vond hij haar er minder monsterlijk uitzien. Haar geplastificeerde gezicht leek minder verstrakt dan tijdens hun vorige ontmoeting. Haar tuitende lippen leken niet meer elke keer te scheuren wanneer ze iets zei.

Een mens went overal aan, dacht hij, en hij pakte een mokkakopje dat op de lage tafel stond.

'Dus u hebt gevonden waarnaar u zocht,' zei ze, en ze wees naar het pakket.

Haar stem daarentegen was niet veranderd: mat, uitgeblust, hees.

'We hebben de doeken gevonden en er is er een dat u moet zien.'

Ze glimlachte. 'Het is toch geen portret van Julian?'
'Niet echt.'
'Dat zou ik niet kunnen verdragen.'
Gaspard stond op en trok in één beweging de deken weg om voor Pénélope het laatste schilderij van haar ex-man te onthullen.
Het doek, dat bij twee hoge ramen stond, toonde zich in alle pracht. Gaspard leek het zelfs opnieuw te ontdekken. Het was of er een betoverend, fascinerend licht uit straalde en vóór het schilderij danste.
'Het is het privilege van een kunstenaar door middel van zijn werk voort te leven,' zei Pénélope.
Langzaam trok Gaspard de vier gordijnen dicht om de kamer te verduisteren.
'Wat doet u?' vroeg ze ongerust.
Toen zag ze de lichtgevende letters en hun geheimzinnig boodschap: JULIAN LEEFT.
'Zo is het genoeg! Doe de gordijnen open,' riep ze.
Ze raakte door woede bevangen, haar gezicht werd rood en misvormd, waardoor haar te hoge wenkbrauwen nog erger werden benadrukt, evenals haar te smalle neus en haar hamsterwangen.
'Waarom was Sean ervan overtuigd dat uw zoon nog leefde?' vroeg Gaspard meedogenloos.
'Daar weet ik echt niets van,' riep Pénélope, die van de bank was opgesprongen en nu met haar rug naar het doek stond.
Het kostte haar ruim een minuut om tot rust te komen en haar verhaal te hervatten. 'Toen u hier gisteren was, deed ik alsof ik me niet meer herinnerde wat Sean had gezegd toen hij enkele minuten voor zijn dood uit New York belde.'
'Waarom?'
'Omdat ik die woorden niet over mijn lippen kon krijgen, maar...'
'Ja?'
'Hij zei precies dat daar: "Onze zoon leeft, Pénélope."'
'Hoe reageerde u?'
'Ik heb hem uitgescholden en heb opgehangen. De dood van kinderen is niet iets waar je grapjes over maakt!'
'U hebt niet geprobeerd erachter te komen wat hij...'
'Om waar achter te komen? Ik heb gezien hoe mijn zoon met een mes werd gestoken. Ik heb gezien hoe hij door de duivel in eigen persoon werd afgeslacht, weet u? Ik heb het gezien. Ik heb het GEZIEN! IK HEB HET GEZIEN!'
Gaspard kon in haar ogen lezen dat ze de waarheid sprak.

Pénélope snikte, maar weigerde in huilen uit te barsten. Ze onderdrukte haar tranen en zei slechts: 'Er was geen uitweg meer in mijn relatie met Sean. Hij verweet me onophoudelijk dat ik verantwoordelijk was voor de dood van Julian.'

'Omdat u had gelogen over waar u was geweest op de dag dat hij werd ontvoerd?'

Ze knikte. 'Als de politie meteen op de goede plaats zou zijn gaan zoeken, waren ze misschien op tijd gekomen om hem te redden. Dat dacht Sean tenminste, en ik heb me lange tijd schuldig gevoeld. Maar als je er goed over nadenkt, was het in feite allemaal Seans schuld.'

Gaspard begreep dat Pénélope opnieuw een wedstrijd speelde die ze de afgelopen twee jaar al duizenden keren had moeten spelen.

'Als hij niet met Muñoz het verkeerde pad op was gegaan, was ze nooit in de criminaliteit terechtgekomen.'

'Daar was hij het niet mee eens?'

'Nee! Want hij zei dat hij het voor míj had gedaan. Om aan geld te komen om naar Parijs te gaan. Ik zei het al: er was geen uitweg. Alles was mijn schuld.'

Gaspard voelde op zijn beurt een diepe droefheid. Hij stond op en nam afscheid van Pénélope.

'Ik voelde meteen al aan dat u een eerzame man bent, meneer Coutances.'

'Waarom zegt u dat?'

'Omdat u geen masker draagt.' Enigszins ongepast voegde Pénélope eraan toe: 'In het leven heb je goede mensen en anderen. De scheidingslijn is duidelijk. U, u bent een goed mens. Zoals Sean.'

Gaspard speelde snel in op deze opmerking. Hij had zijn hand al op de deurkruk, maar hij draaide zich om en liep naar Pénélope. 'Ik weet dat het heel pijnlijk voor u is om erover te praten, maar ik zou graag willen weten wat er écht is gebeurd op de dag waarop Julian is ontvoerd.'

Ze zuchtte gelaten. 'Dat staat in tientallen krantenartikelen beschreven.'

'Ik weet het, maar ik zou het graag uit uw mond willen horen.'

3

Het kantoor van Diane Raphaël bestond uit een grote, doorlopende ruimte, met over de hele lengte ramen die een zeldzaam mooi uitzicht over Parijs boden. Aan de ene kant de basiliek Sainte-Clotilde, aan de andere kant de kerk Saint-Sulpice, de koepel van het Panthéon en de heuvel Montmartre.

'Hier voel ik me in het kraaiennest van een piratenschip: je kunt zo ver kijken, dat je alle buien, onweer en depressies kunt zien aankomen. Voor een psychiater is dat handig.'

De arts glimlachte om haar eigen beeldspaak, alsof ze die op dat moment had bedacht. Net als tijdens haar bezoek aan Fayol, zei Madeline tegen zichzelf dat ze het helemaal bij het verkeerde eind had gehad. Ze had zich een soort oude juf met een bril en een grijze knot voorgesteld. In werkelijkheid was Diane Raphaël een kleine vrouw met een guitige blik en kort haar met loshangende plukken. Met haar leren jack, haar strakke spijkerbroek en haar nette Gazelle-bril leek ze zichzelf nog als een zorgeloze studente te zien.

Bij de deur stond een zilverkleurige rolkoffer.

'Gaat u op vakantie?' vroeg Madeline.

'Naar New York,' antwoordde de psychiater. 'Daar zit ik de helft van de tijd.'

Ze wees naar enkele foto's die aan de muren hingen. Luchtfoto's waarop een glazen gebouw was te zien dat tussen het bos en de oceaan in stond. 'Dat is het Lorenz Children's Center. Een medisch centrum voor kinderen dat ik dankzij Sean heb kunnen oprichten. Het ligt in Larchmont, in het noorden van de staat New York, in het district Westchester.'

'Heeft Lorenz dat ziekenhuis rechtstreeks gefinancierd?'

'Rechtstreeks en indirect,' preciseerde Diane. 'De fondsen kwamen gedeeltelijk uit de verkoop van twee grote doeken die ik in 1993 voor een habbekrats van hem heb overgenomen en die ik heb verkocht toen zijn vuur begon te branden. Toen Sean lucht van mijn project kreeg, heeft hij me nog drie doeken geschonken die ik mocht laten veilen. Hij was er erg trots op dat zijn schilderijen een concreet doel zouden dienen: hulpbehoevende kinderen helpen.'

Madeline borg de informatie in een hoekje van haar geheugen op, terwijl de psychiater achter haar bureau plaatsnam. Diane veranderde van onderwerp. 'Dus u hebt de laatste drie doeken van Sean gevonden. Gefeliciteerd. En bedankt voor uw foto's. De doeken zien er fantastisch uit. De kwintessens van Lorenz,' zei ze, en ze nodigde Madeline uit plaats te nemen op een Wassily-stoel tegenover haar.

De hele ruimte was in Bauhaus-stijl ingericht: stoelen van gebogen, ijzeren buizen, kubistische fauteuils, lage Barcelona-fauteuils, een gecapitonneerde ligbank en een laag, verchroomd tafeltje van gelaagd hout.

'Weet u wat de doeken voorstellen?' vroeg Madeline terwijl ze plaatsnam.

'Het werk van Sean stelt niet iets voor, het...'

'... het vertegenwoordigt iets, ik weet het, dat is me al uitgelegd. Maar behalve dat?'

De psychiater reageerde gekwetst. Beledigd, maar al snel geamuseerd, gaf ze zich over: 'Door middel van zijn schilderijen wilde Sean zijn bijna-doodervaringen delen. Twee ervaringen van een zeer nabije dood.'

'Daar wist u dus van?'

'Niet van de schilderijen, maar het verbaast me niets. Sean was al twintig jaar mijn patiënt. Zoals ik meneer Coutances heb uitgelegd, heeft Sean in 2015 binnen enkele maanden twee zware hartaanvallen gehad. Twee aanvallen waarbij hij in coma is geraakt voordat hij kon worden gereanimeerd. De tweede hartaanval werd verergerd door een septische shock.'

'Bloedvergiftiging?'

'Ja, een zeer ernstige bacteriële infectie die hem bijna het leven kostte... Hij was zelfs al klinisch dood verklaard, tot hij als door een wonder weer bijkwam.'

'Begon hij na deze twee aanvallen te schilderen over wat hij had meegemaakt?'

'Dat denk ik. Hij reageerde erg fanatiek op die ervaring. De doorgang door de duisternis naar het licht heeft hem getekend. Hij interpreteerde het als een betovering, een wedergeboorte. Daarom wilde hij dat gevoel door middel van zijn schilderijen terugvinden.'

'Heeft dat u verrast?'

Ze haalde haar schouders op. 'Ik heb vijftien jaar in het ziekenhuis gewerkt. Er zijn heel veel gereanimeerde patiënten die zeggen dat ze na een coma door een tunnel van licht zijn gereisd, weet u. Bijna-doodervaringen zijn een fenomeen dat al sinds de oudheid bestaat.'

'Ondervond Sean fysieke gevolgen van zijn operaties?'

'Beslist: geheugenproblemen, extreme vermoeidheid, moeite om zijn bewegingen te coördineren...'

Diane stopte midden in een zin. Haar ogen fonkelden van sluwe intelligentie. 'U hebt me nog niet alles verteld, hè?'

Madeline bleef stokstijf zitten, wachtend tot de psychiater zou doorgaan.

'Dat u er zo op stond me te spreken, betekent vast dat u iets hebt gevonden... Misschien een nieuw schilderij?'

Madeline pakte haar telefoon en liet Diane de foto van het laatste schilderij in de duisternis zien, met de boodschap in lichtgevende letters, die zeiden: JULIAN LEEFT.

'Daar ging het dus om...'

'Dat schijnt u niet te verbazen.'

Diane leunde met haar ellebogen op het werkblad van haar bureau en vouwde haar handen tegen elkaar, alsof ze ging bidden. 'Weet u waarom Sean zo geschrokken was van zijn twee reizen langs de grenzen van de dood? Allereerst omdat hij in de fameuze tunnel van licht alle overleden personen had gezien die iets in zijn leven hadden betekend: zijn moeder en zijn vrienden in Harlem die in de jaren negentig aan een overdosis waren overleden of ten onder waren gegaan in het geweld van de bendeoorlogen. Hij had zelfs Beatriz Muñoz gezien.'

'Dat is een grote klassieker in bijna-doodervaringen,' merkte Madeline op. 'Je ziet je leven terug en alle doden die belangrijk voor je zijn geweest.'

'Het lijkt of u erover mee kunt praten.'

'Laten we het bij Lorenz houden, als u wilt. Ik ben uw patiënt niet.'

De psychiater drong niet aan.

'Maar er is iemand die Sean niet in de tunnel heeft gezien...' zei ze.

Madeline begreep het eindelijk en het bloed stolde in haar aderen. 'Zijn zoon.'

Diane knikte. 'Daar is eigenlijk alles mee begonnen. Sean begon op dat moment een krankzinnige theorie te ontwikkelen. Als hij Julian daar niet had gezien, moest hij nog in leven zijn.'

'Daar gelooft u niet in?'

'Ik geloof in de rationele verklaringen van het fenomeen. Het lagere zuurstofgehalte van de hersenen dat de visuele cortex verstoort, de invloed van medicijnen die het bewustzijn aantasten. In het geval van Sean was het overduidelijk: ter behandeling van zijn bloedvergiftiging kreeg hij grote hoeveelheden dopamine toegediend, een stof die hallucinaties kan veroorzaken.'

'Hebt u niet geprobeerd hem tot rede te brengen?'

Ze hief haar handen op. 'Je kunt niet dover zijn dan iemand die niet horen wil. Sean wílde geloven dat zijn zoon nog leefde. Je kunt niets uithalen tegen iemand die niet naar je wil luisteren.'

'En welke conclusie trok hij daaruit?'

'Ik denk dat hij het onderzoek naar de ontvoering van Julian wilde heropenen, maar dat zijn dood dat heeft verhinderd.'

'Is er volgens u geen enkele kans dat de jongen nog leeft?'

'Nee, Julian is dood. Helaas. Ik mag Pénélope niet graag, maar er is geen enkele reden waarom ze de waarheid niet zou hebben gesproken. Voor de rest zijn het de geestverwarringen van een man die mijn vriend was, maar die gebroken was door verdriet en versuft door de medicijnen.'

4

'Passagiers voor vlucht AF118 naar Madrid kunnen nu aan boord gaan bij gate 14. Gezinnen met kleine kinderen en passagiers op de rijen 20 tot 34 worden verzocht zich als eersten te melden.'

Madeline controleerde haar stoelnummer op het ticket dat ze zojuist bij een selfservicepunt van Air France had uitgeprint. Over twee dagen was het kerst. Overal was vertraging en in terminal E van Charles de Gaulle was het vreselijk druk.

'Fijn dat je me hebt weggebracht, Gaspard. Ik weet dat je niet van vliegvelden houdt...'

Hij negeerde die hatelijkheid. 'Dus je vertrekt zomaar?'

Ze keek hem aan zonder te begrijpen wat hij bedoelde. 'Wat wil je dat ik anders doe?'

'Denk je dat je werk erop zit nu je de schilderijen hebt gevonden?'

'Ja.'

'En de rest van het onderzoek?'

'Welk onderzoek?'

'Het onderzoek naar de dood van Julian.'

Ze schudde haar hoofd. 'We zijn geen rechercheurs, Coutances, jij noch ik. En het onderzoek is al lang geleden afgesloten.'

Ze wilde naar de gate lopen, maar hij hield haar tegen. 'Doe niet alsof ik gek ben.'

'Kom nou!'

'De duistere raadsels zijn allesbehalve opgelost.'

'Waar denk je aan?'

'Een klein detail,' zei hij spottend. 'Het lichaam van het kind is nooit gevonden.'

'Dat is logisch, het is meegevoerd door East River. Twijfel je dan echt aan zijn dood?'

Toen hij niet antwoordde, vervolgde ze: 'Denk je dat Pénélope Lorenz tegen je heeft gelogen?'

'Nee,' gaf hij toe.

'Hou dan op je suf te prakkiseren. Die jongen is al twee jaar dood. Het is een drama, maar dat gaat ons niets aan. Ga terug naar je toneelstuk, daar ben je het beste in.'

Zonder haar te antwoorden, liep hij met haar mee naar de veiligheidscontrole. Madeline deed haar riem af, die ze in een bak legde, met haar jack en haar telefoon.

'Tot ziens, Gaspard. Je hebt het huis helemaal voor je alleen. Ik ben er niet meer om je aan te ergeren. Je kunt in alle rust gaan schrijven.'

Hij dacht aan het Griekse concept *kairos*: het cruciale moment. En de kunst van de gelegenheid gebruik te maken. Het vermogen de kans niet aan je voorbij te laten gaan wanneer die zich voordoet en je leven kan veranderen door het de ene of de andere kant op te sturen. De soort ombuiging waarmee hij in zijn leven nooit goed had kunnen omgaan. En nog steeds probeerde Gaspard iets te bedenken om Madeline ervan te weerhouden te vertrekken, maar toen gaf hij het op. Wat gaf hem het recht ertoe? En waarom zou hij het doen? Ze had haar eigen leven, een project waar ze met hart en ziel voor had gevochten. Hij nam het zich zelfs kwalijk dat hij met de gedachte had gespeeld, en hij wenste haar veel geluk. 'Succes, Madeline. Hou je me op de hoogte?'

'Hoe zou ik dat moeten doen, Gaspard? Je hebt geen telefoon.'

Hij dacht eraan dat mensen eeuwenlang zonder telefoon contact met elkaar hadden onderhouden, maar hij hield het voor zich. 'Geef je nummer, dan bel ik je.'

Hij begreep dat ze dat niet echt op prijs zou stellen, maar toch gaf ze toe, en hij stak zijn verbonden hand uit, zodat ze haar nummer kon opschrijven. Op het nippertje, alsof hij veertien jaar oud was.

Toen liep ze door het beveiligingspoortje, groette hem met een laatste zwaai van haar hand en liep weg zonder nog om te kijken. Hij volgde haar zolang hij kon met zijn ogen. Het was vreemd haar zo te laten gaan. Vreemd om te denken dat alles voorbij was en dat hij haar niet meer zou terugzien. Ze waren slechts twee dagen samen geweest, maar het voelde alsof hij haar al veel langer kende.

Toen ze weg was, bleef hij nog enkele minuten onbeweeglijk staan, als verlamd. Wat zou hij nu doen? Het was aanlokkelijk om, nu hij toch op het vliegveld was, naar de balie van Air France te gaan en een ticket naar Athene te kopen. Enkele tellen lang speelde hij met de gedachte om de hel van Parijs, deze beschaving die hij zo haatte en die niets voor hem was, achter zich te laten. Als hij vandaag het vliegtuig nam, zou hij vanavond op zijn Griekse eiland zijn. Een teruggetrokken leven ver van alles wat hem pijn deed: vrouwen, mannen, technologie, vervuiling, gevoelens, hoop. Hij aarzelde lange tijd, maar zag er uiteindelijk toch van af. Hij wist niet wat het precies was, maar iets hield hem in Parijs.

Hij vertrok uit de terminal en sloot aan in de rij voor de taxi's. Hij hoefde minder lang te wachten dan hij had gevreesd. Hij vroeg de chauffeur hem naar het 6e arrondissement te brengen. Toen hoorde hij zichzelf iets zeggen waarvan hij nooit had gedacht dat het ooit zover zou komen: 'Kunt u me afzetten voor een winkel van Orange? Ik wil een mobiele telefoon kopen.'

Gedurende de hele weg was hij in gedachten verzonken en hij liet bedrukt nog eens de hele, vreselijke geschiedenis aan zich voorbijgaan die Pénélope Lorenz hem had verteld.

Een verhaal vol lijken, tranen en bloed.

Pénélope

1

'Julian! Schiet op alsjeblieft.'

Manhattan. Upper West Side. 12 december 2014. Tien uur 's morgens.

Ik heet Pénélope Kurkowski, getrouwd Lorenz. Als u een vrouw bent, hebt u me ongetwijfeld al eens gezien, enkele jaren geleden, op de cover van *Vogue*, *Elle* of *Harper's Bazaar*. En u haatte me. Want ik was langer, slanker en jonger dan u. Want ik had meer klasse, meer geld, meer allure. Als u een man bent, bent u me misschien op straat tegengekomen en hebt u naar me omgekeken. En wat uw achtergrond ook is of met welk ontzag u theoretisch gezien vrouwen ook bejegent, u hebt vast in het geheim in een smerig hoekje van uw gedachten iets gedacht van: ze is te mooi om waar te zijn, tot: verdomme, met haar zou ik wel een nummertje willen maken.

'Julian, vooruit!'

De taxi heeft ons afgezet op de hoek van Central Park West en 71st. Het is nog geen tweehonderd meter naar het hotel waarin Philippe op me wacht, maar mijn taak als moeder houdt me tegen.

Ik draai me om. Warm ingepakt in zijn jack zit Julian op de stenen traptreden van een van de mooie *brownstones* van rode zandsteen langs de straat. Met een dromerige blik verbaast hij zich over de damp die in de ijskoude lucht condenseert zodra hij zijn mond opendoet. Op zijn gezicht staat een gelukzalige lach vol met wijd uit elkaar staande tanden, en hij heeft, zoals altijd, zijn oude knuffelhond bij zich, die stinkt en bijna van ouderdom uit elkaar valt.

'Nou is het genoeg!'

Ik loop terug en trek aan zijn hand om hem te laten opstaan. Zodra ik hem aanraak, barst hij in tranen uit. Altijd hetzelfde liedje, hetzelfde gejammer.

'Hou op!'

Ik word doodmoe van dat joch! Iedereen vindt hem zo lief, maar niemand lijkt te begrijpen hoe het is om elke dag met hem opgescheept te zitten. Soms is hij traag en dromerig, soms agressief en dreinerig. Onvoorstelbaar egoïstisch. Nooit dankbaar voor wat we allemaal voor hem doen.

Wanneer ik op het punt sta zijn hond af te pakken, rijdt een witte bestelbus de stoep op en stopt pal achter ons. De chauffeur springt de auto uit en alles gaat zo snel dat ik tijd noch de tegenwoordigheid van geest heb ook maar enig verzet te bieden. Er stormt een donkere gedaante op me af en ik krijg een klap in mijn gezicht, een andere in mijn buik en een derde in mijn zij, waarna hij me achter in de bestelbus smijt. Ik kan nauwelijks ademhalen en lig dubbelgevouwen op de vloer. Ik heb zo'n pijn, dat ik zelfs niet kan gillen. Wanneer ik opkijk, valt het lichaam van mijn kind, dat ook achter in de bestelbus wordt gegooid, vol in mijn gezicht. Met zijn achterhoofd verplettert hij mijn neus. Het bloed spuit over mijn gezicht. Mijn ogen branden en mijn oogleden vallen dicht.

2

Wanneer ik bij bewustzijn kom, lig ik in het halfduister opgesloten in een cel met verroeste tralies. Een kooi voor dieren, piepklein, vies en goor. Julian ligt half over me heen. Huilend en onder het bloed. Ik sluit hem in mijn armen en begrijp dat het bloed op zijn gezicht het mijne is. Ik houd hem warm en verzeker hem dat alles goed zal komen en dat papa ons zal komen bevrijden. Binnen een tel heb ik spijt van alle gal die ik vaak over hem heb gespuwd. En ik heb het gevoel dat wat er met ons gebeurt misschien het gevolg is van mijn ontrouw.

Ik knijp mijn ogen tot spleetjes en bestudeer de duisternis om ons heen. Op ijzeren palen staan twee bouwlampen die een zwak licht verspreiden, maar genoeg om te zien dat we ons in een soort loods bevinden waarin materiaal ligt dat van een dierentuin lijkt te zijn, of van een circus of een menagerie. Ik zie nog meer kooien, rollen verstevigd gaasdoek, een stapel kapotte, ijzeren stoelen, namaakrotsen, pallets van rot hout en plastic struiken.

'Ik moet plassen, mama,' zegt Julian huilend.

'Dat geeft niet, schat.'

Ik kniel naast hem neer op de betonnen vloer, die hard en ijskoud is. Het ruikt er muf, de bittere en ranzige geur van angst. Ik pak zijn knuffelhond, die op de grond ligt, en laat hem dansen.

'Kijk, knuffel wil een kusje.'

Enkele minuten lang dwing ik mezelf met hem te spelen en probeer ik een wolk van tederheid te scheppen die hem tegen deze waanzin beschermt. Ik kijk op mijn horloge. Het is nog geen halftwaalf. We hebben niet lang gereden, dus we zijn niet ver van Manhattan. Misschien in New

Jersey, de Bronx, Queens... Ik ben ervan overtuigd dat degene die ons heeft ontvoerd dat doelgericht heeft gedaan. Hij heeft enorme risico's genomen door ons midden in de stad aan te vallen. Dus hij was echt op óns uit. Hij wilde óns hebben: de familie Lorenz. Maar waarom? Om losgeld te vragen?

Ik klamp me aan die gedachte vast omdat die me geruststelt. Sean zal er alles voor overhebben om ons hieruit te krijgen. Hoewel, mij misschien niet, maar wel zijn zoon, dat zeker. Hoeveel geld er ook zal worden gevraagd, hij zal ervoor zorgen dat hij het krijgt. Sean heeft zijn eigen geldboom: drie halen met een penseel op een doek en meteen staat er een kudde schapen klaar om hun miljoenen te pakken. Speculanten, handelaren, multimiljonairs, *hedge funders*, Russische oligarchen, Chinese nouveaux riches: ze willen allemaal een Lorenz in hun collectie hebben. Een Lorenz! Een Lorenz! Een Lorenz is meer waard dan goud. Meer dan duizend lijntjes coke. Meer dan een privéjet of een villa op de Bahama's.

'Vuile hoer.'

Verrast slaak ik een kreet, waardoor Julian begint te huilen.

Zonder dat ik het heb gemerkt, is er een vrouw naar de kooi gekomen.

Dik, krom en enigszins mank lopend. Ze ziet eruit als iemand die vroeg oud is geworden: lang, steil, grijs haar, een overdreven kromme neus, van woede fonkelende ogen. Haar vreselijk gerimpelde gezicht zit vol met tatoeages: visgraten, kruisen, driehoeken, cirkels, bliksemschichten, net zoals de beschilderingen op de gezichten van de Amerikaanse indianen.

'Wie... bent u?'

'Hou je mond, hoer. Je hebt het recht niet te praten.'

'Waarom doe je dit?'

'HOU JE BEK!' schreeuwt ze en ze graait naar mijn keel.

Met een ongelooflijke kracht trekt ze me naar voren en slaat mijn hoofd verscheidene keren tegen de ijzeren tralies. Mijn zoon gilt. Mijn neus begint weer te bloeden. Ik onderga de klappen zonder me te verzetten, maar ik begrijp dat ze niet zo sterk is als ze eruitziet.

Eindelijk laat ze me los. Met bloedend gezicht kruip ik op de vloer in elkaar. Terwijl Julian me om mijn nek vliegt, zie ik dat de indiaanse in een oude, half verroeste gereedschapskist zoekt.

'Kom hier!' schreeuwt ze.

Ik veeg het bloed uit mijn ogen en gebaar Julian dat hij naar de achterkant van de kooi moet kruipen.

Doe vooral wat ze zegt.

Ze zoekt verder en pakt achter elkaar een betonschaar, een blokschaaf, een lijmklem en een kniptang.

'Pak aan,' roept ze en ze geeft me een nijptang.

Omdat ik niet beweeg, wordt ze kwaad en haalt een gekarteld jachtmes van dertig centimeter lang uit een schede die ze aan haar riem heeft hangen.

Ze pakt mijn arm en snijdt met een haal mijn horlogebandje door. Dan draait ze pal onder mijn neus aan de knop en wijst naar de secondewijzer. 'Luister goed, vuile hoer. Je krijgt precies een minuut om me een vinger van je zoon te geven. Doe je dat niet, dan kom ik de kooi binnen, snijd ik zijn keel door en vermoord ik jou daarna.'

Ik ben doodsbang. Mijn hersenen kunnen zelfs niet bevatten wat ze bedoelt.

'Maar je wilt toch niet...'

'Doe het!' roept ze en ze smijt de tang in mijn gezicht.

Ik dreig het bewustzijn te verliezen.

'JE HEBT NOG VEERTIG SECONDEN! GELOOF JE ME NIET? KIJK DAN MAAR EENS GOED!'

Ze komt de kooi binnen en pakt Julian, die trilt van angst. Ze trekt hem naar voren en drukt haar kartelmes op de keel van mijn zoon.

'TWINTIG SECONDEN!'

Mijn maag krimpt samen. Ik kreun. 'Dat kan ik niet.'

'DOE HET!'

Ik begrijp dat ze haar dreigement ten uitvoer zal brengen en dat ik geen keus heb.

Ik pak de tang en kruip naar haar en Julian toe, die begint te schreeuwen. 'Nee, mama! Nee, mama! Niet doen! NIET DOEN!'

Terwijl ik naar mijn zoon ga, met de tang in mijn hand, begrijp ik twee dingen.

Dit is de hel.

De hel duurt lang.

3

De hel is erger dan je ergste nachtmerrie.

Nadat ze me heeft gedwongen het ondenkbare te doen, heeft het monster mijn zoon meegenomen. Als reactie op mijn woede sloeg en schopte de indiaanse me tot ik op de grond in elkaar zakte. In mijn buik, op mijn keel, op mijn borst. Toen ik bij bewustzijn kwam, had ze me op een ijzeren stoel gezet en wikkelde prikkeldraad om mijn borst, dat ze heel strak aantrok.

Er moeten uren zijn verstreken, maar ik weet niet hoeveel. Ik luister, maar ik hoor Julian niet meer. Elke ademteug doet me pijn.

De stalen punten van het prikkeldraad verscheuren mijn huid.

Ik val flauw en kom weer bij, ik heb geen enkel gevoel voor tijd meer. Ik bloed overal. Ik laat alles lopen: poep, pies, mijn tranen, mijn angst.

'Kijk dan, gore hoer!'

Ik ontwaak uit mijn verdoving en schrik op.

De indiaanse stapt het licht in. Ze heeft Julian in een van haar armen. In de andere hand heeft ze het jachtmes. Ik krijg zelfs de tijd niet te gillen. Het lemmet gaat omhoog en glanst in het licht, voordat het neerkomt op mijn zoon. Eén keer, twee keer, tien keer. Het bloed spat alle kanten op. Mijn lichaam schokt. Ik gil. Het prikkeldraad verscheurt mijn vlees, heel mijn lichaam. Ik snak naar adem. Ik stik. Ik wil dood.

'GORE HOER!'

11
Cursum Perficio

Het ik is geen meester in zijn eigen huis.
Sigmund Freud

1

Terug in Rue du Cherche-Midi kwam Gaspard oog in oog te staan met Sean Lorenz.

Het grote portret van de meester – de zwart-witfoto van de Engelse fotograaf Jane Brown – drong zijn strenge aanwezigheid op, verstrakte de zitkamer tot een ijzige stilte en gaf de indruk zijn blik niet van je af te houden.

Gaspard koos ervoor het te negeren en ging de keuken in om het koffiezetapparaat aan te sluiten dat hij had gekocht toen hij uit de telefoonwinkel was vertrokken. Om zichzelf op te peppen, zette hij een Italiaanse ristretto, die hij in één slok opdronk, toen een lungo, waar hij langer van genoot.

Met het kopje in zijn hand ging hij terug de zitkamer in, waar hij weer op de blik van de schilder stuitte. De eerste keer dat hij deze foto had gezien, had hij de indruk gekregen dat het gezicht van Sean 'Donder op' zei. Nu had hij eerder het gevoel dat zijn ogen, fonkelend en doordringend, een andere taal spraken en 'Help me' vroegen.

Hij weerstond die roep enkele momenten voordat hij toegaf: 'Hoe moet ik je dan helpen? Je zoon is dood, dat weet je heel goed.'

Hij was zich ervan bewust dat hij dom tegen een foto stond te praten, maar de noodzaak zich te bewijzen vrat aan hem. De noodzaak ook om zijn gedachten te ordenen en de balans op te maken.

'Goed, ze hebben zijn lichaam niet gevonden,' vervolgde hij, 'maar dat wil nog niet zeggen dat hij leeft. Het verhaal van de bijna-doodervaring slaat nergens op, dat zul je moeten toegeven.'

Het strenge gezicht bleef hem zwijgend aankijken. Opnieuw bedacht Gaspard een reactie van hem: *Als het jouw zoon zou zijn geweest, die dood was, denk je dan niet dat...*

'Ik heb geen zoon,' bracht hij daartegen in.

Help me.

'Zeur niet zo.'

Hij moest denken aan een opmerking in een interview dat Jacques Chancel Lorenz had afgenomen. Aan het einde van het gesprek had de journalist de schilder gevraagd wat het ultieme doel van zijn kunstenaarschap was. Zonder te aarzelen had Sean 'Onsterfelijk worden' geantwoord. Maar wat voor een bewijs van grootheidswaanzin had kunnen doorgaan, had een heel andere betekenis gekregen toen Lorenz zijn woorden uitlegde: 'Onsterfelijk zijn geeft je de kans zo lang mogelijk te waken over degenen die je lief zijn.'

Toen Gaspard het portret uitdagend bekeek, voelde hij een soort duizeling en leek hij te hallucineren: het gezicht van de schilder bedekte even dat van zijn eigen vader en herhaalde zijn verzoek: *Help me.* De toneelschrijver knipperde met zijn ogen om het nare gevoel te verjagen. Het vertekende beeld vervaagde en verdween uiteindelijk.

Bevrijd van de invloed van de twee mannen ging hij terug naar zijn kamer op de begane grond, kleedde zich uit, maakte het verband los en stapte onder de douche. Dat deed hij zelden zomaar midden op de dag, maar de onstuimigheid en de drukte van de gebeurtenissen van de afgelopen nacht hadden hem zijn nachtrust gekost. Terug in het huis had de vermoeidheid hem overvallen, maar het koude water verjoeg het gevoel van uitputting nu enigszins. Terwijl hij zijn spalk zorgvuldig afdroogde, werd hij misselijk van het zwartgespikkelde beeld dat hij in de spiegel zag: te veel baardgroei, te lang haar, te vet.

In de laden in de badkamer vond Gaspard een scheerkwast, een barbiersmes en ouderwets scheerschuim. Ondanks zijn verbonden handen begon hij zijn baard grof met een schaar bij te knippen. Daarna scheerde hij zich en knipte wat haarplukken weg. Na deze opknapbeurt leek het of hij beter kon ademhalen. Hij voelde er ook niets meer voor zijn houthakkershemd en zijn wijde woudlopersbroek aan te trekken.

Gekleed in een hemd en een onderbroek liep hij de inloopkledingkast in, die naast de grote slaapkamer van het huis lag. Net als Steve Jobs of Mark Zuckerberg hield Sean Lorenz van een *capsule wardrobe* – altijd dezelfde kleding. In dit geval een dozijn Smalto-jasjes in de kleuren zwart tot lichtgrijs en witte overhemden van katoenen popeline met een strakke kraag en paarlemoeren knopen. Hoewel hij dikker was, was Gaspards bouw niet veel anders dan die van de schilder. Hij trok een overhemd en een kostuum aan, waarin hij zich verbazingwekkend goed op zijn gemak voelde, alsof hij zojuist verscheidene kilo's lichter was geworden.

In een van de laden zag hij, naast een aantal opgerolde broekriemen, verscheidene flesjes eau de toilette staan. Vijf ietwat vergeelde kartonnen doosjes *Pour un Homme* van Caron, waarvan enkele nog in het cellofaan zaten. Hij herinnerde zich een anekdote van Pauline, waarmee ze het obsessionele karakter van Lorenz beschreef. Dit parfum was het eerste cadeau dat Pénélope aan het begin van hun relatie aan haar toekomstige man had gegeven. Sean was het altijd blijven gebruiken, maar, ervan overtuigd dat de ingrediënten van de eau de toilette intussen waren veranderd, spoorde hij op eBay telkens het jaartal 1992 op en kocht systematisch alle flesjes die hij vond.

Gaspard opende een van de flesjes en besprenkelde zichzelf. De geur van lavendel en vanille was zuiver en tijdloos, wat hij niet onplezierig vond. Toen hij de kledingkast uit kwam, zag hij zichzelf van top tot teen in de spiegel en leek hij een andere man te zien. Een rondere, minder koortsachtige versie van Lorenz. Om het beeld te vervolmaken, borg hij zijn bril in de la met parfums op. Als vanzelf moest hij aan een van zijn lievelingsfilms denken – *Vertigo* – en aan de waanzinnige zoektocht van de hoofdpersoon Scottie, gespeeld door James Stewart. Een man die probeert zijn nieuwe verloofde te veranderen om haar te laten lijken op zijn grote verloren liefde. Proberen de plaats van de doden in te nemen kan heel gevaarlijk blijken te zijn, maakte Hitchcock ons duidelijk met de ontknoping van het verhaal. Maar op dit moment maakte dat Gaspard niets uit. Hij streek de vouwen van zijn jasje glad en liep met rechte schouders de kamer uit.

2

Vanaf de eerste dag had Gaspard zich over iets verbaasd: waarom had Bernard Benedick, erfgenaam en executeur-testamentair van Sean, ervoor gekozen het huis te verhuren met zoveel persoonlijke spullen van de schilder erin? Die vraag kwam vandaag weer bij hem op toen hij door de vroegere slaapkamer van Lorenz en Pénélope liep. Die gaf een ambivalente indruk. Een aangename, dat hij zich op een vertrouwde plek bevond, maar ook een verwarrende indruk, omdat hij zich een voyeur voelde. Gaspard koos ervoor zijn scrupules opzij te zetten en accepteerde – voor de goede zaak, vergoelijkte hij tegenover zichzelf – zijn status van schenner. Hij doorzocht de kamer grondig, opende alle kasten, alle laden, klopte op de muren en controleerde zelfs de vloerdelen van het parket, wat door zijn gewonde handen nogal onhandig ging. Zijn oogst was mager. Onder het palissanderhouten bureau vond hij een opbergkist op wielen, die vol met papieren en enveloppen zat.

Hij onderzocht de inhoud aandachtig en vond artikelen die van internet waren gehaald, informatie uit de belangrijkste kranten die min of meer de dood van Julian betrof. Dezelfde papieren uit *The New York Times*, de *Daily News*, de *Post* en de *Village Voice* die Gaspard de vorige dag al op de computer van Madeline had gelezen. Op zich niets nieuws, behalve de bevestiging dat voordat hij overleed, Lorenz alles had uitgezocht over het onderzoek naar de dood van zijn zoon. Verrassender was dat in de kist ook post zat die de schilder na zijn dood nog had ontvangen. Rekeningen voor de elektriciteit en van Orange, stapels reclame, post van de belastingdienst, die eeuwig doorgingen...

In de grote slaapkamer zat een deur naar de slaapkamer van Julian. Gaspard aarzelde even op de drempel, voordat hij deze beproeving aanging.

Help me.

Hij probeerde zijn gevoelens opzij te zetten en ging naar binnen. De kamer lag op het niveau van de tuin en was mooi en licht, met een vloer van geschuurd hout en in pasteltinten geschilderde meubels. Er heerste de rust van een kathedraal en de zonnestralen verspreidden zich door de ramen. Ze beschenen een kinderbed met een beige deken en deden het stof glinsteren dat opdwarrelde van een boekenkast die diende als bergplaats voor prentenboeken en een verzameling autootjes. Een waar schilderij van Norman Rockwell.

Zonder te verwachten iets in deze kamer te vinden, bleef Gaspard lange tijd staan, onbeweeglijk, als in een geheim bedevaartsoord. De plek had niets macabers. Integendeel, de kamer leek op de terugkeer van de jongen te wachten. Straks zou hij van school komen, de kasten opentrekken om zijn LEGO te pakken, of zijn magische tekenbord, zijn dinosaurusfiguren... Dit beeld bleef in zijn hoofd spoken tot hij op het hoofdkussen een met bloed bevlekte knuffelhond zag liggen.

Gaspard verstijfde. Was dat het speelgoed dat Julian bij zich had gehad toen hij was ontvoerd? Als dat zo was, hoe kon de knuffel – een bewijsstuk – dan hier terecht zijn gekomen?

Hij pakte het dier met zijn pijnlijke handen. De hond had een snuit die zowel grappig als sullig was, wat slecht paste bij de opgedroogde bloedvegen op zijn neus. Gaspard hield de knuffel vlak voor zijn gezicht en plotseling besefte hij dat het geen bloed was, maar waarschijnlijk chocolade. Nu begreep hij zijn vergissing: de klassieke list van ouders die van alles deden om een vervangende knuffel te vinden. Op de neus van de hond was geen spoor van de bittere geur van angst te vinden. Alleen de warme, zachte sporen van kinderjaren. Dat was ongetwijfeld de reden waarom Lorenz hem als een relikwie had gehouden: de geur van koekjes uit de oven, die kalme beelden opriep uit een leesboek; een rijpe korenaar, de stekelige, bruine bolsters van kastanjes, bladeren van platanen die dwarrelen in een warme wind. Momenten die Gaspard een absolute zekerheid bezorgden: een weg die zich voor hem uitstrekte en die hij tot aan het einde zou volgen, wat de gevolgen ook mochten zijn.

3

'Negen maanden winter, drie maanden hel.' Het oude, Castiliaanse gezegde klopte meestal niet; maar wel zou het dat jaar écht slechts tien dagen regenen in Madrid. Pech, 22 december 2016 was een van die dagen en toen Madeline in de Spaanse hoofdstad aankwam, was het weer dat ze er aantrof nog erger dan in Parijs.

Na een vermoeiende vlucht – in Charles de Gaulle stond het toestel op het punt te vertrekken, maar vanwege een ziek geworden passagier, die moest uitstappen, miste het toestel het toegewezen tijdvenster – was Madeline met bijna twee uur vertraging op Madrid-Barajas geland, waarna ze zich had onderworpen aan de vermakelijkheden die aan dit soort vluchten verbonden waren. Aan dit soort complicaties ergerde Gaspard zich mateloos, had hij haar verteld: overvolle vliegvelden, vervelende vakantiegangers, eindeloze wachtrijen, het vernederende gevoel dat je bent gereduceerd tot een stuk menselijk vee. Nadat ze uit het vliegtuig was gestapt, had ze de piepkleine bus doorstaan en had ze een gammele taxi genomen die stonk naar sigaretten en zweet. Een rammelkast met ramen die beslagen waren met de vieze lucht, die ze bijna een uur had moeten doorstaan, samen met de verkeersopstoppingen in deze laatste winkelweek voor kerst en de eindeloze ophemelingen van de Iberische tophits die werden uitgebraakt op de radio die op het lokale Chérie FM was afgestemd. De Madrid-versie van de Top 50: *Mecano, Los Elegantes, Alaska y Dinarama*...

Coutances heeft me besmet! dacht ze wanhopig toen ze op Calle Fuencarral aankwam, in het epicentrum van Chueca, het bastion van de Madrileense homoscene. Ze voelde het gevaar. Ze moest vooral niet toegeven aan zijn pessimistische wereldvisie. Als ze zou beginnen het leven door het zwarte prisma van Gaspard Coutances te zien, kon ze er net zo goed een einde aan maken.

Ze dwong zichzelf dus tot een positieve houding. De taxichauffeur was walgelijk, maar ze gaf hem toch een fooi. In het hotel hielp niemand haar met haar bagage, maar ze vond ook dat het niet nodig was. Haar kamer, die ze op het laatste moment had gereserveerd, was beklemmend, met uitzicht op een bouwterrein en een kraan die stond weg te roesten, maar ze zag er toch enige charme in. Bovendien zou ze na de behandeling moeten rusten en zou ze alle tijd hebben een aangenamere plek te zoeken.

Doorzetten. Niet opgeven. De chaos vergeten die het leven tot nu toe was, de waanzin van Sean Lorenz vergeten, het drama met zijn zoon, de vlucht van Coutances. Zich concentreren op het opbouwen van de toekomst die ze voor zichzelf had gekozen.

4

Om vier uur 's middags lunchte Gaspard staande in de keuken met een blikje sardines en plakken ontbijtkoek. Een snel vieruurtje besprenkeld met perrier citron.

Het was nu een gewoonte geworden dat hij daarna een van de oude vinyl jazzplaten uit de collectie van Sean Lorenz opzette. Vervolgens reed hij de kist met post van de schilder naar de zitkamer en begon het vreemde archief uit te pluizen.

Hij zat al ruim een uur in kleermakerszit op het parket te lezen toen hij een nog in plastic verpakt nummer van het tijdschrift *Art in America* vond. Gaspard trok het plastic eraf. Het was het nummer van januari 2015. Dat was ook te zien aan het visitekaartje dat op de voorkant zat geniet. Dat was van het hoofd van de redactie zelf, die het blad met een dankwoord en zijn condoleances naar Sean had opgestuurd.

In het blad stond een artikel van tien pagina's over de openingsavond van de expositie *Sean Lorenz. A life in painting* op 3 december 2014 in het MoMA, enkele dagen voordat Julian was ontvoerd. Toen Gaspard het blad doorbladerde, zag hij dat de avond eerder een mondaine gebeurtenis was dan iets ter ere van de kunst. Gesponsord door een duur merk had het danspartijtje een massa beroemde gasten aangetrokken. Op de foto's in het tijdschrift herkende Gaspard Michael Bloomberg, de vroegere burgemeester van de stad, en Andrew Cuomo, de gouverneur van New York. Op andere foto's waren de kunsthandelaars Charles Saatchi en Larry Gagosian te zien. Pénélope Lorenz, nog op het hoogtepunt van haar schoonheid en in een jurk met een zeer laag decolleté, stond te praten met Sarah Jessica Parker en Julian Schnabel. De bijschriften van de foto's noemden ook een reeks mannequins en jonge socialites van wie Gaspard nog nooit had gehoord.

Op de foto's gaf Sean Lorenz de indruk afwezig te zijn en zich nogal slecht op zijn gemak te voelen. Gaspard vermoedde dat hij zich in verlegenheid gebracht voelde door de verwaandheid en de praal van de avond. Het ascetisme en de puurheid van zijn laatste schilderijen waren in tegenspraak met een receptie als deze, waar men alleen naartoe kwam om te worden gezien. Zijn gezicht was verstrakt in een masker van angst, alsof hij zich ervan bewust was dat het firmament van zijn carrière beslist ook het voorportaal van zijn val was. Alsof hij achter het Capitool al de schaduw van de Tarpeïsche rots zag liggen. Alsof de dood van Julian zich al aftekende in de zoete decadentie van deze avond.

Om beleefd te blijven stond Sean toch glimlachend op elke foto. Op één foto met een politieagent in het officiële tenue van de NYPD: donkerblauw uniform met achthoekige pet. In een kader stond uitgelegd dat de officier, ene Adriano Sotomayor, een jeugdvriend van Sean Lorenz was en dat de twee mannen elkaar al tweeëntwintig jaar niet hadden gezien. Toen Gaspard de foto beter bekeek, herkende hij de enigszins verwaande latino die de stoere bink uithing op de jeugdfoto's die hij in de monografie had gezien. Hij stond op om het te controleren in het boek dat in de boekenkast stond. Er was geen twijfel mogelijk: Sotomayor was inderdaad het derde lid van de Vuurwerkmakers. Degene die zijn graffiti ondertekende met NightShift. Met de jaren was zijn gezicht voller geworden, de arrogantie van vroeger had plaatsgemaakt voor een zekere gemoedelijkheid, maar zijn gezicht had een zekere 'messcherpte' behouden, die hem op de acteur Benicio del Toro deed lijken.

Gaspard borg de informatie in een hoekje van zijn geheugen op en sloeg het tijdschrift dicht. Toen hij opstond om nog een kop koffie te zetten, sloeg zijn behoefte aan alcohol, die hem al ruim vierentwintig uur had gespaard, in als een blikseminslag. Uit ervaring wist hij dat hij snel moest handelen als hij een kans wilde maken zijn demonen te bedwingen. Daarom goot hij snel de drie flessen grand cru en het restje whisky dat nog in huis was in de gootsteen leeg. Even voelde hij zich zweverig en zijn lichaam begon kort te stuiptrekken. Het zweet brak hem uit en parelde op zijn voorhoofd, en toen voelde hij de golf van angst wegebben en was het hem gelukt de brand te blussen voordat die goed en wel was uitgebroken. Als beloning pakte hij een al gerolde sigaret uit het pakje lichte tabak dat Madeline op het aanrecht in de keuken had laten liggen. Het ene gif verruilend voor het andere, de beroemde 'coëfficiënt van tegenspoed der dingen' van Sartre, die zo kernachtig was dat de mens 'jaren geduld moest uitoefenen om ook maar het minste resultaat te boeken'. Elke overwinning was er een.

Met een sigaret in zijn mond zette Gaspard op de platenspeler de B-kant van de lp op – een uitstekende, oude Joe Mooney – en ging toen aan het werk. Hij herlas enkele artikelen op zijn nieuwe smartphone, voordat hij verderging met de rest van de nog niet geopende post.

Tussen de papieren zaten enkele gespecificeerde telefoonrekeningen. Lorenz telefoneerde weinig, maar deze rekeningen gaven een gedetailleerd overzicht van zijn belgedrag, waaruit ook kon worden afgeleid hoe de schilder gedurende de dagen voor zijn dood zijn tijd doorbracht. Sommige telefoonnummers waren Frans, andere Amerikaans. Gaspard ging stelselmatig te werk en hij belde alle contacten in chronologische volgorde af. Zo kreeg hij achtereenvolgens het secretariaat van de afdeling Cardiologie van het Bichat-ziekenhuis aan de lijn, de praktijk van dokter Fitoussi, een cardioloog in het 7e arrondissement, en een apotheek op Boulevard Raspail. Van de nummers overzee was er een die in het bijzonder zijn aandacht trok, want Lorenz had twee keer geprobeerd het te bellen, zonder succes. De volgende dag had hij het opnieuw geprobeerd en nu was het hem gelukt verbinding te krijgen. Gaspard kreeg de telefoonbeantwoorder van ene Cliff Eastman, die zijn onpersoonlijke boodschap had ingesproken met de rauwe, maar vrolijke stem van een straffe roker of een stevige whiskydrinker (of hoogstwaarschijnlijk beide; gebreken kwamen graag in paren).

Op goed geluk liet hij een bericht achter en vroeg om te worden teruggebeld. Toen doorzocht hij de rest van het archief van Sean. Hij bestudeerde de boekenkast nauwkeurig, opende alle boeken en knipte bepaalde artikelen en foto's uit de monografie, die hij in het grote spiraalschrift plakte. Hij was van plan voor zijn nieuwe toneelstuk hierover te schrijven. Tussen een mooi boek van Salgado en *Maus* van Spiegelman vond hij een oude plattegrond van New York, die hij gebruikte om de afstanden en de verplaatsingen beter te kunnen bevatten. Hij zette kruisjes in verschillende kleuren om de plaatsen van en de verbanden met het onderzoek aan te geven: de plaats waar Julian was ontvoerd, waar hij met zijn moeder gevangen had gezeten, de brug waaronder Beatriz Muñoz hem in de rivier zou hebben gegooid, het metrostation waar ze zelfmoord had gepleegd...

Meegesleurd door zijn enthousiasme verloor Gaspard de tijd uit het oog. Toen hij opkeek was de avond gevallen. Joe Mooney was al lang geleden gestopt met zingen. Hij keek op zijn horloge en herinnerde zich dat hij een afspraak had.

12
Black hole

Je bent slechts vrij wanneer je alleen bent.
Arthur Schopenhauer

1

Het kantoor van Karen Lieberman lag aan Rue de la Coutellerie, in het 1e arrondissement, niet ver van het stadhuis en het Centre Pompidou.

Gaspard was hier slechts één keer eerder geweest, twaalf jaar geleden, aan het begin van zijn samenwerking met Karen. De rest van de tijd was zijn agente zelf voor hem op stap gegaan. En Gaspard had er al spijt van dat hij daar deze keer niet om had gevraagd: onderweg vanaf Rue du Cherche-Midi was hij ondergedompeld in de agressieve en dreigende sfeer van dit grauwe Parijs. Hij was tot het uiterste gespannen, alsof hij zich op vijandig terrein bevond, en het gevoel van gemis hielp ook niet.

De omgeving was zoals hij die zich herinnerde: een beetje vervallen entree – volgehangen met allerlei bordjes van vrije beroepen – die toegang gaf tot een stijlloos binnenplaatsje, waar een tweede gebouw stond, heel wat minder mooi dan het gebouw aan de straat. De lift, zo groot als een doodskist, was tergend traag. Maar hij gaf vooral de indruk dat hij elk moment de geest kon geven. Na een korte aarzeling besloot Gaspard de zes verdiepingen lopend omhoog te gaan.

Buiten adem kwam hij bij de ingang aan, belde en wachtte tot de deur openging, waarna hij het kantoor op de zolderverdieping binnenging. Tevreden zag hij dat de hal – die met enkele stoelen als wachtruimte diende – leeg was. Omdat Karen twintig schrijvers onder contract had, van toneel- tot scenarioschrijvers, was Gaspard bang geweest hier een van zijn pseudocollega's tegen het lijf te lopen en zich te moeten overgeven aan vijf minuten zinloos geklets en beleefdheden. 'De eenzaamheid heeft twee voordelen: om te beginnen dat je altijd op jezelf bent, verder dat je nooit met anderen bent.' Schopenhauer had ooit iets dergelijks gezegd, dacht hij toen hij doorliep naar het bureau van de assistent van Karen.

Dat was een jonge man die dacht zich een stijl te hebben aangemeten – hipsterbaard, opstandige namaaktatoeages, *undercut* haar, Chukka-laarzen en een getailleerd denim overhemd – terwijl hij slechts een kloon was van al zijn kameraden die hadden geprobeerd bij het Canal Saint-Martin Williamsburg en Kreuzberg te herscheppen. Wat het nog erger maakte, was dat de man Gaspard opnam voordat hij op wantrouwige toon zijn naam vroeg. Het toppunt! Terwijl hij in zijn eentje verantwoordelijk was voor driekwart van de omzet van het kantoor!

'Ik ben degene die je salaris betaalt, sukkel!' zei hij geïrriteerd, terwijl hij, verbaasd door de assistent nagekeken, ongevraagd doorliep naar de deur van het kantoor van Karen.

'Gaspard?' begroette zijn agente hem.

Gealarmeerd door de luide stemmen was ze achter haar bureau vandaan gekomen om hem te begroeten. Uiterst slank, en met kort, blond haar. Karen Lieberman was vijfenveertig lentes jong, maar kleedde zich al hetzelfde sinds de middelbare school: 501-spijkerbroek, wit hemd, trui met V-hals en bordeauxrode mocassins. Ze was de agente van Gaspard, maar ook zijn advocate, zijn boekhoudster, zijn assistente, zijn persattachée, zijn belastingadviseuse en zijn makelaar. In ruil voor 20 procent van zijn inkomsten was Karen zijn tussenpersoon met de buitenwereld. Zijn afweerschild waardoor hij verborgen kon leven en iedereen verrot kon schelden. Wat hij regelmatig deed.

'Hoe gaat het met mijn meest barbaarse auteur?'

Hij bleef kalm staan. 'Ik ben niet jóúw auteur. Jij bent degene die voor míj werkt. Dat is niet helemaal hetzelfde.'

'Gaspard Coutances ten voeten uit,' reageerde ze. 'Onbeschoft, brompot, lichtgeraakt...'

Ze nodigde hem uit te gaan zitten.

'Hadden we geen afspraak in een restaurant?'

'Eerst wil ik dat je enkele belangrijke papieren voor me uitprint,' legde hij uit, terwijl hij zijn smartphone uit zijn zak haalde. 'Artikelen die ik op internet heb gevonden.'

'Geef maar aan Florent, hij...'

'Ik zei dat ze belangrijk zijn. Ik wil dat jíj het doet, niet je gigolo.'

'Zoals je wilt. O ja, ik heb Bernard Benedick aan de telefoon gehad. Hij zei dat alles is geregeld met het huis. Kennelijk is die jonge vrouw vertrokken. Je kunt er blijven wonen. Alleen.'

Hij schudde zijn hoofd. 'Alsof ik dat niet al wist. Hoe dan ook, ik blijf daar niet.'

'Natuurlijk niet, dat zou te gemakkelijk zijn,' verzuchtte Karen. 'Wil je een glas whisky?'

'Nee, dank je. Ik heb besloten met alcohol te stoppen.'

Ze keek hem met wijd opengesperde ogen aan. 'Gaat het wel goed met je, Gaspard?'

Hij zei botweg: 'Dit jaar schrijf ik geen toneelstuk.'

Hij kon bijna in het hoofd van Karen de lawine aan gevolgen zien die zijn besluit zou hebben: contractbreuk, afzeggen van zalen, annuleren van reizen... Toch vroeg zijn agente binnen twee seconden met een neutraal klinkende stem: 'Echt? Waarom?'

Hoofdschuddend haalde hij zijn schouders op. 'Een stuk van Coutances meer of minder, ik denk niet dat dat veel zal veranderen in de geschiedenis van het theater...'

Omdat Karen bleef zwijgen, wreef hij het nog verder in: 'Laten we eerlijk zijn, ik heb erover nagedacht. De afgelopen jaren ben ik een beetje in herhaling vervallen, niet?'

Nu reageerde ze. 'Wat betreft het thema "De wereld is verrot, de mensen zijn klootzakken", misschien. Maar je zou kunnen proberen over iets anders te schrijven.'

Gaspard grijnsde. 'Ik zou niet weten waarover.'

Hij stond op om een sigaret uit het pakje te pakken dat op het bureau lag en liep naar het balkonnetje om te roken.

'Ben je soms verliefd?' riep Karen uit, toen ze bij hem kwam staan.

'Nee. Waar heb jij het nou over?'

'Ik was al bang dat dat ooit zou gebeuren,' jammerde ze.

Hij verdedigde zich: 'Dat ik niet meer wil schrijven, trek jij daar de conclusie uit dat ik verliefd ben? Dat slaat nergens op.'

'Je hebt een mobiele telefoon gekocht. Jíj! Je drinkt niet meer, je hebt je geschoren, je hebt geen bril meer op, je draagt een kostuum en je ruikt naar lavendel. Dus ja, ik denk echt dat je verliefd bent.'

Met een dromerige blik nam Gaspard een trek van zijn sigaret. Het geluid van de stad gonsde door de zachte nacht. Tegen de reling geleund keek hij naar de Tour Saint-Jacques, eenzaam en incompleet, die vlak bij de Seine stond te glanzen.

'Waarom heb je me in dat hol laten zitten?' vroeg hij plotseling.

'Welk hol?'

'Dat hol waarin ik al zoveel jaar lig te verkommeren.'

Nu stak zij ook een sigaret op. 'Volgens mij heb jij je er helemaal zelf in opgesloten, Gaspard. Je hebt zelfs zorgvuldig je hele leven zodanig ingericht dat je er zeker van zou zijn er nooit uit weg te komen.'

'Dat weet ik, maar toch, we zijn vrienden, je...'

'Je bent toneelschrijver, Gaspard, je enige vrienden zijn de personages in je stukken.'

Hij ging verder: 'Je had kunnen proberen er iets aan te doen...'

Ze dacht even na en zei toen: 'Wil je de waarheid horen? Ik heb je in je hol laten liggen omdat dat de plek was waar je je beste stukken kon schrijven. Eenzaam, ontevreden, in alle treurnis.'

'Ik zie het verband niet.'

'Integendeel, je ziet het verband juist heel goed. En geloof me, mijn ervaring is dat geluk fijn is voor het leven, maar niet voor het scheppen van iets moois. Ken jij vrolijke kunstenaars?'

Nu Karen eenmaal op dreef was, stak ze een hartstochtelijk betoog af, met haar rug tegen de rand van het raam geleund. 'Zodra een van mijn auteurs zegt dat hij gelukkig is, begin ik me ongerust te maken. Herinner je je wat Truffaut telkens herhaalde? "Kunst is belangrijker dan het leven." En dat klopt, want tot nu toe had je weinig met het leven op, Gaspard. Je houdt niet van mensen, je houdt niet van de mensheid, je houdt niet van kinderen, je...'

Toen hij zijn hand opstak om haar te onderbreken, ging zijn mobiel. Hij keek op het scherm: een telefoontje uit de Verenigde Staten. 'Mag ik even?'

2

Madrid. Vijf uur 's middags en het was al bijna donker.

Voordat ze uit haar hotel was vertrokken, had Madeline een paraplu te leen gevraagd, maar van de man achter de receptie had ze slechts een beleefde weigering gekregen. *Never mind.* Ze liep de regen in en besloot het slechte weer te negeren, zoals ze alle tegenspoed negeerde. Vlakbij vond ze een *farmacia* en ze liet haar recept zien: antibiotica tegen eventuele infecties tijdens de ingreep en een nieuwe dosis hormonen om de eisprong te stimuleren. Een nieuwe behandelmethode waardoor de gebruikelijke tijd tussen een hormooninjectie en een eisprong met vierentwintig uur werd verkort. Helaas, ze moest drie andere apotheken langs om te vinden wat ze zocht. Om zes uur probeerde ze de toerist uit te hangen en liep ze wat rond tussen Chueca en Malasaña. In theorie was het een creatieve en levendige wijk. Aan het einde van de zomer had Madeline met plezier rondgewandeld door de kleurige straatjes, langs de tweedehandswinkeltjes en de feestelijke cafés. Nu was het een ander verhaal. Drijfnat leek Madrid de laatste uren voor de apocalyps te beleven. Sinds het begin van de middag leek een helse zondvloed met harde windstoten elke hoek van de stad te geselen, wat wanorde, overstromingen en verkeersopstoppingen tot gevolg had.

Omdat ze trek had, wilde ze terugkeren naar het kleine restaurant waar ze tijdens haar vorige verblijf had gegeten, maar ze kon het niet meer vinden. De wolken hingen zo laag dat ze dreigden te worden opengereten door de pieken op het koninklijk paleis. In het donker en de regen leken de lanen en straten allemaal op elkaar en de plattegrond die ze bij de receptie van het hotel had gekregen, viel tussen haar handen uit elkaar. Calle de Hortaleza, Calle de Mejía Lequerica, Calle Argensola: namen en klanken vermengden zich, ze zag steeds minder. Ellendig ging ze uiteindelijk een vervallen restaurant binnen. De tartaar van dorade die ze bestelde, droop van de mayonaise en de appeltaart was nog maar half ontdooid.

Vlak voor een lange reeks donderslagen doorkliefde een felle bliksemschicht de inktzwarte lucht en toonde in een korte flits haar gezicht in negatief op het door de regen gegeselde raam. Toen ze zichzelf zag, raakte Madeline bevangen door een onverwacht gevoel van zwaarmoedigheid. Haar eenzaamheid en verwarring kwamen in alle wreedheid boven. Ze dacht aan Coutances. Aan zijn energie en zijn sarcastische humor, zijn intellectuele levendigheid. De mensenhater was een vreemde januskop. Een ondefinieerbaar persoon, aantrekkelijk, tegenstrijdig. Als gevangene van een mentaal plan straalde hij ondanks zijn pessimisme een kalmerende en geruststellende kracht uit. Op dit moment zou ze zijn veerkracht, zijn warmte en zelfs zijn wantrouwen goed kunnen gebruiken. Samen zouden ze zich tenminste tegen hun beproevingen kunnen afzetten.

Madeline nam de antibiotica met een slechte cafeïnevrije koffie in en keerde terug naar haar hotel. Een hormooninjectie, een gloeiend heet bad en een halve fles rioja, die ze in de minibar had gevonden en die haar bijna meteen hoofdpijn bezorgde.

Het was nog geen tien uur toen ze zich onder de lakens en de dekens in haar bed oprolde.

Morgen zou een belangrijke dag in haar leven zijn. Misschien het begin van een nieuw bestaan. Om met een positieve gedachte in te slapen, probeerde ze zich voor te stellen hoe het kind dat ze zich wenste eruit zou zien. Maar er kwam niets, alsof de plannen geen tastbare werkelijkheid bevatten en gedoemd waren een hersenschim te blijven. Toen ze dit gevoel van wanhoop probeerde te verjagen en de slaap probeerde te vatten, verscheen er een duidelijk, krachtig beeld in haar gedachten. Het mooie gezicht van Julian Lorenz: lachende ogen, wipneus, blonde lokken, de onweerstaanbare glimlach van het jongetje.

Buiten hield de zondvloed aan.

3

Gaspard herkende meteen de rauwe stem aan de andere kant van de lijn: Cliff Eastman, de man die Sean enkele dagen voor zijn dood drie keer had gebeld. 'Goedendag, meneer Eastman, hartelijk dank dat u me terugbelt.'

Binnen enkele minuten begreep Gaspard dat de man een voormalige bibliothecaris was die nu in Miami rustig van zijn oude dag genoot. Maar deze drie dagen voor kerst zat hij vast bij zijn schoondochter in de staat Washington.

'Tachtig centimeter sneeuw!' riep hij uit. 'Het verkeer ligt plat, wegen zijn versperd, zelfs de wifi heeft het begeven. Resultaat: ik verveel me dood.'

'Pak een goed boek,' waagde Gaspard om het gesprek gaande te houden.

'Ik heb niets bij me en mijn schoondochter leest alleen maar flutjes: niets, niets en nog eens niets! Maar ik heb niet goed begrepen wie u bent. Iemand van het pensioenfonds van Key Biscayne, toch?'

'Niet echt,' antwoordde de toneelschrijver. 'Kent u ene Sean Lorenz?'

'Nooit van gehoord. Wie is dat?'

De oude man benadrukte elke zin die hij sprak met een duidelijk klakken van zijn tong.

'Een beroemde schilder. Hij heeft ongeveer een jaar geleden geprobeerd met u in contact te komen.'

'Dat zou kunnen, maar op mijn leeftijd onthoud ik alles niet meer zo goed. Wat wilde die Picasso van me?'

'Dat wilde ik nou juist graag weten.'

Weer klakgeluiden. 'Misschien ging het hem niet om mij.'

'Dat begrijp ik niet.'

'Toen ik dit telefoonnummer kreeg, ben ik enkele maanden lang gebeld door mensen die de vorige eigenaar ervan wilden spreken.'

Gaspard voelde een rilling door zich heen gaan. Misschien had hij een spoor. 'Echt? Hoe heette hij?'

Hij kon bijna horen hoe Eastman aan de andere kant van de lijn over zijn hoofd krabde. 'Ik weet het niet meer precies, het is allemaal zo lang geleden. Ik geloof dat die vent dezelfde naam had als een sportman.'

'Een sportman, dat is nogal vaag.'

Het draadje naar de herinneringen van de oude man was dun en gespannen. Hij mocht het niet laten breken.

'Doet u alstublieft uw best.'

'Het ligt op het puntje van mijn tong. Een atleet, geloof ik. Ja, een hoogspringer die aan de Olympische Spelen heeft meegedaan.'

Gaspard zocht moeizaam in zijn eigen herinneringen. Sport was nou niet bepaald iets wat hem interesseerde. De laatste keer dat hij op televisie naar de Olympische Spelen had gekeken, zaten Mitterrand en Reagan nog in het zadel, scoorde Platini voor Juventus en stond *Frankie Goes to Hollywood* op nummer 1 in de top 50. Voor de vorm probeerde hij enkele namen.

'Serguei Bubka, Thierry Vigneron...'

'Nee, geen polsstokspringers. Hoogspringers.'

'Dick Fosburry?'

De ander speelde mee. 'Nee, een latino, een Cubaan.'

Een flits: 'Javier Sotomayor!'

'Ja, dat is hem. Sotomayor.'

Adriano Sotomayor. Enkele dagen voor zijn dood, toen hij ervan overtuigd was dat zijn zoon nog leefde, had Sean de hulp ingeroepen van zijn oude vriend van de Vuurwerkmakers die politieagent was geworden.

Er was in New York dus iemand die hem kon helpen. Iemand die misschien het onderzoek naar de dood van Julian had heropend. Iemand die misschien nieuwe informatie had.

Terwijl Gaspard stond te bellen, keek Karen Lieberman door het raam van haar kantoor toe. Toen ze een vreemd pluchen hondje half uit zijn zak zag hangen, begreep ze dat de Gaspard Coutances die zij had gekend niet meer bestond.

Vrijdag 23 december

13
Madrid

De duivel volgt mij dag en nacht omdat hij vreest alleen te zijn.
Francis Picabia

1

Madrid. Acht uur.

Madeline werd wakker van de wekker in haar telefoon. Het kostte haar moeite overeind te komen. *Rotnacht.* Alweer. Tot vijf uur 's morgens had ze geen oog dichtgedaan, tot ze plotseling door slaap overmand in een diepe afgrond was gezonken, waaruit ze nu moeizaam met geweld werd teruggehaald.

Ze trok het gordijn open en zag opgelucht dat het niet meer regende. Ze ging naar buiten en haalde diep adem op het balkon. De lucht was grauw, maar in het daglicht zag Chueca er enigszins vrolijker uit. Ze wreef in haar ogen en gaapte lang. Ze zou alles over hebben gehad voor een dubbele espresso, maar voor de punctie moest ze nuchter zijn. Onder de douche waste ze zich uitgebreid met antiseptische zeep en probeerde overal aan te denken, behalve aan de anesthesie. Ze trok eenvoudige kleding aan: ondoorzichtige panty, spijkerhemd, wollen jurk en laklaarzen. De voorschriften waren duidelijk: geen parfum, geen make-up en je precies op tijd in het ziekenhuis melden.

Toen ze de trap af liep naar de hal van het hotel zette ze een hoofdtelefoon op en programmeerde een toepasselijke playlist: *Hongaarse melodie* van Schubert, *Concert voor fluit en harp* van Mozart, *Pianosonate nr. 28* van Beethoven. Een rustgevende en meeslepende muziekkeuze, waarop ze leek te zweven toen ze verder liep. Het ziekenhuis lag niet ver van het hotel en de route stond aangegeven: naar Plaza Alonzo-Martínez, ruim een kilometer doorlopen over Calle Fernando el Santo, dan de tuinen van La Castellana doorsteken. De vruchtbaarheidskliniek – een klein, modern gebouw dat werd afgeschermd door matglazen panelen – lag in een zijstraat.

Onderweg had Madeline een sms naar Louisa gestuurd, om haar te laten weten dat ze er elk moment kon zijn. De jonge verpleegster kwam haar in de hal tegemoet. Ze begroetten elkaar hartelijk en wisselden nieuwtjes uit, waarna ze Madeline geruststelde. Louisa stelde haar voor aan de anesthesist en de arts, die er ruimschoots de tijd voor nam haar nog eens de procedure van het uitnemen van haar eicellen nauwkeurig uit te leggen. Dat zou worden gedaan met een lange naald die tot aan de eierstokken zou worden ingebracht, waarna hij naar binnen zou worden geleid om er de eicellen uit te verwijderen.

'Maar het is volkomen pijnloos,' verzekerde hij haar. 'U zult de hele tijd slapen.'

Half gerustgesteld liet Madeline zich naar een kamer brengen waarin een ziekenhuisbed op wielen stond, waarop de patiënten hun operatie afwachtten. Toen de verpleegster was weggegaan, borg Madeline haar tas en haar telefoon in een kleine kluis met een code op, die hiervoor bedoeld was. Toen kleedde ze zich uit en trok het standaardtenue aan: operatiehemd, haarkapje, pantoffels. Naakt onder de papieren hes voelde ze zich ineens kwetsbaar en plotseling begon ze zich ongerust te maken.

Was het maar achter de rug...

Eindelijk ging de deur open, maar het gezicht dat in de deuropening verscheen was niet dat van Louisa of een arts. Het was dat van die duivelse Gaspard Coutances!

'Wat doe jij in godsnaam hier? Hoe ben je binnengekomen?'

Hij antwoordde in het Spaans: '*Porque tengo buena cara. Y he dicho que yo era tu marido.*' Omdat ik er goed uitzie. En ik heb gezegd dat ik je echtgenoot ben.

'Ik dacht dat je niet kon liegen...'

'Sinds ik jou ken, heb ik veel geleerd.'

'Maak onmiddellijk dat je wegkomt!' zei ze, en ze ging op het bed zitten. 'Anders gooi ik je er zelf uit.'

'Rustig maar. Ik heb nieuws en omdat ik dat met je wil bespreken, ben ik vanmorgen in het eerste vliegtuig gestapt.'

'Nieuws waarover?'

'Dat weet je heel goed.'

'Donder op!'

Alsof hij het niet had gehoord, ging hij op de stoel naast haar zitten, zette de flessen water weg van een rijdend plateau dat bij het bed stond en gebruikte het als bureaublad voor zijn spullen. 'Ken je Stockhausen?' begon hij.

'Nee. Donder op. Ik wil niet met je praten. Bovendien stink je naar lavendel. En waar heb je je bril gelaten?'

'Heb ik niet nodig. Stockhausen zou de Amerikaanse cardioloog van Sean zijn. De naam die in de agenda wordt genoemd die je aan Benedick hebt teruggegeven.'

Het duurde even voordat het tot Madeline was doorgedrongen.

'De arts met wie Sean op de dag van zijn dood een afspraak had?'

'Inderdaad,' antwoordde Gaspard. 'Maar die man bestaat helemaal niet. Erger nog, er is helemaal geen cardioloog in New York die Stockhausen heet.'

Om zijn woorden kracht bij te zetten, haalde hij een stapel vellen papier uit zijn rugzak, waarop hij de resultaten van zijn zoektocht door de Amerikaanse gouden gidsen had geprint. 'Ik heb de hele staat doorzocht: niets. Vanuit medisch oogpunt klopt het trouwens ook niet. Lorenz werd in het Bichat-ziekenhuis door een van de beste cardiologische teams van Europa behandeld. Wat had hij er voor belang bij naar een arts in New York te gaan?'

'En wat voor belang heb jij erbij me hier te komen lastigvallen?'

Hij hief sussend zijn hand op. 'Luister nou alsjeblieft, Madeline.'

'Wat word je amicaal.'

'Ik heb het huis van top tot teen doorzocht. In het kantoor van Sean heb ik tientallen artikelen gevonden die hij had uitgeprint. De meeste waren persberichten over het onderzoek naar de dood van zijn zoon, maar daartussen zat ook dit.'

Hij gaf haar enkele aan elkaar geniete vellen papier. Het was een groot dossier van *The New York Times Magazine* over beroemde cold cases: de dood van Natalie Wood, de Vijf van Central Park, de zaak-Chandra Levy, die van de ontvoeringen in Cleveland, enzovoort. Madeline stopte bij een vel dat was gemarkeerd met een Post-it-velletje, waarop ze een foto van... zichzelf zag. Ze wreef in haar ogen. Ze was dit artikel over de zaak-Alice Dixon bijna vergeten. Het meisje dat ze drie jaar na haar verdwijning onder erbarmelijke omstandigheden had teruggevonden. Het was haar moeilijkste en pijnlijkste onderzoek geweest, een onderzoek waaraan ze bijna onderdoor was gegaan, maar ook het onderzoek met de meest bevredigende afloop. Een van de gelukkige momenten in haar leven. Een leven dat vreselijk ver weg leek.

'Had Lorenz dit artikel thuis liggen?'

'Zoals je ziet. Hij heeft zelfs enkele passages gemarkeerd.'

Zwijgend las ze de regels die met een marker waren uitgelicht:

[...] het was aan Madeline Greene te danken, een koppige agente van de recherche van Manchester [...] geeft het nooit op [...] haar inspanningen leveren uiteindelijk altijd resultaat op [...] de jonge Engelse werkt nu tussen

Upper East Side en Harlem op het kantoor van de NYPD Cold Case Squad, vlak bij het Mount Sinaï-ziekenhuis.

Dat Lorenz dit artikel had gehad, verbaasde Madeline, maar ze gaf het zwijgend aan Gaspard terug.

'Heb je daar niets op te zeggen?'

'Wat dacht je dan?'

'Nou, dat is toch logisch: Lorenz was niet in New York om een arts te bezoeken, hij was in Manhattan om jóú te spreken!'

Ze raakte geïrriteerd. 'Alleen omdat hij thuis een oud artikel over mij had? Je laat je ook door niets tegenhouden, Coutances. Hoor eens, zo is het genoeg, ik ben nu even met mezelf bezig.'

Maar Gaspard wilde het niet opgeven. Op het tafeltje vouwde hij de plattegrond van Manhattan uit, waarop hij de vorige avond enkele notities had gemaakt, en hij wees met zijn pen een kruis aan. 'Hier is Sean Lorenz overleden, midden op straat, op de kruising van 103rd en Madison.'

'Nou en?'

'Waar was het kantoor waar je indertijd werkte?'

Zonder iets te zeggen keek ze naar de kaart.

'Hier,' wees hij. 'Een blok huizen even verderop. Dat kan geen toeval zijn.'

Madeline zweeg. Gaspard bekeek de kaart met toegeknepen ogen. Coutances speelde net zijn laatste troef uit toen een ziekenbroeder de kamer binnenkwam.

'Mevrouw Greene?'

'Dit is de laatste telefoonrekening van Sean,' zei Gaspard, kennelijk zonder de ziekenbroeder op te merken, en hij zwaaide met twee vastgeniete velletjes papier. 'Hierop staat een gedetailleerde lijst met de telefoongesprekken van Lorenz. Wil je weten welk nummer hij als laatste heeft gebeld voordat hij uit Frankrijk vertrok?'

'Mevrouw Greene, we kunnen gaan,' drong de ziekenbroeder aan, en hij trok de bedranden omhoog.

Madeline knikte en deed of ze Coutances negeerde.

'Dat was 212-452-0660. Zegt dat nummer je niets, Madeline? Ik zal je geheugen opfrissen,' riep hij haar na toen de ziekenbroeder het bed de kamer uit reed. 'Het is het nummer van de NYPD Cold Case Squad. Het kantoor waar je indertijd werkte.'

Madeline was de kamer al uit, maar Coutances ging door: 'Of je het wilt of niet, een uur voor zijn dood was Sean in New York om je iets te vertellen. Jou. Jóú!'

2

De naald drong de ader van Madeline in en liet de verdovingsvloeistof naar binnen vloeien. Ze lag languit op de behandeltafel en even voelde ze zich alsof ze door een ijskoude vloed werd overspoeld. Toen verdween het onaangename gevoel. Haar oogleden werden zwaar, de stem van de arts werd vager. Ze haalde diep adem en liet zich toen gaan. Vlak voordat ze wegzakte, dacht ze het gezicht van een man te zien. Een ernstig, getekend gezicht met vermoeide ogen. Het gezicht van Sean Lorenz. Zijn koortsachtige blik leek haar te smeken: *Help me.*

3

Elf uur. De tapasbar was net open. Gaspard ging aan de bar zitten, zette zijn tas op een kruk naast zich neer en bestelde een cappuccino. Eerst nam hij twee pillen om de pijn te verzachten in zijn vingers en handen. Vervolgens stuurde hij Madeline een sms om haar te vragen naar hem toe te komen wanneer ze klaar was.

'Uw koffie, meneer.'

'Dank u wel.'

De barman was allesbehalve mager. Hij had een stevige, kale kop en een bijbehorende baard. Zijn bierbuik werd omspannen door een kleurig T-shirt waarop de poster van de film *Atame!* stond, een oude van Almodóvar met Antonio Banderas en Victoria Abril.

'Kunt u me misschien helpen?'

'Waarmee kan ik u van dienst zijn?' vroeg de barman.

Enigszins verlegen pakte Gaspard zijn telefoon en legde uit dat hij niet goed overweg kon met de moderne technieken. 'Sinds ik in Spanje ben, lukt het me niet internet op te komen.'

De barman krabde aan de pluk haar die boven zijn T-shirt uit kwam en gaf een antwoord met daarin de woorden 'vast bedrag, operator, abonnement, telefoongegevens buitenland'.

Gaspard knikte zonder er iets van te begrijpen, maar de barman was zeer voorkomend. Toen hij zijn verwarring zag, stelde hij hem voor verbinding voor hem te maken met de wifi van zijn bar. Opgelucht gaf Gaspard hem zijn toestel, om het dertig seconden later terug te krijgen.

Meteen legde hij zijn schrift en papieren op de bar en herlas de aantekeningen die hij die ochtend in het vliegtuig had gemaakt. Volgens het kader in het artikel in *Art in America* werkte Adriano Sotomayor in het 25th *precinct*, het bureau in het noorden van Harlem. Gaspard zocht het nummer op via Google. Hij keek op zijn horloge: vijf uur 's morgens in New York. Een beetje vroeg om te bellen. Aan de andere kant was een politiebureau vierentwintig uur per dag open. Hij waagde het erop en moest eerst het eindeloze geklets doorstaan dat zo typerend was voor het grootste deel van de telefoondiensten, voordat hij een telefoniste kreeg die van hem af probeerde te komen door hem te vragen tijdens de algemene openingsuren terug te bellen. Gaspard drong zo hard aan, dat ze hem doorverbond met een ander toestel.

'Ik zou graag willen weten of agent Sotomayor hier nog werkt,' vroeg hij aan de man.

Weer kreeg hij op schoolmeesterachtige toon nul op het rekest. 'Dit soort informatie geven we niet over de telefoon.'

Gaspard verzon een verhaal en zei dat hij in Europa woonde en dat hij slechts enkele dagen op doorreis in New York was en alleen wilde weten of hij langs kon komen om agent Sotomayor, met wie hij op school had gezeten, goedendag te zeggen en...

'Dit is een politiebureau, meneer, geen vriendenclub van oud-leerlingen van de Bradley School.'

'Dat begrijp ik, maar...'

Gaspard vloekte toen hij merkte dat er was opgehangen. Maar hij probeerde het evengoed opnieuw. Dezelfde keuzemenu's. Dezelfde telefoniste, hetzelfde overleg met haar meerdere. Deze keer ontbrak het er nog aan dat de man hem uitschold, maar Gaspard speelde het spelletje niet met hem mee. Omdat hij zijn naam en adres had achtergelaten, begon de agent te dreigen dat ze hem zouden vervolgen als hij de lijn nog langer bezet zou houden. Maar toen, ten einde raad, om van hem af te zijn, besloot de wachtdoende agent hem te laten weten dat agent Sotomayor inderdaad op het 25th precinct werkte en hij deze week inderdaad dienst had.

Met een glimlach op zijn lippen verbrak Gaspard de verbinding. Om deze kleine overwinning te vieren, bestelde hij nog een cappuccino.

4

Toen Madeline haar ogen opende, was het een halfuur later. Toch leek het of ze een eeuwigheid had geslapen.

'Het is al klaar,' zei een stem.

Ze kwam langzaam bij. Om haar heen werden de kleuren al duidelijker, de vormen scherper en de gezichten minder wazig.

'Alles gaat goed,' verzekerde Louisa haar.

De arts was al vertrokken, maar het vriendelijke gezicht van de verpleegster glimlachte haar toe. 'We hebben achttien eicellen kunnen afnemen,' zei ze, terwijl ze Madelines voorhoofd depte.

‘En wat gebeurt er nu?’ vroeg Madeline, terwijl ze probeerde overeind te komen.

‘Blijf liggen,’ zei Louisa.

Met een collega rolde ze het bed met de patiënt weg uit de operatiezaal naar een uitslaapkamer.

‘Je weet wat er nu verder gebeurt. We gaan de eicellen scheiden en de rijpste bevruchten. Over drie dagen zetten we twee pre-embryo’s terug. Eerst blijf je tot vanmiddag rustig hier bij ons liggen.’

‘En dan?’

‘In afwachting van het terugplaatsen wacht je in het hotel met een goed boek of het laatste seizoen van *Game of Thrones*. Maar blijf af van de zakjes chips in de minibar, begrepen?’

‘Hoezo?’

‘Je moet voorzichtig zijn met wat je eet. Geen zout, niet te veel vet. Kortom, vergeet alles wat je lekker vindt. Maar je moet vooral uitrusten!’

Madeline zuchtte als een puber. Louisa bracht haar meteen door naar de kamer waar haar spullen lagen.

‘Ik heb erge pijn,’ klaagde ze, en ze wees naar haar buik.

Vol medelijden glimlachte Louisa. ‘Ik weet het, schat, dat is normaal. Maar de Tramadol kan elk moment gaan werken.’

‘Mag ik me aankleden?’

‘Natuurlijk. Weet je de code van je kluis nog?’

De verpleegster gaf haar haar kleren, haar tas en haar telefoon, die ze op een stoel naast het bed legde. Toen Madeline het haarkapje afdeed en haar operatiehemd uittrok, raadde Louisa haar opnieuw aan uit te rusten. ‘Ik breng je straks iets te eten, maar ga nu slapen.’

Toen de Spaanse vrouw een halfuur later terugkwam met een blad met eten in haar handen, was haar patiënt verdwenen.

5

‘Je weet van geen ophouden, Coutances! Je bent net dat konijn van Duracel: je slaat als een gek op je trommel, zonder er rekening mee te houden dat je het leven van anderen verstoort.’

Madeline was zo-even lijkbleek de tapasbar in Calle de Ayala binnengekomen.

‘Is je operatie goed gegaan?’ probeerde Gaspard voorzichtig.

‘Wat interesseert het jou of het goed is afgelopen! Je bent helemaal naar Madrid gekomen om me op mijn zwakste moment lastig te vallen, me te belagen, me...’

Ze was nog maar aan het begin van de verbitterde toespraak waarmee ze hem had willen bestoken, toen ze het zweet van haar voorhoofd voelde stromen en haar benen het leken te begeven. Ze moest iets eten, anders zou ze flauwvallen.

Ze had zelfs de kracht niet meer om op een kruk te klimmen. Ze bestelde thee en kroop achter in de bar weg in een van de fauteuils bij een raam.

Gaspard kwam met een kistje van gelakt hout naar haar toe. Een bentodoosje met een Iberische twist: *tortilla española*, gemarineerde inktvis, *pata negra*, *croquetas*, calamares, ansjovis in azijn...

'Je ziet er niet erg fit uit, als ik het zeggen mag. Eet iets.'

'Ik wil niets van jou!'

Hij negeerde haar uitval en ging tegenover haar zitten. 'Ik ben in elk geval blij te zien dat je anders over Lorenz bent gaan denken.'

'Ik ben nergens anders over gaan denken,' antwoordde ze koel. 'Tussen alles wat je hebt gezegd, hoor ik eigenlijk niets nieuws.'

'Dat meen je niet.'

Ze ging alle punten af. 'Lorenz heeft onderzoek naar me gedaan, nou en? Hij wilde ongetwijfeld dat ik hem zou helpen zijn zoon terug te vinden. Nou en? Misschien is hij zelfs naar New York gekomen om me te spreken. Nou en?'

'Nou en?' herhaalde Gaspard perplex.

'Ik bedoel: wat verandert dat nou in feite aan de zaak? Lorenz was ziek, gebroken door zijn verdriet, volgespoten met dopamine. Hij zou zich aan elke strohalm hebben vastgeklampt en dit verhaal, waaraan kop noch staart zit, was hem naar het hoofd gestegen, een man die meer dood dan levend was. Wat denk je nou, Coutances?'

'Nee, hou daarmee op! Ik heb er genoeg van dat iedereen Lorenz voor iemand laat doorgaan die hij niet was. Hij was niet verslaafd aan drugs, hij was geen fanaticus, hij was een intelligente man die van zijn zoon hield en...'

Ze keek hem minachtend aan. 'Arme jongen, zie je dan niet dat je jezelf spiegelt aan Lorenz? Je kleedt je zoals hij, je gebruikt zijn parfum, je praat zoals hij.'

'Niemand heeft me ooit "arme jongen" genoemd.'

'Voor alles is een eerste keer. Geef in elk geval toe dat je je hebt laten meeslepen door zijn waanzin.'

Coutances bleef ontkennen. 'Ik wil gewoon zijn onderzoek heropenen en zijn zoon vinden.'

Madeline vloog hem bijna naar de keel. 'Maar zijn zoon is dóód, verdomme! Vermoord onder de ogen van zijn moeder. Dat heeft Pénélope je bezworen.'

'Ja,' beaamde hij, 'ze heeft me háár waarheid verteld.'

'Háár waarheid, dé waarheid, wat is het verschil?'

Weer opende hij zijn tas om er zijn schrift, zijn aantekeningen en zijn 'archief' uit te halen. 'In de *Vanity Fair* van april 2015 staat een redelijk gedetailleerd artikel over het onderzoek naar de ontvoering van Julian.'

Hij gaf een fotokopie van het artikel aan Madeline. De kern van het verhaal waren de overeenkomsten tussen de ontvoering van de zoon van Sean en die van de zoon van Charles Lindbergh in 1934.

'Ik heb genoeg van je krantenknipsels, Coutances.'

'Maar toch, als je de moeite zou nemen dit stuk te lezen, zul je zien dat de redactrice aan het einde de voorwerpen opsomt die de onderzoekers in het schuilhol van Beatriz Muñoz hebben gevonden.'

Met tegenzin bekeek Madeline de onderstreepte passage: *een gereedschapskist, twee jachtmessen, een rol zelfklevend isolatieband, prikkeldraad, het hoofd van een babypop van het merk Harzell [...]*

'Wat zit je dwars? Dat kinderspeelgoed?'

'Precies, maar dat was geen speelgoed van Julian. Pénélope heeft het alleen over een pluchen knuffelhond gehad, die lijkt op deze.'

Als een verrassing haalde hij de knuffel met een met chocola besmeurde neus uit zijn tas.

Madeline deinsde achteruit in haar stoel. 'Misschien had dat joch twee stukken speelgoed bij zich.'

'Meestal mag een kind van zijn ouders maar één stuk speelgoed meenemen als ze gaan wandelen.'

'Misschien. Maar wat verandert dat aan de zaak?'

'Ik heb het onderzocht,' zei hij, en hij trok tussen zijn papieren een kopie van een speelgoedcatalogus vandaan die hij in kleur had uitgeprint.

'Voor iemand die niets van internet wist, heb je wel een flinke vooruitgang geboekt...'

'De poppen van het merk Harzell hebben iets bijzonders: sommige zijn heel groot en lijken sterk op echte kinderen.'

Madeline bekeek de foto's in de catalogus en vond ze nogal ziekelijk: poppen van rubber die wat betreft hun grootte en de exacte trekken van hun gezicht opvallend echt leken. Dit had niets meer te maken met de plastic poppen uit haar jeugd.

'Waarom laat je me dit zien? Wat wil je in vredesnaam duidelijk maken?'

'Beatriz Muñoz heeft niet Julian neergestoken, maar gewoon een pop die ze de kleren van de jongen had aangetrokken.'

6

Madeline keek hem verbijsterd aan. 'Je bent niet goed wijs, Coutances.'

Kalm en zelfverzekerd legde Gaspard verder uit: 'Muñoz is nooit van plan geweest Julian te doden. Ze wilde het echtpaar Lorenz kwaad doen. Haar haat als miskende, verraden geliefde was tegen Sean en Pénélope gericht, niet tegen een onschuldig kind. Ze heeft Pénélope verminkt om haar te laten boeten voor haar onbeschaamde schoonheid. Ze heeft Julian ontvoerd om Sean te treffen, en ze heeft hem verminkt om Pénélope in haar hart te raken, maar ik ben er vrijwel zeker van dat ze hem niet heeft vermoord.'

'Dus volgens jou heeft ze slechts een afgrijselijk toneelstukje opgevoerd: een pop voor de ogen van de moeder neersteken?'

'Ja, het toppunt van psychische wreedheid.'

'Dat is absurd. Pénélope zou het verschil zien tussen haar zoon en een pop.'

'Misschien niet. Weet je nog hoe gewelddadig ze was behandeld? Ze was extreem hard geschopt, haar gezicht was beschadigd, ze had gebroken ribben, een gebroken neus, bloedende wonden in haar borst... Bloed en tranen in haar ogen. Hoe helder ben je dan nog? Hoe scherpzinnig kun je nog zijn wanneer je uren lang vastgebonden hebt gezeten en de ijzeren punten van het prikkeldraad in je vlees steken? Hoe kun je nog nadenken wanneer je in je eigen urine en ontlasting zit en leegbloedt? En het ergste van alles: wanneer je gedwongen bent geweest een vinger van je kind af te snijden?'

Voor de vorm ging Madeline akkoord met zijn tegenwerpingen. 'Stel nou heel even dat Pénélope niet helder kon denken en dat ze haar diepste angsten op de gebeurtenissen projecteerde en geloofde in die macabere enscenering. Waarom was het kind dan niet meer in de schuilplaats van de Chileense toen de politie er binnenviel? En vooral: waarom hebben ze de knuffel met het bloed van de jongen op de oever van Newtown Creek gevonden?'

'Dat bloed is eenvoudig te verklaren. Vergeet niet dat ze een vinger van hem had afgesneden. Voor de rest...'

Gaspard pakte het artikel weer waarin het politieverslag stond. 'Als ik moet geloven wat hier staat, heeft een bewakingscamera Muñoz om 15.26 uur op het station van Harlem-125th Street teruggevonden, vlak voordat ze op de rails van de binnenkomende trein sprong. Tussen 12.30

uur – de laatste keer dat Pénélope haar zoon in leven heeft gezien – en 15.26 uur heeft Muñoz met het kind kunnen doen wat ze wilde. Het ergens anders opsluiten, het aan iemand geven. Daarom moeten we hem vinden.'

Madeline keek Coutances zwijgend aan. Ze werd doodmoe van de toneelschrijver met zijn onzinnige theorieën. Ze wreef in haar ogen en prikte met een vork een hamkroketje uit de bento.

Gaspard liet zich niet uit het veld slaan en ging verder met zijn betoog. 'Je bent niet de enige politieagent die Lorenz wilde spreken. Onlangs kwam Sean een oude vriend tegen, Adriano Sotomayor.'

Gaspard bladerde door zijn schrift tot hij de foto van de latino vond, in het uniform van de NYPD, die hij uit de *American Art* had geknipt en naast een jeugdfoto van het derde lid van de Vuurwerkmakers had opgeplakt.

Geërgerd bespotte Madeline hem. 'Wat denk je wel? Dat je zo een politieonderzoek leidt? Door gewoon wat kranten door te lezen en wat knip-en-plakwerk te doen? Dat lijkt wel een schoolschrift van een kind.'

Gaspard nam er geen aanstoot aan en pareerde meteen: 'Ik ben inderdaad geen politieman en ik weet ongetwijfeld niet hoe je een onderzoek moet uitvoeren. Daarom wil ik dat je me helpt.'

'Maar alles waarmee je komt is volledig uit de lucht gegrepen!'

'Nee, Madeline, dat is niet waar. Dat weet je zelf ook wel. Doe niet zo oneerlijk. Lorenz werd misschien verteerd door verdriet, maar hij was niet gek. Als hij naar New York is gegaan om jou te spreken, was dat omdat hij een nieuw spoor had ontdekt. In elk geval iets concreets.'

Stilte. Toen een zucht. 'Waarom heb ik toch je weg gekruist, Coutances? Waarom kom je me er zelfs hier mee lastigvallen? Dit is echt niet het juiste moment, verdomme...'

'Kom mee naar New York. Daar zijn alle antwoorden te vinden. We vragen Sotomayor om hulp en heropenen ter plekke het onderzoek. Ik wil weten wat Sean Lorenz heeft ontdekt. Ik wil weten waarom hij je wilde spreken.'

Ze probeerde het af te houden. 'Ga maar alleen. Je hebt mij niet nodig.'

'Twee minuten geleden zei je nog het tegenovergestelde. Jij bent een geharde smeris, jij kent de stad, je hebt vast en zeker nog wel contacten bij de NYPD of de FBI.'

Madeline nam een slok thee en zag dat ze de plastic patiëntenarmband uit het ziekenhuis nog om had. Ze maakte hem los en zwaaide ermee voor Gaspards gezicht om hem tot rede te brengen. 'Gaspard, je ziet dat mijn leven een andere wending heeft genomen. Ik ben net in het ziekenhuis behandeld, heel binnenkort moet ik terug. Ik wil een gezin stichten...'

De toneelschrijver legde zijn telefoon op tafel. Op het scherm stond een mail van Karen Lieberman waarin een reservering voor twee personen van een vlucht van Iberia van vandaag werd bevestigd. Vertrek uit Madrid om 12.45 uur, aankomst op JFK om 15.15 uur.

'Als we meteen vertrekken, kunnen we het nog halen. Je bent voor 26 december terug, net op tijd voor je tweede behandeling.' Madeline schudde haar hoofd. Gaspard hield vol. 'Niets houdt je tegen om met me mee te gaan. Je hebt toch twee dagen niets te doen. Zelfs in Madrid is met kerst alles gesloten.'

'Ik moet uitrusten.'

'In hemelsnaam, je denkt alleen maar aan je eigen kleine persoontje!'

Dat was het toppunt. Madeline smeet het blad met de bento naar zijn gezicht. Gaspard kon net op tijd wegduiken om het projectiel te ontwijken, dat achter hem op de tegelvloer viel. 'Voor jou is het allemaal een spelletje,' barstte ze uit. 'Het vrolijkt je leventje op, alsof je de held in een film kunt spelen. Maar ik heb tien jaar lang met dat soort zaken te maken gehad. Dat was alles wat ik in mijn leven had. En ik zal je zeggen: het leidt tot de afgrond. Bij elk onderzoek verlies je een stukje van je gezondheid, je plezier in het leven, je zorgeloosheid. Tot het moment dat er niets meer van je over is. Hoor je me? Niets! Op een ochtend word je wakker en ben je kapot. Dat heb ik meegemaakt en dat wil ik niet nog een keer beleven.'

Gaspard liet haar uitpraten en pakte toen zijn spullen bij elkaar. 'Goed, ik begrijp je situatie. Ik zal je niet langer lastigvallen.'

De grote barman was grommend achter zijn toog vandaan gekomen. Gaspard gaf hem twee bankbiljetten om hem gerust te stellen. Toen liep hij naar de deur. Madeline keek hem na. Ze wist dat ze nog maar tien seconden hoefde te wachten en haar lijdensweg zou voorbij zijn. Toch kon ze zich niet inhouden en riep: 'Maar waarom doe je nou zo? Je hebt overal lak aan, je houdt niet van mensen, je houdt niet van het leven. Waarom maak je je zo druk om deze zaak?'

Coutances kwam terug en legde een foto op tafel. Een foto van Julian op een glijbaan die op een winterse middag op Square des Missions Étrangères was genomen. Het was gewoon een kind, ingepakt in een sjaal, met fonkelende ogen, een dromer, een brede glimlach op zijn lippen. Mooi als de zon, vrij als de wind.

Madeline weigerde zich door de foto te laten overhalen. 'Denk je soms dat je me een schuldgevoel kunt bezorgen met die vuile truc?'

Toch liep er een traan over haar gezicht. Het gebrek aan slaap, vermoeidheid, ze was aan het eind van haar Latijn.

Voorzichtig pakte Gaspard haar bij haar arm. In zijn woorden klonk zowel een vermaning als een smekend verzoek. 'Ik weet wat je denkt. Ik weet dat je er zeker van bent dat Julian dood is, maar help me dan alleen mij daar ook van te overtuigen. Ik vraag je twee dagen aan het onderzoek mee te werken. Geen dag langer. En ik zweer je dat je op tijd terug in Madrid bent voor het vervolg van je behandeling.'

Madeline wreef met haar handen over haar gezicht en keek naar buiten. De lucht was opnieuw bewolkt en het was weer gaan regenen. Opnieuw had de treurnis alles verpest: de hemel, haar hart, haar hoofd. Diep in haarzelf had ze helemaal geen zin om alleen te blijven tijdens kerstnacht en dat verdomde kerstfeest, wanneer je juist vrolijk zou moeten zijn, samen met geliefden en familie. Coutances had in elk geval het voordeel dat hij zowel het kwaad als haar remedie was.

'Ik ga met je mee naar New York, Coutances,' zei ze uiteindelijk. 'Maar hoe het ook afloopt, na deze twee dagen wil ik je nóóit meer van mijn leven zien.'

'Dat beloof ik je,' antwoordde hij glimlachend.

14
Nueva York

Ik stap de taxi uit en dit is waarschijnlijk de enige stad die mooier is dan op de prentbriefkaarten.
Milos Forman

1

Gaspard kon weer ademhalen.

Verlamd door een polaire koudegolf lag New York glinsterend onder een stralende hemel. De troosteloosheid van Parijs en de grauwheid van Madrid leken ver weg. Zodra hun taxi de Triborough Bridge – de reusachtige stalen constructie die Queens, de Bronx en Manhattan met elkaar verbond – was gepasseerd, voelde Gaspard zich op bekend terrein. Hij, de man van het bos en de bergen, de bestrijder van bebouwingen, had zich hier desondanks altijd op zijn gemak gevoeld. Een stadsjungle, een woud van wolkenkrabbers, ravijnen van glas en staal; de slappe metaforen hadden een kern van waarheid. New York was een ecosysteem. Hier waren heuvels, meren, prairies, honderdduizenden bomen. Hier had je, voor wie het wilde zien, zeearenden, slechtvalken, sneeuwganzen en herten. Boomkruinen, meutes, braakliggend land, bijenkorven en wasberen. Hier bevroren de rivieren in de winter en in de herfst deed het licht het gebladerte opgloeien en zette het in vuur en vlam. Hier voelde je heel goed hoe onder de beschaving de wilde wereld nooit ver weg was. New York...

Gaspards voldoening stond in schril contrast met het slechte humeur van Madeline. Ze had de hele vlucht slechts zo nu en dan onrustig kunnen slapen en sinds ze waren geland, had ze Gaspard slechts met vage klanken antwoord gegeven. Haar gezicht was gesloten, kaken strak op elkaar, een ontwijkende blik. Piekerend vroeg ze zich nog steeds af hoe ze zich tot deze reis had kunnen laten overhalen.

Vanwege de magie van het tijdsverschil was het er pas halfvijf. De taxi had juist het snelwegknooppunt Triboro Plaza kunnen verlaten en reed Lexington op. Na de straat vijfhonderd meter te hebben gevolgd, kwamen ze aan bij het politiebureau van East Harlem, een kleine, ouderwetse bunker van smerige, gele baksteen aan 119th Street, naast de bovengrondse metro en een parkeerterrein in de openlucht. Omdat Gaspard en Madeline rechtstreeks van het vliegveld kwamen, stapten ze beiden met hun reistas in de hand de *yellow cab* uit.

Binnen in het bureau van het 25th precinct zag het er net zo uit als buiten: sfeerloos, dreigend en deprimerend. De afwezigheid van ramen versterkte nog de bedroevende staat van het gebouw. Na zijn gedenkwaardige telefoontje van de vorige dag had Gaspard zich op het ergste voorbereid: aansluiten in een lange rij wachtenden en verscheidene administratieve balies af moeten gaan voordat hij de kans zou krijgen Adriano Sotomayor te spreken te krijgen. Maar twee dagen voor kerst leek het bureau er verlaten bij te liggen, alsof de kou die de stad in zijn greep had de criminelen had ontmoedigd de deur uit te gaan. Achter een lessenaar van zwart ijzer zat een agente in uniform om de bezoekers te ontvangen. Een ware vetklomp die in een uniform was geperst. De wacht had het lichaam van een naaktslak, piepkleine armen en een paddenkop: een enorm, driehoekig gezicht, buitensporig grote mond, een grove, pokdalige huid. Misschien hadden ze haar hier neergezet om kinderen af te schrikken en hen ervan te weerhouden het verkeerde pad op te gaan.

Gaspard waagde het erop. 'Goedendag, we zouden graag agent Sotomayor willen spreken.'

Heel langzaam gaf het amfibie hun een formulier en maakte hun met een krassend geluid duidelijk dat ze hun identiteitsbewijzen moesten laten zien.

Madeline wist hoe het er op politiebureaus aan toeging. Ze had geen zin om haar tijd te verdoen en duwde Gaspard opzij om de zaken zelf in de hand te nemen. 'Ik ben hoofdinspecteur Green,' zei ze en ze liet haar paspoort zien. 'Ik heb voor het NYPD Cold Case Squad op 103rd Street gewerkt. Ik kom alleen een collega bezoeken. Daar zijn al die paperassen niet voor nodig.'

De wacht keek haar even aan zonder te reageren. Ze had haar mond nog niet opengedaan en het leek alsof ze door haar dikke, kleffe, vochtige huid heen ademhaalde. 'Een ogenblik,' zei ze ten slotte met een fluisterstem, en ze pakte haar telefoon.

Met een knik van haar hoofd wees ze naar een rij zwarte, houten banken die bij de ingang stonden. Madeline en Gaspard gingen zitten, maar het stonk er naar bleekwater en ze zaten op de tocht. Geïrriteerd zocht Madeline beschutting bij een drankautomaat. Ze aarzelde of ze koffie zou nemen, maar toen besefte ze dat ze op het vliegveld geen tijd had gehad om euro's in dollars om te wisselen.

Verdomme!

Kwaad en prikkelbaar balde ze haar vuist om ermee op het apparaat te slaan. Gaspard kon haar nog net op tijd tegenhouden. 'Kun je er niet meer tegen? Beheers je, of...'

'Goedendag, wat kan ik voor u doen?'

2

Ze draaiden zich om in de richting van de stem die hen aansprak. In het fletse licht van het politiebureau stond een jonge latina in politie-uniform. Een stralend gezicht en gitzwart, opgestoken haar. Haar jeugd, haar fijn getekende gezicht, haar licht opgemaakte huid en haar innemende glimlach maakten van haar een soort incarnatie van charme. Volstrekt het tegenovergestelde van de wacht. Als om een ongelijke stand van zaken goed te maken, moest kennelijk de perfectie van sommigen ongedaan worden gemaakt door de lelijkheid van anderen.

Madeline stelde zich voor en legde uit wat haar functie was geweest. 'We willen graag agent Sotomayor spreken,' zei ze.

De agente knikte. 'Dat ben ik. Ik ben Lucia Sotomayor.'

Gaspard fronste zijn voorhoofd. Aan zijn wezenloze blik zag de agente kennelijk dat er een vergissing in het spel was. 'Ah, u bedoelt zeker Adriano?'

'Inderdaad.'

'We zijn naamgenoten. Het is niet de eerste keer dat er verwarring optreedt. Zelfs toen hij hier werkte, dachten de mensen soms dat hij mijn oudere broer of een neef was.'

Madeline keek Coutances met een verbolgen blik aan. *Je kon zelfs dit niet behoorlijk controleren.* Hij spreidde zijn armen in een verontschuldigend gebaar. Door de telefoon had hij natuurlijk Engels gesproken en het gewoon over 'agent Sotomayor' gehad, en niemand had hem uit de droom geholpen.

'Waar werkt Adriano nu?' vroeg hij om zijn blunder goed te maken.

De agente sloeg een kort kruisteken. 'Nergens, helaas. Hij is dood.'

Weer wisselden ze een blik. Zuchten. Ongeloof. Ontsteltenis.

'En wanneer is hij overleden?'

'Nog geen twee jaar geleden. Ik herinner het me nog, want het was op Valentijsdag.'

Lucia keek op haar horloge en stopte twee kwartjes in de automaat om thee te kopen. 'Wilt u iets hebben?'

De jonge agente was even voorkomend als ze eruitzag: elegant en innemend. Madeline nam koffie.

'De dood van Adriano was een grote klap,' vervolgde ze, terwijl ze een bekertje aan Madeline gaf. 'Iedereen hier mocht hem graag. Hij had een voorbeeldige loopbaan achter de rug, zoals het *Department* dat graag zag.'

'En dat betekent?' vroeg Gaspard.

Ze blies in haar bekertje thee.

'Laten we zeggen: een prestatiegerichte loopbaan. In zijn jeugd heeft Adriano in verscheidene pleeggezinnen gezeten. Op een gegeven moment neigde hij zelfs naar het criminele, voordat hij zijn leven beterde en bij de politie kwam.'

'Is hij tijdens zijn werk omgekomen?' vroeg Madeline.

'Niet echt. Hij is vlak bij zijn huis neergestoken toen hij twee jongeren uit elkaar wilde halen die bij een drankwinkel vochten.'

'Waar woonde hij?'

Ze wees naar de deur. 'Niet ver hiervandaan, op Bilberry Street.'

'Is de moordenaar opgepakt?'

'Nee, en dat vindt iedereen op het bureau vreselijk. Te weten dat de moordenaar die de keel van een agent heeft doorgesneden nog steeds vrij rondloopt, maakt ons gek.'

'Weten ze dan tenminste wie het is?'

'Niet dat ik weet. Het is echt een vreselijk drama. Vooral in onze wijk. Bratton, een vroegere hoofdcommissaris, was woedend. Dit geweld is volkomen uit de tijd, want tegenwoordig is dit deel van Harlem heel veilig.'

Lucia dronk haar thee alsof ze een shot wodka nam. 'Ik moet nu weer aan het werk. Het is jammer dat ik u zulk vreselijk nieuws heb moeten brengen.'

Ze gooide haar bekertje in de vuilnisbak en voegde er nog aan toe: 'Ik heb u zelfs niet gevraagd waarom u Adriano wilde spreken.'

'Vanwege een oud onderzoek,' antwoordde Madeline. 'De ontvoering van en de moord op de zoon van de schilder Sean Lorenz. Zegt dat u iets?'

'Vaag, maar ik geloof niet dat het in onze wijk was.'

Gaspard kwam tussenbeide. 'Adriano Sotomayor was een vriend van Lorenz. Heeft hij u nooit over die zaak verteld?'

'Nee, maar zo vreemd is dat niet, we zaten niet in dezelfde eenheid.'

Lucia keek Madeline aan en zei: 'En bij de ontvoering van kinderen neemt de FBI het meestal over, zoals u weet.'

3

De kou en de wind maakten haar ledematen volkomen gevoelloos, beten in haar gezicht en lieten bijna onmiddellijk elke vierkante centimeter onbedekte huid bevriezen. Op de stoep voor het politiebureau trok Madeline de sluiting van haar parka, die ze op het laatste moment in een winkel op het vliegveld van Madrid had gekocht, helemaal omhoog. Ingevette handen, balsem op haar lippen, een sjaal dubbel om haar nek gewikkeld. Het duurde niet lang voordat ze met een humeur om op te schieten plotseling in de aanval ging.

'Je bent een enorme sukkel, Coutances!'

Met zijn handen in zijn zakken verzuchtte Gaspard: 'En jij bent weer zoals altijd even aardig.'

Ze duwde de met bont afgezette capuchon over haar hoofd. 'We hebben zesduizend kilometer gereisd en nu staan we met lege handen.'

Hij probeerde de waarheid te vergoelijken. 'Nee, niet helemaal.'

'Dan hebben we zeker niet dezelfde film gezien.'

Hij opperde een hypothese: 'En als Sotomayor nou is vermoord omdat hij zich te veel voor de ontvoering van Julian interesseerde?'

Ze keek hem verbijsterd aan. 'Dat is absurd. Ik ga naar het hotel.'

'Nu al?'

'Ik word doodmoe van je,' zei ze zuchtend. 'Ik heb genoeg van je ingewikkelde theorieën. Ik ga slapen. Geef me dertig dollar.'

Ze liep de stoep over om een taxi aan te houden. Gaspard deed zijn portefeuille open en haalde er twee biljetten uit, terwijl hij volhield: 'Kun je me niet toch nog even helpen?'

'Ik zou niet weten hoe.'

'Nou, je kent vast nog wel wat mensen.'

Met een mengeling van woede en extreme gelatenheid keek ze hem met haar fonkelende ogen aan. 'Ik heb het je al eerder uitgelegd, Coutances: ik heb in Engeland aan zaken gewerkt. In New York speelde ik geen enkele rol op straat. Ik was een bureau-agent.'

Haar tanden klapperden. Ze rilde over haar hele lichaam en hupte van haar ene voet op de andere om te proberen een beetje warm te worden. De kou die Gaspard goeddeed, was voor haar een marteling.

Een Ford Escape met hoekige vormen stopte voor hen. Madeline vluchtte de taxi in zonder op haar metgezel te wachten en gaf de chauffeur snel het adres van het hotel. Met over elkaar geslagen armen kroop ze in elkaar, maar na enkele meters ging ze al tekeer tegen de chauffeur, een Indiër die er absoluut op stond met open raam te rijden. De sikh liet dat niet over zijn kant gaan en stak een tirade af die ruim vijf minuten duurde, tot hij eindelijk toegaf en het raam omhoogdraaide. Madeline deed haar ogen dicht. Ze was aan het einde van haar krachten, geradbraakt, volkomen leeg. Ze had vooral weer vreselijk veel pijn in haar buik. Een opgeblazen gevoel, maagkrampen, misselijkheid en, ondanks de kou, vervelende opvliegers.

Toen ze haar ogen opende, reed de taxi over West Side Highway, de brede laan langs de Hudson River, naar het zuiden van Manhattan. Ze zocht in een van de zakken van haar parka naar haar mobieltje. In de bellijst vond ze een nummer dat ze al lang niet meer had gebeld.

Toen ze in New York werkte, was Dominic Wu haar contactpersoon bij de FBI geweest. De man was verantwoordelijk voor de contacten tussen de afdeling van de NYPD waarvoor Madeline werkte en het federale kantoor. Concreet gezegd was hij Meneer Nee, iemand die altijd negatief op haar verzoeken reageerde. Meestal om budgettaire redenen, maar ook om te voorkomen dat de afdeling van de gemeentepolitie het werk van het Bureau aan de kaak zou stellen.

De man was onaangenaam. Dominic Wu was onaantastbaar, een ambtenaar die carrière had gemaakt, maar ook iemand die soms onverwachte beslissingen kon nemen. Hij leidde een ongewoon privéleven: na met een advocate van het stadhuis twee kinderen te hebben gekregen, was hij uit de kast gekomen vanwege zijn homoseksualiteit. De laatste keer dat Madeline hem had ontmoet, woonde hij samen met een cultureel journalist van de *Village Voice*.

'Hallo, Dominic, met Madeline Greene.'

'Hallo, Madeline. Wat een verrassing. Ben je terug op je honk?'

'Heel kort maar. En jij?'

'Ik ben op vakantie, maar ik ben met de feestdagen met mijn dochters in New York.'

Ze wreef in haar ogen. Elk woord kostte haar moeite. 'Je kent me, Dominic, ik heb altijd al moeite gehad met hoe ik me moet uitdrukken en...'

Ze hoorde hem aan de andere kant van de lijn lachen. 'Vergeet de beleefdheden maar. Hoe kan ik je helpen?'

'Ik wil je vragen of je iets voor me kunt doen.'

Even een voorzichtige stilte, en toen: 'Ik ben niet op kantoor, zei ik.'

Toch ging ze verder. 'Zou je me wat info kunnen geven over de omstandigheden rond de moord op een agent van het 25th precinct, Adriano Sotomayor? Hij is bijna twee jaar geleden voor zijn huis in Harlem vermoord.'

'Waar ben je precies naar op zoek?'

'Alles wat je maar kunt vinden.'

Wu reageerde terughoudend. 'Je werkt niet meer voor ons, Madeline.'
'Ik vraag niet om vertrouwelijke informatie.'
'Als ik navraag doe, zal dat sporen achterlaten en...'
De man begon zich op het systeem te beroepen. 'Meen je dat? Ben je daar bang voor?'
'Tegenwoordig, nu alles digitaal is, kunnen we geen...'
'Goed, laat maar en vraag voor kerst eens een paar ballen. Die zijn nu bij Bloomingdale's in de aanbieding.'
Ze hing meteen op en zakte terug in haar lethargie. Tien minuten later was ze bij het hotel. Een typisch TriBeCa-gebouw van bruine baksteen. Gaspard was zo onsmakelijk geweest bij de Bridge Club te reserveren, waar Lorenz zijn laatste dagen had doorgebracht. Bij de receptie kreeg ze te horen dat het hotel vol was, maar er waren inderdaad twee kamers gereserveerd op naam van Coutances: een hoeksuite en een ernaast liggende slaapkamer. Zonder te aarzelen eigende ze zich de suite toe, pakte haar paspoort en vulde binnen drie minuten het inschrijfformulier in.
Eenmaal in de kamer trok ze, zonder op het uitzicht te letten, de gordijnen dicht, hing het bordje *Do Not Disturb* aan de deur en nam een lexo-antibio-paracetamolcocktail.
Dubbelgevouwen van de pijn deed Madeline het licht uit en ging naar bed. Wat betreft het aantal uren slaap waren de afgelopen dagen rampzalig geweest. Ze was in een stadium gekomen waarin haar kapotte, uitgeputte lichaam tot geen redelijkheid meer in staat was. Ze kon geen enkele gedachte meer in beweging krijgen.
Haar lichaam had het laatste woord gekregen.

15
Terug naar Bilberry Street

Andere mensen zullen mijn gebreken krijgen,
maar niemand zal mijn kwaliteiten krijgen.
Pablo Picasso

1

Gaspard herleefde.

Als een plant die dagenlang droog heeft gestaan en eindelijk water krijgt.

De hartslag van Manhattan, het weer, de droge, snijdende kou, de staalblauwe lucht, de winterzon die zijn laatste stralen wierp. Dat alles trilde op een positieve manier door in zijn lichaam. Dit was niet voor het eerst dat hij merkte hoe sterk zijn psyche doordrongen raakte van zijn omgeving. Vooral het klimaat had invloed op hem, vormde hem, versterkte zijn humeur. Regen, nattigheid en klamheid konden hem gevaarlijk diep doen wegzakken. En een warmtegolf kon hem geheel uitschakelen. Deze instabiliteit maakte zijn leven gecompliceerder, maar in de loop van de tijd had hij geleerd met de ups en downs te leven. Vandaag was het een volmaakte dag. Een dag die dubbel telde, of driedubbel. Daarvan moest hij gebruikmaken door verder te gaan met zijn onderzoek.

Met de oude kaart die hij in de boekenkast van Lorenz had gevonden, oriënteerde hij zich. Hij sloeg rechts af Madison op, waarna hij langs een uitgestrekt, groen gebied liep – het Marcus Garvey-park – en uitkwam op Lenox Avenue, die in dit deel van Harlem Malcolm X Avenue heette. Op een straathoek nam hij een hotdog en een kop koffie bij een straatverkoper. Toen liep hij verder in noordelijke richting.

Bilberry Street, waar Adriano Sotomayor was vermoord, was een straatje met rode bakstenen huizen en kastanjebomen, tussen 131st en 132nd Street. Het deed hem een beetje denken aan de gebouwen in het oude zuiden, met vrij hoge bordessen en overal houten balustrades en veranda's die in levendige kleuren waren geschilderd.

Gaspard liep tien minuten rond door de vrijwel verlaten straat en vroeg zich af hoe hij het huis van de voormalige politieagent zou kunnen vinden. Hij bekeek de namen op de brievenbussen – Faraday, Tompkins, Langlois, Fabianski, Moore – maar niets wat hem bekend voorkwam.

'Kijk uit, Theo!'

'Ja, papa.'

Gaspard draaide zich om naar een paar mensen die over de stoep aan de overkant aan kwamen lopen. Als in een film van Capra sleepten een vader en zijn kind een grote kerstboom met zich mee. Achter hen liepen een knap, ietwat hautain, lichtgetinte vrouw en een oudere, zwarte vrouw die een doorzichtige regenjas droeg, een strakke broek van kunstleer en een muts met luipaardprint.

Hij begroette hen terwijl hij overstak. 'Goedendag. Ik zoek het huis waar meneer Sotomayor heeft gewoond. Zegt dat u iets?'

De man was beleefd en voorkomend, en bereid hem te helpen, maar hij bleek hier nog niet zo lang te wonen. Hij draaide zich om naar degene die zijn vrouw moest zijn. 'Sotomayor, zegt jou dat iets, schat?'

De lichtgetinte vrouw kneep haar ogen samen en leek diep na te denken. 'Ik geloof dat hij daar woonde,' zei ze en ze wees naar een huisje met een geschilderd dak.

Ze vroeg aan de vrouw naast haar: 'Tante Angela?'

De Afro-Amerikaanse keek Gaspard achterdochtig aan. 'En waarom zou ik die bleekscheet antwoord geven?'

De lichtgetinte vrouw pakte haar liefdevol bij haar schouders. 'Kom nou, tante Angela, hou nou eens op met gemener te doen dan je in werkelijkheid bent.'

'Goed, goed,' gaf ze toe, en ze zette haar veel te grote zonnebril recht. 'Op nummer 12, bij de Langlois.'

'Langlois? Dat klinkt Frans,' concludeerde Gaspard.

Nu ze eenmaal op dreef was, wilde tante Angela wel meer kwijt. 'Na de dood van die agent, een echt goede kerel trouwens, zo heb je er niet veel, gelooft u mij, heeft zijn nicht Isabella het huis geërfd. Ze is met André Langlois getrouwd, een ingenieur uit Parijs die in Chelsea werkt, in het gebouw van Google. Heel beleefd, voor een Fransman. Hij heeft me meerdere keren geholpen mijn heg te knippen en wanneer hij iets in de oven maakt, brengt hij me soms een stuk van zijn konijn met mosterd.'

Gaspard bedankte de familie, liep vijftig meter verder en belde aan bij het huis dat ze hem hadden aangewezen: een kleine *brownstone* met een voordeur die was versierd met een grote krans van hulst en dennentakken.

De vrouw die opendeed – een latina met dik haar en een vriendelijke blik – droeg een geruit keukenschort en had een kind op haar arm. De *Desperate Housewives*-versie van Eva Mendes.

'Goedendag, mevrouw, het spijt me dat ik u stoor. Ik zoek het vroegere huis van Adriano Sotomayor. Mij is verteld dat dat hier is.'

'Misschien,' antwoordde ze wantrouwig. 'Wat wilt u?'

De Coutances-methode: het mooier maken dan het in werkelijkheid is en bijna liegen, zonder daar echt helemaal aan toe te geven. 'Ik heet Gaspard Coutances. Ik ben bezig een biografie te schrijven van de schilder Sean Lorenz. U kent hem vast niet, maar...'

De vrouw onderbrak hem. 'Ik Sean niet kennen? U moest eens weten hoe vaak hij heeft geprobeerd me in mijn billen te knijpen.'

2

Eva Mendes heette in werkelijkheid Isabella Rodrigues. Het duurde niet lang of ze nodigde Gaspard vriendelijk uit binnen te komen en zich in de keuken op te warmen. Ze stond er zelfs op hem een glas *eggnog* zonder alcohol te geven. Haar drie kinderen namen bij hun late middagsnack ook van de eierpunch.

'Adriano was een volle neef van me,' legde ze uit, terwijl ze een oud fotoalbum met een linnen omslag uit de zitkamer haalde.

Ze sloeg de pagina's om, liet haar jeugdfoto's voorbijkomen en legde haar afkomst uit. 'Mijn moeder, Maricella, was de zus van Ernesto Sotomayor, de vader van Adriano. We hebben onze hele jeugd in Tibberton gewoond, een dorp in Massachusetts, vlak bij Gloucester.'

Op de foto's zag Gaspard landschappen die aan sommige delen van Bretagne deden denken: heidevelden, een kleine haven, eenvoudige bootjes tussen de trawlers en plezierjachten, vissershutjes en houten redershuizen.

'Adriano was een goede kerel,' legde Isabella uit. 'Echt top. En toch kun je niet zeggen dat het leven gemakkelijk voor hem was.'

Ze liet nog meer oude foto's aan Gaspard zien. Foto's van kinderen: twee neven die rare gezichten trokken, die bij een opblaasbaar zwembad met water spoten, die samen onder een ijzeren frame schommelden, die een lampion van een pompoen maakten. Maar Isabella verjoeg snel de idyllische indruk die deze beelden maakten.

'Ondanks het plezier op deze foto's heeft Adriano geen harmonieuze jeugd gehad. Zijn vader, mijn oom Ernesto, was een gewelddadige, lichtgeraakte man die zich afreageerde op zijn vrouw en zijn zoon. Anders gezegd: Ernesto sloeg hard en vaak.'

De stem van Isabella brak. Om haar nare herinneringen te verjagen, keek ze met een liefdevolle blik naar haar kinderen. Die zaten aan de keukentafel; twee van de jongens lachten met een hoofdtelefoon op hun hoofd, hun ogen op een tablet gericht. De jongste werd in beslag genomen door het oplossen van een grote puzzel: *Las Meninas*, het bekendste schilderij van Velázquez.

Meteen dacht Gaspard aan zijn eigen vader. Zo aardig, zo attent, zo lief. Waarom braken sommige mannen de wezens die ze op de wereld hadden gezet en waarom knuffelden andere hen bijna dood?

Hij liet die vraag onbeantwoord en herinnerde zich wat de politieagent op 25th precinct een halfuur geleden tegen hem had gezegd.

'Ik hoorde dat Adriano in een pleeggezin was geplaatst.'

'Ja, dankzij de juf van onze school, juffrouw Boninsegna. Zij heeft de sociale dienst op de hoogte gesteld van het geweld van Ernesto.'

'Liet de moeder van Adriano dat toe?'

'Tante Bianca? Die was al een paar jaar eerder uit huis vertrokken.'

'Hoe oud was uw neef toen hij in New York kwam?'

'Ik denk acht jaar. Hij heeft eerst in twee of drie tehuizen gezeten voordat hij hier kwam, bij meneer en mevrouw Wallis, een echt fantastisch pleeggezin dat hem als hun eigen zoon zag.'

Ze sloeg het fotoalbum dicht en zei toen peinzend: 'Na een tijdje kwamen Adriano en zijn vader toch weer in contact met elkaar.'

'Echt?'

'Aan het einde van zijn leven had oom Ernesto keelkanker. Zijn zoon heeft hem in huis genomen en hem zo lang mogelijk verzorgd. Een dergelijke grootmoedigheid was tekenend voor mijn neef.'

Gaspard probeerde het gesprek terug te sturen. 'En wat is de rol van Sean Lorenz in dit alles?'

3

Isabella's blik begon te fonkelen. 'Ik leerde Sean kennen toen ik achttien was. Zodra ik meerderjarig was, ging ik elke zomer naar New York. Ik logeerde vaak bij een vriendin, maar meestal was ik thuis bij de familie Wallis.'

Ze genoot enkele momenten zwijgend van de herinneringen aan 'die goede oude tijd'.

'Sean woonde wat verderop, in de Polo Grounds Towers,' herinnerde ze zich. 'Maar hij en Adriano waren altijd samen, ondanks het leeftijdsverschil van vier jaar. Ik wilde per se met hen meedoen en probeerde me bij hun escapades aan hen op te dringen. Sean was een beetje verliefd op me en daar had ik niets op tegen. Je zou zelfs kunnen zeggen dat we een soort knipperlichtrelatie hadden.'

Ze nam een slok eierpunch en deed er enkele seconden over om haar herinneringen te ordenen. 'Het was een andere tijd. Een ander New York. Zowel vrij als gevaarlijk. In die jaren was deze wijk echt waardeloos. Overal heerste geweld en alles ging ten onder aan crack.'

Plotseling besefte ze dat haar kinderen erbij zaten en ging ze zachter praten. 'We deden idiote dingen: we rookten ons blauw aan wiet, we stalen uit auto's en we spoten graffiti op muren. Maar we gingen ook naar het museum! Ik weet nog dat Sean ons allemaal naar elke nieuwe tentoonstelling in het MoMA meesleepte. Hij heeft me laten kennismaken met Matisse, Pollock, Cézanne, Toulouse-Lautrec, Kiefer... Hij had toen al een soort bezetenheid: de hele tijd moest hij op van alles en nog wat tekenen en schilderen.'

Isabella zweeg enkele tellen, maar kon de verleiding niet weerstaan. 'Ik zal u iets laten zien,' zei ze geheimzinnig.

Ze verdween en kwam een minuut later terug met een grote map, die ze op een laag tafeltje legde. Voorzichtig maakte ze hem open en haalde er een houtskooltekening uit die op het karton van een cornflakesdoos was gemaakt. Een portret van haar, ondertekend met *Sean, 1988*. Een heel gestileerd gezicht van een jonge vrouw: schalkse blik, wild haar, naakte schouders. Het deed Gaspard denken aan de tekeningen die Picasso van Françoise Gilot had gemaakt. Dit was hetzelfde talent, dezelfde genialiteit. Met enkele halen had Sean alles vastgelegd: de vurigheid van de jeugd, de bevalligheid van Isabella, maar ook een zekere ernst die iets zei over de vrouw die ze later zou worden.

'Ik hou hier met heel mijn hart en ziel van,' vertrouwde ze hem toe, terwijl ze de tekening in de map opborg. 'Natuurlijk, toen twee jaar geleden dat retrospectief van het werk van Sean in het MoMA werd georganiseerd, vond ik het krankzinnig, en het bracht veel herinneringen bij me terug...'

Dat was precies waarvoor Gaspard was gekomen. 'Hebt u Beatriz Muñoz gekend?'

Een bezorgde schaduw doofde elke glans in het gezicht van Isabella. Ze zocht naar woorden en antwoordde: 'Ja, ik heb haar gekend. Ondanks alles wat ze misschien gedaan heeft, was Beatriz... geen slecht mens. In elk geval niet in de tijd dat ik haar kende. Net als Adriano en zoveel jongeren in deze wijk was Beatriz slechts een slachtoffer. Een kind dat door het leven was getekend. Iemand die erg verdrietig en gekweld was en geen hoge dunk van zichzelf had.'

Isabella haalde er een kunstzinnig metafoor bij. 'Soms wordt weleens gezegd dat een schilderij alleen bestaat in het oog van degene die ernaar kijkt. Dat gold ook een beetje voor Beatriz. Ze kwam pas tot leven wanneer Sean naar haar keek. Het is achteraf gemakkelijk praten, maar ik heb er spijt van dat ik, nadat ze zo de verkeerde kant op was gegaan, haar niet heb geholpen toen ze uit de gevangenis kwam. Misschien had ik daarmee de ellende kunnen voorkomen die ze daarna heeft aangericht. Natuurlijk heb ik het niet met zoveel woorden tegen Sean gezegd, maar...'

Gaspard kon zijn oren niet geloven. 'Hebt u Sean nog gesproken na de dood van zijn zoon?'

Isabella's antwoord sloeg in als een bom. 'Vorig jaar in december, precies een jaar geleden, belde hij hier aan. Ik herinner me de datum nog goed omdat ik later hoorde dat het de dag voor zijn dood was geweest.'

'En hoe was hij eraan toe?' vroeg Coutances.

Isabella zuchtte. 'Ik kan u nu zeggen dat hij er niet meer op uit was om me in mijn billen te knijpen.'

4

'Seans gezicht was sterk vermagerd, zijn haar smerig, hij was bleek en hij had een baard van enkele dagen oud. Je zou hem gemakkelijk tien jaar ouder schatten dan hij in werkelijkheid was. Ik had hem al minstens twintig jaar niet gesproken, maar ik had wel een paar foto's van hem op internet gezien. Hij was niet meer dezelfde man. Zijn ogen boezemden vooral angst in. Alsof hij al een week niet had geslapen of alsof hij net een shot heroïne had gescoord.'

Gaspard en Isabella waren naar de veranda gegaan, die door drie koperen lantaarns werd verlicht. Vlak daarvoor had Isabella een oud pakje sigaretten gepakt, dat ze in de keuken achter een paar koperen pannen en een emaillen zeef verborg. Ze was naar buiten gegaan om in de koude poollucht een sigaret op te steken, misschien in de hoop dat de rookwolken haar herinneringen zouden doen vervagen, zodat ze minder pijnlijk zouden zijn.

'Sean was er natuurlijk niet door drugs zo slecht aan toe, maar door verdriet. Het ergste verdriet dat er is. Dat aan je knaagt en je doodmaakt, omdat je eigen vlees en bloed van je is weggerukt.'

Ze nam koortsachtig een trek van haar sigaret. 'Toen ik Sean terugzag, waren we nog niet begonnen het huis te verbouwen. André, mijn man, en ik waren er nog maar net ingetrokken en we zouden de laatste weekends van het jaar gebruiken om het leeg te halen.'

'Was u de enige erfgenaam van Adriano?'

Isabella knikte. 'De ouders van mijn neef waren allebei al dood en hij had geen broers of zussen. Maar omdat de overdracht nogal wat tijd kostte, stond alles nog in het huis toen we het kregen. En daar kwam Sean juist voor.'

Gaspard voelde de spanning stijgen. Hij was er zeker van dat er iets cruciaals stond te gebeuren.

'Sean was geen grote prater,' vertrouwde Isabella hem toe. 'Hij liet me foto's van de kleine Julian zien en zei dat hij niets geloofde van het officiële verhaal over de dood van zijn zoon.'

'Zei hij ook waarom?'

'Hij zei alleen dat Adriano het onderzoek al voorzichtig voor zichzelf had heropend.'

Het was snel donker geworden. In sommige tuinen hingen slingers met lampjes in de dennenbomen, de struiken en aan de hekken.

'Wat zocht Sean precies toen hij bij u kwam?'

'Hij wilde tussen de spullen van Adriano zoeken. Kijken of hij, voordat hij om het leven kwam, misschien een aanwijzing had achtergelaten die iets over zijn onderzoek zou vertellen.'

'Geloofde u hem?'

Ze antwoordde met een bedroefde stem. 'Niet echt. Ik zei al: hij was zo van de wereld, zo gestoord, dat het soms leek of hij in de war was en in zichzelf praatte. Eerlijk gezegd werd ik zelfs een beetje bang van hem.'

'Toch liet u hem binnen?' vervolgde hij.

'Ja, terwijl hij het huis doorzocht, ben ik met de kinderen naar East River Plaza gegaan, het grote winkelcentrum hier in Harlem. Mijn man hield een oogje in het zeil.'

'Weet u of Sean iets heeft gevonden?'

Ze glimlachte spijtig. 'Hij heeft er in elk geval wel een enorme bende van gemaakt. Hij heeft alle laden opengetrokken, alle kasten, hij heeft overal gezocht. Volgens André was hij vertrokken toen hij had gevonden wat hij zocht.'

Gaspard voelde zijn hartslag versnellen. 'Wat was dat?'

'Papieren, geloof ik.'

'Wat voor papieren?'

'Geen idee. André had het over een map die Sean in zijn leren reistas had gestopt.'

Hij drong aan. 'En u weet niet wat daarin zat?'

'Nee, en het interesseerde me niet. De doden haal je er hoe dan ook niet mee terug, toch?'

Gaspard negeerde de opmerking en vroeg op zijn beurt: 'Hebt u de spullen van uw neef bewaard?'

Isabella schudde haar hoofd. 'We hebben alles al lang geleden weggegooid. Eerlijk gezegd bezat Adriano niet veel, op zijn auto en een mooie Amerikaanse koelkast na.'

Teleurgesteld begreep Gaspard dat hij zich had laten meeslepen en dat hij niet veel wijzer meer zou worden van de nicht van Sotomayor. 'Zou u uw man namens mij willen vragen of hij zich verder nog iets herinnert?'

Haar parka dicht om zich heen trekkend knikte Isabella. Gaspard schreef zijn mobiele nummer op het sigarettenpakje. 'Het is heel belangrijk,' benadrukte hij.

'Waarom rakelt u dit allemaal op? De jongen is toch dood?'

'Ongetwijfeld,' antwoordde hij in het Frans, voordat hij haar voor haar hulp bedankte.

Isabella keek de vreemde bezoeker na toen hij wegliep, terwijl ze haar sigaret in een aardewerken bloempot uitdrukte. Hij had 'ongetwijfeld' gezegd. Isabella sprak goed Frans, maar ze had nooit helemaal de logica van die uitdrukking begrepen. Elke keer wanneer ze hem hoorde, vroeg ze zich af waarom 'ongetwijfeld' eerder 'misschien' betekende dan 'zonder enige twijfel'.

Ze moest niet vergeten het aan haar man te vragen.

Pénélope

'Na Picasso is er alleen God.'

Ik heb vaak de draak gestoken met die uitspraak van Dora Maar, maar vandaag drong de tragiek van de woorden van het Catalaanse genie ten volle tot me door. Want het beschrijft heel intens wat ik ook voel. Na Sean Lorenz is er alleen God. En omdat ik niet in God geloof, is er na Sean Lorenz niets meer.

In een poging je spookbeeld te ontvluchten, was ik bijna vergeten hoe gevoelig ik was voor je schilderijen, Sean. Maar nadat Gaspard Coutances me je laatste doek had laten zien, bleef het opnieuw door mijn hoofd spoken. Is dat echt hoe de dood is? Wit, zacht, geruststellend, verlicht? Is het waar dat daar geen angst meer lijkt te bestaan, dat jij daar nu bent, Sean? En is onze zoon bij jou?

Sinds gisteren klamp ik me aan die gedachte vast.

Vannacht heb ik heel goed geslapen, want ik was blij dat ik een besluit had genomen. De hele ochtend heb ik glimlachend mijn bloemetjesjurk versteld. De jurk die ik de eerste keer droeg toen je me in New York zag, die 3e juni 1992. En weet je wat? Hij past nog steeds. Ik heb ook mijn oude, leren jack gevonden, maar niet de Doc Martens die ik die dag droeg. Ik heb ze vervangen door oudleren laarsjes, die je ook zo mooi vond, en ik ben de straat op gegaan. Ik heb de metro genomen naar Porte de Montreuil. Daar heb ik een heel eind gelopen, luchtig en kortgerokt, ondanks de decemberkou.

Achter Rue Adolphe-Sax vond ik het vervallen station van de Petite Ceinture, de vroegere binnenste ringspoorlijn. Sinds de dag dat je me daarheen hebt meegenomen voor een middernachtelijke picknick is er niets veranderd.

Het gebouw is overwoekerd door struiken en tot een ruïne vergaan. De deuren en de ramen zijn dichtgemetseld, maar ik herinner me nog dat we via een trap vanuit de schakelruimte op de perrons konden komen. In het licht van mijn telefoon loop ik omlaag naar de sporen. Eerst ga ik de verkeerde kant op, maar dan kom ik terug en vind ik de tunnel naar het vroegere depot.

Je zult me niet geloven: de oude wagon staat er nog. Zonder dat iemand er ooit iets van heeft geweten, heeft de RATP een schat die miljoenen waard is in een vervallen station verborgen staan!

Roest noch stof heeft de lichtgevende kleuren aangetast. En mijn afbeelding straalt je nog steeds tegemoet op het ruwe, vuile metaal van de metrowagon. Mijn triomfantelijke jeugd is sterker dan de tijd en de nacht. Mijn wilde haren die mijn prinsessenlichaam strelen, die zich om mijn twintig jaar oude benen wikkelen, om mijn borsten en mijn onderbuik. Dat is het beeld dat ik met me mee wil nemen.

Ik ga de wagon in. Alles is vies, zwart, bedekt met een dikke laag stof, maar ik ben niet bang. Ik ga op een van de klapstoeltjes zitten en open mijn tas. De prachtige Bulgari van blauw-wit gevlochten leer die je me hebt gegeven in het voorjaar voordat Julian is geboren. Erin zit een geladen Mathurin 73. Het is een cadeau van mijn vader: zijn oude dienstwapen. Zodat ik me altijd zou kunnen verdedigen. Maar nu verdedig ik me door mezelf te doden.

De loop in mijn mond.

Ik mis je, Sean.

Je moest eens weten hoe opgelucht ik ben dat ik bij je terug zal komen. Bij jou en onze kleine jongen.

Op dit moment, een seconde voordat ik de trekker ga overhalen, vraag ik me alleen af waarom ik zo lang heb gewacht tot ik me bij je voegde.

De Elfenkoning

Zaterdag 24 december

16
De Amerikaanse nacht

Er hangt iets in de lucht van New York wat slapen onnodig maakt.
Simone de Beauvoir

1

Vier uur 's morgens en Madeline voelde zich helemaal in vorm.

Ze had een verkwikkende slaap van tien uur achter de rug: diep, als verdoofd en niet gestoord door nachtmerries of spookbeelden. De pijn in haar buik was niet verdwenen, maar was nu minder fel. Dragelijk, zelfs. Madeline stond op, trok de gordijnen open en zag Greenwich Street meteen onder zich liggen. Het was al druk. En verderop, tussen twee gebouwen in, was de donkere, bevroren rivier de Hudson te zien.

Ze keek op haar telefoon: drie gemiste oproepen van Bernard Benedick. Wat wilde de galeriehouder van haar? Hij zou in elk geval moeten wachten, ze had nu honger.

Ze trok haar spijkerbroek aan, een T-shirt, een hoodie en een jack. Toen ze de slaapkamer uit kwam, zag ze een dichtgeplakte envelop liggen. In de lift maakte ze hem open. Coutances had de moeite genomen haar in een verhaal van drie pagina's schriftelijk verslag te doen van zijn bezoek aan Isabella, de nicht van Adriano Sotomayor. En hij vroeg haar hem zo snel mogelijk te bellen, om een plek af te spreken waar ze elkaar zouden kunnen ontmoeten. Vastbesloten niets te doen voordat ze had ontbeten, stelde ze het lezen van het verslag uit tot later. Ze vouwde de vellen op en stopte ze weg in een zak.

Het hotel sliep nog maar half. Op de ochtend van deze 24e december stonden de gasten die op doorreis in New York waren al klaar voor vertrek. Bij de receptie waren twee jonge kruiers bezig koffers in verscheidene auto's te laden; sommige met bestemming vliegveld, andere richting een skioord in de Appalachen.

Madeline liep de lobby door naar de salon op de begane grond, waar een vuur in de open haard knetterde. Verlicht door een diffuus licht leek de salon van de Bridge Club op een oude, Engelse club: chesterfieldbanken en gecapitonneerde fauteuils, mahoniehouten boekenkasten, Afrikaanse maskers en opgezette koppen van wilde dieren. Ze nam plaats in een *globe chair*, een ronde stoel die met zijn jarenzestigstijl scherp afstak tegen de verdere inrichting. Een soort piccolo in een witte livrei kwam achter de monumentale kerstboom vandaan, die midden in de zaal stond. Madeline bekeek het menu en bestelde zwarte thee en ricotta met geitenmelk en crostini. Het was in Parijs en Madrid tenslotte al tien uur 's morgens. Ondanks de vlammen die nog geen meter voor haar in de haard knetterden, had Madeline het koud. Ze pakte een ecru-kleurige, wollen plaid en sloeg die om zich heen.

Een omaatje in een hoekje bij de haard, dat ben ik dus geworden, dacht ze zuchtend. Ze had echt geen *grinta* meer, geen heilig vuur. Ze dacht terug aan het artikel in *The New York Times Magazine* dat Coutances haar in Madrid had laten zien. Wat was er gebeurd met die jonge, wilskrachtige vrouw, voortvarend en strijdbaar, die zichzelf niet spaarde en nooit opgaf? Ze zag in gedachten de foto bij het artikel weer voor zich: een scherp gezicht, vastberaden, een altijd waakzame blik. Die Madeline was in rook opgegaan.

Ze dacht terug aan haar opvallendste onderzoeken, aan dat waanzinnige, bedwelmende gevoel dat bezit van je nam wanneer je iemands leven kon redden. Dat korte moment van euforie dat je greep en je heel even het idee gaf dat je helemaal in je eentje alle fouten van de mensheid kon herstellen. Een krachtiger gevoel had ze in haar leven niet meegemaakt. Ze dacht terug aan de kleine Alice Dixon, die ze na jaren van onderzoek levend had teruggevonden, maar die ze daarna uit het oog was verloren. Vóór haar was er een ander kind geweest, Matthew Pears, die ze uit de klauwen van een roofdier had gered. Ook uit het oog verloren. Zelfs als een onderzoek goed afliep, maakte euforie snel plaats voor ontgoocheling. Een harde bewustwording dat die kinderen niet van jou waren, ook al hadden ze hun leven aan jou te danken. Een terugval die je al snel deed verlangen naar een nieuw onderzoek. Een nieuwe adrenalinestoot als antidepressivum. De slang die eeuwig in zijn eigen staart beet.

2

De piccolo kwam terug met een ontbijtblad, dat hij op de lage tafel voor Madeline neerzette. Ze at haar brood en dronk haar thee onder de lege blik van een precolumbiaans standbeeld dat de wacht hield op een plank tegenover haar. Een replica van de amulet uit *Het gebroken oor*...

Madeline kon nog steeds niet geloven wat Coutances haar had verteld.

Beter gezegd: ze wilde de betekenis ervan niet accepteren. Toch kon ze nauwelijks om de feiten heen: ervan overtuigd dat zijn zoon nog leefde, was Sean Lorenz op een artikel gestuit waarin verscheidene van haar vorige onderzoeken werden genoemd. Hij was er daardoor van overtuigd geraakt dat Madeline hem zou kunnen helpen. Hij had tevergeefs geprobeerd haar bij de Cold Case Squad van de NYPD te bellen en vervolgens had hij zijn laatste reis naar New York gebruikt om haar in levenden lijve te ontmoeten. Toen was hij door een hartaanval getroffen en was hij midden op 103rd Street in elkaar gezakt. Enkele tientallen meters van haar kantoor.

Maar Madeline had daar allemaal niets van geweten. Een jaar geleden, tijdens die gebeurtenissen, werkte ze al niet meer bij de NYPD. Ze was toen zelfs niet in New York. De symptomen van haar depressie waren halverwege de herfst begonnen. Eind november had ze ontslag genomen en was ze terug naar Engeland gegaan. Waarom zou ze nu opnieuw beginnen? Zelfs als ze Lorenz toch zou hebben ontmoet, zou dat niet per se iets aan de zaak hebben veranderd. Niet meer dan nu; ze zou geen woord van zijn beweringen hebben geloofd. Niet meer dan nu; ze had hem niet kunnen helpen. Ze was niet met die zaak belast geweest en ze had geen middelen om een onderzoek te starten.

Toen ze haar ricotta op had, drukte ze met haar hand op haar buik. *Verdomme*. De pijn was terug. Haar buik was opgezwollen alsof ze binnen twee minuten vijf kilo was aangekomen. Onopvallend deed ze haar riem een gaatje losser en haalde een paracetamol uit haar jack.

Ze dacht terug aan Gaspard. Ook al had ze tegenover hem het tegendeel beweerd, ze had versteld gestaan van Coutances. Ze was het niet eens met al zijn conclusies, maar ze moest toegeven dat hij volhardend en intelligent was. Met weinig middelen had hij relevante vragen boven water gekregen en diverse sporen gevonden die ervaren speurders duidelijk waren ontgaan.

Ze haalde het verslag dat hij voor haar had opgesteld uit haar zak. Het was goed doorwrocht en volledig. Drie pagina's aan beide kanten helemaal volgeschreven, in keurig schoolschrift dat bijna vrouwelijk leek – rond, met grote, milde bogen – wat slecht strookte met de persoonlijkheid van de toneelschrijver. Meteen vroeg Madeline zich af welke waarde ze moest hechten aan de bewering dat Sean met de papieren van Sotomayor bij Isabella was vertrokken. Als dat waar was, zouden ze dan niet zijn teruggevonden? Bij het lichaam van Lorenz of in zijn hotelkamer? Nadat ze kort had nagedacht, koos ze het nummer van Bernard Benedick.

De galeriehouder nam vrijwel meteen op. En hij was kwaad.

'Mevrouw Greene, u hebt zich niet aan uw woord gehouden!'

'Waar hebt u het over?'

'Dat weet u heel goed: het derde schilderij! Dat u voor uzelf hebt gehouden! U hebt me bedonderd met...'

Ze onderbrak hem. 'Ik begrijp niet waar u het over hebt. Ik heb meneer Coutances gevraagd u de drie doeken te brengen.'

'Hij heeft er maar twee gegeven!'

Ze zuchtte. Dat had Coutances haar wel even mogen zeggen. 'Ik zal hem vragen wat er is gebeurd,' beloofde ze. 'Intussen wil ik u iets vragen. U vertelde dat u na de dood van Lorenz zijn spullen in het hotel hebt opgehaald.'

'Inderdaad. Zijn kleren en zijn agenda.'

'In de Bridge Club, in TriBeCa?'

'Ja, ik heb er zelfs op gestaan zelf zijn kamer te doorzoeken.'

'Weet u het kamernummer nog?'

'Dat meent u toch niet? Dat is een jaar geleden!'

Er kwam een andere gedachte bij haar op. 'Weet u of de ambulancebroeders persoonlijke bezittingen van Lorenz hebben gevonden toen ze hem op 103rd Street probeerden te reanimeren?'

Benedick reageerde instemmend. 'Hij had alleen zijn portefeuille bij zich.'

'Hebt u nooit iets gehoord over een map of een leren tas?'

Een lange stilte. 'Sean had inderdaad een reistas die hij nooit uit het oog verloor. Dat is waar. Een oude Berlutti die hij van zijn vrouw had gekregen. Ik weet echt niet waar die is gebleven. Waarom vraagt u dat? Bent u nog steeds met een onderzoek bezig? Is het vanwege het artikel in *Le Parisien*?'

'Welk artikel?'

'Dat zoekt u zelf maar op. Maar nu eis ik dat u me het derde deel van het drieluik teruggeeft.'

'Ik geloof niet dat u in de positie verkeert om wat dan ook te eisen,' zei Madeline boos, en ze hing bot op.

Ze wreef in haar ogen en probeerde de draad van haar redenatie opnieuw op te pakken. Als het verhaal dat Isabella aan Coutances had verteld waar was, was er nog geen vierenwintig uur verstreken tussen het moment waarop Sean de papieren bij Sotomayor had opgehaald en zijn dood. Maar dat kon genoeg zijn om ze aan iemand anders te geven. Of anders had hij zijn tas gewoon ergens verborgen. Dat zou heel goed passen in het beeld dat ze had van de laatste dagen van Lorenz: een fanaticus, verward, paranoïde. Maar waar had hij die verborgen? Sean had geen andere adressen meer in New York; geen familie meer, geen vrienden meer, geen huis. Dan bleef er maar één oplossing over. De eenvoudigste: Sean had de papieren in zijn hotelkamer verborgen.

Probeer iets. Nu.

Madeline stond op en ging naar de lobby. Achter de indrukwekkende houten balie stond Lauren Ashford – zoals op haar badge stond – een jonge, enorm lange vrouw en enorm knap, die in haar eentje model leek te staan voor het aanzien en het raffinement van de Bridge Club.

'Goedendag, mevrouw.'

'Goedendag. Mevrouw Greene van kamer 31,' stelde Madeline zich voor.

'Wat kan ik voor u doen?'

De stem van Lauren klonk beleefd, maar niet vriendelijk. Ze droeg een oogverblindende blauwe jurk die beter op zijn plaats was geweest op de catwalk van de Fashion Week dan in de lobby van een hotel. Madeline dacht aan het kostuum van de Koningin van de Nacht in een opvoering van *Die Zauberflöte*, die ze in Covent Garden had gezien.

'Een jaar geleden, in de week van 19 december, heeft de schilder Sean Lorenz in uw hotel gelogeerd...'

'Dat is heel goed mogelijk,' zei ze zonder van haar scherm op te kijken.

'Ik zou graag willen weten welke kamer hij had.'

'Mevrouw, dat soort informatie mag ik niet geven.'

Lauren sprak elke lettergreep met nadruk uit. Van dichtbij zag haar kapsel er ongelooflijk geraffineerd uit, met gedraaide franjes en gevlochten kransen die met met briljanten ingezette pennen en haarspelden bij elkaar werden gehouden.

'Ik begrijp het,' gaf Madeline toe.

In werkelijkheid begreep ze er helemaal niets van. Ze werd er zelfs nogal agressief van. Ze zou de Koningin van de Nacht bij haar haar beet willen pakken en haar met haar hoofd tegen het scherm van haar computer willen slaan.

Maar ze blies de aftocht en liep naar buiten om een sigaret te roken. Toen een kruier de deur wijd voor haar openhield, raakte ze meteen bevangen door de kou. De prijs die je moet betalen, dacht ze bij zichzelf, en ze zocht in haar zakken naar een aansteker. Op deze ijskoude ochtend voelde ze haar telefoon trillen: twee keer voor twee sms'jes, die na elkaar binnenkwamen.

Het eerste was een lang bericht van Louisa, de Spaanse verpleegster in de vruchtbaarheidskliniek, die haar liet weten dat zestien van de afgenomen eicellen bruikbaar waren. Verder vertelde Louisa dat de arts van de kliniek voorstelde de helft met het sperma van een onbekende donor te bevruchten en de andere helft in te vriezen.

Madeline gaf haar akkoord en meldde meteen ook dat ze veel pijn had. De verpleegster antwoordde per omgaande:

Misschien is het een infectie, of een overgevoeligheidsreactie. Kom langs in het ziekenhuis.

Dat kan ik niet, schreef Madeline, *ik ben niet in Madrid.*

Waar ben je? vroeg Louisa.

Daar gaf Madeline maar geen antwoord op. De tweede sms bracht goed nieuws. Hij was van Dominic Wu.

Hallo, Madeline. Als je in de buurt bent, kom dan om acht uur naar Hoboken Park.

Ze greep de gelegenheid meteen aan. *Hallo, Dominic. Ben je al op?*

Ik ben onderweg naar de sportzaal, antwoordde de agent van de FBI.

Madeline keek op. Ze had ergens gelezen dat vanaf vijf uur 's morgens het elektriciteitsgebruik in New York sterk steeg, gedeeltelijk ten gevolge van de vele fitnesscentra waar steeds meer mensen naartoe gingen.

Heb je informatie voor me?

Niet over de telefoon, Madeline.

Omdat ze begreep dat ze verder niets meer uit hem los zou krijgen, maakte ze een einde aan het gesprek: *Goed, tot straks.*

Met haar sigaret tussen haar lippen ontdekte ze dat ze haar aansteker was verloren. Ze wilde zich al omkeren, toen er een vlammetje voor haar gezicht opgloeide, dat even de ijzige koude van de ochtend verjoeg.

'Ik heb hem uit de salon meegenomen. U had hem op uw stoel laten vallen,' zei de jonge kruier, terwijl hij het vlammetje voor haar gezicht hield.

Madeline stak haar sigaret aan en bedankte hem met een knik van haar hoofd.

De jongen was nog geen twintig jaar oud. Ze had hem al eerder gezien: heldere blik, opstandig uiterlijk en een verleidelijke, ondeugende glimlach, die de meisjes het hoofd op hol moest laten slaan.

'Sean Lorenz had kamer 41,' zei hij terwijl hij haar Zippo teruggaf.

3

Madeline dacht eerst dat ze het niet goed had verstaan en vroeg hem het te herhalen.

'De schilder logeerde in suite 41,' zei de kruier. 'Een hoekkamer zoals die van u, maar een verdieping hoger.'

'Hoe weet je dat?'

'Ik heb het gewoon gehoord. Gisteravond vroeg meneer Coutances hetzelfde als u aan Lauren, van de receptie. En dat was het antwoord dat ze gaf.'

Madeline kon het niet geloven. Coutances had dat verwaande mens van de receptie wel aan het praten gekregen. Mijn hemel. Ze zag hem al voor zich, met zijn Smalto-jasje, zijn hondenogen en zijn geur van lavendel. Coutances moest dat groentje op een zielige manier hebben gecharmeerd. Met iets wat het midden hield tussen goede oude welwillendheid en een goochelaar op zijn retour. En het had gewerkt.

'Heeft hij haar nog meer gevraagd?'

'Hij wilde de kamer zien, maar dat heeft Lauren geweigerd.'

Madeline kon een gemeen gevoel van plezier niet onderdrukken: de macht van Coutances' aantrekkingskracht had zijn grenzen.

'Hoe heet je?'

'Kyle,' antwoordde de kruier.

'Werk je hier al lang?'

'Anderhalf jaar, maar alleen in het weekend en tijdens de vakanties.'

'En de rest van de tijd studeer je?'

'Ja, aan de NYU.'

De jongen had watergroene ogen die dwars door je heen keken en een stralende glimlach, die eerder duivels dan vriendelijk was.

'Vorig jaar zomer is er op een deel van de vierde verdieping lekkage geweest,' vertelde hij, alsof Madeline daarom had gevraagd. 'Echt een flinke overstroming.'

Ondanks zijn jeugdige uiterlijk voelde ze zich bij Kyle slecht op haar gemak. Zijn groene ogen fonkelden van een levendige intelligentie, maar wel op een dreigende manier.

'Uiteindelijk bleek het de airconditioning te zijn,' vervolgde hij. 'Een afvoerslang was verstopt geraakt. Ze hebben de plafonds van verscheidene kamers moeten vervangen, waaronder dat van nummer 41.'

'Waarom vertel je me dat?'

'De werkzaamheden duurden drie maanden. Ik had geluk: ik was erbij toen de werklieden iets in een van de verlaagde plafonds vonden. Een leren tas. Toen heb ik aangeboden hem naar de receptie te brengen.'

'Maar je hebt hem zelf gehouden,' raadde Madeline al.

'Ja.'

Ze moest zich niet laten misleiden. Er begon iets anders te spelen. Achter de onschuldige, verleidelijke blik van de jongen zag ze meer: berekening, verdorvenheid, iets koels.

'Het was een mooie tas, ook al was hij tot op de draad versleten en zat er verf op. Maar dat willen de mensen tegenwoordig graag, weet u? Niemand houdt nog van nieuw. Alsof het verleden de toekomst is.'

Hij liet de uitspraak bezinken. 'Ik heb er op eBay negenhonderd dollar voor gekregen. De tas was meteen weg. Ik wist van wie hij was geweest, want de naam van de eigenaar stond erin genaaid, alsof hij hem cadeau had gekregen.'

'Heb je de tas opengemaakt?'

'Ik had al eerder van Sean Lorenz gehoord, maar eerlijk gezegd kende ik zijn werk niet. Toen ben ik naar het Whitney Museum gegaan om zijn werk te bekijken, en dat verraste me. Ik vind het nogal onevenwichtig, want het...'

Ze onderbrak hem. 'Je hoeft me niet te vertellen wat je op Wikipedia hebt gelezen. Vertel me nou maar wat je in de tas hebt gevonden.'

Als Kyle beledigd was, liet hij daar niets van merken. Hij zei op zijn zogenaamd onschuldige toon: 'Rare dingen. Zo deprimerend, dat ik wist dat er ooit iemand in geïnteresseerd zou zijn. Dus gisteren, toen ik meneer Coutances hoorde, klikte er iets in mijn hoofd en ben ik naar huis gegaan om het op te halen.'

Als een potloodventer of een clandestiene horlogeverkoper trok hij zijn gewatteerde Barbour open en liet een dikke map van geplastificeerd karton zien.

'Geef hier, Kyle. Ik werk samen met Coutances. Hij en ik zijn één.'

'Ja, dat klopt. Dus dat is duizend dollar. Dat is het bedrag dat ik ervoor wilde vragen.'

'Ik ben een agent,' zei ze.

Maar dat leek geen indruk te maken op Kyle. 'Mijn vader is ook agent.'

Ze aarzelde even. Een van haar opties was hem bij de keel te grijpen en de papieren met geweld van hem af te pakken. Fysiek zou ze daartoe in staat zijn, maar iets in Kyle boezemde haar angst in. 'De duivel huist in sommige mensen,' had haar grootmoeder altijd gezegd. Als dat waar was, was Kyle zo iemand en alles wat ze zou proberen, zou zich tegen haar keren. 'Ik heb geen duizend dollar bij me.'

'Dertig meter verderop is een geldautomaat,' zei hij glimlachend en hij wees naar de lichten aan de overkant van de straat, van Duane Reade, een drugstoreketen die dag en nacht open was.

Met haar peuk stak Madeline nog een sigaret op en capituleerde. Deze jongen was niet zomaar een jongen. Hij was een instrument van het kwaad. 'Goed, wacht hier op me.'

Ze stak Greenwich Street over en liep naar een geldautomaat die in de drugstore stond. Toen ze voor het apparaat stond, vroeg ze zich af of ze met haar creditcard zoveel contant geld zou kunnen opnemen. Gelukkig, toen ze haar pincode had ingevoerd, gleden de biljetten van vijftig dollar zonder probleem naar buiten. Ze liep terug naar het hotel. Eigenlijk ging het allemaal net iets te gemakkelijk. Ze geloofde niet in cadeautjes die zomaar uit de lucht kwamen vallen. Ze stak over, net toen haar telefoon trilde. Benedick. Een sms met alleen een link naar een artikel in *Le Parisien*. Op haar iPhone verscheen de kop van het artikel al voordat ze de link had geopend.

TRAGISCHE DOOD VAN PÉNÉLOPE KURKOWSKI, BEKEND MANNEQUIN UIT DE JAREN NEGENTIG EN MUZE VAN DE SCHILDER SEAN LORENZ

Verdomme.

Terwijl de gedachten door haar hoofd tolden, vroeg Kyle ongeduldig: 'Hebt u het geld?'

De dienst van de jongen zat erop en hij zat klaar op zijn fiets. Hij nam de bankbiljetten aan en borg ze op in zijn zak, voordat hij haar de map gaf. Na een paar keer trappen op zijn pedalen was hij in het donker verdwenen.

Even was Madeline bang dat hij haar voor de gek had gehouden en ze er als een groentje in was gelopen.

Maar dat was niet zo. Ze opende de map en begon in het licht van de straatlantaarns te lezen.

En zo ontmoette ze de Elfenkoning.

17
De Elfenkoning

Ach vader, ach vader, nu raakt hij me aan!
Elfenkoning heeft mij pijn gedaan.
Johann Wolfgang von Goethe

1

In een fauteuil in de salon van de Bridge Club voelde Madeline haar hart in haar keel kloppen.

Uitgespreid op de lage tafel voor haar lagen de papieren van het macabere dossier dat ze had bekeken. Dat had haar een uur gekost. Gruwelijke dossiers, ongetwijfeld samengesteld door Adriano Sotomayor, waarin hij tientallen persberichten had verzameld – sommige rechtstreeks uit kranten geknipt, andere van internet gehaald – maar ook processen-verbaal van verhoren, autopsieverslagen en fotokopieën van delen van stukken over seriemoordenaars.

Al deze papieren hadden betrekking op een reeks ontvoeringen van en moorden op kinderen tussen begin 2012 en zomer 2014 in de staten New York, Connecticut en Massachusetts. Vier vreemde, afgrijselijke moorden die een verontrustende modus operandi gemeen hadden.

De reeks begon in februari 2012 met de kleine Mason Melvil, twee jaar oud, die werd ontvoerd in een park in Shelton, in het district Fairfield. Zijn lichaam werd twaalf weken later gevonden in een vijver in Waterbury, een andere stad in Connecticut.

In november 2012 verdween Caleb Coffin, vier jaar oud, terwijl hij in de tuin speelde van het huis van zijn ouders in Waltham, Massachusetts. Zijn lichaam werd drie maanden later door wandelaars in een moerassig gebied van de White Mountains gevonden.

Juli 2013, de ontvoering die de lont in het kruitvat was: Thomas Sturm, midden in de nacht ontvoerd op Long Island uit het huis van zijn vader, Matthias Sturm, een Duitse architect die getrouwd was met een bekende presentatrice van de Duitse ZDF. De zaak trok veel aandacht in de media in Duitsland. Op een gegeven moment werd de vader verdacht, omdat het echtpaar in scheiding lag en de scheidingsprocedure erg moeizaam verliep. De Duitse tabloids – met *Bild* voorop – hadden Sturm kapotgemaakt met weerzinwekkende details over zijn privéleven. De architect had zelfs korte tijd vastgezeten, maar tegen het einde van de herfst werd het lichaam van Thomas in de buurt van het Senecameer in de staat New York geïdentificeerd. Het was *Der Spiegel* die bij deze gebeurtenis voor het eerst de geheimzinnige dader de bijnaam *Erlkönig* gaf, de Elfenkoning, uit het gedicht van Goethe.

En in maart 2014 was het weer raak toen de jonge Daniel Russell tijdens een moment van onoplettendheid van het kindermeisje ontvoerd werd in een park in Chicopee, in Massachusetts. Zijn lichaam werd enkele weken later gevonden in de zoute moerassen van Old Saybrook, een badplaats in Connecticut.

En toen... niets meer. Vanaf de zomer van 2014 verdween de Elfenkoning van de radar.

2

Madeline nam een slok *pu-erh*, zwarte thee met lotussmaak, waarmee ze zichzelf oppepte sinds ze wakker was. Het was zes uur 's morgens. In de salon van de Bridge Club begon het al drukker te worden. De grote haard werkte als een magneet en trok de vroegste gasten aan, die er hun koffie bij de dansende vlammen opdronken.

Ze masseerde haar slapen en probeerde haar herinneringen op te roepen. Gedurende de jaren die ze in New York had doorgebracht, had ze in de media over de Elfenkoning gehoord, maar ze kon het zich nog maar vaag herinneren: de moordenaar had twee jaar het land geteisterd, de verschillende moorden waren niet meteen met elkaar in verband gebracht, ze had niet op een afdeling gewerkt die zich met de zaak bezighield, enzovoort.

Toch was haar indertijd al iets opgevallen wat afweek van de meeste van dit soort moorden: geen van de lichamen van de vier kinderen was misbruikt. Niet verkracht. Er waren geen sporen van mishandeling, noch was er iets bijzonders te zien aan de manier waarop de kinderen waren omgebracht. De autopsieverslagen die ze nu voor zich had liggen bevestigden dat de kinderen tijdens hun gevangenschap goed te eten hadden gekregen. Hun lichamen waren schoon en verzorgd; hun haar was geknipt, hun kleding gewassen. Hun dood was waarschijnlijk niet pijnlijk geweest en was ingetreden na een overdosis medicamenten. Een constatering die niets zei over het abnormale karakter van de moordenaar, maar die de verklaring voor zijn daden des te moeilijker maakte.

Toen Madeline het dossier las, vermoedde ze dat alles wat de FBI aan criminologen, psychiaters of profileerders in huis had zijn tanden op de zaak moest hebben gebroken in hun pogingen de psychopaat te identificeren en aan te houden. Maar dat de Elfenkoning na twee jaar was gestopt met doden had niets met de politie te maken.

Ze nam nog een slok thee en ging verzitten in haar stoel, om de kramp in haar buik draaglijker te maken. Er was geen handboek met redenen die verklaarden hoe een seriemoordenaar zijn aandrang in slaap zou kunnen sussen. Meestal stopte het omdat hij doodging of vanwege een andere zaak was opgepakt. Gold een van die redenen in deze zaak ook?

Maar er knaagde vooral een andere vraag aan haar. Welk verband bestond er tussen de zaak-Elfenkoning en de ontvoering van Julian Lorenz? Sean moest dit dossier hebben opgehaald omdat hij dacht dat Adriano Sotomayor ervan overtuigd was dat de Elfenkoning de ontvoerder van zijn zoon was. Alleen wees niets in de papieren daarop. Geen enkel artikel ging ook maar in de verste verte over de kleine Julian.

De periode kwam misschien wel overeen, maar volgens welke redenering was de agent tot de conclusie gekomen dat Julian het vijfde slachtoffer van de moordenaar zou kunnen zijn? En waarom was zijn lichaam nooit gevonden?

De vragen stapelden zich op, zonder enig spoor van een antwoord. In haar hoofd vormden al deze problemen een ingewikkelde warboel, een doolhof waarin Madeline tevergeefs naar de draad van Ariadne zocht. Maar het wás ongetwijfeld allemaal ook onbegrijpelijk. Lorenz had ze niet meer allemaal op een rijtje; Sotomayor was slechts een onbelangrijk speurdertje dat het nooit verder had geschopt dan inspecteur. Hij was in dit verhaal gedoken, een verhaal dat hem de kans had geboden zonder al te veel moeite achter zijn bureau de spanning te voelen van een onderzoek naar een seriemoordenaar die hij tevergeefs had proberen te koppelen aan de ontvoering van Lorenz junior.

Ze liet haar gedachten de vrije loop en stelde de meest waanzinnige hypotheses op. Wat nou als Beatriz Muñoz de Elfenkoning was geweest? Zo gek was dat eigenlijk nog niet. De data van de moorden zouden ongetwijfeld kunnen overeenkomen, maar Madeline kon dat niet controleren. Van de ene gedachte op de andere springend, herinnerde ze zich een van de hypotheses van Coutances en koppelde die aan haar recente ontdekkingen: was Sotomayor misschien zelf door de Elfenkoning vermoord? Nee, dat was onzin. Ze probeerde een vergelijking op te lossen met een te groot aantal onbekende variabelen. Maar ze weigerde de gedachte los te laten en besloot verder te zoeken.

3

Madeline pakte haar telefoon en zocht op internet het oorspronkelijke artikel van *Der Spiegel* op waarin de moordenaar voor het eerst 'Erlkönig' werd gedoopt. Met behulp van Google Translate en wat ze zich nog van het Duits op school herinnerde, vertaalde ze het artikel, dat neerkwam op een samenvatting van een zeer kort interview van Karl Doepler, een voormalige agent van de *Bundespolizei* in München. De man – vermoedelijk een 'goede klant' – was adviseur voor verscheidene media.

Toen Madeline verder zocht op andere nieuwssites vond ze in de krant *Die Welt* een artikel dat veel completer en interessanter was: een gesprek tussen Doepler en een professor in de Germaanse cultuur. Een gesprek van een hoogstaand niveau waarin de twee mannen de overeenkomst uitlegden tussen de modus operandi van de Amerikaanse moordenaar en de Erlkönig uit de Duitse folklore.

Hoewel Goethe de term niet zelf had bedacht, was het waarschijnlijk wel zijn lange gedicht, geschreven aan het einde van de achttiende eeuw, dat de personage van de Elfenkoning populair had gemaakt. De krant had enkele krachtige, verwarrende strofen uit het gedicht afgedrukt die de rit te paard beschreven van een vader en zijn zeer jonge zoon dwars door een dicht en donker woud; een dreigende omgeving waarin ze geheel afhankelijk waren van een gevaarlijk, angstaanjagend wezen.

De tekst van Goethe bevatte twee dialogen. Eerst die van een jongen die doodsbang was voor een monster, terwijl zijn vader tevergeefs probeerde hem gerust te stellen. En een tweede dialoog, die verontrustender was, waarin de Elfenkoning het kind rechtstreeks toesprak om hem in zijn netten te laten verstrikken. De woorden van het monster begonnen als een gevaarlijke verleiding, maar ze veranderden al snel in wreedheid, bedreiging en geweld:

Ik hou van jou, je bent al wat nu voor mij telt;
En ben je niet willig, dan gebruik ik geweld.

Toen de vader zag dat zijn zoon in paniek was, probeerde hij hem te redden door spoorslags uit het woud weg te rijden.

Maar het einde van het gedicht bezegelde het rampzalige lot van het kind:

Hij houdt in zijn armen het kermende kind,
Bereikt de hoeve ternauwernood;
Het kind in zijn armen was dood.

De tekst had andere kunstenaars geïnspireerd – Schubert had er een beroemd lied over geschreven – maar omdat het thema agressie en ontvoering behelsde, had het in de twintigste eeuw als basis gediend voor een hele reeks psychologische en psychiatrische analyses. Voor sommigen was het gedicht een duidelijke metafoor van een verkrachting. Anderen zagen er een ambivalente beschrijving van de vaderfiguur in, die zowel als een beschermer als als een beul wordt afgeschilderd.

Madeline las verder. Verderop in het artikel hamerden de twee auteurs op het feit dat ieder slachtoffer van de Erlkönig vlak bij een waterpartij was gevonden, in de buurt van elzenbomen. Waarna een uitleg volgde die meer botanisch van karakter was dan dat het iets van een politieonderzoek weg had.

De els, vertelde het artikel, is een boom die in vochtige bodem groeit: moerassen, veengronden en oevers van waterlopen. De ondergrond krijgt nooit zonlicht. Vanwege de grote vochtbestendigheid is het hout bij uitstek geschikt voor heipalen, pontons en bepaalde meubels en muziekinstrumenten. Behalve fysieke eigenschappen, werd de boom allerlei mythische krachten toegeschreven. In Griekenland was de els het symbool voor het leven na de dood. In de Keltische cultuur maakten de druïden hem tot het embleem voor wederopstanding. In Scandinavië werd hij gebruikt om toverstokken van te maken, en in de rook ervan werden allerlei betoveringen uitgesproken. In weer andere streken was de els – waarvan het rode sap op bloed lijkt – een heilige boom die niet mocht worden gekapt.

Wat had dit concreet allemaal te betekenen? Wat had dit rijke symbool met de motivatie van de moordenaar te maken? Het artikel waakte ervoor met conclusies te komen. Toen Madeline haar smartphone uitzette, voelde ze zich alsof ze een nieuwe grens was gepasseerd in een vijandig en nevelig niemandsland. Het was niet eenvoudig om tot het territorium van de Elfenkoning door te dringen.

18
De stad van rijp

Ik weet dat mijn leven een eeuwige reis over een onzekere zee zal zijn.
Nicolas de Staël

1

Al vanaf zeven uur die ochtend stond Madeline te wachten in het kantoor van FastCar, op de kruising van Gansevoort en Greenwich Street.

Ze had gedacht dat een auto huren in de Verenigde Staten eenvoudig zou zijn, maar omdat ze niet via internet had gereserveerd, was ze eindeloos bezig talloze formulieren in te vullen, in een ijskoude ruimte, onder het oog van een afschuwelijke baliemedewerker – ene Mike, die meer bezig was om op zijn mobiel met zijn vrienden te chatten dan een oplossing voor haar probleem te zoeken. Zelfs in New York was de klant geen koning meer.

De keus aan voertuigen was beperkt tot een kleine Spark eco, een Subaru-SUV en een Chevrolet Silverado-pick-up.

'Ik neem de Spark,' zei Madeline.

Ik moet maar niet in zo'n enorme truck stappen.

'Eigenlijk heb ik alleen de pick-up nog maar,' antwoordde Mike terwijl hij naar het computerscherm keek.

'U zei net iets anders.'

'Ja, ik had niet goed gekeken,' reageerde hij kauwend op zijn balpen. 'De andere zijn al gereserveerd.'

Met tegenzin gaf ze hem haar creditcard. Zo nodig zou ze zelfs een truck met oplegger hebben geaccepteerd.

Toen ze de sleutels van de pick-up had, reed ze eerst een paar blokjes om gewend te raken aan de reus, waarna ze de snelweg op reed, die ter hoogte van TriBeCa de verbinding tussen Manhattan en New Jersey vormde.

Hoewel het 24 december was, was het verkeer rustig. Binnen een kwartier was ze aan de andere kant van de rivier en had ze een parkeerplek gevonden in de parkeergarage van de terminal van de ferry's.

Madeline was nog nooit in Hoboken geweest. Toen ze de parkeergarage uit kwam, werd ze getroffen door het mooie landschap. De oevers van de Hudson boden een oogverblindend mooi uitzicht op Manhattan. De weerkaatsing van de zon op de wolkenkrabbers gaf de skyline een onwerkelijke aanblik en bescheen de gebouwen op een manier die de kleinste details eruit deed springen, zoals de superrealistische schilderijen van Richard Estes, die de werkelijkheid lieten verstarren in een overdaad aan goudbruine weerkaatsingen.

Ze liep honderd meter over de lange, houten promenade, waarin hier en daar groene delen waren aangelegd, die uitkeek op de High Line en Greenwich Village. Het uitzicht was fantastisch. Ze hoefde haar hoofd maar naar het zuiden te draaien om een gebied met Amerikaanse geschiedenis te zien: de groengrijze omtrekken van Ellis Island, een lichtpunt voor de wereld, het piepkleine eiland waar de voorouders van honderd miljoen inwoners van dit land op doorreis waren binnengekomen. Op de promenade moest het normaal wemelen van de fietsers en joggers, maar deze ochtend deed de ijzige poolwind de meesten van hen thuisblijven.

Madeline ging op een van de banken van de *boardwalk* zitten, trok de capuchon van haar parka over haar hoofd om zich te beschermen tegen de ijskoude wind van de Hudson en stak haar handen in haar zakken. De kou was zo fel dat haar ogen brandden. Er gleed zelfs een traan over haar wang, maar ze was niet bedroefd of verslagen. Integendeel zelfs.

Het was vreselijk om te zeggen, maar het vooruitzicht onderzoek te doen naar de Elfenkoning had haar opgevrolijkt. Dit was de vonk waar ze van het begin af aan al op had gewacht. De vonk die haar jachtinstinct had doen ontwaken. Ook al schrok ze van zichzelf, toch was dat wat ze diep vanbinnen eigenlijk was. Een jager. Dat had ze altijd geweten.

Je ontkomt vrijwel niet aan je werkelijke natuur. Zo was Gaspard Coutances, in tegenstelling tot zijn voorkomen, in werkelijkheid een zeer gevoelige man. Een misantroop die beweerde de mensheid te haten, maar juist van de mens hield en al snel geschokt was door het verhaal van een vader die was gebroken door de dood van zijn zoon. Zij, Madeline, was niet uit dat hout gesneden. Ze was niet sentimenteel. Ze was een jager op groot wild. Door haar aderen stroomde zwart bloed. In haar hoofd brak onophoudelijk een stroom van gesmolten lava uit. Een magma dat onmogelijk was af te koelen of te sturen.

Wat ze Coutances had verteld was niet gelogen. Moordenaars opsporen verwoestte je leven, maar niet om de redenenen die meestal werden genoemd. Moordenaars opsporen vrat je op, want dat deed je beseffen dat je zelf ook een moordenaar bent. En daar genoot je van. Dat was nou juist datgene wat het meest verontrustend was. 'Iemand die monsters bestrijdt, moet oppassen niet zelf een monster te worden.' De woorden van Nietzsche leken afgezaagd, maar toch was zijn constatering juist. Hoe langer de achtervolging duurde, hoe meer je ging lijken op degene die je achtervolgde. En die conclusie gaf elke overwinning een bittere bijsmaak. Zelfs wanneer je dacht het te hebben gewonnen, bleef het kwaad toch in beginsel achter. En jij. *Post coïtum triste.*

Ze ademde de ijzige lucht een paar keer diep in om tot rust te komen. Ze zou een paar stappen terug moeten doen. *Wees realistisch, meid. Je kunt niet in je eentje een zaak oplossen die alle profileerders van het land tot waanzin heeft gedreven.*

Maar toch... Madeline kon niet verhinderen dat ze met de gedachte speelde dat ze een unieke zaak op een presenteerblaadje aangeboden had gekregen. Een zaak waarvan alle smerissen in de wereld droomden. Daarnaast deed niets meer ertoe: de kunstmatige inseminatie, noch het vooruitzicht van een kalm leven met spenen en babykleertjes.

Alleen de smaak van bloed telde.

De roes van de jacht.

'Dag, Madeline.'

Een hand op haar schouder deed haar opschrikken.

In gedachten verzonken had ze Dominic Wu niet horen aankomen.

2

Gaspard werd door het belsignaal van zijn telefoon uit zijn slaap gerukt. Een irritant sambaritme dat hem het vreselijke gevoel gaf dat hij midden in het carnaval van Rio wakker werd. Tegen de tijd dat hij zijn ogen open had en het toestel had gepakt, was de voicemail al gestart. Hij trok de gordijnen open en belde meteen terug, zonder het bericht af te luisteren. Het was Isabella Rodrigues, de vriendelijke nicht van Adriano Sotomayor.

'Ik ben te laat voor mijn werk,' zei ze meteen.

Gaspard hoorde op de achtergrond het typerende geroezemoes van de stad New York: ronken van het verkeer, drukte, politiesirenes...

'Was het vandaag geen dag voor de kinderen?' vroeg hij.

'Morgen is het Kerstmis,' antwoordde de mooie latina.

'Waar werkt u?'

'Ik ben bedrijfsleidster van de boetiek Adele's Cupcakes op Bleecker Street. En vandaag is het een van de drukste dagen van het jaar.'

Isabella had zich aan haar woord gehouden. Ze had haar man gevraagd wat hij zich herinnerde van het bezoek dat Sean Lorenz hun had gebracht. 'André kan u misschien nog wel twee of drie dingen vertellen,' zei ze. 'Komt u gerust langs, wanneer u wilt, maar vóór tien uur, want hij moet de kinderen naar mijn moeder brengen. Komt u vooral niet te laat.'

Gaspard wilde meer weten, maar Isabella had de verbinding al verbroken. Toen hij zijn toestel wilde wegleggen, zag hij een sms van Madeline op het scherm: *Ik moet nog twee of drie dingen controleren. Laten we vanmiddag om twaalf uur in het hotel afspreken.*

Eerst vond hij dit uitstel vervelend, maar toen besefte hij dat hij juist blij was dat ze toch weer met de zaak bezig was. Hij had geen tijd om er verder bij stil te staan als hij de man van Isabella op tijd wilde spreken. Hij keek op zijn horloge: snel onder de douche, een kam door zijn haar en een plens *Pour un homme* 1992.

Eenmaal buiten liep hij naar Franklin Street, kocht metrokaartjes en nam de lijn naar Columbus Circle, ten zuidwesten van Central Park. Daar stapte hij over en reed tien haltes verder naar het grootste metrostation van Harlem: dat van 125th Street, waar in de jaren negentig de Vuurwerkmakers tientallen metrostellen hadden bespoten. Ook het station dat Beatriz Muñoz had uitgekozen om een einde aan haar leven te maken.

Het kostte Gaspard nog geen kwartier om in Bilberry Street te komen. Hij mocht deze straat wel. Verstijfd van de kou, maar badend in de zon, ademde die de tijdloze sfeer van het geïdealiseerde en nostalgische New York. Voor nummer 12, het huis van Isabella, was een tuinman een van de kastanjebomen langs de straat aan het snoeien, die met zijn takken een kille schaduw op de stoep wierp.

'Kom binnen en doe of u thuis bent,' begroette André Langlois hem toen hij de deur opendeed.

Binnen zag Gaspard de drie kinderen die hij de vorige dag aan de grote tafel had zien zitten. Maar nu zaten ze aan een uitgebreid ontbijt: granola, kwark, ananas, gele kiwi's. En als bonus: lachen, plezier, warmte. Op de achtergrond klonk uit een op WQXR afgestemde iPhone de 'Bloemenwals' uit de *Notenkraker*. Alles bij de Langlois was erop gericht de kinderen te laten kennismaken met cultuur.

'Zo, dus mijn vrouw voert eierpunch aan u wanneer ik op kantoor ben!' zei André plagend terwijl hij koffie voor Gaspard inschonk.

Kaalgeschoren schedel, gespierd als een bodybuilder, een donkergekleurde huid en een vrolijk lachende mond vol tanden. André Langlois kwam meteen sympathiek op hem over. Hij was jonger dan zijn vrouw, droeg een trainingsbroek en een T-shirt waarop stond dat hij de presidentscampagne van Tad Copeland steunde.

Voor de duidelijkheid herhaalde Gaspard wat hij de vorige dag Isabella had verteld en legde uit dat hij een schrijver was die tijdens het schrijven van een biografie van Sean Lorenz nieuwsgierig was geworden naar de duistere vragen over de dood van zijn zoon die onbeantwoord waren gebleven.

Terwijl André luisterde, pelde hij een sinaasappel voor het jongste kind, dat in een kinderstoel zat.

'Ik heb Lorenz maar één keer ontmoet, meer niet. Maar ik geloof dat u dat al wist.'

Gaspard knikte en wachtte op het vervolg.

'Eerlijk gezegd had mijn vrouw me er al over verteld. Ik wist dat ze, lang voordat we zijn getrouwd, een relatie met hem had gehad, dus eigenlijk was ik wel een beetje achterdochtig geworden.'

'Maar die achterdocht verdween toen u hem had gezien...'

Langlois knikte. 'Ik kreeg echt medelijden met hem toen hij ons over zijn zoon vertelde. Hij was volkomen van streek, ten einde raad, in zijn ogen fonkelde een waanzinnige gloed. Lichamelijk leek hij meer op een zwerver dan op een onweerstaanbare donjuan.'

André gaf een paar sinaasappelpartjes aan zijn zoon en gaf vervolgens de oudste twee jongens een reeks opdrachten, variërend van tandenpoetsen tot het klaarmaken van het lunchpakket dat ze naar hun grootmoeder zouden meenemen.

'Indertijd begreep ik niet veel van het verhaal dat Sean ons vertelde over zijn contacten met neef Adriano, maar Isabella heeft hem toch het huis laten doorzoeken.'

André begon de ontbijttafel schoon te maken en zonder erbij na te denken hielp Gaspard mee door de vaat op het aanrecht te zetten.

'Ik had er niets op tegen,' verzekerde André Langlois hem. 'Hij was tenslotte iemand die mijn vrouw van vroeger kende. Maar hij had meer tijd nodig dan gedacht, dus zei ik tegen Isabella dat ze maar met de kinderen moest weggaan, waarna ik bij Lorenz ben gebleven om hem in de gaten te houden.'

'Ze zei dat hij papieren had meegenomen.'

Net als de vorige keer hoopte Gaspard dat hij meer te weten zou komen, maar Langlois liet hem niet lang in die waan. 'Dat klopt,' zei hij, en hij haalde een plastic zak met afval uit een verchroomde vuilnisbak. 'Maar ik zou u niet kunnen zeggen wat voor papieren dat waren. De kamer van Adriano lag vol met allerlei papieren en dossiers.'

Hij knoopte de vuilniszak dicht en opende de buitendeur om de zak buiten in de afvalcontainer te gooien. 'Maar dat is niet het enige wat Sean Lorenz heeft meegenomen,' zei hij terwijl hij van de veranda omlaagliep.

Gaspard volgde hem de tuin in.

'Sean Lorenz vroeg ook of hij in de auto van Adriano mocht kijken, een Dodge Charger die hier al meer dan een jaar was blijven staan.'

Met een beweging van zijn kin wees hij naar een doodlopend zijstraatje. 'Ik heb hem afgelopen zomer verkocht. Het was een mooie wagen, maar sinds de dood van onze neef was hij niet meer onderhouden. Toen Sean er was, was de accu leeg. Hij heeft de Dodge van top tot teen doorzocht. Ik geloof dat hij zelf niet goed wist waarnaar hij op zoek was. Toen leek hij plotseling op een idee te komen en ging hij naar de drugstore op 131st. Vijf minuten later kwam hij terug met een grote rol vuilniszakken. Hij deed de kofferbak van de Dodge open, trok de bekleding eruit en propte die in een van de vuilniszakken. Toen is hij weggegaan zonder nog een woord te zeggen.'

'Papa, papa, Sydney heeft me geslagen!' riep een van de jongens toen hij naar buiten kwam rennen en zich in de armen van zijn vader wierp.

'Hebt u Sean laten gaan zonder hem iets te vragen?' zei Gaspard verbaasd.

'Het was moeilijk om tegen Sean in te gaan,' legde André uit terwijl hij zijn zoon troostte. 'Lorenz leek wel bezeten te zijn. Alsof hij op een andere planeet, lichtjaren bij de onze vandaan woonde. Het verdriet was echt van zijn gezicht af te lezen.'

Het kind had zijn tranen al gedroogd en rende terug naar zijn broer.

André streek door zijn haar. 'Niemand zou ooit een kind moeten verliezen,' mompelde hij, alsof hij het tegen zichzelf had.

3

Dominic Wu had zo uit een film van Wong Kar-wai kunnen komen.

Als een ware dandy droeg de agent van de FBI altijd keurige, getailleerde kostuums, geweven dassen en zijden pochets. Deze ochtend gingen zijn ogen verborgen achter een zonnebril. Zijn elegante gedaante tekende zich af voor de reeks wolkenkrabbers, die zo goed waren dezelfde metallic blauwe kleur uit te stralen als zijn kasjmieren trenchcoat.

'Bedankt dat je bent gekomen, Dominic.'

'Ik heb niet veel tijd, Madeline. Hans wacht met de meisjes in de auto. Vandaag is zelfs het zand in de speeltuin hard als beton.'

Hij nam naast haar plaats op de bank, maar hield enige afstand. Hij droeg handschoenen van heel fijn, zwart leer. Voorzichtig haalde hij uit de binnenzak van zijn jas een in vieren gevouwen vel papier. 'Ik heb uitgezocht waar je naar vroeg. Er is niets verdachts aan de moord op Adriano Sotomayor.'

'Hoezo?'

'Die sukkel wilde stoer doen en is ongewapend tussenbeide gekomen bij een ruzie tussen twee kleine dealers. De ruzie liep uit de hand en hij is met een mes in zijn keel gestoken. Einde verhaal.'

'Wie was die dealer?'

'Nestor Mendoza, tweeëntwintig jaar oud. Een kleine crimineel uit El Barrio. Opvliegend en impulsief. Hij had net een straf van drie jaar in Rikers uitgezeten.'

'Waarom konden ze hem niet oppakken?'

De Aziaat haalde zijn schouders op. 'Omdat hij ervandoor is gegaan, wat dacht je! Hij heeft familie in San Antonio, maar ze hebben er zijn spoor nooit gevonden.'

'Meestal reageren ze na de moord op een agent wel wat feller, toch?'

'Op een goede dag zullen ze hem wel tijdens een routinecontrole te pakken krijgen, of vinden ze zijn lijk na een knokpartij op straat in Little Havana. Vertel me liever eens waarom je in de dood van Sotomayor bent geïnteresseerd.'

Wu was een slimme agent. Madeline wist heel goed dat hij alleen wat informatie aan haar had gegeven omdat hij dacht daar iets voor in ruil te krijgen. Want ze was een goede agent geweest en hij dacht dat als ze een veelbelovend spoor had, hij er als eerste van zou kunnen profiteren.

'Ik denk dat de moord op Sotomayor in verband staat met een andere zaak,' zei ze.

'Welke?'

'Dat mag jij me zeggen,' antwoordde ze.

Wu zou nooit zomaar zijn gekomen als hij niet nog meer pijlen op zijn boog had. 'Je denkt zeker aan zijn broer?'

Zijn broer? Welke broer? Madeline voelde de adrenaline in haar aderen razen. 'Vertel eens wat je weet,' vroeg ze uitdagend.

De federale agent zette zijn zilverkleurige bril recht. Al zijn gebaren, zijn bewegingen, leken te worden uitgevoerd volgens een geheimzinnige choreografie die hij volgens haar vooraf moest hebben ingestudeerd. 'Ik heb iets vreemds ontdekt toen ik de zaak-Sotomayor doorkeek. Hij had een jongere broer, Reuben, een geschiedenisleraar aan de universiteit van Florida.'

'Zeker een halfbroer?'

'Dat weet ik niet. Maar Reuben Sotomayor is in 2011 vermoord in een park in Gainesville gevonden, waar hij altijd ging joggen.'

'Hoe is hij vermoord?'

'Op een wrede manier: doodgeslagen, afgeslacht met een honkbalknuppel.'

Wu vouwde het blaadje in zijn handen op. 'We hebben een dakloze gearresteerd die vaak in het park sliep, Yiannis Perahia. Hij is heel zwak verdedigd. De man was psychotisch en ging al jarenlang ziekenhuizen in en uit. Perahia heeft min of meer bekend en is meteen veroordeeld tot dertig jaar gevangenisstraf. Kortom, een vreemde zaak, maar een die snel is afgesloten. Totdat Transparency Project roet in het eten gooide.'

'De organisatie die tegen juridische missers strijdt?'

'Ja. En opnieuw hebben ze geprobeerd ons de grond in te boren door een rechter te vinden die bereid was een beschikking uit te vaardigen die bepaalde dat er nauwkeurigere DNA-tests moesten worden gedaan.'

'Om welke reden?'

'Altijd hetzelfde gezeur: bekentenissen die een kwetsbaar persoon zouden zijn afgedwongen, en door de vooruitgang van de wetenschap zou het nu mogelijk zijn een fragment DNA te identificeren waar vroeger niets mee zou zijn gedaan.'

Madeline schudde haar hoofd. 'Wat voor vooruitgang van de wetenschap? In vier jaar tijd?'

'Het is inderdaad onzin. Hoewel, uiteindelijk niet helemaal. Met de nieuwe technieken waarmee ze DNA kunnen uitvergroten, kunnen ze...'

Ze onderbrak hem. 'Dat geloof ik graag.'

'Kortom, ze hebben nieuwe tests gedaan waaruit bleek dat de dakloze onschuldig was.'

Madeline begreep dat Wu het spannend wilde maken. 'Waarom onschuldig?' vroeg ze.

'Omdat ze op het trainingspak van Reuben DNA hebben teruggevonden dat niet eerder was onderzocht.'

'En dat DNA zat in het systeem?'

'Ja. Het was zelfs van een agent: Adriano Sotomayor.'

'Wat was de conclusie? Dat Sotomayor zijn broertje had vermoord?'

'Misschien, maar misschien ook niet. Het konden ook sporen van een eerder contact zijn. Dat is heel moeilijk te dateren.'

'Weet je of de twee broers elkaar regelmatig zagen?'

'Geen idee. Omdat Adriano intussen dood was, hebben ze het onderzoek niet heropend.'

'Dus dat is het einde van het verhaal?'

'Helaas. Nu is het jouw beurt om iets te zeggen, Maddie! Vertel eens wat je onderzoekt.'

Madeline hield voet bij stuk en schudde haar hoofd. Geen sprake van dat ze hem over Lorenz zou vertellen. En nog minder over de Elfenkoning.

De dandy probeerde niet zijn teleurstelling te verbergen en stond zuchtend op. 'Zoek maar verder in de zaak-Sotomayor,' raadde hij Madeline aan.

Wu trok zijn jas recht en glimlachte strak. Net als in een film leken zijn bewegingen zich vertraagd af te spelen.

Hij maakte met zijn hand een gebaar naar Madeline en liep weg.

Met de zon in zijn gezicht en 'Yumeji's Theme' in zijn rug.

19
Op de rand van de hel

Iedereen denkt dat hij alleen is in de hel, en dat ís de hel.
René Cirard

1

In het restaurant hing een heerlijke geur van maïsbrood.

Om zich tegen de kou te beschermen, had Gaspard zijn toevlucht gezocht in de Blue Peacock, een van de tempels van het soul food in Harlem. Door de week opende het restaurant alleen zijn deuren tijdens de lunch, maar in het weekend kon je er vanaf tien uur 's morgens genieten van heerlijke brunches van gebraden kip, zoete aardappelen met kruiden en wentelteefjes met karamel.

Hij zat vlak bij de ingang op een van de krukken rond de hoefijzervormige toog. Het was er al heel druk en gezellig: toeristen, yuppen uit de wijk, mooie meisjes die cocktails met poëtische namen dronken en bejaarde zwarte mensen gekleed als Robert Johnson of Thelonious Monk.

Gaspard stak zijn hand op om de aandacht van de barman te trekken. Hij had trek in een scotch, maar bestelde in plaats daarvan een walgelijke biologische rooibos. Hij troostte zichzelf met een beignet met een vulling van bakbanaan. Pas toen hij eenmaal zat, begonnen de raderen in zijn hersenen te draaien. Hij dacht eerst terug aan wat André Langlois hem had verteld. Waarom had Sean Lorenz de bekleding uit de oude auto van Adriano Sotomayor losgetrokken? En vooral: wat wilde hij daarmee doen?

Objectief gezien waren er niet veel redenen te bedenken. Een daarvan drong zich aan hem op: Lorenz wilde de stof analyseren. Maar wat dacht hij daarin te vinden? Ongetwijfeld bloed of ander genetisch materiaal.

Gaspard kneep zijn ogen samen. Heel voorzichtig tekende zich een ander verhaal af. Tegengesteld aan wat hij eerst had gedacht en wat hij had willen geloven. Misschien had Sean Lorenz nooit hulp aan Sotomayor gevraagd. Misschien had hij zijn oude vriend er zelfs van verdacht een rol te hebben gespeeld in de ontvoering van zijn zoon. Een waanzinnige hypothese ontspon zich in zijn hoofd: Sotomayor was de handlanger van Beatriz Muñoz geweest. Kon zo'n scenario standhouden?

Een stomme reeks beelden speelde zich in zijn hoofd af, alsof hij filmrushes bekeek. Beatriz achter het stuur van haar bestelwagen met de kleine Julian achterin; de bebloede hand van de jongen nadat een vinger was geamputeerd; de bestelwagen komt aan op de oever aan de monding van de Newtown Creek, voordat er een Dodge Charger naast komt staan; Sotomayor stapt uit zijn auto en helpt het kind in zijn kofferbak te laden; de knuffel van Julian, onder het bloed, valt ongezien op straat...

Hij knipperde met zijn ogen en het beeld verdween. Voordat hij er een film van zou kunnen maken, moest hij eerst bewijzen hebben. Hij bekeek zijn overpeinzingen vanuit een andere hoek. Sean was een burger, geen agent. Om de bekleding te kunnen laten analyseren, had hij een privélaboratorium moeten zoeken. Gaspard leunde met zijn hoofd op zijn handen en probeerde alle draden van zijn onderzoek aan elkaar te knopen. Sean was op 22 december bij de Langlois langsgegaan, de avond voor zijn dood. Als hij naar een laboratorium was gegaan, moest dat waarschijnlijk de volgende dag zijn geweest. Toen deed iets wat Gaspard eerder had gezien hem verstrakken: de agenda van Sean, het blad van 23 december, de afspraak met de geheimzinnige dokter Stockhausen.

Hij pakte zijn telefoon en opende Google, zijn nieuwe beste vriend, en toetste enkele combinaties van sleutelwoorden in: 'Manhattan', 'laboratorium', 'DNA', 'Stockhausen'... Binnen enkele tellen vond hij wat hij zocht: het adres in Upper East Side van het hematologisch pathologisch-anatomisch laboratorium Pelletier & Stockhausen.

Hij ging naar de website van de instelling. Volgens de inleiding op de site was het laboratorium gespecialiseerd in 'genetische analyses ten behoeve van menselijke identificatie'. Te zien aan het grote aantal accreditaties (FBI, rechtbanken, Amerikaans hof van justitie) werd het instituut regelmatig ingeschakeld bij strafprocedures en juridische verzoeken om biologische sporen van een plaats delict te identificeren en te analyseren. Particulieren konden er vooral terecht voor erfelijkheidsonderzoek. In een rubriek van de site waren de cv's van de twee oprichters te lezen: Eliane Pelletier, voormalig hoofdfarmaceutica in het Saint-Luc-ziekenhuis in Montreal en Dwight Stockhausen, bioloog, afgestudeerd aan de Johns-Hopkins-universiteit.

Gaspard belde het laboratorium en kreeg het secretariaat van Stockhausen te pakken. Hetzelfde leugentje dat niet helemaal een leugen was: hij was een schrijver die in het kader van een biografie van de schilder

Sean Lorenz graag dokter Stockhausen wilde spreken. De secretaresse raadde hem aan een mail te sturen en zijn verzoek schriftelijk in te dienen. Gaspard drong erop aan dat zijn telefoonnummer zou worden genoteerd en dat zijn verzoek mondeling zou worden overgebracht. De secretaresse verzekerde hem dat dat zou gebeuren en hing toen vrijwel midden in het gesprek op.

'Flauwekul...' verzuchtte hij.

Op datzelfde moment kreeg hij een sms van Madeline. Ze vroeg hem om de gegevens van Isabella, de nicht van Sotomayor. Trouw aan de ingetogen houding die hij zich ten opzichte van haar had aangemeten, weerstond hij de aandrang haar te bellen om meer te weten te komen en stuurde hij haar slechts het nummer waar ze om vroeg.

Omdat zijn thee intussen koud was, stak hij zijn hand op om een nieuwe te bestellen, maar halverwege de beweging stopte hij. Bijna een minuut lang bleef zijn blik hangen bij de honderden flessen waarmee de muur achter de barman vol stond. Rum, cognac, gin, benedictine, chartreuse. Felle kleuren, net zo fonkelend als diamanten, die je hypnotiseerden. Felgekleurde likeuren, geparfumeerde alcoholen die fonkelden in hun glazen juwelenkistjes. Armagnac, calvados, absint, curaçao, vermout, cointreau.

Even zei Gaspard tegen zichzelf dat hij na een slokje alcohol beter kon nadenken. Op korte termijn was dat beslist waar, maar als hij nu toegaf, zou zijn onderzoek onverbiddelijk afwijken van de strikte, ascetische en deugdzame weg die hij zich had voorgenomen. Toch bezat de goudbruine gloed van de whisky's een krachtige, bijna onweerstaanbare aantrekkingskracht. Hij voelde zich zwakker worden. Dat was ontwenning eigen: het gevaar dat het gemis je pakte op een moment waarop je het niet verwachtte. Er opende zich een afgrond in zijn maag. Zijn borst werd samengedrukt, zijn slapen gonsden en baadden in het zweet.

Hij kende de smaak die bij elke fles hoorde, bij elk merk en elk etiket. Die Japanse blend, zacht en romig, de houtig aandoende accenten van Schotse single malt, de eerlijke aroma's van Ierse whiskey, de honingsmaak van een oude bourbon, de aroma's van sinaasappel en perzik van een Chivas.

Net als de vorige dag slikte Gaspard nog eens en rolde met zijn schouders en zijn nek om de rillingen te laten wegvloeien. Maar nu verdween het onweer niet zoals het was gekomen. Het keerde sterker terug. Ondanks al zijn goede wil stond hij op het punt toe te geven.

Toen ging zijn telefoon. Op het scherm stond een onbekend mobiel nummer. 'Ja?' zei hij toen hij opnam, en hij had het gevoel dat zijn stem verwrongen uit zijn samengeknepen keel klonk.

'Meneer Coutances? Met Dwight Stockhausen. Hebt u vlak voor de lunch nog een gaatje?'

2

Madeline deed de zonneklep omlaag om zich tegen de felle spiegeling te beschermen.

Overal was licht, oogverblindend, totaal, en ze zag bijna niets meer.

Ze was al twee uur met haar pick-up onderweg naar Long Island. Het uitzicht was vol tegenstellingen, zowel ergerlijk als betoverend. Opzichtige landhuizen van miljonairs die werden afgewisseld door strakke vakantieparken uit de jaren vijftig en onwerkelijke landschappen: stranden van wit zand die zich eindeloos ver uitstrekten onder een spierwitte hemel. Nadat ze Westhampton was gepasseerd, reed ze twintig kilometer door uitgestrekte dorpen – Southampton, Bridgehampton – die elkaar opvolgden op de lange strook langs de Atlantische Oceaan.

Toen ze over een zandpad werd geleid, leek de gps te haperen. Madeline dacht even dat ze verdwaald was en zocht een plek om te keren. Tot ze het bejaardenhuis zag liggen. Op vijftig meter van het strand lag een groot, oud gebouw met een houten gevelbekleding, omgeven door naaldbomen en berken.

Ze parkeerde bij de bomen, stapte uit en sloeg de deur van de pick-up achter zich dicht. De woeste sfeer van de omgeving maakte meteen indruk op haar. Onder een melkwitte lucht begon het te waaien. Het zand van de duinen dwarrelde op en verzadigde de lucht met een alkalische, zilte geur. Caspar David Friedrich *revisited* door Edward Hopper.

Ze liep snel de trap naar de ingang op. Geen bel of automatisch openslaande deuren. Alleen een deur waarvan de verf afbladderde, met een gescheurde hor ervoor, die kraakte toen ze ertegen duwde. Madeline ging de verlaten hal binnen, waarin het naar vocht stonk.

'Is daar iemand?'

Eerst was het enige antwoord dat ze kreeg dat van de wind die dreigde de sluitingen van de ramen los te rukken.

Toen verscheen er een man met lang, rood haar boven aan de trap. Slordig gekleed in een dubieus, wit verplegersuniform, met een blikje Dr Pepper in zijn hand.

'Goedemorgen,' zei Madeline. 'Misschien heb ik me vergist in het adres...'

'Nee,' verzekerde de verpleger haar terwijl hij de trap af liep. 'U bent inderdaad in Eilenroc House Senior Citizens.'

'Kennelijk zijn er niet veel mensen.'

De man had een nogal beangstigende kop, vol met littekens van verwondingen en acne. Toch was de blik in zijn blauwe ogen opvallend zacht.

Hij stelde zich voor. 'Ik ben Horace,' zei hij terwijl hij zijn haar met een elastiek samenbond.

'Madeline Greene.'

Hij zette zijn blikje op de plank die als receptie diende. 'De meeste bejaarden zijn weg,' legde hij uit. 'Eind februari sluit het bejaardenhuis definitief.'

'O?'

'Het gebouw zal worden afgebroken en ervoor in de plaats komt een luxehotel.'

'Dat is jammer.'

Horace grijnsde. 'De Wall Street-maffia plundert de hele streek. Het hele land, trouwens. En daar zal geen einde aan komen wanneer die slappe zak van een Tad Copeland wordt gekozen.'

Madeline waagde zich niet op politiek terrein. 'Ik kom eigenlijk om een van de bewoners te bezoeken, mevrouw Antonella Boninsegna. Is ze er?'

'Nella? Ja, ik geloof dat ze als laatste vertrekt.' Hij keek op zijn horloge. 'Oei, ik ben zelfs haar lunch vergeten. Om deze tijd vindt u haar in de serre.' Horace wees naar het einde van de hal. 'Loopt u de eetzaal door en dan komt u er vanzelf. Zal ik u iets te drinken brengen?'

'Graag een cola.'

'Zero?'

'Een echte! Ik heb nog wat ruimte, hè?' antwoordde ze terwijl ze naar de riem van haar spijkerbroek wees.

'Zo bedoelde ik het niet,' zei de verpleger glimlachend, waarna hij de keuken in verdween.

De grote gemeenschappelijke ruimte op de begane grond deed aan een oud familiehuis denken. Het soort 'halfpension met uitzicht op zee', dat je nog aantrof in Bénodet of Whitstable. Duidelijk zichtbare balken en houten eenpersoonstafels met plastic tafelkleden met schelpmotieven. En niet te vergeten de onontkoombare 'nautische' decoraties, die zo'n furore maakten in woontijdschriften van de jaren negentig: bolle, glazen lampen, stoffige zeilschepen in flessen, messing passers en kompassen, opgezette zwaardvissen en etsen van heldhaftige vissers uit de tijd van Moby Dick...

Toen ze de serre binnenliep, die door de wind werd gegeseld, leek het of Madeline op de brug stapte van een driemaster in een hevig noodweer. Met de gebarsten wanden en een lekkend dak leek de serre een zinkend schip.

Aan een tafeltje in een hoek aan het uiteinde van de serre zat Nella Boninsegna, een oude, frêle dame met een spits gezicht en overdreven grote ogen, die fonkelden achter een grote bril met glazen die zo dik als een loep leken. Ze droeg een donkere, versleten jurk met een ronde kraag. Op haar knieën lag een wollen plaid met een Schots motief en ze zat in een dikke roman te lezen: *De stad die nooit slaapt* van Arthur Costello.

'Goedemorgen, mevrouw.'

'Goedemorgen,' antwoordde de oude vrouw toen ze van haar boek opkeek.

'Is dat een goed boek?'

'Een van mijn lievelingstitels. Ik lees het voor de tweede keer. Jammer dat de auteur niet meer schrijft.'

'Is hij dood?'

'Nee, hij is kapot van verdriet. Zijn kinderen zijn bij een verkeersongeluk omgekomen. Kom je mij mijn injectie geven?'

'Nee, mevrouw. Ik ben Madeline Greene, ik doe een onderzoek.'

'Je bent zeker Engelse.'

'Dat klopt. Hoe weet u dat?'

'Je accent, lieverd. Manchester, toch?'

Madeline knikte. Meestal hield ze er niet van dat ze zo doorzichtig was, maar de oude vrouw had het niet gezegd om haar te beledigen.

'Mijn man kwam uit Engeland,' vervolgde Nella. 'Uit Prestwich.'

'Dan hield hij zeker van voetbal?'

'Hij leefde alleen voor Manchester United in zijn gloriejaren.'

'Dat van Ryan Giggs en Eric Cantona?'

De oude dame knikte met een schalkse glimlach. 'Eerder dat van Bobby Charlton en George Best.'

Madeline kwam ter zake. 'Ik ben gekomen omdat ik onderzoek doe naar een zaak. De ontvoering van en moord op de zoon van Sean Lorenz. Zegt dat u iets?'

'De schilder? Natuurlijk. Wist je dat Jackson Pollock hier vlakbij heeft gewoond? Hij is bij een auto-ongeluk in Springs om het leven gekomen, tien kilometer verderop. Hij reed met zijn maîtresse in een Oldsmobile-cabriolet. Hij zat stomdronken achter het stuur en...'

Madeline onderbrak haar. 'Daar heb ik over gehoord, maar dat was in

de jaren vijftig. Sean Lorenz was een schilder van deze tijd.'
'Denk je dat ik niet goed meer bij mijn hoofd ben, lieverd?'
'Geenszins. Lorenz was de vriend van een van uw vroegere leerlingen: Adriano Sotomayor. Herinnert u zich hem nog?'
'O, de kleine Adriano...'
Nella Boninsegna maakte haar zin niet af en de uitdrukking op haar gezicht veranderde, alsof alleen al de gedachte aan het kind elk spoor van vrolijkheid en goedgezindheid verjoeg.
'Was u degene die de sociale dienst op de hoogte bracht van de gewelddadigheden van zijn vader, Ernesto Sotomayor?'
'Dat klopt. Dat was midden jaren zeventig.'
'Sloeg Ernesto zijn zoon vaak?'
'Dat is nog zwak uitgedrukt. Die man was een monster. Een ware beul.' De stem van de oude dame klonk hol. 'Er is van alles met hem gebeurd: met zijn hoofd in de toiletpot geduwd, geslagen met een broekriem, vuistslagen, brandwonden van sigaretten over zijn hele lichaam... Op een dag werd de jongen gedwongen urenlang met zijn armen omhoog te blijven staan. En een andere keer moest hij zelfs over een berg glasscherven lopen, het ging maar door.'
'Waarom deed hij dat?'
'Omdat de mensheid een groot aantal monsters en sadisten telt, en omdat dat altijd al zo is geweest.'
'Hoe was Adriano?'
'Hij was een vriendelijke, sombere jongen, die moeite had zich te concentreren. Vaak betrokken zijn ogen en was het duidelijk dat hij met zijn gedachten ergens anders was, ver weg. Toen ik dat voor het eerst zag, begreep ik dat er bij hem thuis iets niet goed zat. Al voordat ik de sporen van mishandeling op zijn lichaam had ontdekt.'
'Heeft hij u zelf in vertrouwen genomen?'
'Hij heeft me enkele details verteld over wat zijn vader hem aandeed, ja. Ernesto sloeg hem voor het minste of geringste. Straf kon soms uren duren en meestal gebeurde het in het ruim van zijn treiler.'
'Deed zijn moeder alsof ze niets zag?'
De vroegere onderwijzeres kneep haar ogen samen. 'De moeder, zo je wilt... Hoe heette ze ook alweer? O ja, Bianca...'
'Ze is uiteindelijk toch uit het huis weggaan?'
Nella pakte een stoffen zakdoek uit haar zak en veegde de glazen van haar bril af. Met haar witte haar en haar grote bril had ze wel iets weg van kolonel Sanders van Kentucky Fried Chicken.
'Ik denk dat zij het ook moest ontgelden,' zei ze voorzichtig.

'Opgepast!' riep Horace toen hij een blad op tafel zette met een blikje cola, een theepot en twee bagels met zalm, ui, kappertjes en roomkaas.

Nella bood Madeline aan mee te eten. 'Het zijn geen bagels van Russ & Daughters, maar ze zijn toch heel lekker,' zei ze, terwijl ze met smaak begon te eten.

Madeline deed hetzelfde, nam een slok cola en vroeg vervolgens verder: 'Ik heb gehoord dat Adriano een broer had.'

De oude schooljuf fronste haar voorhoofd. 'Nee, volgens mij niet.'

'Ik weet het wel zeker. Hij heette Reuben. Hij was zeven jaar jonger.'

Nella dacht uitgebreid na. 'Indertijd, toen Bianca weg was, deden er geruchten de ronde dat ze in verwachting was van een andere man dan Ernesto. Een echte dorpsroddel.'

'Geloofde u er iets van?'

'Misschien was Bianca wel in verwachting, maar dan was het van haar man. Bianca was knap, maar geen man in Tibberton zou het hebben gewaagd een woedende gek als Ernesto tegen zich in het harnas te jagen.'

Er zat Madeline toch nog iets dwars. 'Waarom liet Bianca haar oudste zoon in de steek?'

Nella haalde haar schouders op, ten teken dat ze het niet wist. Ze nam nog een hap en herinnerde zich toen plotseling wat ze nog was vergeten aan Madeline te vragen. 'Waar heb je al deze verhalen vandaan? En hoe heb je me gevonden?'

'Ik heb Isabella Rodrigues gesproken,' antwoordde Madeline.

De onderwijzeres moest even nadenken om zich de nicht van Adriano te herinneren. 'De kleine Isabella, natuurlijk. Ze is me weleens komen opzoeken. Een leuke meid, net als jij.'

'U moet niet zomaar op het uiterlijk afgaan. Ik ben niet echt een leuke meid,' zei Madeline grinnikend.

Nella lachte terug. 'Natuurlijk wel.'

'En hebt u Adriano ooit nog teruggezien?'

'Nee, maar ik heb veel aan hem gedacht. Ik hoop dat het goed met hem gaat. Kun je me meer over hem vertellen?'

Madeline aarzelde. Wat had het voor zin deze oude dame met vervelend nieuws op te zadelen? 'Het gaat heel goed met hem, maakt u zich maar niet ongerust.'

'Je bent dan wel een leuke meid, maar je liegt,' reageerde de onderwijzeres meteen.

'U hebt gelijk. U verdient het de waarheid te weten. Adriano is al bijna twee jaar dood.'

'Dat staat zeker in verband met je onderzoek naar die schilder. Anders zou je niet naar me toe zijn gekomen.'

'Eerlijk gezegd weet ik dat nog niet.'

Om niet te lang bij de dood van de agent stil te staan, veranderde ze van onderwerp. 'Aan het einde van zijn leven had Ernesto keelkanker. Kennelijk heeft Adriano hem bij zich in huis genomen. Denkt u dat dat mogelijk was?'

Nella sperde haar ogen wijd open. Ze werden dubbel zo groot achter haar dikke bril. 'Als dat waar is, zou het me verbazen. Ik zag Adriano niet zo gauw aan christelijke liefdadigheid doen.'

'Wat bedoelt u daarmee?' vroeg Madeline, en ze hielp haar thee in te schenken.

'Als je het niet zelf hebt meegemaakt, denk ik niet dat je je kunt voorstellen hoe erg je onder zulke mishandelingen kunt lijden. De dingen die Adriano heeft moeten ondergaan, gedurende zo'n lange tijd, die hebben allemaal diepe sporen en trauma's bij hem achtergelaten. Met een onvoorstelbare mentale ontwrichting als gevolg.'

Ze hield vol. 'Wat wilt u daarmee zeggen?'

'Ik denk dat je zoveel opgekropte pijn en haat op een gegeven moment onmogelijk nog kunt sturen. Je ontkomt er hoe dan ook niet aan dat het zich uiteindelijk op de een of andere manier tegen jou of anderen keert.'

De woorden van de vroegere schooljuf brachten Madeline ertoe het laatste onderwerp aan te snijden: 'Zegt de Elfenkoning u iets?'

'Nee. Is dat een merk voor tuinmeubels?'

Madeline stond op om afscheid van haar te nemen. 'Bedankt voor uw hulp, Nella.'

Ze mocht de vrouw wel. De grootmoeder die ze zelf nooit had gehad. Voordat ze vertrok, begon ze toch nog over iets wat haar sinds haar komst dwars had gezeten. 'Die verpleger, die...'

'Horace?'

'Ja. Behandelt hij u goed? Hij ziet er zo vreemd uit.'

'Je moet niet op het uiterlijk afgaan, in elk geval niet bij hem. Hij is een goede jongen, wees maar gerust. Hij heeft ook geen gemakkelijk leven gehad.'

Als om de woorden van Nella kracht bij te zetten, kraakte de serre verontrustend door een windvlaag die harder aankwam dan de andere. Madeline keek omhoog naar het glazen dak en verwachtte bijna het te zien scheuren. 'Ik hoorde dat het tehuis gaat sluiten?'

'Ja, over drie maanden.'

'Hebt u een plan B?'

'Maak je over mij geen zorgen. Ik ga naar mijn man toe.'

'Ik dacht dat hij dood was?'

'Sinds 1996, ja.'

De richting die het gesprek op ging beviel Madeline niet. 'Volgens mij bent u nog lang niet aan sterven toe. U ziet er nog goed uit.'

De oude dame verjoeg die bedrieglijke gedachte met een beweging van haar hand, en toen Madeline terugliep naar de zitkamer riep ze haar nog toe: 'Ik weet niet wat je zoekt, maar je zult het niet vinden.'

'Bent u soms helderziende?'

Nella glimlachte en veegde haar haar glad, als een laatste blijk van koketterie. 'Maar je vindt wel iets anders,' verzekerde ze haar.

Madeline zwaaide en liep naar haar pick-up, die onder de naaldbomen geparkeerd stond.

Voordat ze instapte, liep ze naar het strand: woest, onaangetast, tijdloos. Over enkele maanden zouden kranen en betonmolens deze plek verwoesten om er een hotel, een sauna en een heliport aan te leggen. Het was allemaal waanzin, schofterig, onmenselijk.

Verdomme, nu begon ze zelfs als Coutances te denken...

Ze keerde terug naar haar pick-up. Als herinnering maakte ze een foto van het witte strand en het rusthuis. De oude vrouw had misschien gelijk. Misschien had Madeline hier iets gevonden. Ook al wist ze nog niet wat.

Ze stapte de auto in, draaide het contact om en reed weg naar de hoofdweg. Daar reed ze kilometers lang door terwijl ze probeerde haar gedachten te ordenen. Ze reed al ruim een uur toen haar telefoon ging. Er stond een naam op het scherm.

Die van Dominic Wu.

3

In de wijk gaf waarschijnlijk iedereen het gebouw de bijnaam Rubik's Cube. Dat kwam tenminste bij Coutances op toen de taxi hem in het noorden van Upper East Side afzette, op de hoek van 102nd en Madison Avenue.

Het laboratorium Pelletier & Stockhausen was een kubus van allerlei kleuren glas, een bont patchwork met heldere kleuren die afstaken tegen het fletse grijs en bruin van de gebouwen eromheen.

Wie zei dat Amerikanen nooit vakantie namen? Vandaag, tegen het einde van de ochtend, bruiste het laboratorium in elk geval niet van activiteit. Gaspard meldde zich bij een vriendelijke, rijzige vrouw, maar met een mager en hoekig gezicht met duistere trekken, een bleke huid en een sombere, melancholieke blik, die hem deed denken aan enkele personages van Bernard Buffet.

Miss IJzerdraad bracht hem naar een kantoor op de zesde verdieping dat uitkeek op het immense complex van het Mount-Sinai-ziekenhuis.

'Komt u binnen, meneer Coutances,' zei de eigenaar van het laboratorium.

Dwight Stockhausen stond op het punt te vertrekken. Naast een Florence Knoll-bank stonden twee Alzer-koffers met monogram, een bijpassende reistas en een paar Moon Boot-bontlaarzen.

'We willen de kerstnacht in Aspen doorbrengen, in hotel Jerome. Bent u daar weleens geweest?'

Zijn stem trilde van verwaandheid. Hij kwam op Gaspard af en stak zijn hand uit, zoals gebruikelijk in Europa.

'Niet onlangs,' antwoordde de toneelschrijver.

Met een gebaar nodigde de wetenschapper hem uit plaats te nemen op de bank.

Zelf bleef hij nog een minuut lang staan. Met zijn ogen op het scherm van een smartphone gericht, die piepklein leek in zijn dikke worstvingers, tikte hij iets in. 'Ik ben bijna klaar. Ik moet even dit idiote formulier voor het vliegveld invullen.'

Gaspard maakte van de pauze gebruik om zijn gastheer op te nemen. Toen hij klein was, had zijn moeder in het 16e arrondissement van Parijs wel vaker dit soort mensen in Belgravia of Beacon Hill opgezocht. Zijn dubbele kin en zijn logge Lodewijk XVI-gedaante pasten uitstekend bij zijn dure prince-de-gallespantalon, zijn streepjesblazer en zijn Gammerelli-sokken, die in idiote mocassins staken.

Eindelijk besloot de man zijn telefoon weg te leggen en nam hij tegenover hem plaats. 'Ik geloof dat u me over Sean Lorenz wilde spreken.'

'Voor zover ik weet, heeft hij u een jaar geleden bezocht, op 23 december 2015, de dag van zijn dood.'

'Dat herinner ik me. Ik heb hem hier zelf ontvangen. Overigens, hij was een beroemde kunstenaar, toch?'

Stockhausen wees naar de muren van zijn enorme kantoor. 'Zoals u ziet, ben ik zelf een verzamelaar,' zei hij op de pedante toon die zijn handelsmerk leek te zijn.

Gaspard zag inderdaad een litho hangen van *Het kleine meisje met de rode ballon* van Banksy – die in duizenden woonkamers hing en als achtergrond op miljoenen computers stond. Hij herkende ook een zeefdruk van Damien Hirst – van de eeuwige, onontkoombare diamantschedel – en van een grote sculptuur die een opengebarsten viool voorstelde. (Had

Arman ooit iets anders getekend dan woedende violen?) Kortom, allemaal werken die hij verafschuwde.
'Terug naar Lorenz, graag.'
De wetenschapper was glad als een aal en wilde niet dat Gaspard het gesprek zou gaan leiden. 'Allereerst: hoe hebt u over deze geschiedenis gehoord?' vroeg hij.
Gaspard weigerde zijn spelletje mee te spelen. Dat Stockhausen had geaccepteerd hem met spoed te ontvangen, betekende dat hij bang was voor zijn reputatie en die van zijn laboratorium.
'Laten we geen tijd verspillen, meneer Stockhausen. Vertelt u mij eens snel en zonder omwegen waar Sean Lorenz u om heeft gevraagd.'
'Dat kan ik niet. Dat is allemaal vertrouwelijk, zoals u vast wel zult weten.'
'Ik garandeer u dat dat niet lang meer zo zal blijven. In elk geval niet als een groep politieagenten in Aspen opduikt om u in de boeien te slaan. Dat zal groot opzien baren in hotel Jerome, dat verzeker ik u.'
De wetenschapper reageerde geërgerd. 'En om welke reden zouden ze me arresteren?'
'Medeplichtigheid aan de moord op een kind.'
Stockhausen schraapte zijn keel. 'Maak dat u wegkomt! Ik ga contact opnemen met mijn advocaat.'
Maar Gaspard zette zich nog meer schrap in de harde bank. 'We hoeven het niet per se zover te laten komen.'
'Wat wilt u precies weten?'
'Dat heb ik al gezegd.'
Lodewijkje had het niet meer. Hij trok zijn mooie, zijden pochet uit zijn blazer en veegde het zweet van zijn voorhoofd. Hij besloot te capituleren. 'Die 23e december kwam Sean Lorenz opgewonden mijn kantoor binnen. Als een waanzinnige, bijna. Eerlijk gezegd, als hij niet zo beroemd zou zijn geweest, had ik hem nooit binnengelaten.'
'Hij had een plastic zak bij zich, nietwaar?'
Stockhausen keek hem vol walging aan. 'Ja, een vuilniszak met daarin een oud stuk bekleding. Zoals je in auto's tegenkomt.'
Gaspard knikte. 'Het kwam inderdaad uit de kofferbak van een Dodge.'
'Kortom,' vervolgde de wetenschapper, 'Lorenz wilde weten of er in de stof genetische sporen van zijn zoon zaten.'
'Was dat, technisch gezien, na te gaan?'
Stockhausen haalde zijn schouders op bij zo'n domme vraag. 'Natuurlijk, Lorenz zat er immers zelf bij. We hoefden maar een beetje van zijn speeksel op een wattenstaafje te doen. Het vergelijken met het aangebo-

den DNA was nauwelijks meer dan een gewone vaderschapstest. Behalve dat dat wel enige tijd zou kosten.'

'En Sean had haast.'

De directeur van het lab knikte. 'Tegen het einde van het jaar is het altijd lastig, in verband met de vrije dagen van het personeel. Maar voor elk probleem bestaat een oplossing, als je je chequeboek maar wilt trekken.'

'En hoe groot was de cheque in dit geval?'

'In dit geval was het beter dan een cheque.'

Stockhausen stond op en liep naar het werk van Banksy, waarachter een kantoorkluis met een digitaal cijferslot verborgen zat. De wetenschapper opende de stalen deur en haalde er een kleine lijst van donker hout uit. Onder het glas zat een door Sean Lorenz ondertekende tekening die de skyline van New York voorstelde. Gaspard zag al voor zich hoe het moest zijn gegaan, en hij werd er misselijk van: de dikke Stockhausen die Lorenz, verteerd door verdriet, een laatste tekening ontfutselt om hem te laten betalen voor een eenvoudig genetisch onderzoek.

Lodewijk XVI leek zich nergens voor te schamen.

'Ik denk dat je wel kunt zeggen dat dit ongetwijfeld het laatste kunstwerk van de kunstenaar is,' zei hij lachend.

Gaspard kon de lijst wel kapotslaan en de tekening verscheuren, om de snippers vervolgens buiten op het terras in de lucht te gooien, zoals je as verstrooit. Dat zou hij maar wat graag hebben gedaan, maar dat zou zijn onderzoek niet verder hebben geholpen. Hij beheerste zich en beperkte zich tot zijn vragen.

'Lorenz heeft dus die tekening voor u gemaakt zodat u het onderzoek zou versnellen.'

'Inderdaad. Ik garandeerde hem dat hij de resultaten op de ochtend van 26 december zou krijgen. Dat was lastig, maar wel mogelijk.'

'Dus hij moest drie dagen later bij u terugkomen?'

'Maar hij is de resultaten nooit komen ophalen, want intussen was hij overleden,' vulde de dokter aan.

Stockhausen wachtte enkele seconden. 'We kregen de resultaten inderdaad op de afgesproken datum binnen, maar ze zijn in onze computers blijven hangen. Er was geen juridisch bevel en niemand heeft ze opgeëist. We hebben een systeem dat automatisch drie herinneringsmails stuurt, maar daarna raakte de zaak bij mij buiten beeld.'

'De dood van Lorenz stond in alle kranten. Was dat geen reden voor u om in actie te komen?'

'Ik zie het verband niet. Hij is midden op straat aan een hartaanval overleden.'

Daarin had Stockhausen gelijk.

'Elk jaar,' vervolgde hij, 'wordt aan het begin van de herfst grote schoonmaak in onze bestanden gehouden. Pas toen zag ik de resultaten van het onderzoek.'

Gaspard begon ongeduldig te worden. 'En wat stond daarin?'

'De vaderschapstest was positief.'

'En dat betekent?'

'Het stuk bekleding was oppervlakkig schoongemaakt, maar we hoefden niet lang te zoeken om bloedsporen te vinden die van de zoon van Sean Lorenz waren.'

'En u hebt de politie niet gewaarschuwd?'

'Ik zei al dat ik het pas afgelopen september zag. Ik heb op internet gezocht: de jongen was dood, vermoord door een gek. Wat zou deze informatie daaraan hebben veranderd?'

'Zit wat in,' gaf Gaspard toe.

Hij kwam overeind van de bank. Stockhausen stond erop met hem mee te lopen naar de lift. 'Dat stuk autobekleding, van wie was dat?' wilde de directeur van het lab weten.

'Vindt u het niet een beetje laat om u daarover druk te maken?'

Hij hield vol: 'Was het de auto van Beatriz Muñoz? Ze heeft meer kinderen vermoord, nietwaar?'

Gaspard begreep dat hij iets voor hem verborgen hield. 'Mijn god, wat hebt u allemaal voor me achtergehouden?'

De liftcabine kwam aan en de deuren schoven open, maar Gaspard verloor de wetenschapper niet uit het oog. De man hijgde alsof hij zojuist door Manhattan had gerend. 'We hebben inderdaad bloedsporen van de zoon van Lorenz op dat stuk bekleding gevonden, maar dat niet alleen... Er zaten meer sporen op. Bloed en speeksel van andere personen.'

'Kinderen?'

'Dat is onmogelijk te zeggen.'

'Hoe verklaart u dat dan?'

'Ik weet het niet! Ik ben geen politieagent of gerechtsarts. Er kunnen duizend redenen voor zijn. Contactsporen, of...'

'Wat denkt u?'

Stockhausen hijgde. 'Volgens mij zijn er meer lichamen in de kofferbak van die auto vervoerd.'

4

Madeline nam rijdend op. 'Zeg het maar, Dominic.'

'Ik heb gedaan waar je om hebt gevraagd, Maddie. Ik heb de zaak-Sotomayor uitgespit en ik heb iets heel vreemds ontdekt.'

Hoewel hij op vakantie was, klonk Dominic Wu's stem als die van een triomfantelijke jager.

'Over zijn broer?'

'Ja, Reuben. Enkele weken voor zijn dood is hij op het politiebureau van Gainesville geweest om de verdwijning van zijn eigen moeder aan te geven.'

'Bianca Sotomayor?'

'Inderdaad. Geboren in 1946, vijfenzestig jaar oud ten tijde van haar verdwijning. Ze was net met pensioen gegaan. Daarvoor had ze in verscheidene ziekenhuizen gewerkt, eerst in Massachusetts, daarna in Toronto, Michigan en Orlando.'

'Was ze getrouwd? Had ze een man?'

'Ze is één keer getrouwd geweest, met Ernesto Sotomayor, de vader van Adriano en Reuben. Daarna heeft ze samengewoond met een Canadese arts en een autoverkoper in Orlando, die in 2010 het loodje heeft gelegd. Op het moment van haar verdwijning ging ze om met een jongeman van vierenveertig jaar oud die een sauna had in de regio. Het schijnt in de mode te zijn om oudere vrouwen te versieren.'

'Is er onderzoek gedaan naar haar verdwijning?'

'Ja, maar dat heeft niets opgeleverd. Het dossier is leeg. Geen tekenen vooraf, geen aanwijzingen, geen spoor. Bianca Sotomayor is in rook opgegaan.'

'En heeft een rechter haar doodverklaard?'

'In november 2015.'

Daarom duurde het zo lang tot de erfenis van Adriano rond was, dacht ze bij zichzelf.

'Ik heb mijn deel van het werk gedaan, Maddie. Vertel me nou eens waarom je zo in deze zaak geïnteresseerd bent.'

'Ik bel je later wel,' beloofde ze hem.

Ze hing op zonder hem tijd te gunnen nog iets te vragen.

Meteen belde ze Isabella, maar ze kreeg haar voicemail. Toen besloot ze Gaspard te bellen.

'Waar ben je, Coutances? In Manhattan?'

'Waar dacht je dat ik was? Op het strand in de zon in Papeete of op Bora Bora? Ik ben bij Stockhausen geweest. Ik heb hem gevonden. Stel je voor, hij...'

'Later,' zei ze. 'Ik kom je ophalen. Ik heb een auto gehuurd en ik rij nu op de Southern State ter hoogte van Hempstead. Ik kom uit de Hamptons. Het is een heel lang verhaal, maar dat vertel ik je straks.'

'Ik heb je ook een heleboel te vertellen.'

'Dat komt later dan wel. Het is nog minder dan een uur rijden. Zou je intussen iets voor me willen doen?'

Aan haar stem – helder van toon en duidelijk sprekend – hoorde Gaspard dat Madeline er nu beter aan toe was dan de vorige avond. 'Zeg het maar.'

'Twee straten bij het hotel vandaan, op Thomas Street, is een winkel met professioneel gereedschap. Hogarth Hardware. Je...'

'Wat moet ik daar in vredesnaam doen?'

'Laat me nou eens uitpraten! Heb je pen en papier? Dit is mijn boodschappenlijst: twee zaklantaarns, glowsticks, een koevoet van gehard staal, een betonschaar...'

'En waar gaan we met dat naartoe?'

'Dat mag jij me straks vertellen. Doe precies wat ik je ga vragen. Luister je, Coutances?'

Kennelijk had Madeline iets gevonden wat de twijfels over het nut van dit onderzoek, die ze van begin af aan had gekoesterd, had weggenomen. Iets wat hij zelf nog niet boven water had kunnen krijgen.

Gaspard besefte dat hij er goed aan had gedaan haar mee te nemen.

20
De lievelingszoon

Zwart is een kleur op zich, die alle andere samenvat en verteert.
Henri Matisse

1

Ze waren aan het begin van de middag uit New York vertrokken en hadden de overvolle weg naar het oosten genomen. De eerste honderd kilometer naar New Haven waren een nachtmerrie geweest. Een drukke snelweg met een groot aantal files en tolpoorten. Een stedelijke hel die zich eindeloos ver uitstrekte. Een gebied in doodsstrijd, aangetast door betonnen metastasen, verstikt door stikstofdioxide en fijnstof.

Madeline en Gaspard hadden de tijd die de reis in beslag nam gebruikt om de delen van een macabere puzzel samen te voegen. De geschiedenis van een verwoeste jeugd. Van geweld dat eindigde in het tienvoudige ervan. Van wreedheid en een dagelijkse barbaarsheid die, al was het jaren later, leidden tot een moorddadige waanzin. Het verhaal van een tijdbom. Het verhaal van een kleine jongen die door zijn ouders, ieder op hun eigen manier, in een monster was veranderd.

Madeline zette de verwarming hoger. Het begon al donker te worden. De dag was zonder dat ze het merkten voorbijgegaan, voortgejaagd door hun ontdekkingen, die elkaar steeds sneller opvolgden. Complete brokstukken maakten zich los uit de schaduw. Ze had dat bij sommige zaken al eerder meegemaakt. Dit was het spannendste moment van het onderzoek. De wraak van de waarheid, wanneer – na te lang verborgen te zijn geweest – bepaalde bewijzen met verwoestende kracht boven water kwamen. De mist in haar hoofd begon op te trekken en wat werd onthuld, verbijsterde haar.

Het is altijd moeilijk de wortels van een tragedie bloot te leggen, het juiste moment te bepalen waarop een leven de verkeerde kant op was gegaan. Toch was Madeline sinds enkele uren ergens zeker van. Het drama had in de zomer van 1976 plaatsgevonden, in Tibberton, een kleine vissershaven in Massachusetts, waar ze nu naartoe reden.

Die zomer ontdekt een verpleegster in een lokale polikliniek, Bianca Sotomayor, dat ze in verwachting is van een tweede kind. Op het moment dat ze de resultaten van het bloedonderzoek onder ogen krijgt, neemt ze een radicaal besluit. Ze heeft genoeg van de dagelijkse scheldpartijen en klappen van haar man, Ernesto, pakt haar spullen en vertrekt van de ene dag op de andere uit huis en begint een nieuw leven in Canada.

Op dat moment is haar oudste zoon, Adriano, nog geen zes jaar oud. Alleen achtergebleven bij zijn vader moet de jongen al zijn geweld ondergaan. Hij krijgt het ene pak slaag na het andere, vernedering volgt op vernedering, soms met een ongelooflijke wreedheid toegebracht. Hij moet nog twee lange jaren wachten tot zijn onderwijzeres, Nella Boninsegna, aangifte doet van het geweld van zijn vader en een einde maakt aan de lijdensweg van het kind.

Op dat moment lijkt alles in het leven van de jongen goed te komen. Ver bij zijn vader vandaan heeft Adriano het geluk dat hij terechtkomt in een zeer gastvrij gezin, dat hem zelfs toestaat contact te onderhouden met zijn nicht Isabella. In Harlem brengt hij een normale puberteit door en raakt bevriend met de jonge Sean Lorenz, een klein graffitigenie, en de onstuimige Beatriz Muñoz, een dochter van Chileense ouders die, vanwege haar uiterlijk, net als hij een moeilijke jeugd heeft gehad, vol minachting en vernederingen.

Met zijn drieën vormen ze De Vuurwerkmakers, een groep graffitispuiters die de metro's en de muren in Manhattan met hun felle kleuren bespuit. Adriano doet weinig op school. Hij gaat er al snel vanaf en na een nogal tumultueuze jeugd gaat hij uiteindelijk bij de politie, waar hij gestaag opklimt in de hiërarchie. Hij leidt een schijnbaar keurig leven. Maar wie weet wat er zich echt in zijn hoofd afspeelt?

Vanaf dat moment werden de delen van de puzzel twijfelachtiger. Madeline wist heel goed dat ze nu slechts indrukken en mogelijkheden combineerde, ondersteund door enkele gefundeerde maar spaarzame ontdekkingen in New York. Toch tekende het algemene beeld zich met een ongelooflijke samenhang af.

Eén ding was voor Madeline zeker: de nevel uit de jeugd van Sotomayor was nooit opgetrokken. Vanaf 2010 steekt die zijn kop weer op. Op dat moment vindt Adriano het spoor van zijn jongere broer, Reuben, een docent op de universiteit van Gainesville. Waren de twee broers al langere tijd van elkaars bestaan op de hoogte? Hadden ze elkaar al eerder gesproken? Nu wist Madeline dat nog niet. Maar Adriano werd op dat moment nog steeds verteerd door een wraakzuchtige haat, wat hem tot een moorddadige waanzin dreef. Hij had zijn moeder in Florida teruggevonden. Eerst was hij ongetwijfeld van plan geweest haar te doden, maar hij bedacht zich: de dood was te gemakkelijk voor datgene wat ze hem had aangedaan.

Madeline was geen psychiater, maar ze dacht de sleutel tot het gedrag van Adriano te hebben gevonden: hij haatte niet zijn vader het meest, maar zijn moeder. Zijn moeder, die hem in de steek had gelaten. Zijn moeder, die hij vroeger aanbad, die het slagveld had verlaten waarop ze samen hadden gestreden. Zijn moeder, die hij aanbad maar die er de voorkeur aan had gegeven te vluchten met het embryo dat ze in haar buik droeg.

Zijn haat werd dus gekanaliseerd door die moeder. Madeline probeerde zich de verbijstering voor te stellen die die kleine jongen moest hebben gevoeld. Vergeleken met deze shock moest zelfs het geweld van zijn vader in het niet zijn gevallen. Tenminste, op die manier moest hij in gedachten de geschiedenis hebben herschreven. Mannen zijn van nature gewelddadig. Moeders moeten hun kind beschermen. Maar die van hem was weggegaan. Om een ander te beschermen. Een verraad waarvoor ze de prijs nog niet had betaald.

Het scenario leek krankzinnig, maar het was het enige redelijke motief dat Madeline had gevonden om een verband te kunnen leggen tussen de richting die Adriano op was gegaan en de werkwijze van de Elfenkoning. Adriano had Bianca dus ontvoerd en opgesloten, en wekenlang had hij haar ongetwijfeld verteld hoe hij Reuben zou doden, haar lievelingszoon zou slaan tot de dood erop zou volgen. Een tijdlang had hij zich op die mentale marteling voorbereid, tot hij de daad bij het woord had gevoegd. Reuben was dood.

Maar zo gemakkelijk zou Bianca er niet vanaf komen. Adriano zou haar haar eigen misdaad eindeloos laten herbeleven. Hij zou haar honderd keer opnieuw van de moord op zijn broer beschuldigen. Haar een lijdensweg laten afleggen, een slimme straf die langzaam in zijn gedachten moest hebben liggen rijpen. In februari 2012 had hij in de speeltuin van Shelton de kleine Mason Melvil ontvoerd en hem aan zijn moeder gegeven. In haar gevangenis kon Bianca niet anders dan zich zo goed mogelijk om de jongen bekommeren. Ze had hem zelfs met twee keer zoveel liefde moeten verzorgen om te proberen het trauma te verzachten dat een kind van twee jaar oud had moeten ondergaan dat op wrede wijze van zijn ouders was gescheiden, om vervolgens bij een onbekende vrouw in een donkere kelder weg te kwijnen. Bianca was ongetwijfeld gehecht aan hem geraakt. Maar halverwege het voorjaar had de Elfenkoning het kind onverwachts bij zijn moeder weggehaald en gedood, waarschijnlijk voor haar ogen, waarna hij het lichaam bij een vijver had gedumpt. Een reeks gebeurtenissen die Adriano in de twee volgende jaren drie keer had herhaald. Met Caleb Coffin, Thomas Sturm en Daniel Russell.

Madeline koesterde geen enkele twijfel meer over de identiteit van de Elfenkoning. Adriano was inderdaad de moordenaar, maar in tegenstelling tot wat iedereen had gedacht, waren de kinderen niet zijn ware slachtoffers. Het was tragisch om te zeggen, maar de arme kinderen waren slechts nevenschade. Middelen om telkens opnieuw zijn enige slachtoffer te treffen. Zijn moeder.

2

Ter hoogte van Mystic werd het verkeer eindelijk rustiger. De pick-up volgde de kust naar het oosten en reed ter hoogte van Rhode Island het land in, in de richting van Providence. De radio liet er geen enkele twijfel over bestaan dat het over enkele uren kerstavond zou zijn. Van Dean Martin tot Nat King Cole: alle crooners leken samen te hebben afgesproken de avond op te luisteren. Louis Armstrong was nog niet klaar met 'White Christmas' of Sinatra begon al aan 'Jingle Bells'.

Gaspards gedachtegang was vrijwel gelijk aan die van Madeline. Hij dacht aan de Griekse mythologie, aan de straf die Zeus Prometheus had opgelegd omdat hij van de goden het heilige vuur had gestolen: vastgebonden op een berg liggen en elke dag een deel van zijn lever laten opeten door een adelaar. 's Nachts herstelde de lever zich en de volgende dag kon het lijden opnieuw beginnen. Eeuwigdurend. Een boetedoening die niet zoveel verschilde van die, die Adriano zijn moeder had laten ondergaan. De moord op haar lievelingszoon telkens herhalend.

Gaspard dacht aan de haat die zich in Sotomayor moest hebben opgebouwd, die ertoe had geleid dat hij zich aan een dergelijke waanzin had overgegeven, en aan de pech die iedereen had getroffen die hij op zijn weg was tegengekomen.

In december 2014 kruist hij door zijn moorddadige driften de levens van twee andere lotgenoten. De drie Vuurwerkmakers komen elkaar toevallig weer tegen. Maar de felle kleuren uit de jaren negentig hebben plaatsgemaakt voor die van bloed en duisternis.

Beatriz Muñoz, met wie Adriano zo nu en dan contact had onderhouden, heeft zich door haar eigen demonen laten meeslepen. Het was nogal paradoxaal en frustrerend om te zeggen dat Beatriz model stond voor het zusje van het lijden van Adriano. Lijden dat lijden doet ontstaan.

Dezelfde haat die ertoe leidt dat je iemand van wie je intens hebt gehouden het ergste toewenst. Maar er is een verschil tussen de twee verwrongen zielen: Beatriz laat zich niet tot aan het bittere einde door haar waanzin leiden. Ze martelt Pénélope Lorenz geestelijk en lichamelijk, maar ze neemt niet Julians leven.

Toen ze besloot het kind aan zijn ouders terug te geven, nam ze contact op met Adriano, die volgens haar een eerlijke politieagent was en als tussenpersoon zou kunnen dienen. Ze spreekt met hem af in Newtown Creek en geeft hem het kind, zodat hij het aan zijn vader kan teruggeven, waarna ze voor een trein springt.

Onder deze onwaarschijnlijke omstandigheden kwam de zoon van Sean terecht in de kofferbak van de auto van de Elfenkoning. Een nalatenschap waardoor hij niet nog een kind hoeft te ontvoeren. Hij brengt Julian naar zijn schuilplaats, waar hij hem volgens een inmiddels bekend ritueel aan Bianca geeft.

Weken gaan voorbij. Volgens de werkwijze die hij altijd had gevolgd, zou Sotomayor het leven van Julian ergens rond eind februari of begin maart nemen. Behalve dat de Elfenkoning op 14 februari 2015 zo dom is zich voor zijn huis door een kleine dealer te laten doodsteken.

Gaspard knipperde met zijn ogen. Terug naar de werkelijkheid. Dat was het verhaal dat Madeline en hij hadden kunnen reconstrueren. De blanco delen waren door veel veronderstellingen opgevuld. Misschien hadden ze het mis, maar zo niet, dan bleven er toch nog twee vragen openstaan. Waar hield de Elfenkoning zijn moeder en zijn slachtoffers verborgen? En vooral: was er nog enige kans dat Julian en Bianca nog in leven waren, bijna twee jaar na de dood van hun gevangenbewaarder?

Het antwoord op die laatste vraag was: waarschijnlijk niet. En de plek van de gevangenis dachten ze te hebben gevonden. Enkele uren eerder had Gaspard in New York de intuïtie van Madeline gevolgd en André gebeld, de man van Isabella. Die had beaamd dat de afhandeling van de erfenis van Adriano erg lang had geduurd en ingewikkeld was geweest vanwege de juridische complicaties in verband met het verdwijnen van Bianca. Kort gezegd: de procedure was pas in gang gezet nadat een rechter de overlijdensakte van zijn tante had ondertekend.

'André, zat er nog meer onroerend goed in de erfenis? Een stuk grond? Een vakantiehuis? Een hut?'

'De familie Sotomayor had nog een oud huis in Tibberton.'

'Ben je daar onlangs nog geweest?'

'Nooit! Isabella haatte dat gat. En dat hok... Ze is er doodsbang voor. Ik heb foto's gezien en het heeft meer weg van Amityville dan van Martha's Vineyard.'

'Wie woont er nu?'

'Niemand. We proberen het huis al een jaar te verkopen, maar de kopers staan niet in de rij en de makelaar is ook niet erg actief.'

Gaspard had het adres opgeschreven. Toen hij Madeline erover vertelde, had ze gezegd dat het haar logisch leek dat de oude Ernesto indertijd, toen er bij hem kanker was geconstateerd en hij bij zijn zoon in New York ging wonen, zou hebben geprobeerd de hut van de hand te doen. Maar de veronderstelling dat de schuilplaats van Adriano dat huis zou kunnen zijn geweest, werd steeds geloofwaardiger. Dat betekende wel dat hij er enorm veel werk aan had gehad om zijn gevangene te verzorgen toen hij in New York werkte, maar het was mogelijk.

Gaspards hart was sneller gaan kloppen en bonkte in zijn slapen.

'Maak je nog maar niet blij, Coutances. Het enige wat we zullen ontdekken, zullen twee lijken zijn,' had Madeline gezegd voordat ze op weg waren gegaan.

3

Na ruim vier uur rijden waren ze nu op de randweg van Boston. Even voorbij Burlington stopten ze bij een benzinestation om te tanken. Gaspard wilde het doen, maar met zijn gewonde handen kostte het hem moeite de tank vol te krijgen.

'Ga maar koffie voor me halen,' zei Madeline toen ze de slang van hem overnam.

Hij gaf toe en vluchtte weg van de kou de shop binnen. Hij deed enkele munten in de automaat. Twee lungo's zonder suiker. Het was bijna acht uur 's avonds. Bij sommige families zou het kerstdiner al zijn begonnen. Uit de luidsprekers bleef het *Great American Songbook* in kerstversie blèren. Gaspard herkende een versie van 'Old Toy Trains', de klassieker van Roger Miller. Zijn vader speelde op zijn gitaar altijd de Franse versie voor hem, 'Petit garçon', die bekend was gemaakt door Graeme Allwright. Zelfs als volwassene waren de herinneringen aan zijn eerste kerstfeesten hem altijd bijgebleven. De fijnste momenten waren die in het tweekamerappartement van zijn vader geweest; zevenendertig vierkante meter, Square Paul Lafargue in Évry. Hij herinnerde zich nog dat hij op 24 december 's avonds koekjes en gloeiend hete thee bij de kerstboom zette, voor de kerstman. Hij herinnerde zich de cadeautjes waarmee hij met zijn vader speelde: Big Jim, de racebaan met raceautootjes, de wonderboom, het spel Hippos Gloutons...

Meestal haatte hij deze herinneringen en verdrong hij ze, maar vanavond accepteerde hij ze zonder enige moeite. Gewoon als een fijne gebeurtenis waaraan je graag terugdenkt. En dat veranderde alles.

'Ik ben bevroren,' klaagde Madeline toen ze op een van de wankele krukken kwam zitten die rondom een massief plastic bartafel stonden.

Ze was zo dom haar koffie in één slok te willen opdrinken, maar die was te heet en ze moest hem uitspugen. 'Verdomme, Coutances, wil je me dood hebben, of zo? Is voor koffie zorgen zelfs te moeilijk voor je?'

Madeline Greene ten voeten uit. Kalm stond Gaspard op om nog een kop te halen. Het had geen zin ruzie met haar te maken en de goede verstandhouding die hun onderzoek nu bepaalde te verstoren.

Intussen keek Madeline op haar telefoon. Een mail van Dominic Wu trok haar aandacht: *Cadeautje, als je alleen bent op kerstavond. Fijne kerst.* Bij de laconieke tekst zat een groot document als bijlage. Ze klikte erop om het te openen. Het was Wu gelukt indirect aan de bankgegevens van Adriano te komen. Anders gezegd: een goudmijn.

'Waarom ben je plotseling zo vrolijk?' vroeg Gaspard toen hij haar koffie gaf.

'Kijk hier maar eens naar,' zei ze en ze stuurde hem het pdf-bestand per mail. 'De uitgaven van Sotomayor. Die moeten we doorspitten en dan bespreken we ze straks. Zoek naar vaste uitgaven.'

Madeline zette de koffiekop naast haar smartphone op tafel. Een halfuur lang bleef ze naar haar telefoon kijken. Met haar hoofd omlaaggericht concentreerde ze zich en liet de tientallen pagina's van de lijst voorbijglijden, terwijl ze aantekeningen maakte op een papieren placemat. Naast haar zat Gaspard er op precies dezelfde manier bij. Ze leken wel een echtpaar dat in een casino in Las Vegas niet achter de gokautomaat was weg te slaan.

De lijst besloeg de laatste drie jaar van het leven van Sotomayor. Dit soort documenten was als een camera die op zijn bestaan was gericht. Je kon er gewoontes uit halen, zien in welk restaurant hij graag zijn sushi at, op welke parkeerterreinen hij zijn auto neerzette, de tol van de snelwegen die hij nam, de naam van de artsen die hij bezocht en zelfs de kleine geneugten die hij zichzelf gunde: een paar hoge Edward Greenschoenen à veertienhonderd dollar, een kasjmieren Burberry-sjaal à zeshonderd dollar...

Ten slotte keek Gaspard teleurgesteld op. 'Ik zie niets wat Adriano rechtstreeks met Tibberton in verband brengt. Geen regelmatige autoritten, geen rekeningen voor water of elektra, geen uitgaven in winkels in de omgeving.'

'Dat hoeft nog niet veel te betekenen. Een agent als Adriano kan zijn financiële doen en laten met een dubbele rekening verborgen houden, of contant betalen. Maar sommige regelmatige betalingen vind ik wel verontrustend.'

Vier winkels kwamen inderdaad regelmatig terug. Allereerst Home Depot en Lowe's Home Improvement. De twee grootste doe-het-zelfwinkels van het land voor bouwmaterialen en gereedschappen. De bedragen op de rekeningen waren hoog en deden omvangrijke werkzaamheden vermoeden. Het soort aanpassingen – geluidsisolatie, luchtverversing – dat je moest aanbrengen wanneer je iemand voor langere tijd ergens opgesloten wilde houden.

Het derde bedrijf was minder bekend en ze moesten op internet zoeken om te zien wat het was. Lyo Food was een bedrijf dat was gespecialiseerd in de verkoop van gevriesdroogd voedsel. Op hun site was vooral een groot aantal militaire rantsoenen en overlevingspakketten te vinden. Verpakkingen met blikjes sardientjes, energierepen, gedroogd rundvlees en gevriesdroogde gerechten die lange tijd konden worden bewaard. De onderneming leverde aan trekkers en zeelieden, maar ook aan steeds meer stedelingen, die ervan overtuigd waren dat het voor een naderende apocalyps nodig was een grote voorraad voedsel in te slaan.

Ten slotte lieten de betalingen zien dat Sotomayor een regelmatige klant was van de site walgreens.com, een van de belangrijke farmacieketens in Amerika. Je vond inderdaad – bijna – alles bij Walgreens, maar vooral alle toiletartikelen voor baby's en kleine kinderen.

Madeline dronk haar koude koffie op en keek Gaspard aan. Ze zag dat hij hetzelfde dacht als zij. In hun hart leefde nog een dwaze hoop. En in hun hoofd beelden waaraan ze zich konden vastklampen: die van Bianca Sotomayor, een oude, vermoeide dame, al jaren gevangengehouden in een geluiddichte kelder. En gevangene van haar eigen zoon, van wie ze ongetwijfeld dacht dat hij dood moest zijn. Een vrouw die al meer dan twee jaar voor een kind zorgde, zonder iets, bezuinigend op voedsel, water en licht. Wachtend tot op een dag misschien iemand hen zou komen bevrijden.

'Schiet op, Coutances, we lichten het anker.'

4

De laatste kilometers waren het langst. De weg naar Tibberton was bochtig. Even voor Salem moesten ze een kort gedeelte van de US1 nemen, voordat ze een geleidelijk stijgende weg om een bos heen volgden, dat op de GPS de vreemde naam Blackseedy Woods droeg. Toen daalden ze af naar de kust.

Gaspard keek heimelijk Madelines kant op. Haar uiterlijk was geheel veranderd. Haar ogen fonkelden, ze schoten heen en weer en haar vastberaden trekken deden Gaspard terugdenken aan de foto die hij had gezien in het artikel in *The New York Times Magazine*. Zelfs haar lichaam leek gespannen voorover te buigen, alsof ze klaarstond de confrontatie aan te gaan.

Na vijf uur rijden kwamen ze in Tibberton aan. Het graafschap had duidelijk voor besparing op openbare verlichting en kerstversiering gestemd: het was pikdonker op de straten, bij de publieke gebouwen eveneens, en zelfs de haven was uitgestorven. De stad was nog soberder dan ze in de toeristische gidsen op internet hadden gelezen. Tibberton was een dorp van enkele duizenden inwoners, vroeger belangrijk door de visvangst op zee, dat in de loop van tientallen jaren was afgetakeld en was weggekwijnd naast het bekende Gloucester, de beroemde buurman die was gegroeid tot het mekka van de rode tonijn. Sindsdien kostte het het dorp moeite een plaats te veroveren in de visvangst en het toerisme.

Ze volgden de aanwijzingen van de routeplanner en verlieten de kust over een kronkelige asfaltweg het land in. Toen kwamen ze uit op een smalle weg met struiken erlangs. Na een kilometer verscheen een bord met TE KOOP erop in het licht van hun koplampen. PLEASE CONTACT HARBOR SOUTH REAL ESTATE stond er op de affiche, met daaronder een telefoonnummer uit de streek.

Madeline en Gaspard stapten meteen uit en lieten de lichten van de auto branden. Ze waren niet gewapend, maar haalden de zaklantaarns, het breekijzer en de koevoet die Gaspard in Manhattan had gekocht uit de kofferbak.

Het was nog steeds even koud. De harde wind blies vanaf de Atlantische Oceaan pal in hun gezicht. Maar in Tibberton stonk zelfs de zilte lucht.

Ze liepen zij aan zij naar het gebouwtje. Het familiehuis van Sotomayor was een kleine, landelijke, koloniale woning van één verdieping, met een grote schoorsteen in het midden. Vroeger had het er misschien leuk uitgezien, nu was het eerder dreigend. Een donker landhuis, te midden van braamstruiken en hoog gras, met een geheel vervallen deur met twee zuilen ernaast. Moeizaam baanden ze zich een weg door de stekelige planten. In de donkere nacht leek de met naaldhout betimmerde gevel als met teer besmeerd.

Ze hoefden het breekijzer niet te gebruiken. De voordeur stond halfopen. Hij was al heel lang geleden opengebroken, te zien aan het vocht dat het hout had vervormd. Ze schenen met hun zaklantaarns naar binnen en liepen verder het huis in. Het was halfleeg en moest al heel lang verlaten zijn. Ongetwijfeld talloze keren bezocht door lokale zwervers. De halfopen keuken was leeggehaald. Het houten aanrecht was verdwenen, de kastdeuren waren weggerukt. In de zitkamer stonden slechts een kapotte bank en een tafel met een kapot blad. Op de grond lagen talloze lege bierflesjes, condooms en naalden. Er lag zelfs een kring van stenen en de koude as duidde erop dat er midden in de kamer een vuurtje was gestookt. Krakers waren hier geweest om in het licht van de vlammen seks te hebben, te drinken en te spuiten. Maar niets duidde erop dat hier gevangenen waren vastgehouden.

In de andere kamers op de begane grond troffen ze alleen stof, vocht en kromme vloeren aan, die aan alle kanten door water waren aangetast. Achter in het huis was een veranda met een klein terras, waarop twee beschimmelde fauteuils stonden. Madeline vloekte toen ze een grote garage of botenloods zag met een heel schuin aflopend dak. Met Gaspard in haar kielzog liep ze de tuin door naar de loods. Maar die was ook leeg.

Ze keerden terug naar het huis. Onder de trap leidde een half verborgen deur naar een andere trap, die niet afdaalde naar een kelder, maar naar een grote benedenverdieping waarin een met spinnenwebben bedekte pingpongtafel stond. Achter in de ruimte was nog een deur, die het na twee stoten van hun schouders begaf: het sanitaire gedeelte van het huis. Hier was duidelijk al jaren niemand meer geweest.

Voor alle zekerheid gingen ze vervolgens naar de eerste verdieping, waar vroeger de slaapkamers en badkamer waren geweest. Daar was ook niet veel meer van over. Op de slaapkamer na die Adriano tot zijn achtste jaar moest hebben gebruikt.

Gaspard liet het licht van zijn zaklantaarn door de ruimte gaan, waarin spookachtige herinneringen lagen. Een matras, omgevallen wandrekken en posters die op de grond lagen weg te rotten. Dezelfde die hij vroeger op de muren van zijn eigen kamer had hangen en die zijn fantasie als kind hadden geprikkeld: *Jaws*, *Rocky*, *Star Wars*... Het enige verschil was dat de Argentijnse bokser Carlos Monzón Michel Platini, de topvoetballer van Nancy-Lorraine, verving.

Gaspard richtte zijn zaklantaarn op de binnenkant van de deur en zag de oude potloodstrepen waarmee op traditionele wijze de lengte van een kind werden aangegeven. Er ging een rilling door hem heen. Er klopte iets niet. Als Ernesto de voogdij over zijn kind was verloren, waarom had hij dan toch de kamer behouden en intact gelaten?

Gaspard hurkte neer. Op de grond lagen fotolijsten al jaren stof te verzamelen. Hij veegde de viezigheid van het glas. Het waren verbleekte kleurenfoto's uit de jaren tachtig, zoals jongeren die nu op Instagram plaatsten. Foto's van een Amerikaans gezin: het strakke, trotse gezicht van Ernesto, de welvingen van de mooie Bianca, de Monica Bellucci uit Tibberton. Het gezicht van Adriano achter de vijf kaarsjes van zijn verjaardagstaart. Glimlachend voor de foto, maar al met die afwezige blik die de onderwijzeres was opgevallen. Gaspard veegde het glas van een andere lijst schoon. Een opname die hem paf deed staan: Ernesto en zijn zoon op volwassen leeftijd. Zonder enige twijfel een foto die was genomen tijdens de toetreding van Adriano tot de NYPD. De vader had zijn arm trots om de schouders van zijn zoon geslagen.

Adriano had zijn vader dus nog gezien toen hij achttien of twintig jaar oud was, lang voordat hij ziek werd. Dat was onbegrijpelijk. Of eerder: dat was volkomen onlogisch, ziekelijk zelfs. Dat betekende eigenlijk dat zodra hij niet meer in staat was om hem een pak slaag te geven, zodra Ernesto geen bedreiging meer vormde voor zijn zoon, Adriano hem opnieuw bij zich had geduld. Weer verbaasden Gaspard en Madeline zich erover dat zijn haat enkel en alleen op zijn moeder was gericht. Dat was onrechtvaardig, choquerend, volkomen onzinnig. Maar vanaf een zekere graad van gruwelijkheid en barbaarsheid waren gevoel en redelijkheid ongetwijfeld geen bruikbare methodes meer om het menselijk gedrag te ontcijferen.

Bianca

Ik heet Bianca Sotomayor.

Ik ben zeventig jaar oud en al vijf jaar lang woon ik in een hel.

Ik spreek uit ervaring: de ware pijn in de hel is niet het lijden dat je er moet ondergaan. Het lijden is banaal en inherent aan het bestaan. Sinds zijn geboorte lijdt de mens overal, de hele tijd, om alles en niets. De ware eigenschap van de hel, behalve de intensheid van het lijden, is vooral dat je er geen einde aan kunt maken. Omdat je zelfs niet de macht hebt je van het leven te benemen.

Ik zal jullie niet lang ophouden, ik zal niet proberen jullie te overtuigen. Allereerst omdat jullie raad me nauwelijks interesseert. Maar ook omdat jullie niets voor of tegen mij kunnen doen. Jullie luisteren toch liever naar de onvolledige herinneringen van degenen die met de hand op hun hart zweren dat Adriano een rustig en lief jongetje was en dat wij, de ouders, monsters waren.

Alsjeblieft, voor mij is de enige waarheid die telt dat ik oprecht heb geprobeerd van mijn zoon te houden, maar dat was kennelijk nooit genoeg. Zelfs niet gedurende de eerste jaren. De persoonlijkheid van een kind tekent zich heel snel al af. Al toen hij vier of vijf jaar oud was boezemde Adriano mij angst in. Niet omdat hij onstuimig, oncontroleerbaar en driftig was – dat was hij allemaal – maar vooral omdat hij ongrijpbaar en geniepig was. Niemand had hem in de hand. Ik niet door middel van liefde, zijn vader niet door middel van geweld. Adriano vroeg niet gewoon om genegenheid, hij wilde je onderwerpen zonder er iets voor terug te geven. Hij wilde je beheersen en niets kon hem daarvan weerhouden: noch mijn zedenpreken, noch de klappen met de riem die zijn vader gaf. Klappen aan hem om hem te temmen, klappen aan mij om me te straffen omdat ik de moeder was van die mislukkeling. Zelfs wanneer hij leed, verkilden zijn ogen me: ik zag er de wreedheid en woede van een duivel in. Natuurlijk zullen jullie denken dat dat allemaal alleen in mijn hoofd bestond. Misschien, maar het was ondraaglijk voor me. Daarom ben ik weggegaan zodra ik kon.

Ik heb de pagina omgeslagen. Echt. Je leeft maar één keer en ik wilde mij niet constant gewonnen geven. Wat is de reden van het bestaan wanneer dat zich beperkt tot een reeks taken waar je van walgt? Elke dag door een gore stad lopen die naar vis stinkt, een huwelijksleven dat zich beperkt tot een pak slaag, je man pijpen om hem tot rust te brengen en de slaaf van een gestoorde zoon zijn...

Ik heb niet gewoon elders verder geleefd, ik heb echt geprobeerd een nieuw leven te starten: een andere man, een ander kind – aan wie ik niets over zijn broer heb verteld – een ander land, andere vrienden, een andere baan. Ik heb alles uit mijn eerste leven zonder enige spijt verbrand en achter me gelaten.

Ik zou jullie dingen kunnen vertellen die je leest in boeken over het moederinstinct en de wroeging die ik zou moeten hebben gevoeld. Ik zou jullie kunnen zeggen dat mijn hart pijn deed tijdens elke verjaardag van Adriano, maar dat zou gelogen zijn.

Ik heb nooit geprobeerd te achterhalen wat er van hem is geworden. Ik heb nooit zijn naam op Google ingetikt en ik heb systematisch alle bruggen achter me verbrand via welke nieuws over hem tot me had kunnen doordringen. Ik was uit zijn leven verdwenen en hij uit het mijne. Tot die zaterdag in januari, toen er iemand aan mijn deur belde. Het was aan het einde van een mooie dag. De zon wierp zijn laatste stralen. Tegen het licht in, achter de hordeur, zag ik het donkerblauwe uniform van een politieagent.

'Dag mama,' zei hij zodra ik had opengedaan.

Ik had hem al dertig jaar niet meer gezien, maar hij was niet veranderd. Hetzelfde ziekelijke vuur brandde nog diep in zijn ogen. Maar na al die jaren was die vonk allesverterend geworden.

Op dat moment wist ik dat hij was gekomen om me te doden.

Ik wist bij lange na nog niet dat wat me te wachten stond veel erger was.

21
Kilometer nul

Niemand heeft ooit geschreven of geschilderd, gebeeldhouwd, gemodelleerd, gebouwd, uitgevonden dan om de hel te verlaten.
Antonin Artaud

1

Verbijsterd vocht Madeline om niet in elkaar te zakken.

Gaspard staarde als verdoofd voor zich uit.

Na het huis nog eens van boven tot onder te hebben doorzocht, waren ze vertrokken. Het had niets opgeleverd. Volkomen van slag en moe waren ze naar Tibberton teruggereden en hadden de auto in de haven geparkeerd. Vanwege de bijtende kou, die hen verlamde, hadden ze hun plan om de benen te strekken op de steiger al snel opgegeven en hadden onderdak gevonden in het enige restaurant dat op kerstavond om elf uur 's avonds nog open was. The Old Fisherman was een plaatselijke pub waar een stuk of tien gasten zat, duidelijk vaste gasten, die aan de fish-and-chips zaten, met soep van schaaldieren en glazen zwaar, donker bier.

'Wat kunnen we verder nog doen?' vroeg Gaspard.

Madeline wist het niet. Ze zat achter een *clam chowder*, die ze niet had aangeraakt, en was met haar aandacht weer bij de financiële handelingen van Sotomayor. Ruim een kwartier lang bleef ze zo zitten, met haar ogen op de rijen met getallen gericht, tot ze moest toegeven dat ze niets vond wat ze niet al wist. Het was niet zo dat haar hersenen weigerden verder mee te werken, maar er was gewoon niets meer waarover nog moest worden nagedacht. Geen sporen die ze nog konden volgen, geen onvolkomenheden om verder uit te spitten.

Hun hoop had nog geen uur geduurd, maar die was er wel geweest. Nu, terwijl ze de film van hun fouten nog eens afdraaiden, verweet Madeline zichzelf dat ze niet meteen voldoende in dit verhaal had geloofd.

'Als ik er nog zou zijn geweest toen Sean me in New York kwam opzoeken, was alles heel anders gegaan. Dan hadden we een jaar gewonnen. Een jaar, stel je voor!'

Gaspard, achter zijn schaal met oesters, voelde zich plotseling schuldig en probeerde haar te troosten. 'Dat zou er niets aan hebben veranderd.'

'Zeker wel!'

Ze was volkomen uitgeput. Gaspard zweeg enige tijd, nam toen een besluit en bekende: 'Nee, Madeline, dat zou er niets aan hebben veranderd, want Sean Lorenz was niet naar New York gekomen om jou te spreken.'

Madeline keek hem aan zonder het te begrijpen.

'Lorenz wist niets van je bestaan af,' legde hij uit.

Madeline fronste haar wenkbrauwen. Ze kon het niet meer volgen. 'Je hebt me dat artikel over mij laten zien, dat in zijn la lag.'

Gaspard sloeg zijn armen over elkaar en bekende op kalme toon: 'Ik heb het eergisteren van internet gehaald en ik heb er zelf aantekeningen bij gemaakt.'

Stilte. Madeline zette haar herinneringen op een rijtje en stamelde: 'Je... je zei dat mijn nummer verscheidene keren in zijn telefoonlijsten stond.'

'Opnieuw was ik degene die de papieren samen met Karen heeft bewerkt. Het was trouwens allemaal voor niets, want je hebt nooit geprobeerd het te controleren.'

Stomverbaasd weigerde Madeline hem te geloven. 'Lorenz is op 103rd Street overleden, een paar straten bij mijn vroegere kantoor vandaan. Dat is een vaststaand feit. Dat heeft in alle media over de hele wereld gestaan. Hij was daar omdat hij mij wilde spreken.'

'Lorenz was daar, dat klopt, maar alleen omdat het laboratorium Pelletier & Stockhausen daar vlakbij was. Hij was niet op weg naar jou, maar naar Stockhausen.'

Eindelijk overtuigd, maar sprakeloos door zo'n brutaliteit, stond Madeline op. 'Dat meen je toch niet?'

'Ik heb het verhaal verzonnen om je aandacht te trekken. Omdat ik wilde dat je me bij het onderzoek zou helpen.'

'Maar... waarom?'

Gaspard sloeg een hogere toon aan en stond eveneens op. 'Omdat ik wilde dat we zouden proberen te begrijpen wat er echt met dat kind is gebeurd, maar dat scheen jou niet te interesseren.'

Om hen heen waren de gesprekken gestokt en er hing een doodse stilte in de warmgestookte ruimte.

'Ik heb je uitgelegd waarom.'

Hij wees met een dreigende vinger naar haar en barstte uit: 'Dat was niet genoeg voor mij! En ik had gelijk. Jij bent er altijd van uitgegaan dat

Julian dood was. Nooit wilde je rekening houden met de mogelijkheid dat we hem zouden kunnen redden!'

Plotseling drong de omvang van Coutances' manipulaties tot haar door en daalde er een rood waas van woede voor haar ogen. 'Je bent volkomen gestoord! Je bent niet goed wijs! Je bent geschift, je...'

Haar oren bonsden van woede, ze stormde op hem af om hem bij zijn keel te grijpen. Gaspard duwde haar weg, maar Madeline viel opnieuw aan en gaf hem met haar elleboog een stoot in zijn zij, gevolgd door twee klappen met haar vuisten. Toen een directe op zijn neus, gevolgd door een uppercut op zijn lever.

Gaspard incasseerde de klappen zonder dat hij zich kon verdedigen. Dubbelgevouwen wachtte hij tot de storm voorbij was, maar een harde stoot van haar knie deed hem vallen.

Madeline vertrok als een tornado de pub uit.

Er klonk geroezemoes in het restaurant. Gaspard was er slecht aan toe en moeizaam kwam hij overeind. Zijn lippen waren opgezwollen, zijn rechteroog deed pijn. De spalk van zijn vinger was verschoven. Er stroomde bloed uit zijn neus.

Enigszins mank lopend kwam hij het restaurant uit en probeerde Madeline in de haven in te halen. Maar toen hij aan het einde van de steiger was, had ze de pick-up al gestart. De wagen kwam recht op hem af. Eerst dacht hij dat ze hem alleen bang wilde maken, maar ze week niet af van haar route. Snel sprong hij opzij en voorkwam maar net dat hij werd overreden.

Met piepende banden stopte de auto vijftig meter verderop. Het portier ging open en hij zag dat Madeline al zijn spullen op de houten promenade smeet: zijn tas, zijn spiraalschrift en zelfs de knuffel van Julian.

'Barst maar!' gilde ze.

Ze smeet het portier dicht en gaf gas. De wielen slipten op het natte hout. Toen kregen ze grip en reed de pick-up in volle vaart de haven uit.

2

'Wat heeft die meid met je gezicht gedaan?'

Gaspard was met een bloedneus op een bankje bij het monument ter ere van de doden van de haven gaan zitten: een reusachtige, bronzen treiler om de vissers van de streek te eren die al bijna drie eeuwen lang door de zee uit het leven waren gerukt.

'Ze heeft je flink toegetakeld,' vervolgde de zeeman vrolijk en met een bijna tandeloze lach, terwijl hij hem een handvol papieren zakdoekjes gaf.

Gaspard knikte om hem te bedanken. Hij was een dronkenlap die hij even eerder in de bar van het restaurant had zien zitten. Een oude man met een baard en allerlei zenuwtrekjes, die een kapiteinspet droeg en op een stuk zoethout kauwde zoals een baby aan zijn speen zoog.

'Ze heeft je gezicht kapotgeslagen,' vervolgde de dronkenlap, terwijl hij de spullen die Gaspard van straat had opgeraapt opzijschoof om naast hem te komen zitten.

'Zo is het genoeg, hou er nou maar over op.'

'Het was een flink spektakel voor ons. Je ziet zelden een meid een vent zo afrossen. Meestal gebeurt het andersom.'

'Bespaar me die domme grappen!'

De ander stelde zich voor, onverschillig voor zijn slechte humeur. 'Ik ben Big Sam.'

Gaspard pakte zijn telefoon. 'Goed, Big Sam, of wie je ook bent, weet je waar ik een taxi kan bellen?'

De ander barstte in lachen uit. 'Om deze tijd vind je hier geen taxi's, cowboy. En voordat je ervandoor gaat, moet je je rekening nog betalen.'

Gaspard moest toegeven dat hij gelijk had. In de verwarring waren Madeline en hij het restaurant uit gelopen zonder voor het eten te betalen. 'Goed,' beaamde hij, en hij trok de kraag van zijn jasje omhoog.

'Ik ga met je mee,' zei de dronkenlap. 'Als je Big Sam een borrel wilt geven, zeg ik geen nee. Echt niet.'

3

Madeline huilde.

En het jongetje keek haar aan.

Ze was tien minuten geleden bij Gaspard weggereden. Ze huilde zo hard, dat ze niet veel van de weg zag, en midden in een bocht raakte de pick-up van de weg. Ze kwam oog in oog te staan met een auto die van de andere kant kwam. De koplampen verblindden haar alsof er op enkele centimeters van haar gezicht met een schijnwerper in haar ogen werd geschenen. Ze gaf uit alle macht een ruk aan het stuur en hoorde kwaad toeteren. De twee zijspiegels raakten elkaar en haar pick-up reed de berm in, slipte, en kwam uiteindelijk tot stilstand, nog net voordat ze een greppel in zou zijn gereden.

Verdomme!

De andere auto was in de nacht verdwenen, zonder zich ergens om te bekommeren. Madeline sloeg uit alle macht op haar stuur en barstte in tranen uit. Haar buik deed weer pijn. De hele dag had ze de pijn genegeerd, maar nu kwam die dubbel terug. Ze trilde over haar hele lichaam. Met haar handen op haar buik gedrukt, kromp ze op haar stoel in elkaar en bleef enkele minuten zo zitten, uitgeteld in de pikzwarte nacht.

Het jongetje keek haar nog steeds aan.

En zij keek hem op haar beurt aan.

Het was de foto van Adriano Sotomayor die Gaspard in het huis had gevonden. Zijn vijfde verjaardagsfeest, voordat zijn moeder zou weglopen. Het was een zomeravond. Achter de kaarsjes lachte een kleine jongen naar de camera. Hij droeg een geel hemd, een gestreepte broek en lichte sandalen.

Madeline veegde met haar mouw de tranen weg en deed de binnenverlichting aan.

De foto zat haar dwars. Ze vond het moeilijk ernaar te kijken terwijl ze wist dat het monster er al was, de kiem, in het hoofd en het lichaam van dat mannetje. Ze kende de theorieën van verscheidene psychiaters die zeiden dat op de leeftijd van drie jaar alles al vastlag. Een bewering die haar altijd al had gechoqueerd.

En als het nou waar was? Misschien zat alles er al in, in die blik, zowel de mogelijkheden als de beperkingen. Ze zette de gedachte van zich af. Op je vijfde ben je nog geen duivel. Ze had een monster willen opsporen, maar het monster was allang dood en er viel niemand meer op te sporen. Het enige wat resteerde was het spookbeeld van een kind.

Een kind. Een jongetje. Zoals van Jonathan Lempereur dat met een vliegtuigje in het winkelcentrum speelde. Zoals het kind dat ze in haar buik wilde dragen. Zoals Julian Lorenz. Een kind.

Ze zuchtte. Lang geleden had ze cursussen gevolgd en boeken gelezen om te leren 'in het hoofd van de dader' te kruipen. Ook al werd er veel in gespeculeerd en stonden ze vol met loos gewauwel. In het hoofd van een misdadiger kruipen bleef een van de belangrijkste taken van een smeris. Maar in het hoofd van een kind van vijf jaar oud kruipen...

Met haar ogen op de foto gericht probeerde ze hem in gedachten toe te spreken.

Je heet Adriano Sotomayor.

Je bent vijf jaar oud en... ik weet niet wat er in je hoofd zit. Ook al is het normaal gesproken mijn werk dat te onderzoeken. Ik weet niet wat je voelt op het moment dat je de kaarsjes uitblaast. Ik weet niet wat je in het dagelijks leven voelt. Ik weet niet wat voor waarde je aan dat alles hecht. Ik weet echt niet hoe je het volhoudt. Ik weet niet waar je op hoopt. Ik weet niet waar je aan denkt wanneer je 's avonds in slaap valt. Ik weet niet wat je die middag hebt gedaan.

Ik weet ook niet wat er in het hoofd van je vader speelt. Ik ken zijn achtergrond niet. Ik weet niet waarom hij is begonnen je te slaan. Ik weet niet hoe het zover kwam: een vader die zijn zoon straft in een scheepsruim. Met een broekriem slaan, sigaretten op je huid uitdrukken, met je hoofd in de plee.

Ik weet niet of hij nog iemand anders slaat behalve jou. Zichzelf misschien? Zijn eigen vader? De vent van de bank die weigert zijn schulden te verlagen? De samenleving? Zijn vrouw? Ik weet niet waarom de duivel in hem is bovengekomen, zoals hij dat later bij jou zal doen.

Madeline hield de foto dichter bij haar gezicht.

En het jongetje keek haar aan.

Oog in oog.

Als je vijf of zes jaar oud bent, ben je geen duivel, maar kun je wel al alles kwijt zijn. Je vertrouwen, je respect, je dromen.

'Waar ben je, kleine Adriano?' fluisterde ze. 'Waar ben je wanneer je blik afdwaalt? Waar ben je wanneer je ogen elders heen gaan?'

Waar is dat elders?

Opnieuw begonnen de tranen te stromen. Ze voelde dat ze op het punt stond de waarheid te doorzien. Maar toch bleef die haar ontglippen. De waarheid is soms een kwestie van een halve seconde, vooral wanneer je heel ver gaat om haar te zoeken. Een inspiratie. Stilte die voorafgaat aan een openbaring.

Van het begin af aan had ze steeds geweigerd te geloven dat deze zaak zou kunnen eindigen met een nieuwe lezing van het verleden. Ook verwachtte ze geen wonderen. Een manestraal zou niet het hele dashboard kunnen doen oplichten. Adriano zou niet tot leven komen en haar zijn geheim in haar oor fluisteren.

Maar toch restte de vraag die Gaspard haar had gesteld. *Wat kunnen we nog meer doen?* Dat was de ultieme kwestie van het hele onderzoek, en ze wilde niet dat die schoft van een Coutances met het antwoord aan de haal zou gaan.

Ze draaide het contactsleuteltje om, deed haar richtingaanwijzer aan en stuurde terug naar de weg, zonder in de greppel te vallen. In plaats van terug naar New York te rijden, keerde ze om in de richting van Tibberton. Ze was nog niet klaar met Gaspard Coutances.

4

Met Big Sam in zijn kielzog liep Gaspard over de steiger terug naar de Old Fisherman.

Daar moest hij de spottende opmerkingen van de klanten van de pub ondergaan, maar de dronkenlappen waren niet echt gemeen. Toen ze uitgedold waren, boden ze hem zelfs iets te drinken aan. Zijn eerste reflex was het te weigeren, om helder te blijven, maar toen gaf hij toe. Wat had het voor zin nuchter te blijven nu het onderzoek voorbij was?

Hij nam er de tijd voor om van het eerste glas whisky te genieten, toen gaf hij meteen erna zelf een rondje. Na nog twee glazen in één teug naar binnen te hebben geslagen, legde hij twee biljetten van vijftig dollar op de bar en vroeg of de hele fles kon blijven staan.

Ik heet Gaspard Coutances en ik ben alcoholist.

De alcohol begon effect te hebben. En Gaspard voelde zich al beter. Dat was het fijnste moment, na twee of drie glazen; wanneer je al minder geremd raakte, blind voor de lelijkheid van de wereld, maar wanneer je nog niet ladderzat was. In die hoedanigheid had hij trouwens zijn beste werken geschreven. Bíjna heldere ideeën. Maar toch begon het gezelschap van dronkenlappen hem na enige tijd te ergeren. Te harde stemmen, te stoere praat, te homofoob, te veel onzin. Bovendien bedronk hij zich altijd al liever alleen. Zich bezatten was een intieme, tragische bezigheid: iets tussen zelfbevrediging en een heldendaad in. Hij pakte de whiskyfles en zonderde zich af in een zijzaaltje. Een soort sombere rookruimte met muren die met rood velours waren bekleed en versierd met harpoenen, erotische plaatjes en zwart-witfoto's van vissers uit de streek die met hun mooiste vangsten voor hun boten poseerden. Het geheel gaf de zaal een vreemde sfeer. Een soort *The Old Man and the Sea* met een Toulouse-Lautrec-sausje.

Hij ging achter een tafel zitten en legde zijn spullen op de stoel tegenover zich. Hij schonk een vierde glas in en begon door het grote schrift te bladeren waarin hij het hele onderzoek had bijgehouden. Dit verslag was een kroniek van zijn falen. Hij droeg dan wel zijn jasje en zijn parfum, maar hij was geen Sean Lorenz. Hij was niet goed genoeg om de fakkel over te nemen. En Madeline had gelijk: rechercheur word je niet zomaar. Om verscheidene redenen was hij ervan overtuigd geweest dat hij Julian zou vinden en in veiligheid zou brengen. Want dat kind redden, was zichzelf redden. Hij had zich aan het onderzoek vastgeklampt omdat hij er een mooie manier in had gezien om goedkoop de mislukkingen van zijn bestaan af te kopen. Maar je kunt niet binnen enkele dagen de fouten van een heel leven ongedaan maken.

Hij nam een slok alcohol en sloot zijn ogen. Het beeld van Julian die in een kelder wegteerde danste voor zijn ogen. Was er nog een kleine kans dat de jongen nog in leven was? Er was geen enkele zekerheid. Trouwens, als ze hem als door een wonder toch levend zouden hebben teruggevonden, hoe zou het kind er dan na twee jaar gevangenschap aan toe zijn geweest? En hoe zou zijn toekomst er dan hebben uitgezien? Zijn vader was gestorven toen hij probeerde hem te redden, zijn moeder had in een vervallen wagon een kogel door haar hoofd geschoten. Er waren betere manieren om een leven te starten...

Gaspard sloeg de pagina's van zijn schrift om en stopte bij een van de foto's van de Vuurwerkmakers die hij uit de monografie van Benedick had geknipt. Het was zijn lievelingsfoto. Allereerst omdat hij stond voor de authenticiteit van een tijdperk: het rauwe *underground* New York van eind jaren tachtig. Verder omdat het de enige foto was waarop de drie kunstenaars er bijna gelukkig uitzagen. Ze waren twintig-en-nog-wat jaar oud en ze maakten een lange neus naar de camera, voordat voor hen alle drie de toekomst in rook zou opgaan. Om te beginnen Beatriz Muñoz, bekend onder het pseudoniem LadyBird, die met haar honderdtwintig kilo en haar bouw van een dokwerker met haar neus op de werkelijkheid werd gedrukt en nooit zou vliegen. Op de foto verborg ze haar lichaam onder een militaire cape en glimlachte ze naar de jongen die rechts van haar stond: Lorz74, die toen nog niet de geniale Sean Lorenz was. Iemand die doeken schilderde die de mensen tot waanzin dreef. Wist hij al welk lot hem te wachten stond? Ongetwijfeld niet. Op de foto dacht hij er alleen aan grappen te maken met zijn vriend, die hij zogenaamd met verf bespoot: NightShift, alias Adriano Sotomayor.

Gaspard bekeek Adriano aandachtiger. In het licht van alles wat hij nu wist, moest hij zijn oorspronkelijke mening herzien. Drie dagen geleden, toen hij deze foto voor het eerst had gezien, dacht hij dat de jonge latino de stoere jongen uithing, met zijn openhangende hemd en zijn opschepperige houding. Maar wat hij voor een gevoel van superioriteit had aangezien, was in werkelijkheid slechts een soort onverschilligheid. Dezelfde afwezige blik die hij al als kind had.

Gaspard bleef gefascineerd naar het gezicht van de toekomstige Elfenkoning kijken. Het was hem niet gelukt de *rosebud* van Adriano te vinden. De sleutel die alle deuren opende. Het kleine, biografische detail dat alle paradoxen van een leven verklaarde, dat uitlegde hoe iemand in werkelijkheid was, waar iemand achteraan rende, wat iemand in zijn leven ontvluchtte. Heel even was het alsof het duidelijk voor hem lag, pal voor zijn neus, maar hij niet in staat was het te zien. Een herinnering uit zijn puberteit hield hem bezig, het lezen van *De gestolen brief* van Edgar Allan Poe en de belangrijkste les daaruit: de beste manier om iets te verbergen is het open en bloot te laten liggen.

Zonder dat hij er zich echt van bewust was, had hij gedachteloos zijn pen gepakt en was hij begonnen aantekeningen te maken, zoals hij altijd deed wanneer hij een toneelstuk schreef. Hij las wat hij had opgeschreven: twee of drie datums, de namen van de Vuurwerkmakers, hun bijnamen. Hij corrigeerde een van zijn fouten: misschien kwam het door de maritieme omgeving van de kamer, maar hij had NightShip opgeschreven, Nachtschip, in plaats van NightShift, Nachtdienst.

Hij sloeg zijn schrift dicht, dronk zijn glas in één teug leeg en pakte zijn spullen bij elkaar. Met een zwaar hoofd sleepte hij zich naar de toog. Er waren minder mensen en het lawaai was iets afgezwakt. Hij vroeg de eigenaar waar hij een kamer voor de nacht kon vinden. De man stelde voor even voor hem rond te bellen. Gaspard bedankte hem met een knik van zijn kin. Half weggezakt op een kruk klampte Big Sam hem aan als een bloedzuiger. 'Krijg ik iets van je te drinken, cowboy?'

Gaspard gaf hem een scheut van zijn whisky.

Ook al nam hij zelf niet nog een glas alcohol, de whisky begon effect te krijgen. Zijn gedachten waren beneveld. Hij voelde dat hij vlak bij iets was geweest, maar dat hij het had laten ontglippen.

'Heb je de familie Sotomayor gekend?'

'Natuurlijk,' antwoordde de dronkenlap. 'Iedereen kende hen hier. Je had de vrouw van de kap'tein moeten zien... Hoe heette ze ook alweer?'

'Bianca?'

'Ja, zij was zo mooi. Ongelooflijk mooi zelfs. Ik had graag eens een nummertje met die sl...'

Hij onderbrak hem. 'Werd Ernesto de Kapitein genoemd?'

'Ja.'

'Waarom?'

'Nou, ben je nou echt zo dom? Omdat hij kapitein was, verdomme. Hij was zelfs een van de weinigen die een vergunning hadden om diepzee te vissen.'

'Wat had hij voor schip? Een treiler?'

'Zeker, geen schoenertje!'

'Hoe heette zijn schip?'

'Weet ik niet meer. Dat gaat je iets kosten. Krijg ik er nog eentje?'

In plaats van een rondje en ondanks zijn pijnlijke handen pakte Gaspard de dronkenlap bij zijn kraag en drukte zijn gezicht bijna tegen het zijne. 'Hoe heette het schip van de oude Sotomayor?' vroeg hij opgewonden.

Big Sam maakte zich los. 'Rustig maar, jongen. Dat zijn geen manieren.' Ongevraagd pakte hij de fles, zette hem aan zijn mond en dronk enkele slokken. Voldaan veegde hij zijn tandeloze mond af en sprong van zijn kruk. 'Kom mee.'

Hij trok Gaspard mee naar de rookruimte en binnen een minuut had hij een fotolijst aan de muur gevonden met een foto waarop Ernesto Sotomayor met zijn bemanning met een rode tonijn poseerde die meer dan honderd kilo moest hebben gewogen. De foto was zwart-wit en moest uit midden jaren tachtig stammen, maar hij was scherp genoeg. Gaspard kwam dichterbij. Achter de visser was een grote treiler te zien. Hij kneep zijn ogen samen om de naam van het schip te lezen. Het heette *Night Shift*.

Gaspard begon te trillen. Hij kreeg vochtige ogen van emotie. 'Wat is er met de treiler gebeurd toen Sotomayor met pensioen ging? Ligt die nog in de haven?'

'Dat meen je toch niet, man! Weet je hoeveel een plek in de haven kost?'

'Waar is hij?'

'Zoals de meeste schepen in Tibberton die worden gesloopt, is hij waarschijnlijk naar de Graveyard gesleept.'

'De Graveyard? Wat is dat?'

'Het scheepskerkhof op Staten Island.'

'In New York?'

'Ja, jongen.'

Gaspard was al weg. Hij pakte zijn tas, verliet de pub en liep naar de haven. De ijzige lucht deed hem goed en maakte hem binnen de kortste keren nuchter. Toen hij zijn telefoon pakte, zag hij in de nacht twee grote koplampen zijn kant op komen.

Daar was Madeline.

Zondag 25 december

22
Night Shift

Het werd avond en het werd morgen. De eerste dag.
Genesis 1:5

1
Zilverachtige sneeuwvlokken verzadigden als een wolk metalen insecten de lucht.

Het was zeven uur 's ochtends toen Gaspard en Madeline aankwamen op het scheepskerkhof op Staten Island. Ze hadden de hele nacht gereden en waren doodmoe. Om het vol te houden had Madeline de ene sigaret na de andere gerookt en had Gaspard een thermoskan met koffie leeggedronken. De sneeuw had hen de laatste kilometers verrast en had de weg met een laag van enkele centimeters bedekt, die hun reis nog verder had vertraagd. Het noodweer trotserend waren ze het terrein van de Boat Graveyard op gereden.

Eromheen stonden hekken met prikkeldraad en borden die waarschuwden voor de gevaren wanneer je je op het terrein waagde, maar het geheel was veel te groot om iemand tegen te houden die er echt naar binnen wilde gaan.

De stank die er hing viel als eerste op: een walgelijke lucht van bedorven vis en rottende algen. Een duizeligmakende geur die de omgeving verpestte en op je keel sloeg. Pas wanneer je eenmaal je weerzin had overwonnen, kon je het uitzicht geheel in je opnemen en genieten van de vreemde en paradoxale schoonheid ervan.

Onder een waterige, loodgrijze lucht strekte zich een landschap uit als het einde van de wereld. Een woest, verlaten niemandsland vol met duizenden scheepswrakken. Schuiten die in de modder lagen weg te rotten, gestripte rompen, aken die al tientallen jaren in het slijk lagen, verroeste vrachtschepen, zeilschepen met afgebroken masten en zelfs het wrak van een raderboot die rechtstreeks van de Mississippi afkomstig was.

Het terrein was verlaten. Er was geen mens te zien, geen geluid te horen, op de kreten van de meeuwen na die boven de verroeste karkassen rondvlogen. Het was moeilijk te geloven dat je je op een steenworp afstand van Manhattan bevond.

Al een uur lang zochten Gaspard en Madeline wanhopig naar de Night Shift, maar de uitgestrektheid van het terrein maakte hun taak er niet eenvoudiger op. Door de steeds dichter vallende sneeuw werd het steeds moeilijker de spookachtige omtrekken van de schepen tegen de achtergrond van de lucht en de zee te onderscheiden.

Om het nog erger te maken, was niet het hele scheepskerkhof met de auto te bereiken. Er waren geen duidelijke kades, ook geen betonnen of verharde wegen. Hier en daar reed de pick-up over steile paden of doodlopende zandwallen die ze beter te voet konden onderzoeken, om niet in de modder vast te komen te zitten.

Toen ze over een van deze verbindingswallen liepen, nadat ze een zanderig terrein waren gepasseerd waarop een half weggezakte zeesleper van de marine lag, trok een detail Madelines aandacht. Halfhoge bomen staken letterlijk boven het water uit. Een stuk of tien ervan stond aan beide kanten van een zompig, zanderig pad. De rijen waren veel te recht om natuurlijk te zijn. Wie zou hier iets planten en waarom? Ze balanceerde op één been om een tak af te breken. Gaspard bekeek het hout.

'Het lijkt wel of dat hout bloedt,' zei hij, en hij wees naar het rode sap in het hout.

'Verdomme,' zei ze. 'Die bomen...'

'Wat?'

'Dat zijn elzen.'

De boom die bloed huilde. De boom van de wederopstanding na de winterslachting. Die van het leven na de dood.

2

Tussen een haag van elzen liepen ze honderd meter over een zeer ongelijk pad van houten planken, tot ze de hoge, logge omtrekken zagen van een schip dat aan een noodponton aangemeerd lag weg te roesten.

De Night Shift was een visserstreiler met een lage achterkant voor de netten, van ongeveer twintig meter. Een verstilde massa oud ijzer, geheel bedekt door roest, algen en slib.

Zonder een seconde te aarzelen, liep Madeline over een plank de helling op en sprong achter op het schip. Met de wind vol in haar gezicht liep ze onder de draagconstructie door, over de lier en verder over het dek. Gaspard volgde haar. De sneeuw begon te bevriezen en maakte het dek spiegelglad. Dat lag vol met dikke touwen, katrollen, kabels, kapotte visnetten en autobanden.

Via een gladde trap konden ze bij de stuurhut komen. Er sijpelde water naar binnen. De vloer was kapot en de muren waren drijfnat. De stuurhut was helemaal bedekt met een kleverige laag vuil en was leeggehaald. Het stuurrad, de radar, de radio en andere navigatieapparatuur waren allemaal verdwenen. Aan de muur zag Madeline naast een brandblusapparaat dat de geest had gegeven een half beschimmeld, geplastificeerd stuk papier: een plattegrond van de treiler, waarop de aanwijzingen stonden die in geval van brand moesten worden opgevolgd.

Ze verlieten de stuurhut en namen een soort hangbrug naar de verblijven voor de bemanning, waarvan de meeste houten tussenwanden waren weggesloopt. Eerst kwamen ze in een smalle gang met een oud keukentje en een koelkast en daarna in twee bouwvallige hutten die tot werkplaatsen waren verbouwd. In een hoek stonden zakken cement, een houweel, een troffel en onder een PVC-zeil lagen nog allerlei andere gereedschappen opgeslagen. In een andere oude hut, midden tussen de glasscherven en rattenlijken, vonden ze tientallen lege kartonnen dozen die lagen te vergaan in plassen stinkend water. Madeline scheurde een van de etiketten los die met plakband op de verpakkingen zaten geplakt en liet het aan Gaspard zien: Lyo Food, het bedrijf dat was gespecialiseerd in de verkoop van overlevingsrantsoenen...

Ze waren nog nooit zo dicht bij de waarheid geweest.

Met behulp van de plattegrond daalden ze af naar wat de machinekamer moest zijn geweest en nu het rijk van ratten en roest was. Toen ze binnenkwamen maakten de beesten dat ze wegkwamen achter de leidingen die over de vloer liepen. Achter in de ruimte was een ijzeren deur te zien die dik onder de roest zat. Dicht. Madeline vroeg Coutances bij te lichten, terwijl zij zou proberen hem open te breken. Koevoet, breekijzer, niets lukte.

Ze keerden terug naar het dek en zochten op hun kaart een andere manier om in het ruim te komen. Niets te vinden. Als er vroeger een andere toegang was geweest, was die nu kennelijk afgesloten.

Omdat ze weigerden het op te geven, onderzochten ze alle hoeken en gaten van het dek. De wind gierde en ze moesten schreeuwen om zich verstaanbaar te maken. Harde windvlagen bliezen in hun ogen en brachten hen aan het wankelen. Ze probeerden zo goed mogelijk de sneeuw met hun voeten weg te schuiven. Ze deden hun best snel te werken, maar hun bevroren ledematen leken geen deel meer van hen uit te maken. Na een tijdje praatten ze niet meer tegen elkaar maar communiceerden ze door middel van gebaren.

Aan beide kanten van de opgerolde sleepnetten zagen ze twee brede stroken matglas. Twee korte, brede geulen gemaakt van iets wat leek op witte baksteen, die over de vloer liepen. Gaspard dacht meteen aan het principe van een koekoek of een lichtkoker: daglicht naar binnen laten komen om een kelder te verlichten. Even verderop ontdekte Madeline twee roosters die op dezelfde manier waren bevestigd. Luchtroosters.

Ze rende naar de plek waar het gereedschap lag en kwam terug met een houweel. Eerst dacht ze dat ze het glazen plafond gemakkelijk zou kunnen stukslaan, maar de constructie was ongewoon dik. Ze hakte uit alle macht en probeerde het een paar keer opnieuw. Het kostte haar ruim een kwartier om een gat in de glazen plavuizen te hakken. Toen ging ze verder met de koevoet om alle tegels los te wrikken. Meteen viel de sneeuw de opengevallen ruimte in.

Ze brak een van de glowsticks die aan haar riem hingen en gooide die het gat in dat ze had gemaakt. Onder hun voeten gaapte een diepte van drie meter.

'Op de brug ligt een touwladder. Ik ga hem halen,' riep ze terwijl ze zich omdraaide en terugliep.

Gaspard bleef alleen achter bij het gat. Verbijsterd, krankzinnig, verwilderd. De vreselijke stank die uit het gat opsteeg – vis, poep, urine – deed hem uit zijn verdoving ontwaken. Hier had iemand opgesloten gezeten, dat was wel zeker.

Hij dacht een stem boven het lawaai van de wind uit te horen. Een stem die hem riep. Hij kon het geduld niet opbrengen te wachten tot Madeline terug was.

Hij trok zijn jasje uit en sprong het gat in.

3

Gaspard kwam log neer en rolde weg in het stof. Toen hij opstond, sloeg de vreselijke stank hem op de keel. Hij herkende die lucht: de lucht van de dood. Hij pakte het fluorescerende staafje en liep verder de duisternis in. 'Is daar iemand?'

Het enige antwoord was dat van de sneeuwstorm die het schip deed schudden.

Alle openingen en patrijspoorten waren dichtgemaakt. Hoewel elke ademteug in deze bedorven lucht een marteling was, was het in dit lagere deel van het schip minder vochtig dan in de rest van het wrak. Er lag steeds meer rommel en hoe verder hij naar de achterkant ging, hoe stiller het er werd. Het noodweer leek plotseling erg ver weg te zijn, alsof hij zich in een andere wereld bevond.

Toen de ogen van Gaspard aan de duisternis gewend raakten, zag hij dat hij zich niet in een open ruim bevond, maar in een soort werkruimte waarin de vissers hun vangst moesten hebben gesorteerd en schoongemaakt.

Hij kwam langs een transportband, een grote, roestvrijstalen bak, een rij verladingshaken en metalen afvoergoten. Achter een stapel vlonders vond hij iets wat onvermijdelijk was, sinds hij de geur van de dood had geroken: het lijk van Bianca Sotomayor. Het lichaam van de oude vrouw lag op de grond, met opgetrokken knieën, midden tussen de B2-blokken.

Gaspard bracht zijn lamp naar het lichaam. De resten van Bianca waren onherkenbaar. Haar huid was gezwollen, bedekt met blazen, glanzend als een natte spons, en begon uiteen te vallen. Haar nagels hadden losgelaten, haar lichaam was geel en zwart, het bevond zich in een van de laatste gruwelijke stadia. Gaspard probeerde zich niet uit het veld te laten slaan bij deze ondraaglijke aanblik. Dat de stank van rotting ondanks het koude weer zo sterk was, betekende dat Bianca nog niet erg lang dood was. Hij was geen arts, maar hij schatte het op een week of drie. In elk geval beslist minder dan een maand.

Gaspard liep verder de donkere gang in en ging op in de machtige duisternis. Angst en koude gleden nu van hem af. Hij was op zijn hoede, gespannen, één met zijn omgeving. Hij was op alles voorbereid. Dit was het moment waarop hij al twintig jaar wachtte. De ontknoping van iets wat al was begonnen lang voordat hij ooit over Sean Lorenz had gehoord. De strijd tussen licht en donker, die altijd in hem had gewoed.

De afgelopen dagen waren onverwacht geweest, vol met verrassingen. Toen hij vijf dagen geleden in Parijs was aangekomen, had hij geen moment kunnen vermoeden dat hij, in plaats van een toneelstuk te schrijven, zich zou opwerpen als speleoloog van zijn eigen leven om tegen zijn eigen demonen te vechten en karaktertrekken te herontdekken waarvan hij dacht dat die voor altijd waren gedoofd.

Hij had alles gekanaliseerd wat hij aan kracht, intelligentie en overtuiging bezat. Verscheidene keren had hij op het punt gestaan in een diep gat weg te zinken, maar hij stond nog overeind. Misschien niet voor lang, maar hij was in elk geval tot hier gekomen. Aan de rand van de afgrond. In het hol van het monster. Klaar voor de ultieme confrontatie, want monsters sterven nooit echt helemaal.

'Is daar iemand?'

Hij liep nog steeds in het donker. Hij had niet veel meer aan de glowstick, die bijna was uitgewerkt. Plotseling werd de helling steiler en de gang smaller. Hij zag niet veel meer. Hij raadde het meer dan dat hij de stapels conservenblikken echt zag, twee tafels vol, en een stapel dekens. En kartonnen dozen en kratten, die onder de spinnenwebben zaten.

Toen kon hij niet verder. Hij stond bij een muur van opgestapelde pallets met daarachter een wirwar van slangen en gietijzeren leidingen.

Op dat moment gaf de glowstick het op. Gaspard deed enkele stappen achteruit en bleef staan. Op de tast ging hij op een zacht, blazend geluid af dat uit een grote afvoerbuis kwam. Hij hurkte neer en begreep dat hij waarschijnlijk te dik was om door de buis heen te kunnen kruipen, maar hij deed het toch.

In het donker kroop hij verder. Sinds hij het ruim in was gesprongen, wist hij dat hij niet meer zonder hém terug kon gaan. Hij wist dat de rest van zijn leven van juist dit moment zou afhangen. Om zover te komen, had hij zijn bestaan opgehangen aan dat van Julian Lorenz. Een ondeelbaar pact. Een waanzinnige gok van een oude pokerspeler die voor zijn laatste partij had besloten al zijn fiches op tafel te leggen en zijn leven met duizend tegen één op het spel te zetten. De gok dat er een licht bestaat, dat je duisternis zal overwinnen.

In het donker kroop Gaspard verder, met zijn buik op de grond gedrukt. Een gewicht drukte op zijn borst. Zijn oren suisden. Langzaam leek het of hij het schip uit kroop. Hij voelde geen deining meer en geen roest, hij hoorde de treiler niet meer aan alle kanten kreunen en kraken. Hij rook geen lucht van brandstof, verf en verrot hout meer. Er was alleen duisternis die aan hem kleefde, gitzwarte duisternis. En in de lucht hing de geur van verbrande aarde. En aan het einde van de tunnel sintels die soms opgloeien als je in de as pookt.

Daar zag hij hem.

4

Coutances rende door de sneeuw.

De ijskoude lucht brandde in zijn longen en prikte in zijn ogen. Voortgejaagd door de wind striemden de vlokken in zijn gezicht. Omdat hij slechts een hemd droeg, had hij het bitterkoud en was hij verkild tot op het bot, maar op dit moment was hij ongevoelig voor de pijn.

Hij had Julian in zijn jasje gewikkeld en hield hem tegen zich aan gedrukt.

Madeline was vooruitgegaan om de motor van de auto alvast te starten.

Enorme grijze meeuwen cirkelden boven hun hoofden. Met hun lijkenpikkerskoppen slaakten ze krankzinnige, angstaanjagende kreten.

Coutances rende.

Met gebogen hoofd, bijna tegen het bleke gezicht van het kind gedrukt, probeerde hij het alles te geven wat hij had. Zijn warmte, zijn adem, zijn leven.

Zijn bewegingen waren niet gekunsteld. Hij wist precies wat hij moest doen. Hij wist dat hij niet op het met ijs bedekte dek van de ponton moest uitglijden. Hij wist dat hij het kind niet tussen zijn vingers door moest laten glippen. Hij had het onderzocht toen hij het ruim uit was. Julian was in shock, hij kon zijn ogen niet openen nadat hij zo lang in het halfduister had geleefd, maar Bianca moest tot haar laatste adem voor hem hebben gezorgd, want hij was springlevend.

'Je komt er wel bovenop, Julian,' verzekerde hij hem.

Met gesloten ogen lag het jongetje te trillen en te klappertanden.

Met zijn vrije hand pakte Gaspard de knuffel die nog uit de zak van zijn jasje hing, en drukte die in de hals van het kind.

'Je redt het wel, jongen. Kijk, ik heb je vriendje meegenomen. Die zal je warm houden.'

Coutances rende.

Zijn gewonde handen begonnen weer te bloeden. De pijn was zo erg dat hij ze niet meer kon bewegen. Maar toch bewoog hij ze.

Coutances rende.

De banden rolden krakend door de sneeuw. Door de sneeuwvlokken heen zag hij de auto, die Madeline zo dicht mogelijk naar de oever had gereden. Toen hij bij de rand van het ponton was, mompelde Julian iets. Hij dacht dat hij het niet goed had verstaan en vroeg hem het nog eens te zeggen.

'Ben jij dat, papa?' vroeg het kind.

Coutances begreep de reden voor de vergissing: desoriëntatie, de kleding en de parfum van Lorenz die nog in zijn jasje en zijn hemd hing, de knuffel...

Hij boog zich naar het kind en opende zijn mond om het misverstand recht te zetten, maar in plaats daarvan hoorde hij zichzelf antwoorden: 'Ja, ik ben het.'

5

Met zijn vierwielaandrijving reed de pick-up zonder al te veel problemen over de besneeuwde wegen. Het zachte comfort van de cabine verdreef de hardheid van de buitenwereld en vormde een schril contrast met de polaire kou die buiten heerste. De verwarming draaide op volle toeren, de motor ronkte, de radio stond oorverdovend hard aan en was afgestemd op 10-10 Wins, een lokaal station dat om het kwartier nauwkeurig verslag deed van de verkeerssituatie.

Gaspard en Madeline hadden nog geen woord gewisseld gedurende het halfuur dat ze al reden sinds ze van het scheepskerkhof waren vertrokken. Gaspard had Julian nog steeds vast en de jongen leek tegen hem aan in slaap te zijn gevallen. Ineengedoken en dik ingepakt in het jasje van zijn vader was van het kind alleen een dikke bos verward, blond haar te zien. De vier vingers van zijn linkerhand hadden zich om die van Gaspard geklemd en lieten hem niet meer los.

Met brandende ogen had Madeline in de routeplanner het adres van het Bellevue-ziekenhuis in Manhattan ingetoetst. Ze reden over de Interstate 95, ter hoogte van Secaucus in New Jersey. Op deze feestdag was er weinig verkeer op de weg en reed alles soepel door, ook al maakten de weersomstandigheden het rijden veel lastiger.

Honderd meter voor de ingang van de Lincoln Tunnel minderde het verkeer nog meer vaart en reed het uiteindelijk over slechts één baan. Tussen de heen en weer gaande ruitenwissers door zag Gaspard gemeentevoertuigen die rond een strooiwagen reden. De auto's reden stapvoets op de linkerbaan, bumper aan bumper. Toen kwamen ze geheel tot stilstand.

En nu?

Gaspard dacht aan wat Hemingway had gezegd: 'Op de belangrijkste kruisingen op de weg van ons leven staan geen richtingborden.' Op deze kerstochtend zag hij daarentegen uitstekend leesbaar een lichtbaken voor zich uit knipperen. Weer dacht hij aan kairos: het beslissende moment, het moment waarop je in actie moest komen om je kans niet te missen. Een moment dat hij in zijn leven nooit had kunnen verzilveren. Het was grappig: hij had de afgelopen twintig jaar talloze dialogen geschreven, terwijl hij zelf niet kon communiceren. Hij begreep dat het nu of nooit was, dus stak hij van wal en zei tegen Madeline: 'Honderd meter lang ligt de toekomst nog open. Daarna is het te laat.'

Madeline zette de radio uit en keek hem vragend aan. Gaspard vervolgde: 'Als je rechts afslaat naar Manhattan, schrijf je de regels van het eerste verhaal. Als je naar het noorden door blijft rijden, verzin je een ander.'

Omdat ze niet begreep wat hij bedoelde, vroeg ze: 'Wat is dat eerste verhaal voor iets?'

Nu kon Gaspard wel de juiste woorden ervoor vinden. Het eerste verhaal vertelde over de weg die drie personen volgden naar een gehavend lot: een dronken schrijver, een agent met zelfmoordneigingen en een kleine weesjongen.

In het eerste verhaal namen de schrijver en de agent de Lincoln Tunnel om de kleine jongen naar de Eerste Hulp van het Bellevue-ziekenhuis te brengen. Koren op de molen van journalisten, sensatiezoekers en schoften. Het intieme drama van een gezin zou openlijk worden blootgelegd en ontleed. Zonder enige nuance worden geanalyseerd. Van dat verhaal zouden populaire artikelen op de sociale media worden gezet, een kokende, doorlopende brij op de nieuwskanalen.

In het eerste verhaal keert de toneelschrijver uiteindelijk terug naar zijn berg om zich opnieuw een tijdje alleen op te sluiten. Hij blijft drinken, de mensheid haten, en hij verdraagt niets meer uit deze wereld. Elke ochtend is moeilijker dan de vorige. Dus drinkt hij nog meer, hopend het einde van het spel daarmee te versnellen.

De smeris keert misschien terug naar Madrid, naar die vruchtbaarheidskliniek. Of misschien niet. Ze wil inderdaad moeder worden, maar ze wil in dat nieuwe leven ook op iemand kunnen steunen. Want ze is broos. Want ze sleept nog steeds hetzelfde onbehagen met zich mee waar ze al sinds haar puberteit mee kampt. Zo nu en dan zal het haar natuurlijk lukken haar leven aan te kleden, zal het haar soms lukken anderen – en zelfs haarzelf – te doen geloven dat ze een jonge, optimistische, spirituele en evenwichtige vrouw is, terwijl in haar hoofd chaos heerst, verwarring, ze geteisterd wordt door koortsaanvallen en de stank van bloed.

Maar de jongen is de grote onbekende. Wees van een waanzinnige schilder en een volkomen overdreven koningin, twee jaar lang door de moeder van een seriemoordenaar opgevoed in het ruim van een schip. Wat wacht hem voor leven? Je kunt er zeker van zijn dat hij van het ene tehuis en gastgezin naar het andere zal worden gesleept. Een leven vol bezoeken aan psychiaters. Verkeerde vrienden, ziekelijke ideeën, het etiket van slachtoffer dat hij zal krijgen opgeplakt. Een onzekere blik die de neiging heeft je te ontwijken, zich diep in de duistere herinneringen aan een scheepsruim te begraven.

Plotseling ging er een tweede baan open. Een verkeersagent in een geel vest gebaarde hun door te rijden, waarna het verkeer op gang kwam.

Niet in staat één woord uit te brengen, keek Madeline Gaspard met een dwaze blik aan en probeerde zijn woorden te begrijpen. Een toeterconcert klonk op van de auto's achter hen. Madeline gaf gas en de pick-up reed verder naar Lincoln Tunnel. Coutances zag de valbijl naderen.

Vijftig meter. Dertig meter. Tien meter. Hij had zijn laatste kaart uitgespeeld. De bal lag nu niet meer bij hem.

Madeline reed de helling af naar Manhattan. Als er nóg een verhaal bestond, was dat in elk geval toch te idioot, te riskant. Niet iets waarover je in alle haast besliste.

Goed, dat is voorbij, dacht ze.

'En het tweede verhaal?' vroeg ze toch.

'Het tweede verhaal,' antwoordde Gaspard, 'is het verhaal van een gezin.'

Nu begreep ze wat zijn blik betekende: *ik ben ervan overtuigd dat niemand beter dan wij dat kind kunnen beschermen.*

Madeline knipperde met haar ogen, wreef met haar mouw over haar wenkbrauwen en haalde diep adem. Toen gaf ze een harde ruk aan het stuur om van baan te verwisselen. Op het allerlaatste moment kruiste de pick-up enkele witte lijnen en raakte een kunststof hek en een afzettingsblok.

Manhattan achter zich latend, lukte het Madeline zich uit het verkeer los te maken. Ze gaf gas en volgde de weg naar het noorden.

6

En zo begon het tweede verhaal, Julian.

Het verhaal van ons gezin.

Vijf jaar later...

Dit is de waarheid, Julian.
Dit is jouw verhaal. Dit is ons verhaal.
Het verhaal dat ik in mijn oude spiraalschrift heb opgetekend.

Die ochtend hebben we je niet op de Eerste Hulp van het Bellevueziekenhuis achtergelaten. We zijn verder naar het noorden gereden, naar het Children Center van Larchmont, het medisch centrum voor kinderen dat door Diane Raphaël is opgericht met behulp van de verkoop van doeken van Lorenz.

Je hebt er een maand gelegen. Al snel kwam je op krachten en kon je weer zien. Wat je hebt meegemaakt, is slechts een vage herinnering in je gedachten. Je had geen enkel gevoel voor tijd en nauwelijks herinneringen aan je eerdere leven, en helemaal niet aan je ontvoering. En je bleef me papa noemen.

We hebben van die tijd gebruikgemaakt om van alles te organiseren. Je moeder heeft onze situatie juridisch 'geregeld'. Omdat ze voor het federale getuigenbeschermingsprogramma had gewerkt, wist ze bij wie ze moest zijn om een valse geboorteakte te krijgen die zou standhouden. Zo ben je officieel Julian Coutances geworden, geboren op 12 oktober 2011 in Parijs, met als ouders de heer Gaspard Coutances en mevrouw Madeline Greene.

Voordat we uit de Verenigde Staten vertrokken, zijn zij en ik met jerrycans benzine teruggegaan naar de Night Shift en hebben de boel in brand gezet.

Toen zijn we in Griekenland op het eiland Sifnos gaan wonen, waar ik mijn zeilboot al had liggen. Je had een zonovergoten jeugd op de Cycladen, gekoesterd door zilveren golven en gekraak van kreupelhout.

Om je de duistere tijd te laten vergeten, leek niets me beter dan de felblauwe hemel, de schaduw van de olijfbomen, de frisse muntgeur van tzatziki en de geuren van tijm en jasmijn.

Ik kijk op van mijn schrift en ik zie je onder aan het huis over het strand lopen. Het heeft duidelijk goed gewerkt, want je bent mooi als een ster en door en door gezond, al ben je nog steeds bang in het donker.

'Mama, kijk, ik vlieg!'

Je spreidt je armen en begint rond je moeder te rennen, die luid begint te lachen.

Vijf jaar is verstreken sinds die ochtend in december 2016, vijf prachtige jaren. Voor Madeline, voor mij en voor jou het begin van een nieuw bestaan. Een ware wedergeboorte. Je hebt onze levens waarden gegeven die we al lang geleden waren kwijtgeraakt: luchtigheid, hoop, vertrouwen, betekenis. Zo zul je ontdekken, wanneer je oud genoeg bent om deze regels te lezen, dat je moeder noch ik ooit de kalme ouders zijn geweest die je hebt gekend.

Maar ons gezinsleven heeft ons iets doen begrijpen. Een kind hebben vervaagt alle zwartheid die je vroeger hebt moeten verduren. De dwaasheid van de wereld, de lelijkheid, de enorme domheid van een flink deel van de mensheid en de lafheid van iedereen die de massa volgt. Als je een kind hebt, lichten in één klap alle sterren in de hemel op. Alle mislukkingen, alle omzwervingen, alle fouten worden afgekocht alleen al door de gratie van het licht in een blik.

Er verstrijkt geen dag zonder dat ik terugdenk aan die fameuze ochtend in december. De eerste keer dat ik je in mijn armen nam. Die ochtend brak in New York het noodweer los, de koud drong diep in me door, krijsende vogels cirkelden boven onze hoofden en een boom bloedde in de sneeuw. Die ochtend was ik misschien degene die je heeft bevrijd, maar jij bent degene die mij heeft gered.

Sifnos,
Cycladen-archipel,
12 oktober 2021

De tweeëntwintigste Pénélope

Uitzonderlijke verkoop van een monumentaal werk van Sean Lorenz in New York

9 OKTOBER 2019 | AFP

Christie's in New York zal vanavond op Rockefeller Plaza een monumentaal werk ter verkoop aanbieden van de Amerikaanse schilder Sean Lorenz, overleden in 2015. Het is herdoopt tot *De tweeëntwintigste Pénélope*. Het stuk is een voormalige wagon van de Parijse metro die helemaal is bedekt met een erotische beschildering die Pénélope Kurkowski voorstelt, de echtgenote en de muze van de schilder. Het werk is in 1992, nadat de kunstenaar uit New York in Frankrijk was aangekomen, in alle illegaliteit gemaakt en is pas onlangs ontdekt na de tragische verdwijning van mevrouw Kurkowski, die in 2016 ervoor had gekozen in deze wagon een eind aan haar leven te maken.

Er heeft een hevige juridische strijd plaatsgevonden tussen het openbaarvervoersbedrijf van Parijs en Bernard Benedick, de executeur-testamentair en enige erfgenaam van Sean Lorenz, om te bepalen wie het kunstwerk toebehoorde. Pas onlangs hebben beide partijen een akkoord gesloten waardoor het werk nu kan worden verkocht.

'Het zou me niet verbazen als het werk een nieuw record vestigt,' zei een vertegenwoordiger van het veilinghuis. 'Al tijdens zijn leven werd Lorenz hoog aangeslagen, maar na zijn dood werd dat nog veel sterker.' De heer Benedick wijst op het bijzondere karakter van dit nog nooit getoonde werk: 'De eenentwintig schilderijen waarop Pénélope Kurkowski te zien waren, zijn alle in 2015 tijdens een brand verloren gegaan. Deze wagon is, voor zover ik weet, de enige nog bestaande, visuele getuigenis van de buitengewone relatie die Lorenz en zijn ex-echtgenote heeft verenigd.'

De galeriehouder veegt de kritiek op het nogal macabere aspect van dit bijzondere kunstwerk van tafel en vindt dat hij ten onrechte wordt beschuldigd. 'Dit werk geeft op verfijnde wijze gestalte aan liefde en schoonheid,' oordeelt hij, waarna hij op filosofische wijze concludeert:

‘Om aan de wreedheid te ontsnappen van een tijdperk dat wordt beheerst door technologie, domheid en economische rationaliteit, wat resteren dan nog voor andere wapens dan kunst, schoonheid en liefde?’

Bronnen
Het ware van het onware

Zoek Sean Lorenz niet op in musea en galeries met moderne kunst. Hij is een samenvoeging van verscheidene schilders van wie ik het werk graag zie en die gelukkig zo'n tragisch lot bespaard is gebleven.

Het heeft ook geen zin naar de Quai Voltaire te gaan om de winkel van Jean-Michel Fayol te zoeken. Zijn personage, dat fictief is, is gedeeltelijk geïnspireerd door wat ik heb gelezen over het bedrijf Kremer Pigmente, opgericht door Georg Kremer, en door wat ik op de online media vond over de pigmentcollectie van het Straus Center for Conservation and Technical Studies in Cambridge, dat uniek in de wereld schijnt te zijn.

Ten slotte zullen sommigen van u hebben opgemerkt dat in deze roman vluchtig personages of plaatsen voorbijkomen die u al kent uit mijn vorige boeken. Ik hoop dat u kunt glimlachen om deze knipogen. Ze getuigen in elk geval, beste lezers, van mijn erkenning voor uw trouw.

Verwijzingen

Albert Camus, *De zomer*, 1954; tekst van Audrey Hepburn in *Sabrina* van Billy Wilder, 1954; Fedor Dostojevski, *Aantekeningen uit het dodenhuis*, 1936; Ernest Hemingway, *For Whom the Bell Tolls*, 1961; Jesse Kellerman, *The Genius*, 2008; Guillaume Apollinaire, *The Breasts of Tiresias*, 1903; William Shakespeare, *The Life and Death of Richard the Third*, 1592; auteur/componist Georges Brassens, *Le Pluriel*, 1966; auteur/componist Jacques Brel, *Orly*, 1977; auteur/componist Léo Ferré, *Avec les temps*, 1970; Pablo Picasso, *Cahiers d'art*, 1935; Jean-Luc Godard, *Histoires du cinéma*, 1990; Charles Baudelaire, *Any Where Out of The World*, gedicht nr. 18 in *Le Spleen de Paris*, 1869; Oscar Wilde, *Lady Windermere's Fan*, 1893; Sigmund Freud, *Angewandte Psychoanalyse*, 1913; Jean-Paul Sartre, *L'Être et le Néant*, 1976; Arthur Schopenhauer, *Aphorismen zur Lebensweisheit*, 1851; Pablo Picasso, geciteerd door Françoise Gilot in *Vivre avec Picasso*, 1964; Simone de Beauvoir, *L'Amérique au jour le jour*, 1957; Johann Wolfgang von Goethe, *Der Erlkönig*, 1861 [voor dit boek is de Nederlandse vertaling van Eric Derycke geraadpleegd]; Friedrich Nietzsche, *Voorbij goed en kwaad*, 1971; René Girard, *Mensonge romantique et vérité romanesque*, 1977; Antonin Artaud, *Van Gogh, le suicide de la société*, 1990.